中国区域广电优秀作品研究

（宁波2019—2021）

王文科　陈彩凤　张菊琴◎主编

ZHEJIANG UNIVERSITY PRESS
浙江大学出版社
·杭州·

图书在版编目（CIP）数据

中国区域广电优秀作品研究. 宁波. 2019—2021 /
王文科，陈彩凤，张菊琴主编. —杭州：浙江大学出版
社，2023.2
　　ISBN 978-7-308-23516-7

　　Ⅰ. ①中… Ⅱ. ①王… ②陈… ③张… Ⅲ. ①广播电
视－新闻报道－作品集－中国－现代 Ⅳ. ①I253

中国国家版本馆 CIP 数据核字（2023）第 019836 号

中国区域广电优秀作品研究（宁波 2019—2021）

王文科　陈彩凤　张菊琴　主编

责任编辑	李海燕
责任校对	董雯兰
责任印制	范洪法
封面设计	雷建军
出版发行	浙江大学出版社
	（杭州市天目山路 148 号　邮政编码 310007）
	（网址：http://www.zjupress.com）
排　　版	杭州好友排版工作室
印　　刷	杭州高腾印务有限公司
开　　本	710mm×1000mm　1/16
印　　张	23
字　　数	438 千
版 印 次	2023 年 2 月第 1 版　2023 年 2 月第 1 次印刷
书　　号	ISBN 978-7-308-23516-7
定　　价	79.00 元

目 录
CONTENTS

一、2019 年度电视作品

◉电视长消息:指尖诉讼 掌上办案:宁波首创的"移动微法院"走向全国
·· 3

重时效 抓策划 多视角凸显新闻价值 ·············· 汪晓珺 / 5

◉电视长消息:大年夜派发的特别红包 ·············· 7

大年夜实现富裕梦想 ·························· 周玉兰 / 8

◉电视系列报道:《宁波档案故事》之一:"甬立潮头"的创业者 ·············· 11

《宁波档案故事》之四:灵桥的前世今生 ·············· 15

《宁波档案故事》之十:向东是大海 ·············· 18

挖掘档案材料的新闻传播价值 ·············· 张雨雁 / 22

◉电视评论:"自残式"修路何时休? ·············· 24

摆事实讲道理,新闻要有观点 ·············· 张雨雁　王　睿 / 30

◉电视新闻专题:村里来了艺术家 ·············· 32

紧扣基层脉搏,回答时代命题 ·············· 赵　莉 / 41

◉电视新闻专题:群众心中的好干部·············· 43

树立正面典型，弘扬社会正能量 …………………………………… 赵 莉 / 45

◎电视纪录片：《莫奶奶的生日愿望》解说词…………………………… 47

《莫奶奶的生日愿望》评析 ……………………………………… 曾海芳 / 52

◎电视纪录片：葛家村"变形记" ……………………………………… 54

《葛家村"变形记"》评析 ………………………………………… 曾海芳 / 59

◎电视文艺专题片：融合的艺术………………………………………… 61

《融合的艺术》叙事"六题" ……………………………………… 陈书泱 / 64

二、2019 年度广播作品

◎广播长消息：宁波试水司法网拍直播 1 小时成交"标的物"金额破亿 … 69

鲜活性兼具故事性 ………………………………………………… 吴生华 / 71

◎广播长消息：现代集装箱船　开进千年古运河………………………… 72

抓住突破 深入开掘新闻主题 …………………………………… 吴生华 / 74

◎广播长消息：难舍再见（一）　涉及污染 传承 500 年的"省级非遗"被关停
………………………………………………………………………… 75

◎新闻小专题：难舍再见（二）　时光不改 一张"棠岙纸"复活千年文化记忆
………………………………………………………………………… 77

◎新闻评论：难舍再见（四）　安得两全　500 年"非遗"期待涅槃重生 … 79

推动两难问题解决的范例 ………………………………………… 黄同春 / 82

◎广播评论：答好"民生之问"………………………………………… 84

评论立论好，还要论证好 ………………………………………… 黄同春 / 86

◎广播新闻专题：不安全的安全帽………………………………………… 88

舆论监督：贵在有理有据，重在发现新问题 …………………… 刘茂华 / 92

◎广播文学专题：青春之歌………………………………………………… 94

广播文学专题《青春之歌》的多维复合"叙事" ……………… 陈书泱 / 101

三、2020 年度电视作品

●电视长消息:打破国外垄断 加速走向世界 我国首根自主研发深水脐带
　缆成功交付中海油 ……………………………………………………… 105
让专业新闻变得更可看 …………………………………… 汪晓珺 / 107
●电视系列报道:《"两山"路上满眼春》之一:那片水 …………… 109
　《"两山"路上满眼春》之二:那片山 ……………………………… 113
　《"两山"路上满眼春》之三:那片海 ……………………………… 117
"两山"建设十五年　美丽乡村正呈现 ……………………… 周玉兰 / 120
●电视新闻专题:长街蛏子突围记 …………………………………… 124
一幅上下齐心攻坚克难谋划发展的生动图画 ……………… 周玉兰 / 129
●电视新闻专题:137 秒温情长绿灯:让城市更有担当 ……………… 131
彰显激情飞扬时代的媒体担当 ……………………… 张雨雁　翁姗姗 / 137
●电视新闻访谈:丛志强:划火柴的人 ………………………………… 139
用艺术赋能乡村振兴 ………………………………… 张雨雁　史睿宁 / 147
●电视短纪录片:翩跹 …………………………………………………… 149
自然亲切,以情动人 ………………………………………… 赵　莉 / 152
●电视系列纪录片:梅华和他们的孩子们(第一集) ………………… 154
　梅华和他们的孩子们(第二集) …………………………………… 158
　梅华和他们的孩子们(第三集) …………………………………… 162
以历史题材谱写时代颂歌 …………………………………… 赵　莉 / 166
●电视文学节目:一湖诗语 …………………………………………… 168
《一湖诗语》的多维度符号演绎 …………………………… 陈书泱 / 173

3

四、2020 年度广播作品

◎广播长消息：浙拖奔野年组装 1.5 万台拖拉机整机项目在安图投产 … 179

实地采访 抓取结对帮扶重大项目新亮点 …………………… 吴生华／180

◎消息：宁波舟山港海域全域用上"中国芯" 612 座公用干线航标实现北斗

    遥测终端全覆盖…………………………………………………… 182

抓住最新由头 深入开掘主题 …………………………………… 吴生华／184

◎广播新闻访谈：山河已无恙 初心永不忘 中国人民志愿军抗美援朝出国

    作战 70 周年特别节目 我为烈士来寻亲 ………………… 186

广播新闻访谈《我为烈士来寻亲》的"四找准"叙事 ………… 陈书泱／194

◎三集广播连续剧：《我为烈士来寻亲》——纪念抗美援朝战争 70 周年

    ……………………………………………………………………… 196

精品广播剧《我为烈士来寻亲》的精炼之道 ………………… 陈书泱／225

五、2021 年度电视作品

◎电视长消息：镇海炼化白鹭园成为国内石化行业首个白鹭天然栖息地

    ……………………………………………………………………… 229

新发展理念的典型案例 ………………………………………… 周玉兰／231

◎电视长消息："我叫党员！"——记台风"烟花"中一位平凡的党员志愿者

    ……………………………………………………………………… 233

叙事朴素但不普通，人物平凡但不平淡 ………… 张雨雁　徐竞锴／235

◉电视长消息:宁波舟山港荣膺中国港口界首个中国质量奖 ……… 237

好角度出好新闻 ……………………………………… 赵 莉 / 239

◉电视消息:强蛟下渔 95 户村民无偿让出庭院 铺就滨海"共富路" …… 241

《强蛟下渔 95 户村民无偿让出庭院 铺就滨海"共富路"》评析

…………………………………………………… 曾海芳 / 243

◉电视长消息:"摸底大考"亚帆中心交出完美答卷 ……………… 245

选题出新,做实重大新闻报道 ……………………… 刘 燕 / 246

◉电视新闻专题:复兴路上:勇立潮头 …………………………… 248

宏观和微观的有机结合,大型主题报道"见林见树" ……… 刘茂华 / 263

◉电视新闻访谈:杨倩·越努力 越幸运 …………………………… 266

从普通人的视角聚焦奥运冠军,突出人物个性,彰显时代特色

…………………………………………………… 刘茂华 / 272

◉电视短纪录片:相遇·恰好 Meet,just right ………………… 275

为宏大主题找到最感人的承载手段 ……………………… 周玉兰 / 282

◉电视长纪录片:消失的"宝顺轮" ……………………………… 284

历史在丰富的细节中闪光 ………………………… 刘 燕 / 295

◉电视服务节目:"烟花"过境后,如何防疫防蛇虫 ……………… 297

电视服务节目:如何及时有效服务又好看 ……………… 汪晓珺 / 300

六、2021 年度广播作品

◉广播短消息:宁波"00 后"小将杨倩为中国勇夺东京奥运会首金 ……… 305

抓住"第二现场"做新闻 …………………………… 吴生华 / 306

◉广播评论:奥运"五金"启示录 ………………………………… 307

体育精神的赞歌 …………………………………… 黄同春 / 312

◉广播新闻专题：锻造东方大港的"硬核"力量——写在宁波舟山港集
　装箱运输突破 3000 万标箱之际 ………………………………… 314
凸显地方特色，"做大做强"主题报道 ………………… 刘茂华／318
◉广播新闻专题：云龙镇的两封倡议书 ………………………… 321
非常时期，新闻要有高度和深度，也要有温度 ……… 刘茂华／325
◉广播社教专题："天空没有留下翅膀的痕迹，但我已经飞过" … 327
《"天空没有留下翅膀的痕迹，但我已经飞过"》评析 … 曾海芳／331
◉广播社教专题：一封尘封 80 年的"革命情书" ……………… 333
《一封尘封 80 年的"革命情书"》评析 ……………… 曾海芳／337
◉广播服务节目：健康正能量特别关注——新冠病毒疫苗接种进行时 … 339
服务大局做"细"广播服务节目 ……………………………… 刘　燕／345
◉广播音乐节目：我们这片土地——交响乐作品《宁波组曲》赏析 ……… 347
让华丽恢弘的交响乐扎根在中国的土壤 …………………… 刘　燕／350
◉广播文艺节目：万物带来你的消息——致袁隆平 ……………… 352
儿童本位、感恩教育致敬袁隆平爷爷 ……………………… 刘　燕／359

一、2019 年度电视作品

电视长消息

指尖诉讼 掌上办案：
宁波首创的"移动微法院"走向全国

【导语】

动动手指就能提起诉讼，打开手机就能掌上办案，这就是由我市首创的"移动微法院"电子诉讼平台。随着今天中国"移动微法院"总入口在宁波正式上线，上线省区市的诉讼当事人、法院法官以及律师，都可以通过这一平台，完成网上立案、在线调解、在线庭审、申请执行等 20 多项法院功能。

【正文】

（现场启动画面 10 秒）

【正文】

随着"移动微法院"平台总入口正式上线，浙江"移动微法院"也正式更名为中国"移动微法院"。该平台的试点范围也从浙江省扩大至北京、辽宁、上海、广东、青海等 12 个省（区、市）辖区内法院。

【一般字幕】

最高人民法院党组成员、副院长 张述元

【同期声】

我们高兴地看到，移动微法院从宁波走向浙江全省，走向河北、福建等地，可以说一步一个脚印，为进一步扩大试点提供了可复制、可推广的宝贵经验。

【正文】

我市首创的"移动微法院"电子诉讼平台，自 2017 年 10 月在余姚诞生，不到三个月时间就在全市两级法院全面推开，截至今年 3 月 15 日，宁波两级法院在"移动微法院"平台上办理的案件已经达到了 16.5 万件，除不适用移动微法院的刑事案件外，占全部民商事、行政和执行案件的 70%。

【同期声】

宁波市中级人民法院民事审判第二庭现在开庭……

【正文】

眼前的这个法庭就是宁波中院为"移动微法院"特别定制的微法庭。正在庭审的是一个劳动争议案件，由于劳动者和用人单位均不在宁波，宁波中院决定在中国"移动微法院"平台上进行线上审理。

【一般字幕】

宁波市中级人民法院法官 赵保法

【同期声】

有时候我们（法官）由于出差或者由于其他原因没有在办公室，和当事人联系没有那么及时。有了"移动微法院"以后，随时随地打开手机小程序就可以进行办案，可以和当事人取得联系，提高了办案的效率。

【正文】

全程公开、沟通充分、全程留痕，拓展了司法公开的范围。如今，在执行案件中，申请执行人可以通过"移动微法院"向执行干警发送执行线索，还能视频连线执行现场，实时了解执行信息。

【同期声】

地点现在是在鄞州区兴宁巷 A2 幢 23××室，现在是微法院直播开锁……

【正文】

海曙法院执行法官正在通过中国"移动微法院"进行强制腾房直播，当事人坐在手机的另一端，在全流程中看到的是执行过程，感受到的是公平正义。同时，执行干警还可以通过上传图片、视频、定位等方式向申请执行人实时推送查封、扣押、司法拘留被执行人等信息。

【一般字幕】

宁波市海曙区人民法院法官 杨晨炯

【同期声】

"移动微法院"出来之后，我们可以把执行过程展现给申请人看。让他们知道我们法官做了些什么，干了什么事情。我们有时候需要给申请人告知，告知他下一步工作和协作方式。这样的话，我们现场进行司法告知，已经告知完毕了。

【正文】

截至目前，"移动微法院"平台当事人在线申请立案 60493 件次，网上交流

57 万多次,网上送达 49 万次,网上调解、撤诉 27210 件。宁波法院在受案增加 8% 的情况下,平均审理天数下降 11%。跨省跨市开庭或调解 7731 件,宁波中院执行信访接待量同比降幅达 50% 以上。

【一般字幕】

最高人民法院信息中心主任 许建峰

【同期声】

微法院这样一个新兴的平台、新型的平台,有很多规则做少许改变就能提高很大的效率。由此也要求司法改革相应规则,根据新技术作调整,我们在一定范围之内进行试点。这本身也是一个先行先试,通过试点来推进诉讼规则的重塑和优化。

作者:王勤刚、王铁波、张月、王肃

编辑:闫全、赵兵

作者单位:宁波广播电视集团

播出时间:2019 年 3 月 22 日

重时效 抓策划 多视角凸显新闻价值

——电视长消息《指尖诉讼 掌上办案:宁波首创的"移动微法院"走向全国》评析

汪晓珺

时效性是新闻的生命。对于电视新闻长消息来说,能否把握住关键时间节点,抓住最恰逢其时的新闻事件进行报道,是凸显新闻传播力、影响力的关键所在。但与此同时,还要注重策划,如果能够选择最能体现关键时间节点新闻事件的多个场景进行多视角呈现,那么这则长消息的新闻价值和意义就能得到进一步放大。

长消息《指尖诉讼 掌上办案:宁波首创的"移动微法院"走向全国》正是抓住宁波首创的"移动微法院"电子诉讼平台总入口正式上线、浙江"移动微法院"也正式更名为中国"移动微法院"这一契机,拍摄了平台总入口正式上线的仪式感画面。同时在这一时间节点到来之前,就提前策划、提早介入。从"移动微法院"在余姚诞生时起,记者就深入一线进行实地了解。当"移动微法院"

的功能日趋强大后，记者又多次到余姚、慈溪等地，深入一线实地采访，跟随执行法官通过"移动微法院"的法庭进行观摩庭审。这才有了"移动微法院"平台向全国推广当天，记者能够兵分三路，从会场、庭审和执行现场进行全方位、立体化报道的多个视角，完整呈现"移动微法院"的成果。

此外，长消息《指尖诉讼 掌上办案：宁波首创的"移动微法院"走向全国》还借助数字化的手段，立体、动态、直观地呈现"移动微法院"平台从浙江辐射到全国的地图分布，让受众对目前法院案多人少环境下，宁波法院创新发展探索出"移动微法院"推广到全国，实现网上立案、在线调解、在线庭审、申请执行等 20 多项法院功能这一新闻事件的重大意义有更直观的感受和更深切的了解。

电 视 长 消 息

大年夜派发的特别红包

【口播】今天,茅洋乡白岩下村村民收到一份特殊的压岁红包。请看记者现场发来的报道。

【记者出镜】观众朋友,我现在是在象山县茅洋乡白岩下村,大年三十,村民们正在进行的是他们第一个众筹旅游项目的分红,他们众筹开发的项目就是我身后的这条玻璃栈道。

【同期声】白岩下旅游开发有限公司董事长韩岳林:总共门票收入是 415 万元左右,拿出 230 万元,每个股东分 1 万元。

【同期声】茅洋乡白岩下村村民:两个红包,一个我的,一个我儿子的。

【采访】茅洋乡白岩下村村民:我半年前投了一股 8000 元,最后红利是 1 万元。我拿到这个红利很高兴,可以家里发发压岁钱,或者过年花花。

白岩下村尽管靠山面海,但一无产业,二无集体积累。村里想发展乡村旅游,但是仅有一条半成品的游步道和一处可以看海的山体,毫无竞争力。新任村书记胡凯带着村班子商议出利用现有资源,建造玻璃栈道,让游客上山看海的"金点子"。得知消息的朋友圈、旅行社与金融机构,因项目几乎无风险,纷纷向村干部抛出"橄榄枝"。

【采访】茅洋乡白岩下村村书记胡凯:投资 200 万元,这个风险不大,肯定会赚钱。我想青山绿水这个资源是属于大家的,我想大家一起干,我就想到用这个众筹的方式,确保每户都有参与机会。

2018 年 5 月,白岩下村有 230 户以每户 8000 元一股参加了玻璃栈道项目众筹,加上村集体 10% 的资源股,他们成立白岩下旅游开发有限公司,在众筹股东中推选出董事会、监事会的 9 名管理人员。

【采访】白岩下旅游开发有限公司董事长韩岳林:9 个人都是免费为大家服务的,至于村民入股也好,没入股也好,都可以来我们公司打工,主要目的是大家受益。

村民、股东，人人都是受益人，人人都是推广员，玻璃栈道的收益有了更高的效率保障。开线短短 6 个月，栈道就接待游客 18 万人次，实现盈利 350 万元，当年收回全部投资。参加众筹的村民每户获得 1 万元分红，村集体获得 15 万元分红。

与此同时，白岩下村通过公开招标面向全村发包景区服务点经营权，仅此一项 2018 年又为村集体增加 30 多万元收入。在景区项目带动下，"雪藏"中的乡创热情与传统技艺相继被激活。如今，村里每天都有百来位村民忙着为前来开发民宿、餐饮的乡村创客建房修路；村里篾匠、箍桶匠们的老手艺渐俏。

在现场，白岩下村还进行了山体滑道的项目发布，面向尚未参与众筹的 100 多户村民开展二期众筹。

【采访】村民：刚刚回来，刚好赶上，我马上来参加了，今年发得最好的红包就是这个，发得好。

【采访】村书记胡凯：我们要共建、共治、共享，把村民众筹开发乡村旅游进行到底，在共同富裕的道路上一个都不能少。

作者：金宇、李延毅、夏琪磊
作者单位：象山县广播电视台
播出时间：2019 年 2 月 4 日

大年夜实现富裕梦想

——电视长消息《大年夜派发的特别红包》评析

周玉兰

2019 年度宁波新闻奖获奖电视长消息《大年夜派发的特别红包》是象山县广播电视台新闻综合频道主新闻栏目《象山新闻》送评的作品。此新闻大年夜采制播出，在阖家团圆的守岁时光为观众们上演了一台"脱贫致富奔小康"的热闹场景，白岩下村的乡亲们在大年夜实现了他们的富裕梦。

一、长期持续的关注才能"摸"到生动的新闻活"鱼"

中国人习惯在大年夜完成对这一年的概括总结和对新的一年的祝福期

许。我们看到宁波象山白岩下村的村民也选择大年夜对辛苦工作了一年的村民们发放红利,长期关注白岩下村的记者摸到了这条新闻的"活鱼"。在这篇报道的镜头里,喜笑颜开的村民、踌躇满志的村企业老总、积极策划协调的村支书一一鲜活地展现在观众面前,让我们不禁为这些尝到了乡村振兴红利的村民们开心、感动。

转而再想,大年夜记者没有和普通人一样在自家厨房准备年夜饭,也没有在单位里做其他新闻采编业务,而是跑到了她长期关注的这个普通的村庄进行报道。试想,如果没有长期持续的关注,记者根本不可能知道有大年夜村企分红这条线索;如果没有长期的关注和拍摄,记者也不可能拍到如此生动自然的分红现场。所以我们一定要不吝表扬记者对于这个题材的耐心和付出,"摸"到这条活"鱼"不简单。

二、深入的采访才能"还原"一年艰辛的幸福回报

简单回顾一下整篇新闻报道,我们看到消息中仅出场的人物就有 4 位:村企业老总、村书记、两位分红的村民,表面看上去简单的 4 位采访对象其实分别代表着村干部、村集体企业和积极追求致富的普通村民,而能够把他们凝结在一起的就是由村民众筹成立的这家村集体企业。由村里的能人带领村民们致富,是中国当下乡村振兴的一条典型经验,非常具有借鉴推广的价值。白岩下村的成功经验也是复制了这条路径。

在大年夜能够顺利分红,这样的一条成功道路其实是需要村民们一整年的艰苦努力付出的。我们看到在短短的近 4 分钟的消息中,记者将这段艰苦努力的历程进行了浓缩,展现了村民苦寻致富路径,成立村集体企业,建设村级旅游项目,人人为项目投入付出,出钱出力直至项目取得成功,实现致富梦想。这一整年的事实展现背后就是记者深入扎实地采访拍摄,才让这个幸福的场景得到真实的还原,非常不容易。

三、深厚的理论业务能力才能让典型成为"典范"

2019 年,浙江正站在高水平全面建成小康社会攻坚的历史节点上,白岩下村村委会为村民脱贫致富奔小康所采用的创新方式方法,无疑对振兴乡村具有典型指导意义,村干部积极主动带领村民共同奔富的举动也极具示范价值。具备这些理论业务素养的记者,非常敏锐地意识到了这些行为具备的新闻价值,于是立即深入现场了解背景,并在新闻事件发生的当天,采用现场报

道的方式,发出了一条及时、鲜活、真实,又充满特定时间氛围的现场消息。

在作品的推荐理由中,《白岩下村众筹开发旅游,共同富裕路上一个都不落下》这个典型事迹被象山县委评为 2018 年度象山县乡村振兴十大经典案例,并在 2019 年 6 月的全国乡村治理现场会上推广;农业农村部于 2019 年 12 月委托中央电视台专程来到象山,就这一事件拍摄,将其作为基层股权探索实践案例,制作成内参,于 2020 年 4 月递交中央领导观阅。所有这一切后续,都源自记者深厚的理论和业务能力,因此村民们在大年夜实现的富裕梦想也有与他们梦想相伴而行的记者的一份助力,都值得肯定和鼓励。

电视系列报道

《宁波档案故事》之一：“甬立潮头”的创业者

【导语】

为了庆祝新中国成立 70 周年，从今天起，我们《看看看》栏目推出 10 集特别节目《宁波档案故事》，打开尘封的照片，追寻城市的印记，再现岁月的芳华，深情讲述浓缩在影像档案里的感人故事。有一首童谣是这样唱的："和丰纱厂锭子响，太丰面粉灰尘扬，永耀发电灯笼亮，通利源榨油放炮仗，三根半烟囱可怜相。"这几句简单的童谣，见证了宁波工业文明的起步。今天的故事，就从三根半烟囱说起。

【正文】
【一般字幕】
讲述人 郭雪玲
【同期声】
（烟囱的照片）

就像童谣里唱的那样，70 年前，偌大的宁波只有三根半烟囱，分别是和丰纱厂、太丰面粉厂、永耀电力公司，还有半根是通利源榨油厂，它们代表了宁波工业最初的样子。作为"三根半烟囱"中最大的一根，和丰纱厂几乎撑起了宁波民族工业的半壁江山。

【正文】

和丰纱厂创办于 1905 年，是一家百年纱厂。新中国成立前，时局不稳，纱厂风雨飘摇。新中国成立后，和丰纱厂重整旗鼓，但好景不长，20 世纪 60 年代，和丰纱厂差点因为生产质量较差、产量不足遭遇倒闭的危险。当时国家纺织部门的领导认为：江苏、上海等地，多的是棉纺企业，像宁波这样的小厂可以关掉。刚刚上任不久的和丰纱厂厂长程亭鹤听到这句话，心里很不是滋味。

【一般字幕】

原和丰纱厂厂长 程亭鹤

【同期声】

（听到）难过的。那时候已经有 1000 多名工人了,（厂）不能关。宁波工业,宁波自己来努力,所以下决心要把和丰的质量搞好。

【正文】

下决心很轻松,但是做起来很累。

【一般字幕】

原和丰纱厂厂长 程亭鹤

【同期声】

那时候就是睡在厂里,住在厂里,吃在厂里。

【正文】

辛苦一起扛,热汗一起淌,每天朝夕相处,车间的工人与厂里的干部产生了信任。

【一般字幕】

原和丰纱厂员工 郁珠花

【同期声】

（夏天）围裙像水里捞上来的一样,可以绞的。汗很多,他（厂长）就用水桶挑来热水,毛巾弄着,一个个拧给我们。

【一般字幕】

原和丰纱厂厂长 程亭鹤

【同期声】

就是（叫我）大差眼,我们有什么事情要解决一下。大家比较亲切、亲近,一家人了。

【正文】

功夫不负有心人。短短半年时间,和丰纱厂生产的棉纱等级追上了国家水平,但是纱厂要进一步发展,就需要技术人才。1963 年底,和丰纱厂招生简章通知到各个街道。

【一般字幕】

原和丰纱厂职业学校第一届毕业生 邢永宝

【同期声】

这么多工厂办学校,只有我们学校是最早的。所以报名的时候,来的人很复杂。

【正文】

通过层层筛选,43 位年轻学子,进入和丰纱厂创办的和丰职业学校学习。工厂办技校培养人才,开创了宁波企业兴办职业教育的先河。

【一般字幕】

原和丰纱厂职业学校第一届毕业生 邢永宝

【同期声】

(老师)一件事情讲完,自己不太清楚。到车间里面去看看,问问老工人,等于教育与实践结合起来。

【正文】

3 年以后,和丰职业学校的第一届学生完成学业、顺利毕业,其中 31 位毕业生进入了和丰纱厂的一线车间。

【一般字幕】

讲述人 郭雪玲

【同期声】

(讨论的照片)

简陋的环境,热烈的氛围,这些年轻的面孔朝气蓬勃、充满力量。上班时,他们脚踏实地,把课堂上学到的知识应用到自己的工作岗位上。下班后,经常围坐在一起,讨论技术难题,商量解决办法。长江后浪推前浪,这些优秀的毕业生很快成长为厂里的技术骨干。

【正文】

和丰纱厂曾经做过一个粗略的统计:首届毕业生中,后来有 5 位成了厂级领导,3 位担任中层干部,6 位去了市局部门任职,还有 17 位成长为高级技术人才。

【一般字幕】

时任和丰纱厂原厂长 程亭鹤

【同期声】

几年之后就起变化了。所以第一批办好以后,感觉到是灵的。所以第二批又办了,第三批又办了。

【一般字幕】

原和丰纱厂员工 谭月娥

【同期声】

70 年代越来越好,培养出很多的操作能手。我也挺好笑的,头不梳的,棉花带一点的,哦哟,我是纺织厂出来的,很自豪。

【正文】

1978 年,党的十一届三中全会召开以后,和丰 3 万纱锭、672 台布机的扩建项目,被国家列为外贸出口的专项贷款项目,给予优先援助。

"经历了多少的历史沧桑,织出了无数的人间温暖,艰苦创业,精纺细织,求实图新,乐于奉献。"这是和丰纱厂厂歌,悠扬婉转的歌声,唱响了和丰人艰苦创业的精神。

【一般字幕】

讲述人 郭雪玲

【同期声】

(竣工照片)

1985 年,这个扩建项目竣工验收。照片上,每个人目光坚定、意气风发。

从差点被关停到拥有国内最先进的纺纱设备,创造出众多省优、部优和国优品牌,产品热销亚洲、北美、西非等全球几十个国家和地区,和丰人依靠自强不息、永不服输的精神闯出了一片新天地。

(转场)

如今,走在甬江之畔,临江而立的高楼边上,还有一幢和丰纱厂的旧楼。它与现代建筑仿佛进行着一场跨越时空的对话,也见证着宁波人民创造实业的勇气和信心。70 年来,宁波实现了从"三根半烟囱"到现代化产业体系,从工业小市到工业大市、工业强市的历史性跨越。"甬立潮头",创业者的脚步永不停歇。

【同期声】

(音乐 出字幕 不配音)

中银电池,1 小时"黑灯工厂"生产 60000 节电池;

雅戈尔服饰,1 小时生产 3700 套西服;

贝发集团,中国最大的笔类产品出口商;

慈星集团,3 分钟一根线可变成球鞋鞋面;

公牛集团,移动插座市场占有率及销量连续十多年蝉联行业第一;

海天集团,全球注塑机销量冠军;

宁波博德高科,全球高端精密细丝引领者;

永新光学,研制出中国第 1 台生物显微镜、航空摄影仪、电子显微镜。

今天,宁波拥有 28 个国家级制造业单项冠军企业,数量雄踞全国首位。正在全力打造"246"万千亿级产业集群。

《宁波档案故事》之四：灵桥的前世今生

【导语】

欢迎打开《宁波档案故事》。宁波是一座濒水而居、因水而兴的城市，江海相通，三江交汇。有水就有桥，有桥就有故事。宁波的桥，千姿百态，三江六岸，因桥而美，其中最有传奇色彩的，非灵桥莫属！

【正文】
【一般字幕】
讲述人 郭雪玲
【同期声】

刚刚经过的这座浮桥就是灵桥的前身，俗称老江桥，也是宁波最古老的大跨度浮桥。在很多老宁波的心里，灵桥就像是家乡的"图腾"，有着不可替代的地位。他们甚至把自己带有宁波口音的普通话，美其名曰"灵桥牌"普通话。

【正文】

灵桥的历史，几乎与宁波城同龄。始建于唐朝长庆三年，也就是公元 823 年，并以浮桥的形式延续了 1113 年。直到 1936 年，灵桥才由德国西门子洋行承包，改建为三轴钢筋环桥，成了宁波第一座固定式跨江大桥。新的灵桥气势雄伟，桥下可通航百吨级船舶，桥上能通行 20 吨卡车，是当时国内最大的独孔大环桥。

【一般字幕】
讲述人 郭雪玲
【同期声】

新灵桥开通的当天，男女老幼，全城出动，桥边的护栏硬生生给挤破了。一个上午，过桥的人就超过了 10 万人次。有的挤碎了袍子，有的挤丢了鞋子，还有的被挤到了江里。过桥的人实在太多，阻碍了来往的车辆，只好将原先已经拆掉的老浮桥重新搭建起来，这也是这张新老灵桥同框照的由来。

【正文】

时光荏苒,灵桥的命运又一次走到了十字路口。1949 年 5 月 24 日下午 3 点,中国人民解放军第六十五师第一九五团,从慈城沿着公路抵达江北。当天晚上,这支部队从江北下白沙渡江,插入江东。当时,灵桥是宁波城里唯一一座通往市中心的固定桥梁,要想解放宁波,必须夺下灵桥!

【一般字幕】

宁波市新四军历史研究会顾问 王泰栋

【同期声】

(当时发现)桥头堡是军官队守着的。怎么办呢?正面没有打,水里面摸下去的。水到胸口了,东西都湿了。有越过竹篱笆、铁丝网。最后敌人发觉了。敌人发觉以后,三个人(不幸)牺牲。

【正文】

激战持续了整整一夜,解放军包围了灵桥附近的 3 座楼房,歼灭了国民党军官队,成功夺下了灵桥。25 日拂晓,六十五师官兵雄赳赳、气昂昂地跨过灵桥,宁波宣告解放。

【一般字幕】

讲述人 郭雪玲

【同期声】

走过一座桥,爱上一座城。宁波有一个古老的习俗,小孩子刚满月,要抱着他走过七座桥,而且不走回头路。时光回溯到 2016 年 7 月 28 日,我身边的这一大家子,一路护送着刚刚满月的家庭新成员小石头,缓缓走过灵桥。这一天,已经 80 岁的灵桥刚刚经历了三年大修,旧貌换新颜,张开双臂拥抱宁波市民。

【同期声】

抬过去,抱过来,小石头,乖又乖。

【一般字幕】

小石头奶奶

【同期声】

老话讲"满月要过七座桥"。今天宁波灵桥复原了,我们非常开心,让孩子来过灵桥来了。孩子今天刚满月。满月要过老江桥,很有纪念意义。

【正文】

小石头一家都是土生土长的宁波人,对宁波习俗,他们有着近乎偏执的尊重。包括小石头的父亲大石头、小石头的爷爷老石头,祖孙三代都有满月过七桥的经历。其中必须走的,那就是大名鼎鼎的灵桥。

【一般字幕】

小石头爷爷

【同期声】

以前我妈跟我说,大人带我们过满月桥。三江口是没有桥的,只有一座老江桥。我们只能到农村里走走石头桥,这样也算走过了,撑着伞。

【一般字幕】

小石头奶奶

【同期声】

灵桥走过了,见识多了。再说灵桥是我们宁波的地标,所以说要孩子满月去走走。(这种传统)一定是要传承下去的。比如说小石头以后有孩子了,他也会去走灵桥的。

【正文】

小石头的爸爸蔡宇磊出生于 1991 年,当他满月过桥时,宁波早已不是灵桥"一枝独秀"了。从 1981 年开始,宁波人的"造桥梦"照进现实,越做越美。

【一般字幕】

1981 年,解放桥建成通车;

1985 年,兴宁桥建成通车;

1990 年,江厦桥建成通车;

1992 年,甬江大桥建成通车;

1999 年,琴桥建成通车;

2008 年,杭州湾跨海大桥建成通车;

2010 年,外滩大桥建成通车;

2012 年,象山港跨海大桥建成通车;

2015 年,新江桥重新建成通车。

24 桥飞架三江六岸,这个数字还在不断增加。

以"桥"为媒,走向未来!

《宁波档案故事》之十：向东是大海

【导语】

欢迎打开《宁波档案故事》。海定波宁，港通天下。翻开厚重的地方志，港口犹如一条绵长的生命线，记录了城市和海洋之间的深深羁绊，见证了港城宁波的发展腾飞，推动着这座千年古城，从陆地走向海洋，从东海之滨走向世界各地。今天的故事，从老外滩说起。

【正文】

【一般字幕】

讲述人 沙瑛雪

【同期声】

这里就是 20 世纪初的宁波老外滩，也是中国最早的外滩。虽然它的名气比不过上海外滩，但是它的开埠时间比上海外滩早了整整 20 年。作为中国开埠最早、最重要最繁华的港口之一，宁波和港口的缘分，荣辱与共、休戚相关。太多惊涛骇浪的海上传奇，从这里出发；无数风云变幻的码头故事，在这里沉淀。

【正文】

70 年前的宁波港，由于国民党军队逃离前大肆破坏航道，导致 21 公里长的江面上没有一艘航行的海运船，也没有一个完整的码头，港口已经名存实亡。新中国成立以后，宁波逐步修复码头，曾经的五口通商口岸终于恢复了往日的勃勃生机。20 世纪 50 年代到 70 年代，宁波港虽然只是承运国内货船的内河小港，但在宁波人的心目中，港口就是阿拉宁波的"代名词"。这对于 1954 年出生的郑学义来说，感受最为深刻。

【一般字幕】

码头工人 郑学义

【同期声】

（当时）老外滩很热闹，来往船只也很多，我印象很深。

【正文】

1972 年的秋天,郑学义在宁波老外滩坐上了开往上海的轮船,再从上海坐火车前往吉林插队落户,那一年,他刚满 18 岁。

【一般字幕】

码头工人 郑学义

【同期声】

晚上有时候想起来会流眼泪,很伤心的。做梦也想回到家里来,回到宁波老外滩,那么好那么热闹的地方。

【正文】

时光匆匆如白驹过隙,一晃就是 10 年。已经成家立业的郑学义,得到了一个调回宁波的机会:到当时宁波港务局下属的江北老外滩码头当一名码头工人。郑学义没有一丝迟疑,他终于可以回家了。

【一般字幕】

码头工人 郑学义

【同期声】

(那时候老外滩)以上海到宁波的客运码头为主,货船都是些小船,潮水涨了(船)才能进来,浅的时候还进不来。

【正文】

20 世纪 80 年代初期,随着宁波港的"主阵地"转移到镇海港区,来甬的货船越来越大,货物的种类越来越多,靠力气吃饭显然已经跟不上时代。不过,靠着在东北开过拖拉机的经历,郑学义抓住了新的机遇,在码头上开起了装卸铲车。

【一般字幕】

码头工人 郑学义

【同期声】

随着货物多了,靠力气是跟不上了,都要靠机械化了。

【正文】

时间来到了 20 世纪 90 年代。随着国家对外开放进一步扩大,宁波港迎来了一次华丽的转身,北仑国际集装箱码头"拔地而起",需要大量的工人。不过在当时很多人看来,到北仑海边去工作,那是一个遥远的地方,但是郑学义想去试一试。

【一般字幕】

码头工人 郑学义

【同期声】

集装箱（船）装着有几千个几万个，看过去有 10 多层楼高，感到很壮观。我原来开两三吨的小铲车，后面公司进来一辆 25 吨的（大铲车），专门用来装大件货物。

【一般字幕】

讲述人 沙瑛雪

【同期声】

宁波向海而生、因港而兴，郑学义的人生轨迹也随着宁波港起起落落、悲欢离合。铁打的港口流水的兵，他和宁波港的缘分还远远没有结束。20 世纪 90 年代末，集装箱码头成为港口转型升级的一种趋势，宁波港凭借深水良港的天然优势，练好内功，迎头赶上。郑学义的儿子郑孜，从技工学校毕业以后，也想追随父亲的脚步，在宁波港当一名集装箱桥吊司机。

【一般字幕】

码头工人 郑孜

【同期声】

从小看着父亲在码头工作，我对于码头也有一份特殊的情感。当时刚毕业的我，就在想以后我也能像父亲一样，为我们宁波港的发展使出一份自己的小力量。

【正文】

郑孜记得很清楚，当时的北仑国际集装箱码头，岸线上只有 6 台桥吊，数量不多，规模也不大。上岗前，他还被派到深圳盐田港培训学习，这也是他人生中第一次出远门。

【一般字幕】

码头工人 郑孜

【同期声】

感觉他们的港口规模比我们宁波港要大一些。当时我就在想，我们宁波港地理条件也不差，相信以后一定能赶上他们深圳盐田港，甚至超越他们。

【正文】

和郑孜的人生际遇一样，跟国际接轨的宁波港开始在集装箱航运的舞台上崭露头角，进入 21 世纪后，实现集装箱吞吐量增幅连续领跑全国。郑孜也从码头上的"驾驶菜鸟"变身高大上的"老司机"。

【一般字幕】

码头工人 郑孜

【同期声】

(我们)父子俩与宁波港结下了不解之缘,也见证了宁波港巨大的发展。在我印象中,2002 年开始,我们宁波港又进入了一个新的时代。

【一般字幕】

讲述人 沙瑛雪(宁波港出镜)

【同期声】

郑孜所说的新时代就是在 2002 年底,时任浙江省委书记习近平提出,整合宁波和舟山的港口资源优势,形成合力,推进宁波、舟山港口一体化。在他的亲自推动下,2005 年 12 月 20 日,宁波舟山港管委会正式挂牌。从此以后,宁波舟山港进入了一个飞速发展的崭新时代!长风破浪会有时,直挂云帆济沧海!

【一般字幕】

时任浙江省委书记 习近平

【同期声】

今后的大手笔建设,一个浓墨重彩之处,将是在港口建设方面。港口建设的重点将是在宁波舟山一体化之举。

【一般字幕】

2006 年,宁波—舟山港货物吞吐量突破了 4 亿吨。2009 年,宁波—舟山港货物吞吐量达到 5.77 亿吨,成为全球第一大港。2015 年 9 月 29 日,宁波舟山港集团揭牌成立。2016 年,集装箱有 2156 万标箱,位居全球第四。2017 年 12 月 27 日,宁波舟山港成为全球首个年货物吞吐量超"10 亿吨"大港。目前,宁波舟山港的航线总数已达 240 多条,连接 190 多个国家和地区的 600 多个港口。每天,有近 100 艘万吨级以上的巨轮进出港区。

作者:叶志达、吕霞、何星烨、史宇健、忻圆、贺辛欣、刘旻慧、鲍靖晖、金诚、叶健

单位:宁波广播电视集团

播出时间:2019 年 10 月 1 日—2019 年 10 月 11 日

挖掘档案材料的新闻传播价值

——连续报道《宁波档案故事》评析

张雨雁

　　为了庆祝新中国成立 70 周年,宁波电视台在 2019 年国庆节来临之际,在《看看看》栏目中推出了 10 集特别报道《宁波档案故事》。节目通过打开尘封的照片,追寻城市的印记,再现岁月的芳华,深情讲述浓缩在影像档案中的感人故事。节目透过厚重的档案,忆过去、看今朝、展未来,看后令人百感交集,收到了较好的传播效果。归纳起来,有以下几点特色。

一、题材重大,角度新颖

　　新中国成立 70 周年,是重要的时间节点,也是新闻宣传的重大主题,如何在众多的宣传题材中胜出,宁波电视台编创人员选择解读宁波的档案照片,从中选取十个方面的话题,借以追寻城市的印记,再现岁月的芳华。可谓别出心裁,角度独特而新颖。历史档案这类内容,最能够反映变化和进步,体现历史变迁的纵深感,弥足珍贵。无论是反映宁波工业文明起步的和丰纱厂,还是反映交通变化的灵桥,抑或是反映宁波港发展的码头,无不折射出时代的进步、社会的发展,令人印象深刻,从中进一步感受到新中国带给广大人民的幸福生活。更难能可贵的是,节目组还找出了 2005 年时任浙江省委书记习近平同志的一段讲话原声录像:"今后大手笔的建设,一个浓墨重彩之处,将是在港口建设方面,而港口建设的重点,将是在宁波—舟山港一体化之举。"这番讲话掷地有声,充分反映出我们如今的建设成就和幸福生活,离不开党的英明领导和关心,从而揭示深刻的新闻主题。

二、故事讲述,详略得当

　　建设成就、历史变迁,如何讲述,考验创作者的聪明才智。在送审参评的三个作品中,作者分别选取了三个人物故事:"甬立潮头的创业者"重点讲述老厂长程亭鹤的创业成长故事;"灵桥的前世今生"选取小石头一家对于灵桥的情感故事;"向东是大海"则讲述码头工人郑学义父子两代参加港口建设的故事。每篇特别节目都精心策划,采用故事化的叙述方式,从档案中找出老照片,请当事人回忆过去创业史,感慨现在的幸福生活,从而激发人们的爱党爱国热情。而更为显出匠心的是,在节目的篇幅安排上,以当事人讲述当年的创业奋斗史为主,以集约展示现代的建设成就为辅,但在内容结构上,则是先抑后扬,显得详略得当,凸显了历史的沧桑感,展现了时代新面貌。从三根半烟囱的旧工业到如今的 246 个万千亿级产业集群,从供民众祈福的小小灵桥到联通三江六岸的 24 座大桥,从仅供小舢板停泊的小码头到如今全球港口吞吐第一的大港口,这一系列的变迁足以展现新中国所取得的伟大成就,证明共产党领导的无比正确。新旧内容对比分明,视觉冲击力极强。

三、技术创新,制作精湛

从老照片中找灵感,创意很好,但表现力有限。为了使报道好看些,该系列报道编创者可谓动足了脑筋。首先,充分调动拍摄手段,采用推拉摇移手法,让照片的景别富有变化,叙事场景历历在目。其次,创新制作手段,运用特技手段让静止的画面动起来,让人们有身临其境之感。无论是纱厂冒烟的烟囱,还是灵桥下随波起伏的小舢板,抑或是宁波港码头上慢行的旧卡车,都在制作人员的精细制作下动起来,显得动感十足;更为巧妙的是,每一集主持人的出镜方式都经过特别处理,仿佛站在老照片那动态的场景中,给人以十足的穿越感,特别吸引眼球。有好的吸引力,肯定带来好的传播力。此外,节目在片头的包装以及片尾的现代成就内容展示方面,都运用了比较先进的动画制作手段,极大地美化了画面。再加上适时添加的富有年代感的音响效果,使得节目的视听效果倍增,可看性大大增强。

总而言之,这组系列报道无论在内容、结构还是形式上都有可圈可点之处,充分挖掘了富有地域特色的宁波城市档案的新闻传播价值,值得细细欣赏!

电视评论

"自残式"修路何时休？

【导语】

12 月 25 日，214 省道海曙段改建主体工程通过交工验收。但是跟其他交工现场欢庆鼓舞的场面不同，这条路的交工显得平淡了很多。因为这段仅为 15 公里的省道修了 12 年才修通，更被市民诟病为"自残式"修路。市交通运输局局长也曾因此上了电视问政节目，当场鞠躬道歉。为什么这段道路的修建会背负上这样的负面定语，"自残式修路"的背后又折射出怎样的治理困局呢？

【一般字幕】

宁波市海曙区交通运输局局长 虞挺

【同期声】

根据验收组的意见，祝贺 214 省道主体工程顺利通过交工验收。

【正文】

25 日下午，交工验收委员会对各单位提供的各项报告进行了展示和讨论，并最终通过了验收报告。

【一般字幕】

宁波市副市长 沈敏

【同期声】

我们有个承诺，必须兑现承诺，也是知耻而后勇。

【正文】

副市长为何会用"知耻而后勇"来评价这段路的交工验收呢？

214 省道海曙段全长 15.5 公里，是宁波市区连接南部三个区县的交通大动脉，沿途连接高速公路、栎社机场等重要交通节点，日通车量高达 6 万车次。但就是这么一条城市"主通道"，12 年来却一直未能修好。拥堵，成为这段路上的常态。

【一般字幕】

214 省道附近加油站工作人员

【同期声】

有一天晚上,这里堵到晚上十一点还在堵。我七点半上班要迟到,七点钟上班也要迟到。

【一般字幕】

214 省道附近村庄村民

【同期声】

有时候一堵三四个小时都有的。

【一般字幕】

214 省道附近村庄村民

【同期声】

人家在说,不修(路)堵,修了(路)更堵。

【正文】

除了拥堵,晴天一身灰,雨天一身泥,也成为人们出行的一大痛点:晴天大货车经过,扬尘漫天,来往的行人只能捂着鼻子匆匆通过;雨天道路泥泞不堪,车辆驶过,泥水飞溅。在城市管理开始以"绣花功夫"向"精细化"时代迈进的今天,这种混乱而粗放的修建场面显得格格不入。

而这仅仅是 214 省道"自残式"修建的一个缩影。214 省道宁波海曙段的修建分为两部分,一段是段塘启运路到鄞州大道的雅戈尔大道,毗邻杭甬高速入口及栎社国际机场,全长 3.3 公里;另一段是鄞州大道到奉化段,全长 12.2 公里。

2007 年底,鄞州区石碶街道投入 7500 万元,对雅戈尔大道进行拓宽改建,开始出现第一次大规模拥堵,工程于 2010 年 7 月建成通车。

但是通车不到五个月,2010 年 12 月,宁波轨道交通 2 号线一期开工,雅戈尔大道段再次开挖,道路再次出现拥堵。历经 4 年建设,于 2015 年完工通车。

由于轨道交通建设部门经手改建的 1.4 公里路段属于混凝土路面,与原先的沥青路面存在明显色差。2016 年,鄞州区又决定对道路实行"白改黑"修复工程,总投资 1.03 亿元。于是第三次开挖维修的雅戈尔大道再次出现拥堵状态,直到 2018 年 8 月建成通车。

一条 3.3 公里的道路，10 年时间里有 7 年在修建，路面反复开挖三次，成了名副其实的"拉链路"。

【一般字幕】

浙江卫视评论员 舒中胜

【同期声】

10 年时间前后投入资金数亿元之巨，浪费非常触目惊心，让人心痛。归根到底就是花纳税人的钱，他花起来不心疼。这样的浪费谁来承担这个责任？如果每一次浪费都有责任主体来承担的话，我想不至于反复出现这样的情况。

【正文】

相对于 214 省道雅戈尔大道段的反复施工，12.2 公里的鄞州大道至奉化段却是迟迟未能开工建设。2014 年 2 月 28 日，这一工程就通过了宁波市发改委批复，鄞州区表示：力争年底动工建设，但实际并未开工。同年 12 月 4 日，鄞州区再次公告：改建工程计划于 2015 年全线开工，建设期为 2 年，但实际上还是没有动工建设。2016 年 4 月 19 日，鄞州区人民政府召开新闻发布会，第三次宣布这一工程即将全面启动，2018 年 8 月之前迎来"华丽蝶变"。但是 2016 年 5 月施工单位进场以后，依然没有出现开工建设的场面。直到 2017 年 10 月，改建工程才正式上马。

5 年多时间，三次宣布开工，三次失约；两次承诺完工，两次失信。

【一般字幕】

214 省道附近村庄村民

【同期声】

好像停了很久很久，我没见过（有）动静。就放在那边，没动过，您觉得这修路的速度怎么样？太慢了！太慢，太慢了！天底下没有这么慢的工程，一条路修几年的。

【一般字幕】

司机

【同期声】

这条路才十几公里，修了三年，到现在还是烂巴巴的样子。和中国基建大环境相比，宁波相差太远了。

【正文】

当"失约"成了常态，就变成了公信力的"自残"，老百姓自然也就变成了"老不信"，由此带来的后果是严重的：

在 214 省道修建完工日期一拖再拖的同时,2017 年 6 月 13 日,连接宁波与奉化的机场快速路南延段开工建设;2019 年 8 月 1 日,甬台温高速奉化段也投入修建。至此,宁波城区连接南部县市区的三条主要通道同时处于修建状态,导致这一地区的交通状况拥堵不堪,奉化区处于半封闭状态。

有网友不禁发问:交通建设是好事,但能不能不要"自残式"建设? 东环先施工成烂路,214 施工成烂路,甬台温高速绕城到奉化直接封道,这管理水平实在是太低级了!

既然问题突出,群众又怨声载道,为何还要屡屡"自残式"建设呢? 问题究竟出在哪里?

【一般字幕】

宁波市鄞州区交通投资有限公司董事长 周东波

【同期声】

因为原来是鄞州区在建设的,区划调整以后。就移交给海曙区建设了。我 2017 年已经移交出去,后面的事情就跟我没关系了。

【正文】

对于鄞州区的这一说法,区划调整后才成立的海曙区交通局并不认同。

【一般字幕】

宁波市海曙区交通运输局局长 虞挺

【同期声】

在建工程,应该由原单位(鄞州区交投公司)续建嘛,对吧。

【正文】

问题真的出在行政区域调整上吗? 作为全市公路建设的主管部门,宁波市交通运输局为什么没有及时发现问题、协调解决,避免"自残式"建设的反复出现呢?

【一般字幕】

业内知情人士

【同期声】

协调了 20 多次,县市区根本不买我们市级部门的账。这个项目的决策权在区里。要不要开工,要不要建设(决策权)在区里。因为宁波的体制就是这样的,区县市牛,市级部门弱小。

【一般字幕】

浙江卫视评论员 舒中胜

【同期声】

当他们的职责发生矛盾的时候,发生冲突的时候,这时候应该怎么办？这时候应该由他们共同的上级部门把这个问题及时地解决掉。所以,从这个问题上暴露出来我们的体制机制是有弊端的,我们的协调机制同样也出了问题。我们现在强调治理体系和治理能力的现代化,在这个问题上表现出了我们的治理体系并没有达到现代化的要求,还是停留在非常粗放甚至原始的一个阶段。

【正文】

当上下联动、左右协调的统筹保障机制成了一句空话,一条道路就这样修成了"自残式"工程,影响的是工程建设的进度,遭殃的是道路两旁的百姓。214 省道两旁,原本有不少小店铺,因为熬不过缓慢的工程进度,生意惨淡,被迫关门。

【一般字幕】

214 省道旁的店铺员工

【同期声】

(这里的)店也关了吗？

去年(2018 年)下半年就关了。

像这种关店的多吗？

这边关了好几家。

没生意,怎么做呢？

【一般字幕】

214 省道旁的店铺老板

【同期声】

这个街上就两家店(开着)了。

咱们就是硬挺着。

关门就更不行了,亏本了。

房租还是要付的。

【正文】

2018 年 12 月中旬,由于道路建设需要,奉化区交警部门开始禁止黄色号牌货车在机场快速路沿线通行。这些大型货车只能转道 214 省道,原本已经拥堵不堪的道路更是雪上加霜,安全隐患突出。

2019 年 6 月,214 省道车何渡村路段,就接连发生两起交通事故,其中一人死亡。

【一般字幕】

中央广播电视总台宁波记者站副站长 曹美丽

【同期声】

口头上说"以人民为中心",但实际上他在做的时候,以自己部门为中心,我怎么方便我怎么来。这样的执政理念跟"以人民为中心"的执政理念,实际上是背道而驰的。

【电视问政同期画面】

【正文】

民有所呼,必有所应。2019 年 11 月 14 日,宁波电视台《民生问政 服务问效》第三季直播节目中,总也修不完的 214 省道成为关注的重点。

【一般字幕】

主持人 曹宇斐

【同期声】

我们看到雅戈尔大道 10 年的时间有 7 年在修,反反复复开挖三次,您觉得像这样的修路合理吗?

【一般字幕】

宁波市交通运输局局长 徐强

【同期声】

我认真了解过,当时也做过统筹,也做过规划,但是在建设的过程当中,前期的工作不够细致。我今天站起来,给所有老百姓鞠个躬,说声对不起。我的承诺是(2019 年)12 月 31 日之前主体工程通车。

【正文】

问政直播一结束,浙江省委副书记、宁波市委书记郑栅洁专门指示:要把 214 省道作为一个典型案例来剖析,研究解决重大线性工程规划、设计、建设、改造、管理等方面的共性问题,坚决防止类似问题再次发生。

从鞠躬道歉,到现场落实,从媒体监督到市委领导的重视,修不通的 214 省道终于修通了,但群众更希望看到的是这种"自残式"的建设何时能画上休止符。

2019 年下半年,宁波发布《宁波市城市精细化管理三年行动方案》,将用 3 年时间,构建起全覆盖、全过程、全天候的城市精细化管理体系,全面提升城市管理法治化、精细化、智能化、社会化水平。

【一般字幕】

中央党校科学社会主义教研部副主任、教授 倪德刚

【同期声】

宁波提出了精细化（管理），第一符合我们国家发展的需要，第二更符合（党的）十九届四中全会（提出）治理体系和治理能力现代化的需求。这个具体化、精细化才能体现出治理能力和体系的现代化。

【编后】

214 省道建设中出现的反复开挖、屡屡失信和各自为政等建设乱象背后，体现出城市建设中观念落后、体制不畅、统筹缺乏、效率低下等多重弊端。冰冻三尺非一日之寒，目前宁波正以刀刃向内的决心和勇气，着力打破体制机制上的"肠梗阻"、思想观念中的藩篱，努力构建起全覆盖、全过程、全天候的城市精细化管理体系，使城市治理更加系统集成、协同高效。在国家提出实现治理体系和治理能力现代化的今天，我们期望 214 省道的"自残式"修建能成为一面深刻反思的镜子，让我们的城市治理体系和治理能力走上一条现代化的阳关大道，让"以人民为中心"的发展理念落实到每一件实事当中。

作者：求剑锋、梁静君、金永亮、蔡丽莉、李剑飞

编辑：徐明明、丁杨明、高红明

单位：宁波广播电视集团

播出时间：2019 年 12 月 31 日

摆事实讲道理，新闻要有观点
——新闻评论《"自残式"修路何时休？》作品评析

张雨雁　王　睿

《"自残式"修路何时休？》是宁波电视台在 2019 年播出的一则新闻评论作品。该作品深度报道，全方位地对宁波市海曙区 214 省道（鄞州大道至奉化段）改建工程项目展开调查，解释了这一长达 12 年的问题工程背后的诱因、影响、进展，以及其背后所呈现出的政府治理困局。近 12 分钟的报道，叙事结构紧凑、问题挖掘深入、主题点拨深刻，是一篇值得赏析的新闻评论作品。

从选题上来看,这则报道内容十分典型,具有较高的新闻价值。214 省道海曙段是宁波市区连接南部奉化、宁海、象山三个区县的交通大动脉,沿途连接高速公路、机场等重要节点,但就是这条城市主通道却修了 12 年也未能通车,给城市交通造成了巨大的负担,沿途的经商环境也大受影响。对于群众而言,大多"深受其害",因为直接面对其带来的交通拥堵、环境脏乱和经济受损等多方面问题。对于政府而言,在城市管理不断迈向精细化的今天,这种混乱而粗放的修建场面无疑是对政府执政能力和勤政意识的直接拷问。因此,从新闻价值来看,这则报道具有极强的问题重要性、地域接近性。直面群众呼声,调查事实真相,对于宁波电视台这样一家市级主流媒体而言是不可推卸的责任。

从报道叙事方式来看,这篇报道结构紧凑,文字客观平实,主题呈现全面。负面题材正面做,报道采用了倒叙的手法,正片开头播放的是宁波市海曙区交通运输局局长虞挺在项目验收会上的发言,紧接着是宁波市副市长在项目现场所说的"知耻而后勇",由此为报道设置悬念,引发观众的兴趣,随后再徐徐展开,使得报道更具有可看性,也突出了调查性报道的问题追溯特征。报道对多元主体进行了深入的采访,以此来推动调查步步推进,包括群众的"怨声载道",媒体评论员的"一针见血",主管部门之间的"互相推诿",在采访间隙中利用大量实时数据和现场画面"说话",将这一问题工程背后的原因、影响、进展以及所呈现出的政府治理困局全面摊开,使得报道内容饱满、结构紧凑。

从最终的立论来看,评论作品《"自残式"修路何时休?》摆事实讲道理,做到了新闻主题的引申和开掘。节目以 214 省道海曙段 12 年修建困局为出发点,配以长时间的跟踪拍摄的实景画面,深刻揭示问题的严重性、复杂性,直指当前政府重大线性工程规划、设计、建设、改造、管理等方面的共性问题。在片尾部分,节目还特别提出了宁波市城市精细化管理三年行动方案,以及未来城市发展治理新格局。主持人的片尾点评非常到位,起到了较好的舆论引导作用。由此一来,节目做到了集问题发现、解决、展望于一体,充分回应了社会关切,提升了报道的站位,发挥了以新闻推动社会进步的作用,彰显了主流媒体的责任与力量。不失为一篇具有建设性舆论监督价值的新闻评论作品。

电视新闻专题

村里来了艺术家

【导语】

乡村振兴的路子怎么走,是很多乡村面临的共同课题。近年来,全国各地包括我们宁波也在不断探索,但是一些政府组织、财政投入的乡村振兴项目和活动,常常出现"干部干、群众看"的尴尬局面,村民们参与热情并不高。而在宁海的葛家村,一场始于今年 4 月的"艺术振兴乡村"课题实践,激发了村民们的内生动力和艺术创造力,这个月的 12 日,村里的 10 位村民走进中国人民大学艺术学院的课堂,给师生上起了专业课。这究竟是怎么回事,我们一起去看。

【同期声】

石头是从河里捡来的,毛竹是从我山上去砍的。

【正文】

12 月 12 日上午,中国人民大学艺术学院的悲鸿讲堂不时传出掌声和笑声。来自宁海葛家村的 10 位村民,给学院的师生上了一堂特殊的专业课。

【同期声】

中国人民大学农业与农村发展学院博士研究生 牛拗

农民在实践方面比我们有更多的经验,所以我们的理论和他们的实际经验相结合,我们觉得能够创造更大的价值。

【同期声】

中国人民大学艺术学院学生 刘佳音

他们的一些实践,对我们有更多的灵感和启发。

【同期声】

中国人民大学农业与农村发展学院副教授 黄波

我们的村民给我们带来了中国传统文化、传统乡村艺术的一种灵感的激活。

【同期声】

葛家村村民 葛三军

到人民大学来，我是做梦也没想到的。

【同期声】

葛家村村民 葛万永

你说作为一个农民能到这里来上课，能有几个人有这样的机会啊！

【正文】

那么，这些葛家村的普通村民，怎么就能够到这里上课呢？

（黑场）

【正文】

葛家村，宁海县大佳何镇一个只有 1606 人的小山村，十多年前就已经是小康村，去年村民人均收入 31069 元。和宁波大多数普通的村庄一样，目前村里年轻人和大多数能人都出门在外，村庄多年来没什么变化。这些年，县里、乡镇不断投入资金，组织各种资源，也给村里做了不少项目。

【同期声】

宁海县委副书记 李贵军

过去的做法也是到村里面去，搞一些设计，搞一些文创，搞一些墙绘。他们走了以后，没有留下什么东西。

【正文】

县领导的说法还算客气。在一些乡镇干部和村民看来，那些千村一面的文创项目，还有那些在农村不实用的所谓景观，就是劳民伤财。

【同期声】

葛家村村民 葛万永

做了一些面子工程了。钱花得很多，又不能吃不能喝，都是劳民伤财的事情。

【同期声】

宁海县大佳何镇副镇长 葛斐嫣

这一块草皮吧，搞了死掉，搞了死掉。搞到后来，我们政府都不想搞。我搞的东西总是死的话，公共财政总是在投入，你说郁闷吗？就不想搞。后来我们就很多是搞假的。

【正文】

葛家村所在的大佳何镇，为了应付上级考核，就出现过用塑料代替草皮的事儿。宁海县的干部们知道，再走这样的老路子，肯定是行不通了。一次偶然的机会，县里听说中国人民大学艺术学院正在做一个乡村艺术融合设计的课题。

【同期声】

宁海县委副书记 李贵军

到北京去，去敲门，敲开了（中国）人民大学的门。我们想寻找一种新的发展方式。

（黑场）

【正文】

今年 4 月 4 日，中国人民大学艺术学院的副教授丛志强带着课题、带着 3 名研究生，来到宁海，住进了葛家村。

【同期声】

中国人民大学艺术学院副教授 丛志强

来葛家村一转，发现这个村子的基础并不是那么好。基础不是那么好，对全国的更多村子来讲，可复制性、可借鉴性就更强一些。

【同期声】

经济上的变，还是从美上的变，还是从站在整个村子变好的一个角度去变。

【正文】

给大家讲解怎样用艺术设计改变村庄，丛志强事先花了很多心思。可两次课讲下来，他发现这课是没法继续了。

【同期声】

中国人民大学艺术学院副教授 丛志强

该干什么干什么。接电话呀！很高的音量接电话，然后两个人坐一块聊天来了，就跟在大街上一样。

【正文】

这样的场景，对镇里的干部来说倒是并不意外。

【同期声】

宁海县大佳何镇副镇长 葛斐嫣

既然说县里介绍过来，那我们也是作为一份工作在做吧。

【正文】

镇干部想着就是走个过场,村民们当然也没放在心上。

【同期声】

葛家村村民 葛万永

他就是好像在天上飘一样,跟我们农村是两码事情。他们的想法跟我们农民能结合在一起吗?根本就不相信。

【正文】

村民们觉得,他们和人民大学的距离就像是地里的土和天上的云。而让丛志强郁闷的是,精心准备的课没人听,关于他的流言倒是在村里很快传开了。

【同期声】

中国人民大学艺术学院副教授 丛志强

第一个是丛老师是骗子。另外一个呢,就是很多村民认为我是来挣钱,甚至挣很多钱。实际我们是学校的科研经费来的。

【正文】

情绪低落的丛志强一度想一走了之。有好几天,他带着 3 个学生在村里转悠,琢磨。除了流言,丛志强脑子里印象最深的,是村民多次问他的那个问题:做设计有用吗?丛志强觉得应该做点什么。

【同期声】

全过来,将来人是可以坐、可以躺的,舒服就行。

【正文】

葛家村文化礼堂前有一大块空地,村民们常聚在这里闲聊,却没有一个坐的地方。丛志强发现,村里山上有的是毛竹、树木,溪边有的是石头、沙子,不用花钱。丛志强在空地上垒了几把竹椅,能坐,也能躺。

【同期声】

葛家村村民

好啊,夏天可以乘风凉,冬天可以晒太阳,不是很好嘛!

【同期声】

葛家村村民

我身体不好,这样靠也可以靠,对吧。

【同期声】

葛家村村民

椅子很好啊!小孩子可以坐,老人家也可以坐。虽然很小,不过很实用。

【正文】

来了那么多天，丛志强第一次感受到了村民的认同。

【同期声】

中国人民大学艺术学院副教授 丛志强

设计什么？设计就是要解决问题。设计就是要服务于村子的生活生产。

【正文】

村民没花一分钱，丛志强当然也没挣到一分钱，但是村里的空地上多出了几把竹椅，实用又好看。这时，村民葛万永主动找了丛志强。

【同期声】

葛家村村民 葛万永

我本来想打造庭院的，就是找不到设计的人。就是让他试一下嘛，做好了就留下来，做得不好等你人走了，我就扒掉重做。

【正文】

葛万永的小心思，丛志强当然不知道，但是能被村民信任，他很开心。很快，葛万永家的院落被丛志强的团队改变了模样。

【同期声】

葛家村村民 葛万永

我们坐在这里聊天，家里椅子都不用搬出来，现成的，对不对？

【正文】

在葛家村，不少村民都曾经是泥瓦匠、木匠或者篾匠等各种手艺人，葛万永就是个泥瓦匠。按照丛志强的设计和指点，他自己动手，几乎没花什么钱。院落打造一完成，一下子就吸引了很多村民。

【同期声】

葛家村村民 葛三军

我也跑去看了。确实是挺好的，我想我的家里也搞一个。

【同期声】

葛家村村民 葛万永

你知道来了多少人吗？几百拨，一拨一拨的，有几百拨。很了不起啊！这点小艺术。

【正文】

看到丛志强真有些本事，村民遇到他主动打招呼的多起来了。村里有人也想打造一下自家的院子，有的想装点一下门墙，还有的想搭个好看的篱笆，都来找丛志强帮忙搞设计、出主意。镇里的干部看到了这些变化。

【同期声】

宁海县大佳何镇副镇长 葛斐嫣

越来越多的村民去找丛老师，觉得丛老师跟以前到我们葛家村的艺术家有点不一样，还是有几把刷子的。

【正文】

时间过得很快，4 月 17 日，第一期课题结束，丛志强要离开葛家村回北京。这次，镇里的干部有些担心了。

【同期声】

宁海县大佳何镇副镇长 葛斐嫣

我怕又恢复到以前。我们把这冒出来的这个火花或者火苗应该要保护好呢。

【正文】

赶在丛志强离开葛家村之前，镇村干部们拉着他，把村子的角角落落转了个遍，让丛志强给村民们布置"作业"。

【同期声】

歌词：村里来了艺术家，屋前屋后连着转。访了东家访西家，到底想干些啥？

（黑场）

【同期声】

丛老师，快快快！吃西瓜！

你不吃，人家都不吃了。

那我好惭愧。我吃了，快都来吃，都来吃！

【正文】

7 月 5 日，丛志强再次来到葛家村，开始第二期课题。他发现，离开前给村民们布置的作业，好多都已经完成。几十米的聊天长廊，空地上的小盆景，墙壁上的竹窗、装饰都完工了，桂花王和玉兰苑院落正在打造。让丛志强意外的是，有的村民修改了他的设计，而且改得还挺好。这排竹筒做的风铃，村民在丛志强的设计上，自己加了一根绳子。

【同期声】

中国人民大学艺术学院副教授 丛志强

人家从这个长廊里走，假设风大的时候一吹，把从这儿走的人敲了一下，人家会觉得我们这个村不好。这很智慧的，不要小瞧只是拉了根绳子。

【同期声】

有 15 米长的毛竹条，这样子不能转弯了。你这里转弯不能转了，要么就这样子转，要么我们下面的来。

这个转不过来是吗？

转不过来。这个我们角转不过来，太小了。

你现在已经是策划大师了。

【同期声】

中国人民大学艺术学院副教授 丛志强

为什么叫设计激发村民内生动力？他有，他很强，但是没有这样的舞台和机会让他呈现出来。就像是一个平静的水面，需要扔进一块小石头，他就会有反应。

【正文】

随着丛志强和村民们设计、实施的项目越来越多，镇干部发现，葛家村的一些人和事有了变化。村民叶仙绒家有不少老家具，丛志强指导她建了一个乡村美术馆。美术馆建成后，很快成了葛家村的又一个热门打卡地。山东、河北、四川等各地的游客都慕名而来，最多的时候一天就来了 16 批。

【同期声】

游客

我觉得这边就地取材，用得很不错。

【同期声】

游客

村民们很有艺术的天分。

【同期声】

葛家村村民 叶仙绒

现在弄得这么好，让我兴趣非常足。

【正文】

过去，因为宅基地的纠纷，叶仙绒和邻居 20 多年没说话，疙瘩一直没有解开。

【同期声】

宁海县大佳何镇副镇长 葛斐嫣

叶仙绒家办了一个美术馆。因为考虑到一家开了，隔壁两家都没打造的话,就是没有一个整体性和连贯性,也不好看呀。

【同期声】

叶仙绒儿子 葛剑平

我妈也跟村干部提出来,客人来这么多,我们周围是不是也可以搞一下?

【同期声】

宁海县大佳何镇副镇长 葛斐嫣

叶仙绒主动把宅基地让出来,现在成片的三个都打造好了。

【同期声】

叶仙绒儿子 葛剑平

他们进出都是靠这条路走。现在我们把这块地共享出来之后呢,他们家这边就进出很方便了。把这个门打开,也把我们邻里之间的心门顺便同时打开。

(黑场)

【同期声】

(新闻发布会现场声音)

建设美丽和谐、环境优良、生态宜居、幸福安康的新农村。

【正文】

8 月 20 日,葛家村举行了建村以来的第一次新闻发布会,向来自全国各地的媒体展示他们村子的设计作品,其中包括 40 多处公共区域的打造和 200 多个文创作品。

【同期声】

葛家村村民 葛万永

我们葛家村历史有 1000 多年了,从来没有像今年有那么多客人来过,你说变化多大。

(黑场)

【同期声】

水泥放在里面,石头在外面,这样看上去都是石头了,没有水泥了,是这样的。

【正文】

9 月初,葛万永和几位村民接到了前童镇上溪村的电话,请他们去当师傅,工资 400 元一天。

【同期声】

宁海县前童镇上溪村党支部书记 葛秉权

虽然现在请了 400 块钱一天，我觉得挺值得。他们能干好，咱们村民应该也能学会。

【正文】

葛家村名气越来越大，来参观考察和旅游的人们也越来越多。今年，村里开了 16 家农家乐和民宿。村民们做的毛绒玩具、蜡染饰品，还有这种竹筒灯笼，很多都被游客们买走。这栋石头房子的主人回到村里，开起了方圆几十里内的第一家酒吧。这几天，村干部们正忙着 3A 级旅游景区的申请，村口西边的旅游景观带，已经全面开工了。

【同期声】

宁海县委副书记 李贵军

村民的积极性调动起来，我觉得非常重要。因为乡村振兴的核心问题就在于发动村民，因为村民是乡村的主体。

【同期声】

中国人民大学艺术学院党委书记 张淳

广大村民变成了艺术创作的主体，成为艺术家，我觉得这是一个非常根本的、内在的转变。

【正文】

今年暑期到现在，宁海县已经邀请了 10 多所高等院校的 30 多支设计团队，陆续进驻到全县 360 多个村，和村民们一起规划、设计、改造村庄。在宁波的其他县市区，这种乡村振兴的形式正在全面推开。

【编后】

走进现在的葛家村，各种景观、小造型、小点缀等随处可见，村民自己创作的作品让村子充满生机和活力。更让人高兴的是，艺术家走了，但村里的美化提升、艺术设计、产业发展等，并没有停下来。村民们的创新、创造仍在继续，越来越多的村民正在成为不会离开的乡建艺术家。习近平总书记指出：乡村振兴要激发广大农民积极性、主动性、创造性，激活乡村振兴内生动力。这一年，各级干部没有在葛家村大包大揽、大拆大建，但村民们因地制宜、就地取材、各显其能，释放出惊人的创造力，正在让村庄一天天变得更美、更好。葛家村是一个普通的村庄，越是普通，就越有代表性。我们希望葛家村一年来的实践，能为更多的地方提供借鉴。

作者：蔡志飞、丁杨明、高红明、田丰、何星烨、吴金城

编辑:徐明明、蔡圣洁

单位:宁波广播电视集团

播出时间:2019 年 12 月 29 日

紧扣基层脉搏,回答时代命题

——《村里来了艺术家》评析

赵　莉

主题报道《村里来了艺术家》将视线对准艺术助力乡村振兴这一时代重大问题,长期蹲点宁海葛家村,深入探寻艺术介入乡村的探索实践,挖掘出艺术改造乡村、振兴乡村的生动故事,推出了富有影响力的报道,为各地乡村振兴提供了可对比、参考、借鉴的样本,体现出重大的时代意义。

一、关注时代问题,回应现实关注

乡村振兴的路子怎么走,是当前很多乡村面临的共同课题。艺术振兴乡村这条独特的路径在实践中也面临很多争议。主题报道《村里来了艺术家》一开始就提出了尖锐的问题:"在一些乡镇干部和村民看来,那些千村一面的文创项目,还有那些在农村不实用的所谓景观,就是劳民伤财。"那么,宁海葛家村"艺术振兴乡村"的实践跟面子工程到底有什么不同?普通村民是如何从质疑观望到最后成为极富创造力的"乡村艺术家"的?报道把重点放在如何改变乡村振兴工作中"干部干、群众看"的尴尬局面,调动村民们参与热情这条主线,生动地讲述了艺术介入乡村,推动乡村文化和经济健康发展的独特故事。主题报道不回避现实问题,逻辑清晰,用事实说话,在深入扎实的采访中,呈现社会问题,并且探讨解决方案,呈现了葛家村用艺术唤醒和培养村民的文化自觉和文明意识,用多层次手段保存和传播乡村传统和乡土生活,以特色形成产业生态的"实践样本",既有独特性又带有普遍性,引发了人们的积极关注和思考。

二、巧讲故事 逻辑清晰

作品一开始,就是葛家村 10 位村民走进中国人民大学艺术学院的课堂,给师生上起了专业课的画面。这就引发了人们的好奇:普通村民是如何走进大学讲堂的呢？接下来,作品用几个小故事将葛家村艺术振兴乡村的实践串连起来:把艺术带入乡村的中国人民大学艺术学院副教授面临村民"做设计有用吗"的质疑,他用实际行动给予回应——用设计改善文化礼堂景观,用设计帮助村民打造院落,用设计指导村民建立乡村美术馆,用设计解开村民之间的纠纷矛盾。这些生动扎实的故事传递出一个重要理念,即艺术就是要解决问题,设计就是要服务于村子的生活,从而非常清晰地表达出"艺术融合设计"激发村民内生动力的主题。充分发挥了媒体"用辉煌的成就鼓舞人心,用美好的前景催人奋进"的舆论引导功能。

电视新闻专题

【字幕】谨以此片,向熊澎桥同志和熊澎桥式的好干部致敬!

【解说词】2019 年 7 月 21 日,一个异常沉闷的夏日清晨。2000 多个花圈,3000 多名自发前来送行的各界人士,无数人的泪水冲刷着同一个名字——熊澎桥。

群众心中的好干部

【字幕】现场手机视频

【现场同期声】拖了多久了,真的是,我们是按照规矩来,一步一步来,我们一生的心血,一套房子。

【业主同期声】原来这个门都会晃的,配电箱很不合理。

【现场同期声】要么这样好吗,你们先跟业主代表沟通好再(跟我)说。

【业主同期声】他很认真的,换什么马桶,他都一笔一笔,每一项都记下来了。

【解说词】中梁首府因现房和样板房差距过大,小区业主们开始集体上访。熊澎桥接手事件后,听取多方意见,专题商议解决办法,维权事件顺利解决。

【业主同期声】我们小区因为有熊区对我们的支持和帮助,所以才能住上自己比较满意的房子。

【解说词】大事小事,最重莫过于群众心头事。早上骑车,晚上散步,大街小巷串,和群众交谈是熊澎桥了解民生、开展城建等各项分管工作的特有方式。仅仅是他在镇海工作的两年时间,镇海城乡秩序持续改善,城市环境焕发新颜。接地气,能干事,是所有群众对他的一致评价。

【解说词】镇海区招宝山街道三江超市居民楼,有一栋有着 30 多年历史的商住楼,小区居民大多年事已高,由于没有电梯出行十分不便。2019 年 4 月,熊澎桥到小区附近走访,查看垃圾分类工作,居民张志萍向这位没有官架子的干部提出了大家的需求,希望能把垃圾竖井改成电梯。

【居民同期声】熊区长当时现场办公，现场拍板，现场定下来这件事。

【解说词】不到三个月时间，垃圾井改电梯项目顺利开工。

【居民同期声】没有熊区的英明决定，我们三江楼上不可能造电梯。

【解说词】群众的口碑是杆秤，称出了一名有担当有作为的好干部。但镇海老百姓还不知道的是，在熊澎桥曾经工作了 20 多年的慈溪，他也是有口皆碑的。2016 年，宁波大学科技学院迁建项目落户慈溪白沙路街道，许多村民对拆迁工作有很大的抵触情绪。

【拆迁户龚美琴同期声】原本舒舒服服住着，换到哪里去也不知道。

【拆迁户龚美琴儿子同期声】他慢慢地，以他的交流方式，打动了老年人的心。

【拆迁户龚美琴同期声】（你说）为了儿子好，孙子好，我们也是为了后代好，小孩上大学。

【字幕】历史画面

【熊澎桥同期声】我们面对这么大的工程，要把每一户人家的思想做通。咬定青山不放松的攻坚精神，众人拾柴火焰高的协作精神，舍弃小家为大家的奉献精神，苦干巧干相结合的创新精神，以这四种精神来引领，来做好我们每一项工作。

【解说词】2019 年 7 月 18 日上午 9：05，宁波市镇海区常委、镇海区政府党组成员熊澎桥同志在检查建筑工地时不幸坠落，经抢救无效，因公殉职，年仅 48 岁。

【业主同期声】伤心。

【小区居民同期声】太遗憾了。

【业主同期声】挺难过的。

【拆迁户龚美琴同期声】如果能换命，让我跟他换也可以。

【业主同期声】很可惜，觉得镇海失去了一个这么好的领导。

【庄市街道党工委书记金燕同期声】心中的靠山，他永远都是在的，就算人已经不在了，他的精神也永远在。

【字幕】熊澎桥同志是一名优秀党员干部，心系群众，作风深入，担当作为，是在主题教育活动中涌现出的一个好典型——中共浙江省委书记车俊。

【字幕】对熊澎桥同志的事迹要加大宣传力度——中共浙江省委副书记、浙江省人民政府省长袁家军。

【字幕】澎桥同志是一位工作认真负责，有担当有作为的好干部——中共浙江省委副书记、中共宁波市委书记郑栅洁。

作者:何顺、李晓军、王旭雷、汪董、顾闻
单位:镇海区广播电视台
播出时间:2019 年 8 月 29 日

树立正面典型,弘扬社会正能量
——《群众心中的好干部》评析

赵　莉

《群众心中的好干部》报道了因公殉职的熊澎桥同志的感人事迹,以扎实的采访、生动的素材和富有人情味的风格,报道了熊澎桥同志敢于担当、攻坚克难,实现人生最大价值的事迹,展现了一位踏实苦干、初心不移的优秀共产党员形象,引发群众对党员先进性的情感共鸣,发挥了舆论引导的积极作用。

一、采访扎实,有点有面

在这组系列报道中,记者辗转宁波、慈溪两地,深入熊澎桥工作奋斗过的各条战线挖掘素材,实地采访了熊澎桥的家人、同事以及他曾经服务过的广大群众,相关重要人物一个都没有落下。在深入扎实的采访中,通过熊澎桥同志热心了解民生、开展居民楼垃圾井改电梯项目、情理交融引导拆迁等一项项生动事迹,呈现出一位心系群众、兢兢业业的优秀共产党员形象,同时挖掘其中蕴含的丰富时代内涵,突出了典型人物的时代价值,彰显了党员干部为新时代中国奋斗的无私奉献精神。

二、以情动人,引发共鸣

电视是画面的语言,要做出感人的片子,最重要的是主创人员的心要沉下去。百姓的亲身经历和真实感受,是报道具有感染力和说服力的基础。《群众心中的好干部》注重通过群众的口说话,"群众的口碑是杆秤,称出了一名有担当有作为的好干部",运用大量现场声和采访,增强了说服力。无论是拆迁户所说的"如果能换命,让我跟他换也可以",还是居民楼业主所说的"很可惜,觉得镇海失去了一个这么好的领导";无论是同事"心中的靠山,他永远都是在的,就算人已经不在了,他的精神也永远在"的评价,还是 2000 多个花圈,3000

多名各界人士自发前来送行的画面，都反映了人民群众对熊澎桥同志的敬佩和爱戴之情，让电视机前更多的观众感受到熊澎桥同志不忘初心、无私奉献的精神，发挥了良好的社会价值。

电视纪录片

《莫奶奶的生日愿望》解说词

【字幕】宁波栎社国际机场

【解说词】

2019 年的国庆节前夕,三位来自波兰顶级音乐学府波兹南音乐学院的教授,经过 20 多个小时的飞行,抵达宁波。他们此行的目的,就是来看望一位普通的宁波奶奶。令他们感到意外的是,这位奶奶早早就来到了机场,并且执意要用自己的方式来迎接这几位远道而来的朋友。

【现场声】

这三位从波兰来的,就是来拜访您的。太感谢了。

【解说词】

这位奶奶是谁? 又是什么吸引了三位音乐家不远万里特意从波兰华沙飞到中国宁波来看望她? 让我们把时间调回到今年的 7 月 28 日,从老人的生日愿望说起。

【出片名】莫奶奶的生日愿望

【央视新闻同期声】

今天的面孔是一位老人,她叫莫志蔚,浙江宁波的一位退休工程师。最近她决定在今年 80 岁生日之前要捐赠 10 架钢琴,摆放在宁波的闹市街头。

给自己所在的城市捐 10 架钢琴是这位老人一直以来的心愿,那老人为什么要这样做呢?

(莫奶奶采访 央视新闻同期声)

网上看到,国外不是有很多街头钢琴嘛。在公园里啊,机场,都放在那里。我当时就想,要是我们宁波有多好啊。听得人马上停下脚步会来听,要想弹的人坐上去马上能弹,那感受是很好的。

【解说词】

去年年底和莫奶奶相伴 50 多年的丈夫去世了,是钢琴还有音乐支撑着莫奶奶度过了那段艰难的日子。寂寞的时光里面，弹奏一首《夕阳箫鼓》，往日的那些跟老伴的温馨记忆和点滴美好就都回来了，是音乐纾解了她自己的思念和伤感。这时候的莫奶奶突然觉得音乐和钢琴太美好了，应该让更多的人享受到钢琴的魅力，但是毕竟不是每个人都有机会有架琴。莫奶奶决定用退休金买 10 架钢琴摆放在宁波的街头。

（采访 莫奶奶）

能够让宁波城里到处飘扬钢琴的美妙的声音，生活在这样的一个城市里，我觉得每个人的心情也会好一些。他们都觉得这个事情，你这么大的年纪，很折腾人的。这个事情是很难，我也知道。要尝试一下，到底成不成也不知道是吧。总要试，不试怎么知道。

【同期声】

这个门正好对着天一广场，那么进进出出的老老小小都可以进来弹。

【解说词】

经过一段时间的亲自走访考察，莫奶奶确定了 10 架钢琴的摆放地点，并且亲自挑选了钢琴。

【同期声】

三、二、一，揭幕。

【解说词】

就在国内媒体纷纷报道莫奶奶和公共钢琴事件的同时，这位宁波奶奶的故事也传到了欧洲。远在 9000 公里以外的波兰，几位音乐家们因为对音乐的共同热爱，才有了这一次决定来宁波与莫奶奶的美好相遇。

（采访 威泰克）

这是一个十分令人震惊的故事，我对于自己能来到这里并认识莫奶奶而感到高兴。因为即使你听说了这件事，但你并不了解细节，例如我只知道这里有位女士捐赠了 10 架钢琴给政府，对这座城市很感兴趣，这是需要支持的好的想法。但是当我到了这里，我意识到她是个很出色的人，这不仅是她希望的，她有很多的钱不知道怎么去用，不，她是有改变城市改变文化的想法。让钢琴和这里的人们的生活更近。这在世界上是个例外，也许它在别的地方发生，但是我从来都没有听到过。

（采访 彼得）

在音乐会以外的场地看到钢琴是非常罕见的。例如在波兰像机场这些地方我们能看到钢琴，有些时候能在商场看到钢琴，但还是非常少见的。所以在公共场所放置钢琴的想法是很好的很新颖的,莫奶奶引领了这个想法。在欧洲这种情况非常少见,所以现在中国也许会在这个主题上起带头作用。

【解说词】

到达宁波后的第二天,三位波兰艺术家和莫奶奶,以及其他七位宁波的钢琴家们一起如约走上街头。在相同的时间怀着相同的心情,共同完成了"《我爱你中国》——莫奶奶和她的朋友们"国际钢琴快闪活动。他们用实际行动为莫奶奶的善举打 call,也为新中国成立 70 周年的生日送上了一份来自宁波的特别礼物。

【现场声】十琴同奏画面,特技分屏

我爱你,中国!

【字幕】宁波音乐厅

【现场声】

文化是城市之魂。让音乐连接世界,让世界走进宁波。

【解说词】

在接下来安排的活动中,三位波兰的艺术家走进宁波音乐厅,为莫奶奶和所有宁波莫奶奶公共钢琴的志愿者们,单独举办了一场公益音乐会。

【解说词】

在演奏期间,来自波兰的艺术家,多次邀请现场的钢琴爱好者们上台弹奏。他们不仅逐一进行现场点评,更是与宁波钢琴爱好者们进行了长时间的互动。此时的莫奶奶一直用手机记录着这些美好而又难得的时刻。

【同期声】莫奶奶

这样的波兰音乐家,只有在波兰的音乐厅才能听到,可是我们现在在宁波音乐厅就能听到,太好了,太高兴了。

(采访 莫奶奶钢琴志愿者 邵帅)

这次刚好是今年夏天看到莫奶奶捐了 10 架公共钢琴,所以我又重新开始弹琴了,找到了钢琴的第二春,这里要再次感谢莫奶奶。

(采访 小朋友)

我弹琴从来也没有想过,台下全都是欧洲顶尖大师在听我弹琴。通过今天在舞台上的表演,我很想以后长大了继续弹琴,继续去学习钢琴,然后出国去欧洲深造。

【解说词】

当然,她也不忘去鼓励那些有音乐天分的孩子,告诉他们宁波有公共钢琴了。

【现场声】

我们有 10 台公共钢琴,这就是说鼓楼那台,你可以经常去,有很多看的,这个让他锻炼很好,你什么时候都可以去弹。

【解说词】

音乐会上,三位波兰艺术家获得了由宁波音乐港颁发的艺术总监的证书。同时宁波音乐港与刚落户宁波的一家欧洲钢琴赛事代理机构签订了战略合作协议。让国际著名的德国汉堡肖邦音乐节、莱切斯基国际钢琴大赛在宁波落地。

【字幕】莫奶奶的家

【解说词】

离开宁波前的一天,来自波兰波兹南音乐学院的钢琴教授威泰克专程去了莫奶奶的家。因为他这次来中国还有一个非常重要的任务没有完成。

【现场声】

这个是以前弹的曲子,就怕弹完以后就忘掉了,就放在优酷网里面。这个有的就是用视频给他合起来,有的就是自己弹,也有演出的,都有这个上头。

【同期声】

对我来说很惊讶,当我回去我会把她的故事告诉身边的所有人,然后给他们看莫奶奶弹琴的视频,我认为所有的事都有可能,只要你有梦想就去做。无论你的年龄是多大。我会告诉我的妈妈就算你已经 65 岁了,依然可以学习烹饪。

【同期声】

他要告诉所有人只要有梦一切都有可能。他说他妈妈 65 岁,他或许要跟他妈妈说您的故事,然后说什么时候都可以学习,永远都不会晚。对,只要想学,什么时候都可以开始的。

【解说词】

原来来中国宁波之前,本来是波兰华沙肖邦音乐大学的钢琴系主任跟他们一起来的,结果临时有事情没有成行。他特意嘱咐威泰克将自己在琴房录制的私人视频带给莫奶奶。

【同期声】

生日快乐,中国。我是 Emilio 教授,我想要祝贺莫奶奶为宁波音乐做的一切,我听说了她的故事。我要为我不能去宁波亲自拜访您而道歉。我在这里要祝贺莫奶奶,如果她愿意,我将邀请莫奶奶来波兰,来这里。谢谢。

【同期声】

非常感谢威泰克教授能带来这个视频,还能够邀请我去波兰,非常的高兴,也非常感谢。

【同期声】

他说不仅是到波兰华沙肖邦音乐大学,整个波兰都可以供您参观。太好了。

【同期声】

他说您对钢琴的天赋是很强的。您在现在学好是真的很不容易。她非常敬佩您。

【同期声】

他说在这些里面您最喜欢哪首?这里,这个《彩云追月》,还有这个《牧童短笛》也是。

【同期声】

愿钢琴连接中波人民友谊。

(采访 中国中央音乐学院院长 俞峰)

莫志蔚老人捐赠公共钢琴的善举,引起了国内外的广泛关注,也使宁波的文化在国际性、文化性上有了新的阐释。莫奶奶公共钢琴又一次唤醒了宁波整座城市的公共文化意识。广大市民热情的参与,必将以巨大的音乐力量推动宁波音乐之城、爱心之城的建设,让城市文化走向更高的水平。

【解说词】

莫奶奶说,今年是新中国成立 70 周年特别的日子,也是自己 80 岁的生日。她想在宁波街头摆放 10 架公共钢琴的生日愿望已经实现了。她想让公共钢琴成为宁波城市的一个风景,成为她和所有志愿者们的一个集体回忆。希望音乐走近更多的人,希望祖国繁荣昌盛,也希望宁波这座音乐之城能拥有响彻世界的宁波旋律。

作者:李帆、杨哲

单位:宁波广播电视集团

播出时间:2019 年 12 月

《莫奶奶的生日愿望》评析

曾海芳

由宁波广播电视集团推荐的纪录短片《莫奶奶的生日愿望》以三位波兰艺术家来到宁波参加"莫奶奶和她的朋友们"庆祝新中国成立 70 周年公共钢琴快闪活动为切入点，真实记录和回顾了宁波退休老人莫志蔚在自己 80 岁生日来临之际，捐赠 10 架公共钢琴放在宁波街头的一系列故事。作品围绕莫奶奶捐赠公共钢琴的善举，展现宁波人民公共文化意识的崛起，彰显宁波"爱心之城"的风采。

一、设置悬念，讲好故事

新媒体时代，纪录片要想抓住受众的眼球需要具备讲好故事的能力。要想讲好故事，一定要让"讲"述的故事替代故事本身的架构与演进，同时注意大布局、强情节和好结构。纪录短片《莫奶奶的生日愿望》以悬念开头，讲述三位来自波兰的钢琴家不远万里来宁波看望一位普通奶奶，再用倒叙的手法为观众解密这一事件的来龙去脉，以及在他们身上发生的后续一系列故事。最后，作品回归主题并加以升华，指出莫奶奶想要在宁波街头摆放 10 架公共钢琴的愿望实现了，她想让公共钢琴成为宁波城市的一道风景，希望音乐走近更多的人，反映了新时代人民群众不断丰富的精神文化生活。

二、制作精良，声画和谐

作品合理利用电影创作的技法，包括构图、光线、角度、景别等，保证画面的清晰度和唯美性，同时运用航拍和超高速摄影等特殊的影视拍摄手法，体现了主创团队先进的制作理念和技术水平。在展现莫奶奶和 9 位钢琴家在相同的时间、不同的公共钢琴共同完成"莫奶奶和她的朋友们"国际钢琴快闪活动时，导演以一曲共同演绎的曲目《我爱你中国》串起不同场景，运用多场景、多画面同框的形式，致敬新中国成立 70 周年。

三、国内外多渠道播出,影响广泛

音乐无国界。《莫奶奶的生日愿望》涉及国际音乐交流,非常适合国际传播,因此作品在创作之时就具有国际传播的意识。如,作品穿插了对三位波兰钢琴家的大量采访,以及波兰华沙肖邦音乐大学钢琴系主任录制的演奏和祝福视频,体现了音乐联通世界的主旨。作品通过浙江卫视国际频道在海外播出,中国国际广播电台和"中国国际在线"均用波兰文向波兰和其他欧洲国家同步推送了本片,在讲述好"宁波故事"的同时,也提升了宁波城市知名度和国际影响力。

电视纪录片

【字幕】年轻人外流、农村空心化、农业增收难的态势在我国农村日趋明显。单纯依靠"输血式"的"外生驱动"做法已经无法实现乡村振兴的要求。如何发挥农民在乡村振兴中的主体作用？中国人民大学丛志强副教授在浙江宁海葛家村进行了一次卓有成效的乡村"内生动力"的实践。

葛家村"变形记"

【出字幕】2019 年 4 月

2019 年 4 月，中国人民大学丛志强副教授和他的团队来到宁海开展艺术驻村行动，他们选择了默默无闻的葛家村。丛副教授觉得越是普通就越有代表性，它的成功模式也越值得借鉴和推广。

【同期声】中国人民大学艺术学院副教授 丛志强

其实来做葛家村初心就是通过设计来激发村民的内生动力。村子的建设也好，发展也好，尤其是可持续发展，最终还得以村民为主。

丛副教授和他的团队信心满满地进驻葛家村，可没想，第一天，就遭到村民的冷漠、不理解，甚至是怀疑。

【同期声】葛家村村民 葛运大

我们村民都说他是来做广告的。

【同期声】葛家村村民 葛三军

我们有些村民不相信他，村民认为他是骗子。

【同期声】中国人民大学艺术学院副教授 丛志强

他不是接受或者不接受，他是排斥。

面对这样的困局，丛副教授觉得说不如做。经过几天对村庄的考察，丛副教授决定在村里比较热闹的地方先修一把椅子。

（一组做椅子的镜头）

【同期声】中国人民大学艺术学院副教授 丛志强

一定要快速地和村民一起干,干出一个有用的东西,他对你的信任才会有一个质变。

【同期声】中国人民大学艺术学院副教授 丛志强

你按你的技术,这都得过来,全过来,将来人是可以坐可以躺的,舒服就行。

就地取材,用石头、竹子垒起了椅子,让村里这些沉寂多年的匠人有了施展空间。椅子一做完,就有很多村民来乘凉、做针线活。看起来微不足道的椅子解决了村民最实际的问题。

【同期声】葛家村村民

做起来肯定是好的。我们老人可以坐坐,我们老人幸福了。

而对丛志强教授来说,这张椅子更重要的意义在于,村民们相信了他这个"外来和尚"。那些握惯了农具的手开始拉着他问怎么样才能把艺术品做得更好看。很多村民开始自发参与到活动中来。

(祠堂做布艺)

【同期声】中国人民大学艺术学院副教授 丛志强

必须由村民自己做。所有用的材料都是废布旧布,至少有四五十家拿来的布,这就是一种参与。

【同期声】

这些是我们做了一个星期的成果。做这些东西我们都是没花过一分钱的,我们觉得一个普普通通的村妇都变成艺术家了。

(仙绒博物馆)

【同期声】葛家村民 叶仙绒

我是叶仙绒。我跟我老公经常去外面参观。别人那里很好看,我看了挺喜欢的,可我家里为什么弄不好看呢?所以就把丛副教授请过来看看。他说要开个美术馆,我说这弄不来的,他说可以弄起来的。

这字是我儿子写的。这张床是我们自己的,从我们结婚一直睡到现在。现在丛副教授说拿过来放着给人家看看。

【同期声】中国人民大学艺术学院副教授 丛志强

这编一个型,就和窗户一样,我就有种往里看一下的感觉。

第一次驻村结束,丛志强副教授和他的团队用了 12 天时间,和村民一起改造了 10 户农居、8 个景点。点滴变化,村民看在眼里。从质疑,到看热闹,再到参与设计,越来越多的村民跃跃欲试,他们期盼着丛副教授能再次回到葛家村。

（丛副教授回村）

【字幕】2019 年 6 月

【同期声】中国人民大学艺术学院副教授 丛志强

厉害了！

丛志强副教授在葛家村播下的种子已悄然萌芽。第二次进村，村民已经把丛副教授当成了自己人，毫无隔阂地讨论，大胆地提出意见。

【同期声】村民

一个人递一个打就不稳。这个和那个一定拍下来，像这样上来就好了。

其实这三个比我原来想的一个要好。三个为什么比一个好？三个这样堆起来好看了，好看是吧。

这个菱形的，不要方块形，方块形要矮下来。这个三米，三米太高了。四米多了，扁一点结实。这样好看，菱形的好看，好，就是它。

这个石头放多一点，多一点走路就慢了，速度慢了上来也没事了。

我们学你们的，你们学我们的，太对了，互相学习。

做得不好他也要讲，他设计得不好我们也要讲。我们都互相监督，你敢说他，对，我们也要说他的。

不像人家都按正常的思维出牌。这个厉害了，不按正常思维来，这是特点，这就是我的特点，对对对！

【同期声】中国人民大学艺术学院副教授 丛志强

我第二次来的时候和第一次对比，那个反差太大了。

都说艺术能打开人的心灵之美，当农民遇上了艺术家，必会擦出绚烂的火花。

【同期声】葛家村民

好嘞！OK！

用自家山上的竹子可以做出如此多彩的灯光，这是葛家村的村民们从没想到过的事情；他们更想不到，这些村旁溪边不起眼的石头可以垒成不同形状的造型；连被遗弃在角落的自行车、摩托车、缝纫机都可以改头换面，成为村里的一景；村民们的生活仿佛一下子多姿多彩起来。

与第一次进村相比，这第二次进葛家村，村民对丛副教授的态度完全改变，每天不是围着丛副教授问问题、讨论方案，就是让他看看自己的作品。你瞧，连吃饭时间，村民都不放过他。

【同期声】宁海葛家村民　袁小仙

丛老师,我昨天夜里做好了。好看吗?好看!这个叫什么?招财猫。招财猫啊,这招财猫做完了就这么高兴啊!当然高兴啊!昨天夜里做到一点多。一点多呀,好像是一点多,做了这两个东西。我看看,你展开我看一下。挺好的,手这么大,手大招财多是吗?招财多,多招点,挺好的,挺好的。

丛老师他们来了,说要做这个艺术。艺术以前好像是做不来的,做不来好难看,也不想去学。他们一定要我去,那好吧我去了。现在兴趣也有了,别的随便什么东西好像都抛掉了。还是这个要紧,好像这个是事业一样的,越做越有兴趣。

【同期声】中国人民大学艺术学院副教授　丛志强

累肯定是累的。身体累,心里不累。你每次看见村民那种笑脸和对你的热情,就不累了。

村民的这些改变,丛副教授心里是开心的。而对于丛副教授来说,第二次来葛家村,他有新的想法,就是要让村民从个人设计走向集体设计,从自家设计走向村庄设计,培育村民的公共精神。但是要让村民将自家的房子或庭院拿出来当公共空间,谈何容易。眼前这个地方原先有 4 间棚屋,产权分属葛松茂等 4 户人家。因年久失修,棚屋破败不堪,大煞风景。要是拿来作为公用,权属问题纠纷不断,意见不一,拿来整治,你推我不管,这是农村的一个普遍现象。自从村里第一期的成果打造出来后,这些村民的思想也发生了变化。

【采访】葛家村民　葛松茂

我想到村里规划要把环境搞得美丽漂亮,提高我们村庄的知名度,那应该为村里贡献一点,所以我就无条件地答应了村里搞这一块东西。

【采访】葛家村主任　葛太峰

原来肯定是不现实的。现在大家都被激发起来了,丛老师过来之后把思想都激发起来了。激发起来之后每户人家去协商一下,本来是种了菜或者是放了垃圾一类的东西,现在就统一打造一个节点,那个节点就是环境,坐坐的公园之类的东西。

丛老师的一次乡村实践,突破了农村的老大难问题。有了第一次的成功,村里其他公共空间的打造也顺利了很多。

(一组公共空间的前后对比)

【字幕】

这个地方产权分属 4 家,年久失修,破败不堪。经过四家同意,现在成了村里的共享空间，名为"四君子院"。

此处涉及 8 户人家的院子，废弃多年，一直是卫生死角。经商量，8 户人家一致赞成，将院子改成公园，还起了个雅致的名称——玉兰院。

这个院子涉及 4 户人家，一直以来都堆放着杂物，又脏又乱。这次 4 户人家同意将庭院进行改造，并命名为"桂王别院"。

此处是村民葛永坚家的屋前停车位。一下子就主动让出来变成了公共空间。

【丛志强副教授同期声】

他平时都是一个个体在工作的。通过这样一个群体，他们之间的关系明显很融洽。村民一定是在做事的过程当中会加深情感，加深了互相之间的认知。

"艺术设计"，让越来越多的隔阂消除，让干群越来越融合，干劲越来越足了。这次"艺术振兴乡村"实践，最初参与村民只有 26 人，到一期工程增加到 46 人，二期工程时参加人数达 130 多人，年龄最大的 82 岁，最小的 10 岁，平均年龄在 60 岁左右。村民们建设了 40 多个共享空间，创作了 300 多件艺术品。

（作品展现）

因为艺术，大学教授和村民们共同创造了一个奇迹——5 个月改变了一个村庄。曾经无人光顾的偏僻乡村成为"网红村"，一个村庄的命运从此改变。

【字幕】半年间，葛家村接待的参观考察团超过 150 批次，最多一天接待 16 批，总人数超 5 万人次。

【游客同期声】

村民们又很有艺术天分和智慧。这些都是村民们自己想办法弄的，很好很好。

我觉得这边就地取材的状况很不错，其实有时候简单的东西就蛮有力量的。

感觉非常有艺术的气息，把农村原来的老物件赋予了它新的生命。

花小钱办成了过去不敢想的事，又用艺术化的手段留住了乡愁，吸引游客纷至沓来。人流量带来商机，现在葛家村的有些景点开始有了创收，葛家村的一些村民开始对外输出，有些乡镇邀请葛家村民去当设计总监，美化村子。也许这就是艺术让生活更美好的真实体现。

【村民同期声】

1. 现在人不得了了,我们非常高兴。

2. 大不相同了。看的人也多起来了,老百姓做的人信心也好起来了。

3. 我们都觉得很有成就感。我们也能用双手打造艺术价值和经济价值。

【结尾字幕】

葛家村现象成了葛家村经验,也成了艺术振兴乡村的典范,宁海县在推进艺术振兴乡村中,以开展"艺术家驻村""艺术提升品位""设计改变生活"三大行动为主要抓手,3 年内,计划建成 5 个艺术特色镇、10 条艺术特色风景线、50 个艺术特色村,引育"驻村艺术家"200 名,驻点结对村达到 150 个以上。

作者:储超、邬恒博、李巧燕、童泽芝、胡帅文

单位:宁海县广播电视台

播出时间:2019 年 11 月 14 日

《葛家村"变形记"》评析

曾海芳

在乡村振兴和提升乡村"气质"中,艺术大有可为。用艺术呈现多元化、多样化乡村,有助于推动村庄从洁化、美化向艺术化转变,进而提升村庄品位。短纪录片《葛家村"变形记"》围绕葛家村村民遇到中国人民大学艺术系的艺术家丛副教授前后怎样发生的明显变化来叙述故事,拍摄历时 5 个月,用镜头跟随艺术家和村民的脚步,记录下他们每一次的讨论和改造过程,最终通过对比葛家村前后的变化,展示了浙江农村用艺术赋能乡村的创新实践。

一、短视频化创作样态

长期以来,人们对纪录片的印象大多停留在"节奏慢""时间长"上,这与现代社会的快节奏、碎片化生活方式不符。为了适应短视频时代年轻受众的观看方式和需求,纪录片《葛家村"变形记"》借鉴了短视频的创作样态,将作品时长控制在 16 分 15 秒,使其适用于电视、网络、手机、流媒体传播。在压缩时长的同时,作品仍然注重关注社会现实,以朴素平实的语言讲述了艺术家怎么一步步融入村民,从而激发村民积极主动来打造村庄,客观地记录了葛家村在艺

术改造中遇到的问题和取得的成效,以表现真实为本质,用现实引发人们的思考,保留了较好的文化属性和艺术属性。

二、平民化叙事方式

平民化叙事是相对于所谓的士族文化的经典叙事而言的,不仅仅意味着创作者要以平民为表现对象,以百姓生活为表现内容,更重要的是要采用平民的视角,站在平民的立场上,以平等的态度观照社会风情和百态人生。纪录片《葛家村"变形记"》以宁海一个普通村庄葛家村为对象,将镜头集中在丛副教授和村民们对村庄的日常改造中,采访了近十位葛家村村民,这是一种来自大众的叙述,是一种平民化的表达,叙述方式和叙述语言亲切化、平民化,与叙述客体相结合,让每个人物显得真实、生动,富有生活气息,将真实、自然的百姓生活和劳动状态生动地表现了出来。

该作品播出后,产生了极大的社会反响。不少游客慕名而来,很多乡镇到葛家村参观取经。半年间,葛家村接待的参观考察团超过 150 批次,葛家村也成了艺术振兴乡村的典范。

电视文艺专题片

融合的艺术

【字幕旁白】(黑幕)这是每个人发现美感的时代,笔尖线条,琴键音符,都是美好的艺术。

根据音乐节奏快速闪现作品照片,定格最后一张作品,叠加博物馆展品画面,Agatha 正围绕着精美的展品思考着。

【解说】

Agatha Tiret 出生在法国,天生对艺术充满了好奇和热爱,这也让她选择了工艺美术作为自己的专长。2016 年她来到宁波工作。这个传统和现代交融的城市,给 Agatha 带来了极大的灵感。

【同期声】自由艺术家 Agatha Tiret

对于我来说没有比发现传统和遇到艺术更好的方法来探索一个新领域了,所以 2016 年我来到中国。随后意识到缺乏中文沟通能力的我很难和当地的艺术沟通,我希望中外艺术家聚集在一起,创造出更多的艺术发展。

【解说】

在 Agatha 的努力下,CCNB(宁波创意社区)在 2018 年成立了。这个创意社区汇聚了将近 80 位国内外艺术专家。他们的领域覆盖视觉艺术、工艺、设计、音乐及舞蹈,通过多元化的艺术表现形式,参与平台举办的展览活动,充分展现出艺术家的才华,并为宁波当地艺术的发展提供了有力的支持。

【同期声】自由艺术家 Agatha Tiret

我选择将团队命名为 CCNB。我们创建在宁波,因为这里有更多的艺术家,其中有画家、音乐家、舞蹈家。我们希望举办一些活动,让越来越多的人能够展示自己;所以我们会邀请我们的成员参与我们不同的活动,这也让当地的人们感到兴奋。

【解说】

2019 年 5 月,CCNB 的第一届主题展览 Ningbo Tonic 如期而至。展览汇聚了来自 11 个国家的 11 位艺术家的作品。他们有着不同的国籍、不同的艺术背景，但相同的是，他们都在宁波生活和工作。这些作品呈现着他们自己的生活故事和文化底蕴，也包含着对宁波这座城市的情感。

【同期声】音乐家 Diane

宁波 Tonic 展览令人印象深刻。现场有超过 400 人的观众，大家体验了一把音乐视觉盛宴。音乐响起，来自 CCNB 的画家随着现场音乐，笔尖飞扬。

【字幕旁白】

Diane 和 Vladimir 是职业音乐家，定居宁波，并创立了自己的音乐工作室——迪瓦工作室。在 Ningbo Tonic 展览进行期间，他们共举办了三场音乐会。通过音乐的独特表达，表达了对宁波这座城市的热爱，同时也为 CCNB 的艺术呈现带来不一样的维度。

【同期声】音乐家 Diane

我们在宁波住了很久，也发现了宁波这座城市对高素质人才的吸引力。我们承诺通过我们的音乐教育，与 CCNB 合作，更多地分享审美观念，保持对艺术的尊重。

【同期声】自由艺术家 Agatha Tiret

这次展览真正有意思的是我们把艺术家、平面设计师和音乐家联系在了一起。这次与我们迪瓦工作室合作，他们给了我们很大的帮助。在不久的将来我也希望开设一场专属 CCNB 的展览，更多地面向中国艺术家。

【同期声】设计师 宁华

第一是参与了策划。我们当时分了很多的工作组，我是负责平面和市场的这个小组。我们的工作主要是做展会的平面设计、社交媒体的推广、海报的设计，包括我们需要联系城内的店家愿意张贴我们的海报这样的一个合作的洽谈，就是前期观众能够看到的东西都要做。

【解说】

设计师宁华是 CCNB 中的中国艺术家代表。他于 2012 年创立了自己的设计工作室，主要从事金属、陶瓷类家居用品的设计及品牌视觉设计服务，拥有自己的产品线路与风格，致力于研究东方古代历史中的艺术，并尝试以极简的手法将其重新设计。

【同期声】设计师 宁华

我是 2007 年来到宁波的。我觉得宁波有很好的艺术的基调，但是没有人去挖掘，这个是我觉得有一些遗憾的。CCNB 的创立就是为了促进外国的创意人士和国内创意人士的交流,它会迸发出不同的火花。

【解说】

CCNB 的每位艺术创作者坚信,艺术无国界;艺术融入宁波,就像宁波渴望艺术,Ningbo Tonic 的顺利开展无疑让宁波城市艺术前进了一大步。

【同期声】自由艺术家 Agatha Tiret

我对这次展览的结果感到十分惊讶。我明白这次展览取得了巨大的成功,有 500 人参加了展览。在那之后有当地的组织来找我,他们都表明有场地但是缺少展示,这对我们举办艺术展有着很大的帮助。我们计划进行更多类似的展览。

【解说】

有了 Tonic 成功的经验,CCNB 的成员们更加信心十足,他们怀揣着兴奋开始了一场全新活动的策划。在会议中,团队成员们分工明确,他们都期待着能够再次展现出最好的效果。

【同期声】音乐家 Diane

预计下一次合作在 9 月 14 日,是一次慈善活动。我们期待着与 CCNB 共创美好未来。

【解说】

接下来的这场主题活动,将有 8 名成员出席,包括 Mulan,Steve Lecru,Steve De Marsh 等来自不同国家的艺术家,其中 3 名成员将现场进行创作并拍卖。

【同期声】自由艺术家 Agatha Tiret

对于未来由 CCNB 领导的新活动,我有更多的想法。我希望能够更多地面对中国艺术家,我设想中国工匠和外国设计师能够建立合作关系,共同开发艺术产品,为他们的创意带来光明。我确信这样的模式可以打破常规实现更加有趣的跨国界艺术结合。

【解说】

艺术需要融合,它包含了传统、文化以及创造力,更是一座城市、一个民族、一段历史的最好见证。CCNB 的成员创造的别具匠心的艺术展览正在打动着宁波这座城市,而不同文化背景的艺术创作融合体验,也折射出这座城市的兼容并蓄,无限魅力。

作者:徐涵、曹力、陈蛟、吴金城

编辑:求剑锋、姚昊、李剑飞、伍珊、傅莉丽、何斌、张美庭

播出时间：2019 年 9 月 29 日

单位：宁波广播电视集团

《融合的艺术》叙事"六题"

陈书泱

《融合的艺术》作为电视文艺专题，其叙事在"写实"的基础上"写意"，由"写实"延展为"写意"，是为叙事"六题"。

题一，叙事题材的纪实性。节目选取了由 80 多位生活工作在宁波的外籍文化艺术家所组成的宁波创意社区（CCNB）作为叙事对象，点面结合地叙述了它自 2018 年成立后开展的一系列中外文化艺术交流活动。这种纪实性题材的显现相较于电视新闻，其内容更全面，挖掘更深入。

题二，叙事主题的独特性。节目通过上述纪实性的叙事题材，充分展现了宁波作为一座国际城市的文化艺术底蕴，透析出宁波的国际性时尚发展趋势。这一主题的表达具有地域的独特性，换言之宁波创意社区的出现完全是地域文化的产物。

题三，叙事视角的客观性。节目借鉴了新世纪以来我国纪录片在叙事中通常使用的客观视角，节目编导以第三方叙事者的角度去观察和叙述人物和事件，解说词以客观性评述贯穿始终，节目中三位不同国籍的艺术家作为被采访人物其自述共同参与叙事。

题四，叙事结构的紧凑性。节目整体走向选择了点式片段结构，围绕宁波创意社区这一核心叙事对象，叙述其发起成立、创始人员、开展活动、生活故事等，这些内容构成了核心叙事对象叙事链上的"点"，串联起这些"点"就基本反映了创意社区的全貌。节目在结构这些"点"的时候，并不是平铺直叙的，而是富有节奏的，前后关联，详略得当，点面结合，显现了紧凑的结构和清晰的线索。

题五，叙事主体的"集合"性。节目中的叙事主体主要由不同国籍的艺术家、采访者、评述者等构成，其叙事主体是一个"集合"，共同交互参与了节目的创作，相互关联，彼此作用，促成叙事的衍生，推动叙事的演进。节目中出镜答访的三位不同国籍的艺术家是显性的叙事主体，构筑了节目运行的骨架，且代表了其他 80 余位未出场的艺术家"群像";采访者和评述者是隐性的叙事主体,其中评述者是以解说词的形式出现的。

题六,叙事影像的精致性。节目视听语言运用比较讲究,画面生动,构图新颖,富有层次感,景别多元,色调雅致;多处运用特写、近景、中景、平移、延时摄影等多种镜头调度和创新拍摄方法;蒙太奇剪辑注重故事化,多处画面进行了特效处理;人物采访、主持解说与舒缓有致的背景音乐引领和烘托画面,两者相得益彰,共同完成了对创意社区的叙事。

电视专题是电视新闻的延伸和拓展,它要以讲故事的方法演绎新闻,因此"写实"和"写意"结合是电视专题叙事的核心理念和方法。从这个角度看,《融合的艺术》的叙事是成功的。

二、2019 年度广播作品

广播长消息

宁波试水司法网拍直播
1 小时成交"标的物"金额破亿

今天(12 日)上午 9 点,8000 多名网友在淘宝的阿里拍卖上观看了一场特殊的网络拍卖直播,宁波市中级人民法院首次在淘宝直播带货。直播现场宁波两级法院共有 50 多件拍品处于司法网拍竞拍期,仅仅一个小时成交额破亿。

请听记者的报道:

(出现场音:早上好,欢迎所有的宝宝进到我们直播间! 早上好,哇,很多人艾特我们宁波市中级人民法院)

本次司法网拍直播活动的三位主播分别是宁波市中级人民法院执行裁决处处长金首,宁波市鄞州区人民法院执行局员额法官崔志勇和一名主持人。在主持人的招呼下,两位法官面带微笑,滔滔不绝,像"带货主播"一样开始介绍拍品。

(出现场音:我介绍一下,这套海景房是位于青岛市)

两名法官要带的"货"可不是常见的化妆品、服装鞋帽,而是包括一套位于青岛的海景房、一片位于安徽宣城的森林以及奔驰 S 级轿车、小区车位、手机号码等,一共有 50 多件拍品,分布全国各地。

以青岛的这套海景房为例,评估价是 567.5 万元,但起拍价只有原价的 5.6 折,是这次拍卖房产当中折扣力度最大的一套。而另一件拍品更让网友大跌眼镜,竟然是一片森林。

(出现场音:拍森林是什么,我们有请金法官介绍一下现在这个标的物是什么情况。好的,我介绍一下,这个财产跟一个民间借贷有关,简单地说,被执行的是安徽的一个林木公司。)

原来,这是一位被执行人位于安徽宣城的一片林木,共有 1088 株树。在网拍直播中,两名法官除了大力吆喝拍品外,还不停地回答网友的提问。比如当有人问万一拍了房子，房主不肯腾空怎么办，金首掷地有声地回答道：

（录音：不在指定期限内腾空的话会面临罚款、拘留，严重的话还会被移送公安机关按拒执罪来追究刑事责任。这种行为属于抗拒执行行为，所以大家不用担心，而且必要的时候法院还会进行强制腾退，保证房产肯定会干干净净地交到买受人的手上。）

两名法官"带货人"一边推荐货品，一边解疑释惑，同时还不忘普及司法知识。比如在谈到司法拍卖的严肃性时，金首介绍说，拍卖成交后反悔是要付出代价的。

（录音：成功之后，如果不想要了，保证金退还吗？这个是不现实的。如果你成功出价，并且是以你这个价格为成交价的话，你又不来支付尾款，可能会遭到几种处罚：一是你的保证金会被没收，二是重新拍卖的时候你可能再也不能参与竞拍。）

经过一个多小时的奋力吆喝，青岛的这套海景房以 451 万元的价格成交了，一个手机靓号则卖了 8.9 万元，宁波一个小区的车位的成交价格则在 4 万元左右。此次拍卖一共成交了 34 件拍品，金额破亿。这样的成绩也让两名法官激动不已。

（录音：阳光执法，宁波中院，比个心送给大家，谢谢大家。）

宁波法院可以说是司法界的网红，作为司法网拍的起源地，"宁波移动微法院"还曾开启了全国网上办案的先河，此次试水司法直播网拍，让司法与执法的过程更"接地气"，更顺民心。

（录音：我觉得我们带的不仅仅是拍品，不仅仅是货，也是阳光执行的理念、规范执行的举措，更是公平公正司法的初心。）

作者：翁常春、王秋萍、顾迎燕

播音制作：蒋博

编辑：毛洲英、吕岸

单位：宁波广播电视集团

播出时间：2019 年 12 月 12 日

鲜活性兼具故事性

——广播消息《宁波试水司法网拍直播 1 小时成交"标的物"金额破亿》评析

吴生华

广播消息《宁波试水司法网拍直播 1 小时成交"标的物"金额破亿》,于 2019 年 12 月 12 日在宁波电台新闻综合广播《92 新闻晚高峰》节目播出。作品以鲜活性兼具故事性见长,凸显了新闻价值和广播消息特有的可听性。

这一消息除了在"双十二"当天播出,时效性比较强之外,题材也十分鲜活。宁波市中级人民法院的两位法官,化身"直播带货达人",在淘宝网开启司法网拍直播活动。司法拍卖也开始"直播带货",内容上的新鲜性已经足以吸人眼球,而网上司法拍卖收获的效果,仅仅一个小时就成交额破亿,从程度上凸显出题材的重大新闻价值。

这一广播消息采制也十分规范。首先是导语具有很强的概括力。"8000多名网友观看""首次在淘宝直播带货""50 多件拍品处于司法网拍竞拍期""仅仅一个小时成交额破亿",新闻要素齐全,事件所蕴含的新闻性揭示明确,数据翔实。其次是广播音响特色彰显。报道主体以音响导入,结合解说显示了较好的场景描述性。后面的音响使用同样显得鲜活、生动。第三是消息主体整体上的叙事性,体现了很强的故事性特色。这一广播消息时长 3 分 50秒,充分发挥了长消息叙事时间相对充裕的优势,讲述了一套位于青岛的海景房、一片位于安徽宣城的森林拍卖的故事,并且就网友的提问作出了回答。在网上通过观看司法直播拍卖买房,甚至可以购买一片森林,听来让人感觉有些不可思议,但又真真切切地在我们身边发生了。这就是"新闻",报道就是通过这样的故事化叙事,结合拍卖过程音响的使用,有效提升了报道的可听性。同时,这一消息新闻背景的提供也十分简洁明了,"作为司法网拍的起源地,'宁波移动微法院'还曾开启了全国网上办案的先河",一句话,简明扼要地交代了宁波法院试水法院上网的积极探索,也进一步开掘了"让司法与执法的过程更'接地气'更顺民心"的新闻主题。从广播消息文稿写作来看,也具有短句子、口语化表达的特色,不失为一篇写作老到的广播新闻稿。

广播长消息

现代集装箱船　开进千年古运河

【导语】

拥有千年历史的杭甬运河宁波段首次迎来了集装箱船舶。12 月 20 日,4 艘内河集装箱船舶装载着 80 多个标准集装箱,从宁波舟山港镇海港区出发,沿着杭甬运河向西航行,预计将于 12 月 21 日抵达绍兴港现代物流园,这标志着杭甬运河宁波—绍兴段正式开通内河集装箱运输,掀开了杭甬运河内河水运的崭新篇章。

来听记者周静发回的报道。

【正文】

【录音】集装箱船舶,开始通航!

12 月 20 日,四艘"天统号"载着 80 余个集装箱从宁波舟山港镇海港区出发,通过杭甬运河直达绍兴——此趟航行,开启了宁波内河集装箱航运的破冰之旅。

宁波天统航运公司负责人李全会告诉记者,他们等这一天已经等了 4 年了:

【录音】四年之前,我们就造了四条集散两用船,我们等这天等了很久。今天装的是水泥熟料,我们一艘能装 21 个标箱,630 吨。从运费这块考虑的话肯定是比公路上廉价,要差将近一半左右。目前两地都是往返装,从镇海到绍兴,绍兴到镇海。以前运散货装,现在都运箱子了,前景应该是比较好的。

杭甬运河于 2013 年底改造后全线开通,由原来只能通行 40 吨级以下的船舶到后来可以常态化通航 500 吨级船舶,杭甬运河宁波段的货运量也随之逐年攀升,实现"井喷式"增长。数据显示,2019 年全年货运量有望突破 600 万吨,是 2016 年的 4 倍多。但受到宁波市区三江口段通航条件受限等原因影响,杭甬运河宁波段此前一直以散货运输为主。

宁波市交通局工作人员李竣：

【录音】因为宁波这一段是有一个特殊情况，从我们船闸下游到三江口这 5 公里航段，没有满足四级航道的通航要求。因为解放桥通航净空比较低，而且通航宽度不够，是单向通航的航道。然后三江口因为三江汇流，潮流变化也比较多。

去年 5 月，我省出台《关于加快发展海河联运的若干意见》，提出要打造全国海河联运发展的先行区和新标杆，到 2022 年完善杭甬运河宁波段通航保障设施，实现两层以上集装箱船舶通航运行。为此，宁波市交通港航部门会同海事等有关部门认真研究和探索集装箱船通航可行性。

【录音】去年我们跟宁波大学海运学院搞了个实箱测试，收集了很多一手资料。经过一年的准备，目前我们是属于三定模式：定两个码头，宁波镇海港埠公司、绍兴中心港；定船公司，天统航运的四艘船；航线就是宁波到绍兴。然后，宁波交通跟宁波海事，目前在试通航阶段也是每船必查，既满足通航的要求，又保障城区桥梁的交通安全。

此次宁波—绍兴内河集装箱运输的顺利开通，让宁波舟山港宁波港域的集装箱通过内河运输辐射至绍兴、金华和衢州等地。同时，世界各地的货物来到宁波舟山港后，除了公路和铁路，又多了水路这种新的运输方式。

宁波舟山港镇海港埠分公司集装箱部经理李丹波：

【录音】目前，杭甬运河在我们杭甬高速的沿线，聚集着我们宁波港域五分之一以上的货源。杭甬内河宁波到绍兴段的开通，为我们整个宁波港域水路、公路、铁路的多元化的集疏运网络作出了非常大的贡献。未来，当我们运力达到一定程度后，我们可以把腹地拓展到金华、龙游，任何一个有内河港的地方。

作者：周静、梁瑾

编辑：郭英杰

单位：宁波广播电视集团

播出时间：2019 年 12 月 21 日

抓住突破 深入开掘新闻主题

——广播消息《现代集装箱船 开进千年古运河》评析

吴生华

　　广播消息《现代集装箱船 开进千年古运河》由宁波电台交通广播采制,于2019 年 12 月 12 日 18 点 04 分在《动听宁波》节目中播出。消息以"拥有千年历史的杭甬运河宁波段首次迎来了集装箱船舶"这一重大突破为由头,深入开挖新闻主题。从政府、企业、船队多维度层层挖掘采访,展示了政企合力、破除瓶颈,助推杭甬运河跨越式发展的新蓝图,进而通过现代化运输结构调整的报道,侧面反映宁波舟山港一体化发展为港城开启的新篇章、带来的新机遇。

　　这一报道最大的特点就是采访挖掘的层次表达特别清晰。首先是"集装箱船舶开始通航"的音响导入,通过音响与描述相结合,较好地展现了"现代集装箱船开进千年古运河"的现场景象。在场景呈现的同时,也采访到了唯一性的采访对象,即始通的当事人——宁波天统航运公司负责人,表达了"我们等这天是等了很久"的激动心情。在进行了较为详尽的数据对比之后,又采访到宁波市交通局的工作人员。作为对宁波内河集装箱航运的破冰之旅情况掌握最为详细的特定性采访对象,他的采访录音使用了两段,特别是结合我省出台《关于加快发展海河联运的若干意见》,提出要打造全国海河联运发展的先行区和新标杆的新闻背景,对"实箱测试"和"三定模式"——定码头、定船公司和定每船必查,让听众对从宁波舟山港镇海港区出发,通过杭甬运河直达绍兴的宁波内河集装箱航运的可靠性有了明确的了解。最后通过对宁波舟山港镇海港埠分公司集装箱部经理的采访,对宁波舟山港未来直达"任何一个有内河港的地方"的前景作出了权威性的展望。因此,就采访对象的选择与安排,唯一性、特定性、权威性三个层次的体现较为明确,采访的作用也得到了凸显。同时,算账式的采访方式,也使得"集装箱船舶开始通航"突破的效益得到了清晰的表达。稍嫌不足之处是,送评的消息录音遗漏了导语这一段,比较遗憾。

广播长消息

难舍再见(一)
涉及污染 传承 500 年的"省级非遗"被关停

【导语】

造纸术是中国最伟大的四大发明之一,当然现代工业普及以后,我们很多人已经不知道当年老祖宗是怎么在造纸了。好在我们奉化萧王庙街道的棠岙村里,还保留着一个沿用千百年前古法造纸的作坊,其技艺还入选了浙江省级非物质文化遗产。然而现在这个作坊遇到了很大麻烦,因为一直无法彻底解决废水排放问题,在上月生产完最后一批订单后,将被永久关闭。

【正文】

在萧王庙街道棠岙村,记者见到了"棠岙古法造纸"新一代传人袁建增。对他来说,这几个月心情始终跟眼前这梅雨天一样,压在心头透不过气。

【出录音】

这个污水其实就是碱,我们一根竹子,先是砍伐下来,砍伐下来要通过石灰去腌,那我们在石灰腌好之后要洗掉石灰这一块,成为这个污水了。

【正文】

根据古法造纸工序,每到初夏,作坊都会大量采购新鲜苦竹,然后把竹片放到院外的大缸进行熬煮,以做成适合的原料,而废水就产生在这个熬煮过程中。

"棠岙古法造纸"传承人袁建增:

【出录音】

这里造纸五百多年以来一直连绵不断、连绵不息,一直是在这样子造的。那么等到(20 世纪)七八十年代、六七十年代体量最大的时候也是这样子的一个排放方式。

【正文】

由于造纸生产的废水以及废余浆料对周围环境造成污染，袁家的古法作坊一时成为当地环保举报的热点。

宁波市生态环境局奉化分局环境执法大队副大队长 夏宇：

【出录音】

当时我们到现场以后看见该企业没有相应的废水处理设施，他们产生的废水是通过溢出后渗排排入外环境。这些水样经检测，pH 值到 11 以上，属于强碱性的，COD（化学需氧量）也都是非常高的，跟我们的排放标准来比都是几百倍以上的超标。

【正文】

事实上，最早被发现环保问题后，袁建增也想过不少废水处理办法，包括对每个原料缸进行改进，把废水通过管道统一收纳到塑料桶里。

【出录音】

那我们现在改用了大的一个塑料桶。塑料桶口我们装上了一个专门聚向的龙头，然后底下我们排放了一个管道，通过刚才的这个管道，排放到这两个大桶里。

【正文】

在袁建增看来，通过整改，作坊废水直接渗排的方式已经改变，似乎已不存在所谓的污染问题。然而我们注意到，袁家造纸作坊所在的位置，恰好处在泉溪江上游——棠溪边上，这样敏感的一个生态涵养区域是否允许一家有潜在污染威胁的企业存在？

宁波市生态环境局奉化分局审批科科长 张延军：

【出录音】

造纸行业，根据《建设项目环境管理分类名录》的规定，它是三类项目。它所处的地方是属于农产品保障区，所以这个项目在那个地方是不适合建设的。

它是通不过我们环保审批的。

【正文】

通不过环保审批，意味着企业无法开展生产，也就只能接受关停的命运。然而与很多现实中无力传承、濒临灭绝的非遗项目不同的是，棠岙古法造纸依然保持着旺盛的生命力，换句话说，它的市场应用价值还相当高，棠云纸目前已成为国家图书馆、上海图书馆、宁波天一阁等单位重要馆藏古籍的修补专用纸。明天我们带你继续关注新闻调查《难舍再见》第二集《时光不改 一张"棠岙纸"复活千年文化记忆》。

【新闻小专题】

难舍再见(二)
时光不改 一张"棠岙纸"复活千年文化记忆

【导语】

昨天我们新闻报道了省级非物质文化遗产"棠岙古法造纸"因为污染问题被环保部门责令关停,引发了大家对这一非遗项目的再度关注。其实手工造纸在奉化棠岙一带传承已有 500 多年历史。随着机制纸业的兴起,20 世纪八九十年代当地大批作坊倒闭、工人转产,造纸技艺后继无人。如果没有一个特殊机遇的到来,"棠岙古法造纸"也许撑不到现在,已经如其他众多手工艺行当一样,消失在时代剧变中了。

【正文】

距离棠岙古法造纸作坊 40 公里的宁波天一阁,是中国现存历史最久的私家藏书楼。记者拜访了古籍修复师王金玉,她的工作就是让那些千疮百孔,甚至一碰就会碎掉的古书重获新生。

【出录音】

纸张因为年代久的话可能会酸化,我这本手头上在补的书是清代的一个抄本,这个纸张因为也是竹纸,所以我补的纸张就是竹子成分的手工纸。

【正文】

在王金玉手里,即将与 300 年前这版清代手抄本合而为一的小纸片,就来自奉化棠岙。20 世纪 90 年代,天一阁博物馆为修补破损的古籍藏书,迫切需要一批与明代古籍纸质相同的竹纸,当时遍访全国而不得,一个极偶然机会打听到在奉化棠岙还有专门从事古法造纸的行当。天一阁博物馆藏品修复部主任王金玉告诉记者:

【出录音】

当时也是经人介绍吧,说奉化棠云那边有在做手工的竹纸,所以我们当时也专门去调研，看了以后觉得还是蛮适合（当）我们修复的材料纸张。

【正文】

天一阁来棠岙考察的 1997 年，其实是当地手工造纸生存最困难的时刻。随着机制纸业的迅速兴起，手工竹纸市场受到严重挤压。袁建增的父亲，当时已经 60 多岁的袁恒通老人敏锐地抓住了这次机会，开始研制起专用的古籍修复纸张。

"棠岙古法造纸"传承人 袁建增：

【出录音】

跟天一阁合作以来，我们一直做的是一个古籍修复的专用纸（工作）。非常名贵的一本书经过岁月的腐蚀，它每一页虫蛀都非常严重。那需要我们用同样手工做出来的、跟它类似非常接近的这种纸张去修补，才能达到修旧如旧的样子，而且在修旧如旧的时候，还要求我们的纸张能够保存千年。

【正文】

天一阁之后，国内诸多图书馆和博物馆慕名前来，而袁恒通所造的纸张也有了自己的专属称谓——棠岙纸，包括国家图书馆、北京大学图书馆等都将棠岙纸列选为自家古籍修补的专用纸。而棠岙纸之所以能得到各大博物馆的青睐，除了其保存完好的古法技艺外，还有最重要的秘密——原料，这就是苦竹。

【正文】

与毛竹、雷竹相比，苦竹并不太为人熟知，但这却是一种造纸的极佳原料。

"棠岙古法造纸"传承人 袁建增：

【出录音】

全国来说竹纸的话一般都是以毛竹为取材的，我们原材料在做的纸都是用苦竹做的，因为苦竹它的竹节比较长，那么竹肉它是比较细腻。所以我们这个纸张做出来比较柔软，韧性比较好，还可以起到一个防虫防蛀（作用），达到古籍修复用纸保存千年的要求。

【正文】

既然苦竹造纸与别的材料相比有这么多好处，那为什么其他地方的手工纸不能模仿替代呢？原因就在于这好的苦竹都只长在咱奉化了。

【出录音】

苦竹全国各地都有，那么其他地方的苦竹都很小，比较大的苦竹全国很少见。那么光就我们浙江里面（来）说，就是我们奉化有这个苦竹。而且奉化里面这么多的山区就数我们棠岙山村里面有这么大的苦竹。

【正文】

可以说是天时、地利、人和,三者极其难得地凑在了一起,才有了今天一息尚存的棠岙纸。袁恒通老人在给千百年前古籍续命的同时,也极其幸运地给自家作坊、自家手艺续上了一命。然而当他越过这道坎,眼瞅着儿子也接班了,没想到被"环保"直接亮出了红牌,一边是"绿水青山",一边是"文化传承",如何在这两个看似对立的矛盾中找到平衡与融合。明天请关注新闻调查《难舍再见》。

【新闻评论】

难舍再见(四)
安得两全　500 年"非遗"期待涅槃重生

【导语】

上周我们连续播出了"省级非物质文化遗产"棠岙古法造纸因涉污染被环保关停的消息,引起了大家比较大的关注。因为这个项目的特殊性,包括环保、当地街道以及文化主管单位,都在积极寻找合适的解决办法,宁波市政协委员王昭文还在"两会"递交了自己的建议——迁出污染比较严重的原料生产环节,在原址兴建陈列馆展示制作工艺,这会是一个可行的方案吗? 我们的记者梓宁也特地赶去杭州做了调查。

【出录音】连线记者 严梓宁

我现在所在的位置就是杭州的手工艺活态展示馆,在现场我们能看到非常多的传统手工艺,包括做纸鸢的、做纸伞的,通过一种现场展示的方式,吸引了非常多的年轻人来这里观赏。

【正文】

杭州手工艺活态展示馆,是利用民国年间当地纱厂旧址改建的一座以传统手工艺和非遗文化为特色的博物馆,作坊式的场景让参观者不仅可以观摩,还可以现场体验甚至购买心仪的手工艺品。

【出录音】连线记者 严梓宁

那我现在所在的位置就是非遗体验课堂——古法造纸,可以看到我身边有非常多的小朋友,在大人的陪同下对纸张进行创作。这样一来,不仅使我们的传统手工艺传承了下来,也使得小朋友们知道了非遗项目的来源,使得非遗项目焕发了新的生命力。

【正文】

把非遗项目转入博物馆,利用文博展示的优势资源进行保护,在合适的条件下开发受大众欢迎的文创产品,是近年来很多老行当在时代倒逼下的创新传承之路。在易地搬迁难以推进情况下,大家开始寻找新的破题方案,相继考察了全国其他地方相似项目的保护经验,其中四川之行收获颇丰。

宁波市生态环境局奉化分局审批科科长 张延军:

【出录音】

那边考察我们发现它就是造纸的前道工序——制浆这一块,它是统一在一个地方制浆,然后一些小的古法造纸作坊就是把已经制好的纸浆拿过来,到手工作坊里面进行抄纸、晒纸,然后进行手工造纸。这个项目环境污染比较少,跟我们这边的情况也差不多。

【正文】

也就在上周,我们记者展开调查前后,区委宣传部、文旅局、萧王庙街道和环保部门再次进行了协调,初步认定迁出污染较重的制浆工序,在原址兴建展示陈列馆是一个比较可行的方案。

区文化馆非遗办主任 孔琼萍:

【出录音】

我们下一步计划是在萧王庙棠岙村征集 1.5 亩土地,就是在棠岙纸原来生产的地方征集村办企业,把它收购来。这个工作还在协调当中。这两个地方弄来主要是推广我们棠岙纸制作技艺中心。通过我们原材料的种植、抄纸、晒纸等这种形式用图文把它展示出来,给我们市民知道,也可以是我们市民去参与,去亲身体验,顺便把我们的旅游推广出去。

【正文】

而对于产生污染的制浆工序一块,张延军表示他们已经与邻近的西坞街道作了沟通,业主可以迁到那里租用小面积标准厂房生产原料,污水则统一纳入工业区管网进行处理。

宁波市生态环境局奉化分局审批科科长 张延军:

【出录音】

西坞街道西宁路那边是符合功能区规划的,那么地方找好了以后,我们就及时地跟萧王庙街道还有他们的主管部门(原文广新局)一起到我们上级部门进行对接。

【正文】

事件峰回路转、重现曙光,最高兴的莫过于古法造纸传承人袁建增,而这次因环保引发的关停危机,无异于给他的传承之路补上了至关重要的一课。

袁建增说:

【出录音】

以前可能没感觉到污水危害性有多大,我们自己还是感觉这个体量很小,可能危害很小。那么现在是对(环保)这个意识也提高了很多。我们要把所有的污水处理问题全部考虑进去,把它做到位。在不影响环境、损害环境的情况下,我们要把这个传统手工技艺再继续传承下去。

【正文】

虽然"棠岙古法造纸"这个非遗项目今后如何传承,现在还没有完全定论,但事情正朝着积极方向发展这是毋庸置疑的。在这里我很想为参与这一案件的环保监察干部、包括我们的政府部门点个赞,并没有因为简单的违规事实,采取粗暴的一刀切做法,而是大家想方设法都在为实现两全而努力,最终的结果也是不负如来不负卿。在合乎法律的前提下,文化保护与环境保护其实并无矛盾,延伸到其他任何棘手问题也一样,如果我们的政府、管理部门在处理工作时,首先心里装着"尊重",一切从实际出发,那么他最后做出的决定肯定都是科学而有温度的。

作者:董迪、严梓宁、沈旭琴、职望、吕晨波

单位:奉化区广播电视台

播出时间:2019 年 7 月 10 日—7 月 15 日

推动两难问题解决的范例

黄同春

  系列报道《难舍再见》的选题是当地政府部门和社会公众关注的热点焦点问题,具有重要的新闻价值和社会意义。被列为省级非物质文化遗产的奉化萧王庙街道"棠岙古法造纸"已经传承 500 年之久,而且在当下还有相当高的市场应用价值,可是由于棠岙古法造纸无法解决造纸污水排放问题而被环保部门叫停。处理好保护非遗文化与环境保护之间的矛盾,不仅可以使非遗文化得以传承,有益于当地经济发展,还能使环境免于污染。面对矛盾和问题,奉化区广播电视台以高度的社会责任感和公共服务精神,及时策划组织系列报道《难舍再见》,围绕着如何解决"棠岙古法造纸"与环境保护之间的矛盾这一主题,通过从不同侧面、不同角度的连续报道,反映各个方面的意见,以求凝聚思想共识,寻找问题解决之道,为政府部门决策提供参考。

  系列报道《难舍再见》采取步步深入的报道方法,通过记者多方调查采访各有关方面人员,一步步把报道引向深入。系列报道第一篇,通过采访"棠岙古法造纸"新一代传人袁建增,披露了这一古法造纸被长久关停和濒临灭绝命运的前因后果,引发各方的关注。系列报道第二篇,通过对宁波天一阁古籍修复师王金玉和"棠岙古法造纸"传人袁建增的访谈,以翔实的细节和有说服力的事实,诠释了"棠岙纸"对于修复古籍、保护传承国家文化典籍的重要意义及其广阔的市场前景,让大家充分认识到"棠岙古法造纸"独特的社会价值,为保护这一非遗文化做了铺垫。系列报道第四篇介绍了宁波市政协委员王昭文在"两会"递交的建议:迁出"棠岙古法造纸"污染比较严重的制浆工序,在原址兴建陈列馆展示制作工艺。通过报道杭州市和四川省的保护传承非遗文化的经验,证实王昭文的建议是解决"棠岙古法造纸"与环保之间矛盾的可行之策,并得到区有关部门和萧王庙街道、环保部门的初步认可。这意味着被永久关停的"棠岙古法造纸"有了起死回生的希望。至此,系列报道终于找到最佳解决问题的途径。系列报道结尾的点评,站在全局的高度,升华拓展了报道的思想性,对政府管理部门处理工作中的矛盾和问题,不无借鉴意义。

系列报道也有瑕疵,对每一篇报道的开端、结尾的衔接和关照没有引起足够的重视,第二篇结束时没有预告第三篇播什么内容,第四篇开端也没有简要介绍第三篇播出的内容。

广播评论

答好"民生之问"

听众朋友，今天（26 日）上午，宁波至奉化的 214 省道实现了主道全线通车。这条路的开通之所以吸引了社会的广泛关注，是因为这条路前前后后修修停停达 10 年之久才于今天实现主道通车。

214 省道又称甬临线，是宁波城区往返宁海、奉化的主要通道之一，全长 27.7 公里。2010 年 7 月建成通车不到一年，因轨道交通二号线一期开工，雅戈尔大道段先后经历了两次开挖；到 2015 年完工通车，但是由于轨道交通改建的 1.4 公里是混凝土路面，与原先的沥青路面存在明显色差，于是 2016 年雅戈尔大道启动修复工程，又再次开挖，直到 2018 年建设完成通车。10 年里有 7 年在修路。

相对于 214 省道雅戈尔大道段的反复施工，214 省道鄞州大道至奉化段的改建工程却是迟迟未能开工建设。资料显示，早在 2014 年 2 月 28 日鄞州大道至奉化段就获宁波市发改委批复，几经反复，但直到 2017 年 10 月才开工建设。5 年多时间，鄞州区、海曙区等相关责任单位三次承诺开工的时间都没有按时开工，两次完工承诺也未兑现，这条"修不完的 214 省道"成了宁波市民生的痛点问题。

一条路为啥一修十年？面对媒体、公众的质疑，市交通部门负责人在今年 11 月 14 日的电视问政节目上当场立下"军令状"，承诺年底前修通这条道路，并向公众鞠躬致歉。

市交通运输局局长徐强：我觉得今天的公信力是我的承诺，12 月 31 日之前，主体工程通车。

主持人：几月 31 日？

市交通运输局局长徐强：2019 年 12 月 31 日之前，主体工程通车，这就是公信力。

省委副书记、市委书记郑栅洁在 214 省道工程建设专报上作出批示，责成市交通、国土、电力、交管、海曙区政府等相关部门和单位要认真反思,答好"民生之问"。

记者注意到,第二天下午,副市长沈敏就带领交通、住建等部门实地查看拖后项目进度的"症结点"。在工地现场,市交通运输局局长徐强表示:【录音:接下来我们要在三件事,给海曙提供支持——一是技术力量下沉,在最近一个多月内,全力配合帮助海曙施工建设;二是协调施工单位,增加人员、增加投入、增加设备,全力施工;三是对目前的 3 个堵点进行技术指导。在开通之前,我自己也会一周来一次,一定要确保这条路在 12 月 31 日之前主体工程通车,兑现我们的承诺。】

12 月 13 日,副市长沈敏再次带领交通、住建等部门到 214 省道进行实地督查,督促交通部门加快建设进度,保质保量,更持久地为群众提供便利。【录音:下一步,剩下 3‰的工程要抓紧时间抢,两边的绿化和附属小设施要抓紧时间做好,道路开通以后,两边的环境 25 日之前要做一个清理,道路开通以后,要加强路面通行的监管,既要保持通畅,又要保持美观,更持久地为群众提供便利。】

经过有关方面 52 天夜以继日的攻坚会战,今天(26 日),214 省道实现了主道全线通车,交通部门以实际行动如期兑现了这一承诺。对此,市交通运输局副局长樊献鹏在接受宁波台记者独家采访时表示:【录音:214 省道之所以能够顺顺利利按照承诺的时间建成通车,我觉得第一是上上下下形成合力;第二是建立了工作专班;第三个,加大了力量的投入,加快了工作进度。】

对此,本台特约评论员张登贵认为:【录音:市交通运输局等相关部门在"红脸出汗"后,能立即行动,压实责任,形成合力,用了 52 天时间如期兑现了承诺,回答了"民生之问",这是非常值得肯定的。政府部门在工作中,难免会犯错,或者是疏忽,关键是能否直面问题,立改立行。另外一点,我觉得,这次媒体开展的舆论监督,很好地提出了"民生之问",也推动了相关部门及时发现问题,解决问题,这也是党的媒体责任所在,"初心"之要。】

交通是经济社会发展的"先行官",对城市功能的完善,对老百姓出行品质的提升,都起着至关重要的作用。214 省道从立项、建设到今天终于实现主线通车,前前后后差不多用了 10 年的时间,这里有许多问题值得我们相关部门反思。

市交通运输局副局长樊献鹏:【录音:这条路确实给我们很多启示和思考,第一,我觉得部门的协同,上下联动,这块可能要加强。包括咱们每一个人共同理解支持，把我们的好事办好。第二，涉及与群众密切相关的项目，我们还可以进一步强化我们的精细管理，给我们老百姓出行少一些干扰，多一份安心。另外还有一点我觉得，我们考虑问题的系统性、整体性这一块，对全社会对政府相关部门来讲，也是需要我们下一步在这方面要进行提升优化的地方。】

政府要时刻把人民群众安危冷暖放在心上，扎扎实实解决好群众最关心最直接最现实的利益问题、最困难最忧虑最急迫的实际问题。参加电视问政并一直在关注 214 省道后续建设的宁波工程学院人文学院书记朱美燕认为：【录音：不管怎么说，一条路几次开挖、反反复复修 10 年，这里面肯定是有这样那样值得反思和总结的问题。因此，在把路抢通的同时，有关方面更要把存在的深层次问题找准。比如，体制机制上，是不是还存在什么壁垒？项目推进上，有没有统筹协调不够的问题？工作作风上，有没有形式主义、官僚主义的问题？只有把问题找准了，把问题分析透了，把规矩、制度立起来了，才能从根本上防止下一个"214 省道"的出现。】

当前，我国正处在全面建成小康社会决胜阶段，人民追求美好生活的愿望十分强烈。各级政府部门都应始终牢记自己的使命担当，把为人民服务的要求落实到具体的工作中。要以脚踏实地的行动，时刻关注"民生之困"，认真回答"民生之问"，努力破解"民生之困"，答好"民生之问"。

作者：沈建华、吴巧

编辑：毛洲英、王秋萍、吕岸

单位：宁波广播电视集团

播出时间：2019 年 12 月 26 日

评论立论好，还要论证好

黄同春

评论一向被认为是引导舆论的旗帜和灵魂，具有强大的引领力、传播力、影响力。广播评论要有评论的对象、立论、论据和论证过程这几大要素。一篇好的广播评论，不仅评论对象明确，立论鲜明，还要论据充分，论证简洁明快，分析说理透彻,逻辑严密,富有哲理。广播评论《答好"民生之问"》,在笔者看来,有三点值得肯定。一是评论的选题是好的。坚持问题导向,敢于直面政府部门工作中的问题。作品开门见山,一开始就聚焦宁波市民生的痛点问题,即宁波至奉化的 214 省道修建了 10 年才实现主道通车,特别是鄞州大道至奉化段的改建工程,在 5 年多时间里,相关责任单位三次承诺开工、两次承诺完工,均未兑现。评论选题抓住了社会广泛关注的民生热点问题,富有针对性。二是针对民生痛点问题,提出的"答好'民生之问'"的立论,回应了社会公众的关切,体现了主流媒体强烈的民生意识和人民至上价值理念,富有鲜明的时代特征。三是重视广播音响的运用。

这篇评论也有不足之处。一是论据论证有欠缺。一段省道修了 10 年,其中五次承诺没有兑现,这背后深层的原因是什么? 有关责任单位应该吸取什么教训? 对此,评论应该深究,对社会公众的关切有个交代,这应是评论不可缺少的一项重要内容。遗憾的是,评论避而不谈。回避这一问题,"答好'民生之问'"就显得说服力不充分。二是有的事实交代得不清楚,影响了事实的准确性和真实性。如"省委副书记、市委书记郑栅洁在 214 省道工程建设专报上作出批示,责成市交通、国土、电力、交管、海曙区政府等相关部门和单位要认真反思,答好'民生之问'。"214 省道工程建设专报是何年何月何日上报的? 郑栅洁的批示又是何年何月何日作出的? 对这一重要的时间要素,评论没有交代,使得这段重要内容成为单摆浮搁。紧接郑栅洁批示的内容是"第二天下午,副市长沈敏就带领交通、住建等部门实地查看拖后项目进度的'症结点'",从上下文的联系看,此处的"第二天",很明显是上承郑栅洁批示的"第二天"。由于没有交代郑栅洁批示的具体时间,这两段内容在表达上很不准确。

广播新闻专题

不安全的安全帽

前几天，北仑区人民医院急诊室接诊了一名头部受重伤的建筑工人。他在工地施工时，被脚手架上滑落的电动水钻砸伤头部，所幸被工友们发现后紧急送到医院救治，这才转危为安。事后，经有关部门调查认定，这名工人佩戴的安全帽是不合格产品。在北仑，这样的安全帽多不多，一线工人的安全帽是不是足够安全呢？我们的记者展开了调查。

4 月 20 日上午 8 点，记者先后来到印东方、春江明月等五家在建工地，"戴上安全帽，安全有依靠。系上安全网，安全有依赖。"等类似的标语随处可见。从这一点看，安全帽、安全带、安全网是这些在建工地建筑管理方的重点工作之一。

针对工人们戴的安全帽来自哪里？价格多少？记者随机采访了正在工地施工的一线建筑工人。

【北仑建筑工人 张井芹：安全帽是我们工地上老板发的。】

【北仑建筑工人 努师傅：外面买的。】

【记者：多少钱一顶买的？你这个（安全帽）。】

【北仑建筑工人 努师傅：我们这个 10 块钱嘛！】

【北仑建筑工人 林师傅：40 来块，丢了要赔的，40（元）呐！】

采访中，记者初步了解到，北仑各建筑工地上使用的安全帽来源并不统一，有自购的，也有配发的，不同的工地采取了不同的管理方式。不过在管理当中，几乎所有的工地都存在这么一种现象：那就是有没有戴安全帽关系着你能不能进入工地，至于安全帽的质量好坏、材质差别，大家似乎没有那么在意。

【建筑工人 努师傅：（你们公司里面规定就是要有头盔？）对！（质量好坏不管？）对！（有头盔就行了？）对，有头盔就能进去。】

处在一种习以为常的工作状态中，长期以来，很多建筑工人对安全帽的质量好坏都没有太多的关注。但事实上，安全帽是保护工人头部不受伤害或者降低伤害程度的必要装备。如果工人们一直戴着"脆皮"安全帽进入工地作业,那就等同于在头部没有受到安全保护的情况下进入了工地,一旦发生物品掉落、人员跌落等突发情况,危险可想而知。

那么,安全帽有没有统一的国家标准呢?记者来到北仑区市场监督管理局进行咨询。

【北仑区市场监督管理局质量与标准计量科副科长 裘操:有国家标准的,而且它们都是强制性标准。】

裘操告诉记者,我国安全帽产品标准遵循的是 GB 2811—2007 强制性国家标准。【(注:新标准 GB 2811—2019 于 2020 年 7 月 1 日起施行)

北仑区市场监督管理局质量与标准计量科副科长 裘操:安全帽目前有几个重要的技术指标:一个是冲击吸收性能,还有一个是耐穿刺性能。冲击吸收性能它标准里面有明确规定,就是说冲击范围是在 4900 牛这么一个范围下的话,这个帽壳是不能有脱落的。】

按照上面的这个标准来比对的话,北仑一线工人的安全帽是不是足够安全呢?记者在印东方、春江明月、新凯旋等五个工地分别拿回了一顶安全帽,用现场实验的方法测试这些安全帽够不够安全、能不能达标。

【记者 王奕丹:这里是位于北仑恒山西路上的天旗科技有限公司,这是一家专业生产各种运动头盔的企业。那么在这里呢,有一个"中国头盔合格评定国家认可实验室",我们将在这里测试从工地拿回来的五顶安全帽。】

实验室模拟 5 千克重物从 1 米高度落下,头部受到冲击,传感器读取数据,如果最大值未超过 4900 牛,说明安全帽合格。

【宁波天旗科技有限公司实验室主任 王汉良:就是说,一个重物砸到以后,你头上会受到一个力,看帽子能不能把这个力分散掉,吸收掉。】

【现场音:滴滴滴……哐当!】

第一次砸下来,电脑数据显示,有超过 43000 牛的力作用于头模上。

【宁波天旗科技有限公司实验室主任 王汉良:这已经远远超过标准了,现在大概超过 900% 的标准。这样的话,重物掉下来,这个头盔没有起到隔离缓冲的作用,重物相当于直接砸在你头上一样。】

随后,我们测试了第二顶安全帽。

【现场音:滴滴滴……哐当!】

测试的第二顶帽子是红色的安全帽。建筑工地的负责人曾经向记者表示,这是全新的安全帽,质量是比较好的。

【宁波天旗科技有限公司实验室主任 王汉良：2 万（牛）左右，比刚才那个好一点。但是也是失败的，超出标准，还是不行。】

【现场音：滴滴滴……哐当！】

最终，五顶安全帽全部被判定为不合格。其中，三顶壳体破裂，数据最差的一顶已经严重超出测试仪器的数据极限，而成绩最好的那顶冲击力也只有 6750 牛。

王汉良告诉记者，安全帽能不能承受住冲击力，主要看帽子的结构设计、帽壳材料、帽衬材料以及链接设计等各个方面的差异。

【宁波天旗科技有限公司实验室主任 王汉良：里面的这个结构它没有起到缓冲作用，包括帽子壳底的厚度，这个结构的强度，它没有起到缓冲的作用。】

不过，记者也从王汉良那里了解到了一个重要信息：类似一撞就碎的现象，并不能成为判断安全帽好坏的唯一标准。

【宁波天旗科技有限公司实验室主任 王汉良：碎不碎它不是判断的唯一依据，但碎裂得太厉害也不行。因为它碎裂会吸收掉能量。（碎了也许更好？）对！有些帽子我们故意设计成让它碎裂。[也就说，你看这三顶都碎了，这两顶就没碎，（可）最后测试出来结果是最差的。]】

这样的测试结果，实在有些令人意想不到，更令人为此充满担忧。工地上领回来的安全帽质量不过关，那北仑市场上正在销售的安全帽，它们的质量会好一点吗？记者来到位于北仑恒山路上的一家劳保用品店。对于记者的到来，这位店主显得十分警惕，他拿出了店里最好的两款安全帽。

【现场音：这个玻璃钢的，（玻璃钢的。）它强度不一样。（就这两种？）一般就这两种材质嘛！（这个是 20 元，这个是 30 元？）】

在记者的反复追问下，这位店主说，店里其实还有更便宜的安全帽。让我们意想不到的是，这里在卖的居然还有一次性安全帽。

【现场音：他有时候临时进工地去，进工地不是必须要有安全帽才能进去吗？他就买个便宜的应付一下啦！一次性的，他用一次就不要了。】

安全帽居然还有一次性的？这样不讲求质量、不讲求任何实用效果的安全帽，已经成为彻头彻尾的装饰品。

【现场音：塑料的都有。（头盔不是都有标准的吗？它这个标准如果不符合，那它不是不能卖吗？）现在市场哪有统一的，不出这个事，你们谁会来负责，都没有人来管这个事，是吧！塑料也有好也有坏，这两个就不一样，这两个又不一样。(那价格这个跟这个呢?)这个 10 块,这个 20 块。(10 块、20 块、30块,还有更便宜的吗?)有,肯定有啊!比这个还薄,更透明的那一种还有。】

比 10 块还便宜的安全帽,在记者做实验的 5 顶安全帽里就有这样一顶。

【宁波天旗科技有限公司实验室主任 王汉良:这个已经超出我的设备的范围了。(这个力已经不显示了。)PP 料,最烂的。】

这种"一次性"安全帽壳体非常薄,按起来非常软,价格 10 块不到。在之前的实验中,数据爆表的那一顶就是这样的安全帽。然而,这样的安全帽居然正在被一线建筑工人们使用着。

【宁波天旗科技有限公司实验室主任 王汉良:它这个就是很软的 PP(材质),它根本就不能用在工程上,软的更容易被砸进去,肯定不行。】

随后,记者又暗访了区域内的五六家劳保用品店,发现各家的情况都差不多。

【劳保用品店经营者 姚景波:就是材料(不同),一般情况下头盔有的是回料,有的是新料。新料嘛好一点,一般都是 30 块钱左右。你要旧料嘛一般十几块,20 块这样子。】

姚景波告诉记者,不管是新料还是旧料做的安全帽,在实际使用过程中并不会有太大的差别。

【劳保用品店经营者 姚景波:(那十几块和三十几块在安全保护性上面有区别吗?)区别不大,就是一个材料的区别。】

工地上使用的安全帽不安全,部分安全帽等同于装饰帽。这样的一个调查结果,给北仑的安全生产提出了一个简单却又严峻的问题。工人们的安全帽,到底是用来保护安全的,还是用来装饰应付的呢?

【北仑区市场监督管理局质量与标准计量科副科长 裘操:肯定是为了安全啊!因为包括国家都已经把它列为强制性标准,这个很大的一个因素是因为这涉及了我们人身财产安全,所以说才会把它列为强制性标准。】

针对这次暗访中暴露出来的安全帽质量问题,记者向北仑区应急管理局反映了相关情况。副局长徐建钢表示,他们会立即联合区市场监督管理部门,开展专项整治行动,进一步加强检查的密度和力度,全力把好安全帽质量关。

【北仑区应急管理局副局长 徐建钢:针对这些问题,我们重点对工业企业、建筑工地、安全帽生产企业进行检查,排查他们有没有在生产、使用质量不过关的安全帽,发现一起查处一起。同时,我们要进一步督促好企业、工地,不仅要关注工人们有没有戴安全帽,更要关注安全帽的质量有没有达标。对于那些销售安全帽的劳保用品商店,我们将不定期进行抽查,一旦发现有在销售质量不过关的安全帽,一律查扣销毁,并责令他们立即整改到位,全力把好安全帽的质量关。】

作者:戴金栋、陆素、王奕丹、包晔
单位:北仑区广播电视台
播出时间:2019 年 4 月 23 日

舆论监督:贵在有理有据,重在发现新问题
——简析广播新闻专题《不安全的安全帽》

刘茂华

"安全帽不安全",该现象并非这几年才发生,很多年前,各大媒体都进行过详细且深入的调查,曝光过"不安全的安全帽"。但是,随着时间的推移,两个有关安全帽的新问题由此产生了:一是为何屡禁不止? 二是市场上出现哪些新的假冒伪劣产品,带来哪些新的潜在安全危害?

广播新闻专题《不安全的安全帽》从扎实的实地调查中回答了上述两个问题,整个报道显得非常严谨,无论是站在批评者、被批评者还是第三方角度看,都几乎无懈可击。

《不安全的安全帽》以不合格安全帽带来的伤害突发事故为新闻由头,记者从不同的商店劳保专柜购买了各式安全帽,交由专业机构通过科学方式进行测试,而比照的标准是国家标准,遗憾的是,不同质量的安全帽在专业机构当场试验后的表现均为不合格。

这样的实地调查给听众带来的震撼是可想而知的。根据大数据显示,我国有 5000 万以上的工人需要佩戴安全帽才能够进入工厂,但是让人想象不到的是,他们之中却有一部分人佩戴的安全帽是质量不合格的,万一出现意外就很难保命。更为重要的是,一般身处一线的工人大多是家庭当中的顶梁柱,靠自己一个人的打拼来支撑整个家庭,对于他们一整个家庭来说家中的顶梁柱倒了,家庭的经济支撑也就断了。既然包工头将工人招到工地上,就应该负责他们的生命安全,而不是将他们的生命安全置之度外,仅仅是给一个安全帽,

就让他们认为没事了。

听众不仅从当场试验的结果中感到问题的严重性，也能够窥探安全帽问题屡禁不止的现实根源——质量检测的专业性和复杂性，很多购买者仅凭手感辨别安全帽的质量，又因为贪图便宜而忽略了自身的安全。

因为记者实地采访的深入和仔细，《不安全的安全帽》还报道了有关安全帽的新问题。记者在调查中发现了"一次性安全帽"，这种安全帽实际上不能称其为"安全帽"，薄如纸壳，完全是为了掩人耳目，应付工地检查而已。这样的"一次性安全帽"专供一些临时需要到工地办事的其他方面人员而设计并制作的，但是，其危害性非常大，也容易被人忽视。很多工地一线工人贪图便宜，往往花几块钱、至多 10 元钱购买这种毫无安全保障的安全帽。

舆论监督报道的批判性并不是单纯地批判，而是要有目标、有依据地批判；要在解决问题、促进发展的基础上进行批判。值得一说的是，要以群众为中心，在为群众谋福祉的基础上进行批判。人生在世，世事难料，意外总是在猝不及防的时候突然发生，如果等到出事后才意识到安全帽有问题，一切都已经来不及了。

新闻专题《不安全的安全帽》给舆论监督报道带来的启示是明显的：一是必须秉承实事求是的原则，必须客观、公正地反映事件的全貌，这就要求记者在进行报道时必须深入基层，在采访报道中还要多听、多看、多想，决不能闭门造车、凭空想象。同时，记者还要对取得的新闻素材进行多方核实，避免受到先入之见的影响。二是监督报道离不开记者从生活中挖掘素材，记者深入社会观察人们的生活，观察各行各业，再提炼选题，将社会不良现象在报纸上公开揭露，"脚力"是基础，"眼力"是灵魂，发现了新闻线索后抓住最根本的问题直击要害，不要温温吞吞，才能达到立竿见影的效果。

当然，瑕不掩瑜，新闻专题《不安全的安全帽》在揭示问题根源方面还有所欠缺，未能深入触及安全帽生产环节存在的重大问题。主流媒体在践行舆论监督报道时，还要明确建设性、指导性是更高的报道追求，在批判的同时也要触碰问题根源，提出解决问题的方略。

广播文学专题

翻开父亲的笔记本,那是我不曾经历的时代(战火声),

也是我未曾到过的土地(雪地里的脚步声)。

我站在历史的这一头,好想叫住父亲,叫住李敏,

(人声:面向死亡,我们仰天大笑,我们像士敏土一样坚强!)

可是他们奔赴在主义的道路上,片刻都不曾停留。

(人声:我们相约,打败了鬼子,还是留在山里……唯有铁马冰河,歌声依旧……)

70 年了,年逾 90 的父亲始终记着……那本诗集的背后,是关于他们的青春的歌。

青春之歌

一张旧相片从笔记本里滑落下来,我愣神看了很久。那是张青春美丽的脸,姑娘一瞬间地回眸,笑容定格在了黑白的底色里,那么年轻、那么热烈。(人声:我羞涩地吻过……)

相片的背面在水痕中化开了一行字(人声:底片上印着泪痕……)——光荣以及死亡。(叠人声:把鲜血和心愿永远刻在山里。)

那会是怎样的青春呢? 带着笔记本和旧相片,我重走了一遍父亲当年走过的路。

(飞机声)

父亲名叫王甸,离休前是云南省委常委、省委宣传部部长,曾是新四军浙东游击"三五支队"的战士。1941 年 8 月,父亲辗转从上海来到了宁波四明山。

(采访)宁波市党史委:皖南事变发生以后,党中央要开辟浙东战略基地。1941 年 5 月,中央领导的一些武装就开始南渡到达现在"慈溪—三北—余姚"这一带,建立三北根据地。

王甸采访：离开山几十年了，但山在梦里，总是山与山的叠影，山连着山……

> 山连着山，山连着山，
> 逶迤直到海边，
> 我在梦里寻觅，
> 又见到一座熟悉的村庄。
> 这石板路，这映山红，
> 这山下埋着的脚印。

父亲将一生的思念都刻在了四明山的山脊里，所以他的梦总被群山环绕。就是这里了，父亲曾经战斗过的地方，就是这里，埋葬着无数英烈忠魂。

1941年，"敌伪顽"包围下的宁波，犬牙交错，地火滚涌。父亲受组织委派，在鄞西小学开设暑期教师训练班。这个班级对外宣称是培训教师，实则是鄞奉县地下党设置的革命联络点，为开辟鄞西抗日根据地的干部选拔而设。

> 那时候，
> 一群年青的爱国者，
> 纯洁的心灵，
> 纯洁的理想，
> 在山里用生命画着心里的图画。
> 山里的太阳落得早，
> 牛群已在回家的路上，
> 自卫队员在村口放了哨，
> 祠堂里识字班要开课了……

这首《七十年的纪念》，父亲写于2015年的清明节。每年的清明节前后是父亲最为神伤的日子，李敏、袁春妍、胡公民……那些并肩战斗过的战友们，他们总是出现在父亲的梦里，只是父亲已白发苍苍，战友们还是从前年轻的模样。

（国际歌）起来/饥寒交迫的奴隶/起来/全世界受苦的人/满腔的热血已经沸腾/要为真理而斗争……

青年王甸：亲爱的同学们，你们切莫战栗、惊恐，记着鲁迅先生的话："会做事的做事，会发声的发声，有一分热发一分光，纵令是萤火，也可在黑暗中发一点光……"

　　课堂上，父亲的号召多么有冲击力，讲台下一双双黑漆漆的眼睛蹿着团团的火。在这些人当中，有一个人的脸和那张旧相片重合，她叫李敏。

　　李敏（唱）：泣别了白山黑水，走遍了黄河长江，流浪，逃亡，逃亡，流浪……

　　小学生（唱）：流浪到哪年，逃亡到何方？我们的祖国已整个在动荡，我们已无处流浪已无处逃亡。哪里是我们的家乡？哪里有我们的爹娘？

　　李敏当时是启明小学的教师，以此为掩护进行地下工作。写李敏，父亲在日记中占了大量篇幅。（叠）李敏亦是劳苦大众出身，从小当童工。父亲被日本鬼子抓去当挑夫而落下终身残疾……李敏说她读过鲁迅先生的《彷徨》《呐喊》，读过奥斯特洛夫斯基的《钢铁是怎样炼成的》……

　　字里行间，我读得出父亲的欣喜，那为着志同道合的雀跃，以及纯洁的爱慕。

　　王甸采访：用现在的语言来讲，也可以说是一种初恋的状态，非常单纯、非常纯洁，我们聚在这里坚持斗争，为共产主义。

这是根据地宁静的山村，

山村的宁静的傍晚，

你唱着海上的渔歌，

遥想伏尔加的船夫。

我们相约，

打败了鬼子，

还是留在山里，

修一座学校，

修一座医院，

把大路修到山脚的河埠。

　　父亲醒来，枕边又是两行清泪。他曾是多么地渴盼，想和李敏共同实现那个美好的约定。

　　"如果我的此生可以很长，我渴望实现那个月光下的约定，如果我的此生注定短暂，我从来都不惮于将整个生命用来忠诚我的国家我的党。"父亲听了，一笔一画写下："面向死亡，我们仰天大笑，我们像士敏土一样坚强！"写到落款处他稍有迟疑，最终用微微颤抖的手写下了——"愿共勉之，介绍人甸"。父亲想，李敏是读得懂的吧？那未曾言说的深情，那与主义共生共长的炽烈情感。

（爆炸声、机枪声）

1944 年，国民党掀起新一轮反共高潮，2 月 21 日，春寒料峭，李敏在后隆村被捕。

（采访）宁波市党史委：我们浙东抗日武装的主要威胁还是顽军。国民党部队进来以后，很多的民运干部被抓起来了，我们一些著名烈士大多数都是牺牲在国民党顽军的枪口之下。

几个小时的严刑逼供，李敏只字不吐，当天傍晚，早已没了耐心的敌人将李敏和其他几个共产党员押往樟村街市中心，绑在一根柱子上。

李敏：乡亲们，他们要你们看着，你们就看吧，看他们悲惨的下场，再看东边照旧升起的太阳。中华民族一定会迎来解放！

我看到跌跌撞撞的父亲朝着山头狂奔而去。此时是李敏牺牲后的第四天，在山上带队员打游击的父亲刚刚收到消息。他不愿相信噩耗，叫几个山民带路，要去亲眼看看李敏的遗体。拿着锄头和铁镐，父亲来到了埋葬李敏的地方。除去一层土，父亲就急不可待地俯下身去，用十指往外扒。

王甸采访：我请当地老百姓带着我去找到那个地方，都是伤口，脸上，这里（额头），都是血……

重见李敏的那一刻，父亲就已泣不成声。他一刀一刀数着，二十七刀！恍惚与痛苦中，父亲剪下了李敏的一束青丝，用红丝线扎好，夹进自己的本子里，又从腰间取下短枪，将包枪的红绸布盖在了李敏的胸前。

> 面向死亡，
> 我们仰天大笑，
> 我们像士敏土一样坚强！
> 愿共勉之，
> 介绍人甸。

这首送给李敏的小诗，如今一语成谶，成了李敏的墓志铭。父亲的心被一片一片地撕碎，连同那首小诗，飘零在雪天里……

李敏牺牲后两个月，父亲在《新浙东报》上发表了悼文。

李敏/你的牺牲/像闪电一样/闪击着每个人的心/反动派把你刺了二十几下/你鲜红的血从创口喷出/淹没破碎的衬衫/蜿蜒流向湿汪汪的地上/反动派在每刀上寄托着贪婪的希望——要你口供和投降/你宁死不屈/用你最后的一口气/喊出"中华民族解放！"

（采访）老崔：每年清明节前一天或者两天，会发来电报，电报的内容是"李敏烈士永垂不朽"。我们把电报拿到李敏烈士墓旁，烧掉了，以告慰李敏烈士——"你的老战友来看望你了"。

崔春利从前是四明山烈士陵园的负责人，退休前他见过父亲几次。

（采访）老崔：前些年他也来过，他每次来啊，烈士陵园要看一下，特别是李敏烈士墓。纪念馆在楼上，他原来走上去看了一次，后来他就不去了，为什么呢？他要伤心的。

此刻，我站在李敏英烈的墓前，却不敢走得太近，远远地，我仿佛看到了那个熟悉又苍老的背影，他默默地想要揩去泪水，却不知何时，又有一滴泪滴在了手背。

> 尔今，
> 烈士陵园里松柏苍苍，
> 我肃立墓前，
> 老泪纵横，
> 黄昏铸就了往昔的岁月，
> 唯有铁马冰河，
> 歌声依旧……

陵园里的烈士纪念馆，方板桌、教书的课本、一张床榻，甚至是李敏就义的半根柱子，都被当地的百姓搬迁至馆内留以纪念，它们也都曾出现在父亲的诗歌里——

> 傍着樟水，
> 竹林丛里，
> 一个贫困的山村，
> 我不知走过多少次，
> 这条青石板砌成的小路……
>
> 当年，我们用刺刀，
> 织补过这破碎的河山。
> 用血，
> 为山花染色。
> 祠堂的阁楼，如今锁着，

一张方板桌,一张竹榻,

谁在这住过,

全村几代人都晓得,

这是谁家的孙女,对着陌生的来客沉默。

这首《山村纪事》写于 1983 年。那一年,是父亲在退休后第一次来到四明山。

走着这青石板砌成的小路,

我低下头,

是寻觅往昔的足迹,

一个一个熟悉的同伴的身影,

还是怕人看见眼里的潮润……

樟水上新架着钢骨桥,

我还得过桥去。

桥那头,

八角亭前是他们就义的地方。

打听到李敏的母亲还健在,父亲专程前去看望。天上飘着雪,像极了几十年前李敏牺牲的那一天,"如果李敏还在世,也是一位六十岁的老人了。"父亲这样想着,又一次黯然神伤。

妈妈,

四十年来,我还是第一次见到你

女儿长得多么像你啊!

一个含笑的侧影。

墙上,挂着一幅放大了的女儿的照片,

围着黑色的纱幔,那是她从樟村带来给我的,

我羞涩地吻过,底片上印着泪痕。

四十年了,我们相聚,相别,

女儿永远是这么一个笑容,留在人间。

临别那天,山上正下着大雪,

我送给她一首短诗,

　　　　　也是这么倔强而稚气地一笑，
　　　直到我用包枪的红布盖在她胸前。

　　　妈妈，你不认识我，但听过我的名字，
　　你知道我和你女儿生前，是一个游击队里的同志。
　　妈妈，对着一个陌生而多情的六十岁的老人，
　　　　你能叫一声孩子吗？
　　　　会的，我相信，在你心里。

　　那一声"妈妈"仿佛早在嘴边，叫出口的那一刻，父亲泪流满面。这是他所能想到的，用最后的方式纪念，纪念李敏，纪念青春，纪念烽火连天的岁月。

　　王甸唱：泣别了白山黑水，走遍了黄河长江，流浪，逃亡，逃亡，流浪，我们的祖国已整个在动荡，我们已无处流浪……

　　1945 年 9 月，父亲随军北撤坐船前往山东半岛。途经东海的时候，他将那束青丝撒入了大海。父亲说："她是大海的女儿，就让她从大海来，再回大海去吧……"

　　我轻轻地点头，将诗集久久地摩挲在胸前，耳畔回响着父亲的诗歌……

　　　　　我要再画一张画，
　　　　　我要在画上题诗，
　　　　　用最朴素的语句，
　　　　衬着今天，写下过去，
　　　　让孩子们不要忘记。

作者：仇芳华、叶赵明、王海棠、朱宣瑾、陈晔
责编：崔旭东、诸晓丽
单位：宁波广播电视集团
播出时间：2019 年 12 月 30 日

广播文学专题《青春之歌》的多维复合"叙事"

陈书泱

《青春之歌》之所以被定义为广播文学专题,缘于其多元复合"叙事"。它将诗歌的抒情性、故事的叙述性和评论的解说性等融为一体,体裁有兼备,题材有容量,主题有深度,是为"专题",特征鲜明。尤其是节目的编排构思堪称精巧,写实与写意结合,明线与暗线结合,预设与呼应结合,板块与板块切换自如,繁而不乱。

一是诗歌吟咏为"骨架"。节目以"我"的父亲、年逾 90 的新四军老战士王甸所吟咏的 9 首(片段)现代诗为"骨架",撑起全篇。诗言志。这些诗语悲切而深情、浓烈而悠远,追忆了战斗的青春生活,铺排了美好的爱意情愫,表达了对烈士的深刻怀念,情感丰沛而有力量,极大地挖掘了节目主题的深度,铸就了节目之"魂"。

二是往事叙述为"血肉"。节目以"我"采访到的历史真实事件为素材,以"我"的叙述构筑了一个关于宁波革命烈士李敏奔赴理想、不畏牺牲的壮怀故事。故事缘于"我"父亲笔记本中李敏的旧照片,依次叙述了李敏的童工出身,李敏与父亲的共情战斗,李敏的被捕就义,父亲对李敏的追思追忆。故事细节丰富而又饱满,成为父亲诗歌"骨架"上丰满的"血肉",共同塑造了烈士的光辉形象。

三是足迹追寻为"脉络"。节目以"我"追寻父亲的足迹为线索,与父亲所吟咏的诗歌组成"双线"。"双线"一明一暗,互为交叉,互为补充,成为全篇脉络,进而结构全篇。"双线"以"节点"的样态呈现,"双线"上的各个"节点"依次排列就构成了全篇的"叙事"链。仔细观之,节目全篇的"节点"和叙事"链"基本呈现为:李敏肖像照片的叙述(合于父亲"梦里寻觅"的诗意)→李敏斗争生活的叙述(合于父亲"我们相约"的诗意)→李敏被捕就义的叙述(合于父亲"中华民族解放"的诗意)→李敏身影远去的叙述(合于父亲"让孩子们不要忘记"的诗意)。情节叙述步步延展,情绪渲染层层推进,两者互为烘托,自然而饱满。

　　四是声景打造为"视角"。节目以"我"寻觅父亲的足迹来追忆往事，在这追寻中，故事发生的场景次第打开。由于广播文学的特性使然，这次第打开的场景以"声景"的形态出现。所谓"声景"是以声音造景，它是场景构设的视角。节目中随着故事叙述而出现的各个场景版块中的丰富音响传达了节目所要叙述的自然环境和社会背景，使听众真切感受到"敌伪顽"交错下的时代艰险，献身主义的激昂，强烈彰显了节目作为广播文学专题的媒介本体特征。

　　除精巧的编排构思以外，《青春之歌》的成功还得益于播音员以声音塑形造象的深厚功力和制作人员精湛的录制技能。各岗位的多维复合"叙事"使得节目呈现了很强的可听性。

三、2020 年度电视作品

电视长消息

打破国外垄断 加速走向世界
我国首根自主研发深水脐带缆成功交付中海油

【导语】

深水脐带缆用于连接深水油气田的水面平台设施和水下生产系统,就像母体和胎儿之间的"脐带",被称为"深海生命线",是海底油气勘采领域的核心设备,一直被国外一些企业所垄断。今天下午,由宁波东方电缆自主研发制造的全国首根深海洋脐带缆,在深圳赤湾码头交付中国海洋石油集团有限公司,这标志着我国在深海工程装备制造领域迈进国际第一梯队,实现自主可控,保障了能源产业链、供应链安全。

【口播】记者 蔡丽莉

【同期声】

这里是深圳的赤湾码头,现在是傍晚的 5 点钟,经过了长达 75 个小时的精心操控,这条由国内自主研发制造的首条深水脐带缆,已经成功地从东方电缆的船上被导送到了中海油的 285 施工船上。随着我身后这个连接终端的吊装完毕,这条深水脐带缆正式交付完成,之后它将被运送到 150 海里外的南海海域,在南海的"流花 29—2"气田项目上开展作业,为该气田的开采提供生产所需。

【现场同期声】

好好庆祝一下。

【一般字幕】

中海石油深海开发有限公司"流花 29—2"项目经理 张宁

【同期声】

以前(深水脐带缆)都是从国外采办,无论是工期上、质量上、费用上,都不是特别可控。该条脐带缆成功制造和交付,首先对国家能源安全有重大贡

105

献,其次拉动国产化,突破国外厂家"卡脖子"的局面,我们有了新的突破点。

【正文】

这条深水脐带缆设计应用水深 1000 米,长度超过了 15.8 公里,将连接起"流花 29—2"气田项目的水面控制平台和水下采油树,为该项目提供生产所需的能源、药剂和控制信号。因为功能结构复杂、作业环境深险,研发和制造难度前所未有。

【一般字幕】

宁波东方电缆股份有限公司海洋创新中心副总工程师 俞国军

【同期声】

我们这根深水脐带缆上涉及 20 余项的技术创新,因为设计水深从 300 米增加到了 1000 米,它的安装拉力从 15 吨到了 50 吨,相当于在我们的脐带缆上挂了 30 余辆小汽车的重量,于是我们颠覆性地对脐带缆进行轻量化和透水设计。

【正文】

为了攻克深水难题,东方电缆近百名技术人员历时 1 年半时间研发,突破性地去除了脐带缆的钢丝保护层,实现轻量化,以减少在深海铺设安装过程中缆线和设备的受力强度,防止其被压弯拉断;同时,创新性地采用透水设计,使脐带缆内外水压平衡。

【一般字幕】

宁波东方电缆股份有限公司海洋创新中心副总经理 陈凯

【同期声】

没有了钢丝的保护,那这样里面所有的钢管,不单单要承担起传输介质的功能,它还要起到结构保护的作用。本来你主内它主外,现在要能里能外了,相当于突破了行业的规范跟行业一般性的做法。

【正文】

在此之前,国际上所有的深水脐带缆技术都掌握在少数欧美国家手中,主要集中应用于油气开发领域。国产深水脐带缆千米技术的突破,使中国制造在深水领域拥有了自主可控的核心竞争力。与进口产品相比,国产深水脐带缆不但制造成本从 1 亿元降到了 7000 万元,而且交付周期也从 18 个月缩短至 12 个月。

【一般字幕】

宁波东方电缆股份有限公司总裁 夏峰

【同期声】

对企业来说,通过研发的投入,产生了产业化和提高了企业的竞争力。对国家来说,通过关键设备的突破,其实对国家整体开发能源和"走出去""一带一路",提供了中国的整体解决方案。

【一般字幕】

清华大学核能与新能源技术研究院研究员 饶德生

【同期声】

随着国家海洋战略走向深海,深海油气田的开发和技术逐步成熟,水下生产开发模式成为主流。突破深水脐带缆技术,对我们有效开发南海资源,维护国家能源安全和海洋权益有着重要意义。

作者:钱力、蔡丽莉、姚昊、吴金城、徐鼎

编辑:丁杨明、高红明、求剑锋

单位:宁波广播电视集团

播出时间:2020 年 12 月 19 日

让专业新闻变得更可看

汪晓珺

光看《打破国外垄断 加速走向世界 我国首根自主研发深水脐带缆成功交付中海油》这个新闻的标题,就能猜出这是一则专业性很强的新闻。如何把专业新闻做得更具可看性,借助航拍、现场口播和特效动画等电视手法是一条有效的路径。

2020 年 12 月 19 日,由宁波东方电缆公司自主研发、制造的全国首根深海洋脐带缆,在深圳交付使用,这标志着我国在深海工程装备制造领域迈进国际第一梯队,实现自主可控,保障了能源产业链、供应链安全,对国家海洋战略走向深海,维护能源安全和海洋权益,具有重要意义。在对这一标志性重大新闻事件的电视呈现方面,采访团队运用了航拍、现场口播等多种电视手段,完整记录全国首根深海洋脐带缆交付全过程,还将复杂的技术难点通过特效动画转化为通俗易懂的视听语言,立体展现交付现场以及背后的研发故事。

庞大的中海油 285 施工船体、宽阔的南海海域等，通过航拍画面让人对全国首根深海洋脐带缆在深圳交付使用的背景环境有更清晰的感知。记者的现场口播通过记者的手势和身后的大背景直观地呈现了东方电缆船与中海油 285 施工船的位置关系。

当解说"这条深水脐带缆设计应用水深 1000 米，长度超过了 15.8 公里，将连接起'流花 29—2'气田项目的水面控制平台和水下采油树，为该项目提供生产所需的能源、药剂和控制信号"时，跟画面相配合的是团队精心赶制的水面控制平台与水下采油树的特效动画图，以及由数字和箭头组成的代表应用水深和长度的深水脐带缆结构方位图。这些电视手段的运用把一条非常专业的新闻报道变得直观和通俗易懂，因而更具可看性。

该作品聚焦重大事件，结合社会热点，以点到面聚焦我国企业如何攻克技术壁垒，打破国外企业垄断，提升核心竞争力，维护国家海洋权益。作品站位高、立意深、重时效、现场感强，多种电视手法运用娴熟。

电视系列报道

《"两山"路上满眼春》之一:那片水

【导语】

今年是习近平总书记提出"两山"理念 15 周年,"绿水青山就是金山银山",这句话早已深入人心。15 年来,在"两山"理念的指引下,从乡间小溪到四明山麓再到象山港畔,宁波人用实际行动将"两山"理念化为生动的现实,水秀山清,海碧天蓝,乡村美丽,人民富裕。

从今天起,《看看看》栏目推出三集系列片《"两山"路上满眼春》,为大家讲述宁波"两山"路上的故事。今天,我们先去宁海看一条溪流,它的名字叫清溪。

【正文】

【同期声】

这里鱼多,还有虾呢,虾那么多,水那么清,这里真舒服。

【正文】

傍晚时分,宁海桑洲段的清溪,一派热闹景象。

【一般字幕】

宁海县桑洲镇 村民

【同期声】

我在抓虾,这里虾很多。

【一般字幕】

宁海县桑洲镇 村民

【同期声】

这里水很好的,很凉快,水的味道也很好的,我们每天到这里来玩的。

【正文】

清溪鱼虾多,这给清溪河段长带来了额外的夜晚加班。

【同期声】

朋友们,可以回去了,别捞鱼了,电鱼别电,也不要毒鱼。

【正文】

从下午 5 点到晚上 10 点,清溪上游的河段长王中杰,协同下游的河段长周秋长,一起进行沿岸的巡查。

【一般字幕】

清溪宁海县下洋周村段河段长 周秋长

【同期声】

以前是治污水的烦恼,现在要管好河道和水生态的安全,其实压力也挺大的,总的来说也是甜蜜的负担。

【正文】

清溪,发源于天台县苍山北麓,流经宁海县桑洲镇,至三门县境内旗门港入海,全长 40 多公里,流域面积 164 平方公里,是三地的母亲河。很难想象,眼前这条清澈见底的溪流,7 年前还是一条三不管的脏水河。

下洋周村,位于宁海县桑洲镇的东部,它的旁边是书带看村,属于三门县的沙柳街道。由于两村分属不同的地区,就在 7 年前,河道治理、水质管控上各管各,甚至还出现无人管理的真空局面。

【一般字幕】

三门县沙柳街道书带看村 村民

【同期声】

几年前,猪屎水从上面流下来。

【一般字幕】

宁海县桑洲镇下洋周村 村民

【同期声】

上面弄得不好,也顺流下来垃圾,经过我们村门口的河道,垃圾和小便都倒到溪水里的,塑料袋、编织袋到处都是,弄得一塌糊涂。这也不能完全怪我们村子的。

【一般字幕】

三门县沙柳街道书带看村 村民

【同期声】

上游不弄干净,我们怎么弄得干净,他们就是懒得弄,我们没办法的。

【一般字幕】

宁海县桑洲镇下洋周村 村民

【同期声】

水不干净说我们村里没弄好,那我们一样也有上游的,说来说去这样没意思的。

【正文】

2013 年时,宁海县下洋周村与三门县书带看村交界处的一家养猪场,向清溪下游排放污水。

【一般字幕】

清溪三门县书带看村段原河段长 叶真峰

【同期声】

我们村里向上面三门县反映了好几次了,他们也下来看了,刚刚两个交界嘛,不好处理。

【一般字幕】

清溪宁海县下洋周村段河段长 周秋长

【同期声】

推来推去,以前是谁的责任也不知道。吵来吵去,谁都不管了。

【一般字幕】

三门县沙柳街道书带看村 村民

【同期声】

为了这个养猪场,我们村和那个村交界的地方经常吵架,劝也劝不开。

【正文】

推卸和争吵导致清溪的治理陷入僵局,为此,周秋长和叶真峰两人也结了怨。对于周秋长来说,一方面养殖户没有截污的意识,污物直排,确实影响下游;但是另一方面,即使他管辖的河段治理干净了,也会迎来上游的各种污物和垃圾,他受足了上下游河道治理的夹板气。

【一般字幕】

天台县泳溪乡副乡长 王挺

【同期声】

过去这条溪流上游的老百姓环保意识不是很强,往溪里乱扔死猪死鸭、乱倒剩菜剩饭的现象比较普遍。由于在上游跟我们影响不大,所以我们也不想管。

【正文】

单兵作战，各自为政，让清溪的水质每况愈下。转变的契机来源于 2013 年年底，浙江省委十三届四次全会提出的"五水共治"，让三地的干部终于坐在了一起。

【一般字幕】

宁海县桑洲镇党委副书记 胡春霞

【同期声】

主要是看到自扫门前雪这种方式管不好清溪，所以在 2014 年 4 月份，我们桑洲镇牵头提出联合治水这个理念，就是不分地界，全民治水。

【正文】

在这份签订的三地联合治水共同决定书上，明确提出了三地协同治理清溪和"谁管理，谁负责"的原则。这使清溪流域河段长们的工作思路一下子清晰起来。

【一般字幕】

清溪三门县书带看村段原河段长 叶真峰

【同期声】

自己清洁工有的话，搞搞掉就算了。这几个村，我们现在都关系蛮好了。

【正文】

2016 年，对水质要求极为苛刻的香鱼重新回到了清溪。

【一般字幕】

宁海县桑洲镇 村民

【同期声】

香鱼回来了，我感到非常高兴。说明清溪越来越好了。

【正文】

以清溪为纽带，近年来，天台、宁海、三门三地积极开发共享文化旅游资源，助推三地旅游经济、生态经济、文化产业共同发展，"文化走亲""节庆旅游"等各类交流活动每年给三地带来经济效益超 2000 万元。

【一般字幕】

三门县沙柳街道 村民

【同期声】

我们这一带的水其实都是一江水，文化传统是一样，不管以前怎么样，都像一家人一样的，都客客气气的，想把环境搞好。

【一般字幕】

宁海县桑洲镇村民

【同期声】

现在我们这里环境变好了,来这里玩的人越来越多。有宁波的,有天台的,有三门那边过来的,宁海来的人蛮多的。上次油菜花节,我麦饼就卖出去好几百只。

【一般字幕】

宁海县桑洲镇副镇长 徐灿耀

【同期声】

虽然中间我们关停了不少养殖场、养殖企业,给我们带来了阵痛,但是却留住了绿水青山,也给我们带来了金山银山。我们现在所走的路,一定会实现生态效益和经济效益的双丰收。

【一般字幕】

记者 张馨予

【同期声】

碧波荡漾,鱼翔浅底,这条美丽的母亲河又回来了。从源头到出海口,共有 30 多位河段长分布在清溪沿岸。每一位河段长平均守护着约 1000 多米的河段,他们相互关联,互相帮衬,共同呵护着这条母亲河的日常。7 年来,清溪流域共组织了 86 次三地交界处的水质检测,各项指标均达到了二类水以上标准,清澈的溪水改变了生态环境,改变了沿途风光,同时也改变了两岸百姓的生活。清溪的美丽嬗变,只是宁波"五水共治"的一个缩影。自 2013 年起,宁波各地因地制宜,创新手段,清理"黑河""臭河""垃圾河"480 条,综合治理河道 5000 多条,对 127 家违规违法涉水企业做出处罚,新增"省级美丽河湖"15条,10 个国家考核断面水质优良率达 100%。"水清、岸绿、流畅、景美"的江南水乡画卷,正在我们面前徐徐展开。

《"两山"路上满眼春》之二:那片山

【导语】

欢迎收看特别节目《"两山"路上满眼春》。今天,我们到四明山腹地奉化溪口岩坑村,去认识一位叫王华永的花农,看一看他和村民一起守护的那片山。

【正文】

【同期声】

这棵树都打上药,细菌全部杀死,树干也洒一下,明年果子就好了,明年就大丰收了。

【正文】

眼前这位中年人就是王华永,今年 53 岁的他,从小就生活在这片大山里。从奉化溪口到四明山上的岩坑村,沿途要经过二十几个弯头,艰苦的交通条件就像一道屏障,挡住了这里的村民和外界的连接。为了过上更好的生活,几十年来,勤劳的岩坑村村民一直没有停下奔忙的脚步。靠山吃山,30 多年前,村民们盯上了花木生意。

【同期声】

我们这里种花木应该是在 1983 年、1984 年开始的。在九几年的时候,我们岩坑村总共有 415 户人家,那个时候万元户基本上能达到 50 户左右,那个时候了不起。看看我们这里农村,就是山里面那个房子破破烂烂的,其实老百姓都是已经很有钱了。

【一般字幕】

奉化区溪口镇岩坑村 村民

【同期声】

两天工夫 22 万,随便拿拿,现钱可以挣到的,多少爽快。

【同期声】

随着我们岩坑村的花木名气越来越大,订单也越来越多。90 年代不仅岩坑村家家户户种了花木,溪口镇的花农也达到了四五万人。

【一般字幕】

奉化区溪口镇岩坑村 村民

【同期声】

田垄、洼地、山里全部种上了,见缝插针一样。

【正文】

花木的兴起,给村民的家庭带来巨额财富,也给他们的家园带来安全隐患。因为在运送花木的过程中,作为存活的必要条件,很多泥土也要一起被带走。几十年下来,没有人知道,卖出去多少花木,带走了多少泥土。

土壤不断流失,家园遭受威胁。2012 年 12 月 25 日,宁波市政府作出了《关于严禁四明山区域毁林开垦切实加强森林资源保护的决定》,要求在禁止开发区域内禁止栽植花木,五年内必须"退花还林"。

【一般字幕】

奉化区溪口镇岩坑村 村民

【同期声】

感觉没出路了,花木不种的话老百姓日子难过了。

【正文】

是要继续买卖花木破坏生态,还是要保护环境砍掉发财花?这是一道艰难的选择题。很多靠花木发家致富的村民,并不愿意退花还林,作出改变,但是 2013 年的一场台风,让很多人的想法彻底发生了转变。

【一般字幕】

村民

【同期声】

一刻左右的时间,家里全部冲掉了,家里被子、家具全部没用了。

【一般字幕】

村民

【同期声】

一座山有半座山倒下来了。

【同期声】

那年 10 月份爆发的泥石流就有 20 多起,大大小小的。从那个时候开始,我就想明白了,肯定要转行。

【正文】

退花还林可以是还树林,也可以是还果林。对于岩头村的村民来说,除了花木,其他两眼一抹黑。作为村主任的王华永却不甘心,他和几位村民引进了一个新项目:车厘子。种植车厘子不仅解决了之前买卖花木的诸多弊端,还为当地农民开辟了一条新的致富路。

【同期声】

种猕猴桃也可以。我认为还是种车厘子比较合适。猕猴桃你听我说,太普及了,谁都可以种,技术含量没有。我们要是(种车厘子)成功了,就有技术含量,你以后就是顶呱呱的师傅。

【正文】

王华永只有小学文化，为了车厘子他去国家农科院求助过专家，第一年就试种南非车厘子。

【同期声】

农科院推荐说，有几个品种根据我们这里的气候可以试种。村里面集体的一个基地，就是试种，当时效果就比较好。我们就成立了一个合作社，投入了 200 多万元。

【正文】

看到王华永种植车厘子成功，全村 400 多户村民有 300 多户准备拿出土地抱团种植，开辟更大的市场。

【一般字幕】

奉化区溪口镇岩坑村 村民 王华永

【同期声】

我们这里像今年的话在 5 月 18 日就成熟了。5 月 18 日以后来的人是不得了。你看我的朋友圈，这是 5 月 20 日拍的，果子也成熟了，来的人也特别多。我们每天收入就 2 万多元，我们村民一下子就开心了。

【正文】

红彤彤的车厘子，不仅给村民带来了直接的收益，还带动了村里的旅游产业，每逢车厘子采摘期，就会有大批的游客慕名而来，最多的一天，有五六百人组团过来采摘。

【一般字幕】

奉化区溪口镇岩坑村 村民

【同期声】

车厘子摘好，农家乐吃好，吃好再农副产品带点去，这边农民收入增加了。

【一般字幕】

奉化区溪口镇岩坑村 村民 王华永

【同期声】

我们通过车厘子的种植，都很有信心。接下来我们还要种其他的水果，还要开发民宿，做乡村旅游、农家乐的投入，把农民的收入都提上去，把我们的山村搞得越来越美。

【一般字幕】

记者 胥可

【同期声】

从最早的卖花木到如今的卖风景卖绿色,在王华永眼中,生态饭才是长久饭,美丽富饶的四明山才是永久的财富,而这种财富就像涓涓细流一样,取之不尽,用之不竭。7 年来,溪口 15 个山区村庄,采用花木与车厘子、香榧、猕猴桃等经济和生态树种套种,修复山林 2.02 万亩。整个四明山区域共封山育林 3.4 万亩,其中退花还林山地面积为 2.6 万亩。从靠山吃山到养山护山,这是农民生存观念的改变,更是经济发展方式的转变。岩坑村的实践证明,只有养山护山,才能留住我们赖以生存的绿水青山,才能换来可持续发展的金山银山。

《"两山"路上满眼春》之三:那片海

【导语】

欢迎收看特别节目《"两山"路上满眼春》。今天,我们去象山的渔山岛,这个被誉为"亚洲第一钓场"的小岛,看一看渔民吴展生活的那片海。

【正文】

【同期声】

来了来了来了! 好新鲜的带鱼! 东海带鱼比南海带鱼好吃,因为它比较鲜嫩。它会一天一天向东游,运气好的话,别的鱼也能上来,大黄鱼什么也能钓上来。

【正文】

眼前这位侃侃而谈的中年人叫吴展。今年 55 岁的他,是渔山岛上"海之心"民宿的老板。对渔山岛来说,吴展是个外来客,准确地说,应该叫他渔山岛上的第二代移民。

新中国成立后,百废待兴,荒无人烟的渔山岛,既是海防的前线,也需要发展生产。1956 年,吴展的父亲和另外 18 名青年,积极响应政府号召移居渔山岛,在岛上成了一位渔民。

靠海吃海,这是每个渔家人与生俱来的信条。吴展说,小时候,父亲指着眼前这片大海告诉他，海底有着无穷无尽的"宝藏"，只要学会捕鱼，就可以衣食无忧。20 世纪 70 年代末，当时刚刚初中毕业的吴展，毫不犹豫地登上了父亲的渔船。

【一般字幕】

吴展

【同期声】

我最好的一次石斑鱼，一个人钓 38 斤，13 块 5 一斤，你算好了（多少钱）。那时才 20 岁。大黄鱼只有四五块钱一斤，那时候我卖 13 块 5 一斤，至少渔山岛（的渔民）在全中国（收入）都是名列前茅的。

【正文】

每次满载而归，都是大海无私的馈赠。可是，由于过度捕捞、肆意掠夺，海洋渔业资源逐渐枯竭。到了 20 世纪 90 年代，丰收的喜悦再也没有在吴展的脸上出现过。

【一般字幕】

吴展

【同期声】

90 年代初，我们渔山岛有好几百艘涨网船。这仅仅是渔山岛。石浦有 2000 多艘渔船。（鱼）一年比一年少，大黄鱼绝种了，带鱼不能成汛了。

【同期声】

一，二，三！今天收成不好，这几条鱼还行。

【正文】

随着捕鱼产量越来越低，亏钱出海的情况也成了家常便饭，渔民"破产潮"如同海浪一般向吴展席卷而来。1997 年，他做出了一个重要的决定：卖掉经营了近 20 年的渔船，洗脚上岸。

【一般字幕】

吴展

【同期声】

当时 30 多岁了。打过工，做过小生意，开船都做过，没赚到什么钱，也不至于饿死。不过在外面（工作）开阔了眼界。

【正文】

老歌《故乡的云》有句歌词是"归来却空空的行囊"，描述 2010 年再次回到渔山岛的吴展是再贴切不过。多年打工经历让吴展开阔了眼界，更是让他明白了两件事情。

【一般字幕】

吴展

【同期声】

我们渔山岛至少在全浙江省沿海的海岛里是最漂亮的。我在想那么漂亮的地方,要让大家来观光观光。鱼是越捕越少的,这是肯定的,做旅游行业是可持续发展的。

【同期声】

今天客人来得挺多的,你要准备的一些菜、鱼,都要买点回来。柴油看看还有没有。

【正文】

"面朝大海、春暖花开"的诗意情怀,日益在人们心中生根发芽,到渔山岛旅游观光的人越来越多。2010 年,吴展在岛上办起了民宿——海之心,一边经营着可持续的旅游业,另一边通过自己的方式保护这片大海。

【一般字幕】

吴展

【同期声】

海之心就是渔山岛在海洋中心的意思。对这个地方比较喜欢,是自己生活的地方。我的父辈们都是靠这片海吃饭生存的。我们有责任、有义务保护这片大海,让我们的后代子孙有饭吃。

【正文】

就在吴展办起"海之心"的第二年,渔山岛被列为国家级海洋生态特别保护区。与此同时,渔民捕鱼的网眼在扩大,渔业资源增殖放流的数量在增加,越来越多的渔民和吴展一样,主动减船转产,上岸转向养殖、旅游等产业。通过建设海洋牧场,不仅满足了大家的"口福",还实现了从单纯的"吃海"到"养海"的转变。

【一般字幕】

吴展

【同期声】

鱼确实是越来越多了,最大的原因就是国家鱼苗投放,还有人工鱼礁的投放,使鱼的产量大幅度提高,特别是黄鱼、米鱼这些最重要的经济鱼类产量大幅度提高。虽然我现在没有在捕鱼了,但是看到他们抓上来那么多鱼,我也替他们高兴。继续这样（保护）下去的话，鱼会越抓越多，不会少下去的。

【正文】

如今，渔山岛因为丰富的渔业资源，成了海钓爱好者的"天堂"，每年上岛的游客将近 5 万人次。一年之中的 3 月到 10 月，每当夜幕降临，渔山岛的海面上变得灯火通明，一艘艘错落有致的海钓船，把海面点缀得有种"火树银花"的感觉，和蓝色的海水交相辉映。

【一般字幕】

记者 沙瑛雪

【同期声】

碧海蓝天，风光无限，耕海牧渔，生生不息。和吴展一样，宁波有 7000 多位渔民主动减船上岸，告别了捕捞生涯，转产转业，闯出了一片新天地。为了保护海洋渔业资源，宁波每年向周边海域增殖放流大黄鱼、黑鲷、乌贼等各类鱼虾贝苗 10.5 亿万尾，恢复和扩大鱼类种群，改善水域生态环境。保卫东海渔场，守护蓝色家园，我们一直在行动。如今，宁波每年的渔业总产量稳定保持在 100 万吨，经济收入达到 265 亿元。因海而生，向海而兴。吃海，只会越取越少，养海，才能取之不尽，从伸手索取、肆意开发，到生态养海、反哺大海，我们向着人与大海和谐共生的目标，扬帆起航，乘风破浪。

作者：史宇健、鲍靖晖、何星烨、金诚、葛萌

编辑：叶志达、张健

单位：宁波广播电视集团

播出时间：2020 年 8 月 15 日至 8 月 18 日

"两山"建设十五年　美丽乡村正呈现
——系列报道《"两山"路上满眼春》评析

周玉兰

2020 年 8 月 15 日是习近平总书记提出"两山"理念 15 周年纪念日，"绿水青山就是金山银山"这句话早已深入人心。15 年来，在"两山"理念的指引下，从乡间小溪到四明山麓再到象山港畔，宁波人用实际行动将"两山"理念化

为生动的现实。水秀山清,海碧天蓝,乡村美丽,人民富裕,《看看看》栏目推出三集系列报道《"两山"路上满眼春》,安排在 8 月 15 日、17 日和 18 日播出,分别以"那片水""那片山"和"那片海"为题讲述了宁波"两山"路上的故事。

整组报道的特色主要体现在以下三个方面。

一、重大主题策划报道总体立论清晰,乡村美丽、人民富裕、乡风和谐,可持续发展理念在宁波城乡已成共识

宁波市拥江揽湖滨海,资源禀赋优越,15 年来践行"两山"理念,坚定不移地走生态优先、城乡统筹、绿色发展的道路,打造出了水秀山清、海碧天蓝的发展样板。

系列报道《"两山"路上满眼春》巧妙地选择了清溪上下游联动整治、奉化四明山退花还林发展生态旅游、象山渔民洗脚上岸养海牧渔三个典型个案,从治水、护山、养海三个层次对"两山"理念在宁波 15 年的具体实践进行了生动、扎实的表现,为观众营造了一幅幅宁波地区生态高颜值、发展高质量的鲜活场景,非常有感染力。

报道中记者编辑们对"两山"理念重大主题进行了精心的策划报道,水、山、海——宁波地区生态发展的核心要件的总体立论点清晰,从报道中我们可以感受到经过 15 年的持续发展,乡村美丽、人民富裕、乡风和谐可持续发展理念在宁波城乡已成共识。

二、重大主题策划报道典型选定精准,治水、护山、养海,宁波"两山"之路建设路径表现清晰

报道中的典型个案选定精准:治水精选了宁海、三门、天台三地串成一线的清溪治理的故事;护山精选的是奉化四明山停止利润丰厚的花木产业转变为可持续发展的车厘子种植旅游产业;养海则精选了象山渔民靠海养海,发展生态渔农业的故事,三个典型准确契合了宁波地区实践"两山"理念最具代表性的建设路径,特别具有说服力。

我们从报道中也和村民们一起真切地感受到了生态型发展才是可持续发展的说服力,清晰地看到了宁波护好绿水青山,做强金山银山,打开两者间的高质量转化通道的"金钥匙"。报道中的这些典型案例也已经成为宁波地区展示生态文明建设成果的重要窗口。

三、重大主题策划报道表现手段丰富,纪实、航拍、数据现场报道,重大主题报道采访制作精良

整组报道的表现手段非常丰富,记者们蹲守在宁海湾的乡间小溪、象山的渔山岛和四明山腹地等地，精心采制了宁海三地联合治水、以水为媒改变生活，象山海岛渔民生态养海、守护蓝色家园，四明花农退花还林、养山护山等转变的故事，用村民可持续发展的理念转变为"两山"理念作了生动注解。

报道中对当下电视新闻报道主流的采访制作手段精心进行了设计使用：现场纪实充满了烟火气，溪水摸鱼抓虾、采摘艳红的车厘子、夜钓活带鱼，这些现场充满了吸引力和生活气息；航拍镜头满眼绿色，山青翠水清澈海碧绿，每一幅画面都是高速发展的宁波精心为子孙后代留存的美丽场景；数据现场报道在记者动态行动叙述点评间增加了事实和数据背景的文字和图形，为重大主题报道提供了全局性的背景，整组主题报道采访制作精良，是难得一见的优秀作品。

宁波电视台《看看看》栏目的这组系列报道已臻完美，我们以创新评优的眼光来进行观察，作为面向重大主题报道策划和表现的示范作品，我们发现这一组报道还存在一些细微的瑕疵，视听评议员把它们作为整组报道评析的缺点部分进行简要分析并提出可行性建议。

1. 主题报道"以点带面"对"点"的处理非常好，"面"上还可以再增加一些内容，提升报道的影响力。

整组报道选择了宁波"两山"建设非常有典型代表的治水、护山、养海三个层面来进行报道表现，事实清晰，说服力、感染力都很强，主题报道"以点带面"技巧运用娴熟，整组三篇报道对"点"的处理都非常好，宁波全域"面"上的表现是以记者的数据化现场报道来完成，总体感觉这部分的背景还可以再增加一些，以图表、数据等数据可视化的方式来进行表现，可以更进一步地增加主题报道"核心主题"的传播效果，提升报道的影响力。

建议：记者数据化现场报道当中可以进一步增加宁波本地治水、护山、养海的背景内容，表现形式可以使用纯粹数据可视化表现，也可以使用新闻链接、虚拟演播室、动画等方式来进行表现，增加新闻的厚度。

2. 开篇纪实现场的效果和力量还没有完全用好用足。

系列报道三篇均选择纪实现场开篇，使用记者与主人公共同参与的现场环节来展开报道，先声夺人，特别有吸引力，美中不足之处就在于这些纪实的现场仅仅是用来开篇，技巧使用痕迹太明显，纪实现场整体的传播的效果和现场的力量还没有完全用好用足。

建议：真正发挥出纪实现场当中记者与新闻人物共有现场的纪实魅力，由记者主导现场的发展，现场展示、现场采访、现场体验、现场评价，用好纪实现场的传播效果,发挥出纪实的强大感染力和吸引力。

3. 典型人物与观众的交流的效果还没有很好地发挥。

除第一篇之外,第二篇和第三篇新闻人物的出场"标准像"都太过于缓慢了,人物的姓名条都基本在 2 分半以后才出现,人物正面固定镜头画面非常简短,观众的直观感受就是缺乏"定睛细瞧"的时间。试想一个非常引人关注的新闻人物却不让观众看清他的长相、表情,这是非常违背观众视觉心理的,也不容易在观众心目当中形成新闻人物的"屏幕形象",与新闻人物交流不足,影响了新闻的感染力。

建议:尽早尽快展示新闻人物的正面形象,固定画面打出人物姓名条,尽可能早地"介绍"新闻人物给观众认识,从而加深观众对新闻人物及其先进事迹的认知,以强化新闻报道的感染力。

电视新闻专题

长街蛏子突围记

【导语】

蛏子又叫"西施舌"。每年春季，正是蛏子最鲜美的时候。美味的"西施舌"纷纷爬出泥潭，俏销四方。然而今年，受新冠疫情影响，我县最有名的长街蛏子一度陷入了滞销困境。疫情之下，如何撑过难关打开销路，让蛏子产业稳步发展，请看新闻专题《长街蛏子突围记》。

【同期声】抖音

【正文】

这两段几十秒的抖音中，长街镇党委书记王照栈的满身泥泞、镇长石柔堪比李佳琦的魔性喊话"扫它"，一夜之间传遍各地，点击量超过了 40 万。

【字幕】长街镇党委书记 王照栈

【同期声】开始的时候比较忐忑，后来是比较期待。

【字幕】长街镇镇长 石柔

【同期声】主要还是扫它的目的，就是能够打通线上线下的这么一个环节。

【正文】

书记、镇长都被小小的蛏子逼成了网红，这中间都发生了什么呢？

（黑场）

【正文】

作为"中国蛏子之乡"，长街镇的蛏子养殖面积达 2.7 万亩。从事养殖、捕捞、销售蛏子的已有 7000 多人，每 10 个长街人中就有 1 人的收入与蛏子有关。今年长街蛏子的总产量预计超过 5000 吨。但受新冠疫情影响，原本春节前后开始俏销的蛏子，直到 3 月份，还有近 4000 吨被困养殖塘。

【字幕】养殖户 徐光撑

【同期声】往年这个季节总要抓了百分之七八十了,现在总的是百分之十五六,(百分之)二十还不到。

【字幕】养殖户 刘开灶

【同期声】这个塘已经到期半个月了,现在蛏子还没有抓,叫我现在怎么办?

【字幕】养殖户 林菊飞

【同期声】蛏子没人收没人要,这边钱收不上,这边贷款交不出。

【正文】

如何让被困的蛏子实现"突围",镇长石柔每天带着底下的干部们挨家挨户排摸情况。通过走访发现,眼下,养殖户们最着急的就是如何尽快把蛏子起捕卖出去,因为最迟 5 月份就将开始新一年的养殖周期。

【字幕】长街镇镇长 石柔

【同期声】我们第一反应就是要抓紧时间研究制定一些办法来帮助蛏农走出困境。

【正文】

镇干部们一方面联系购销大户,优先收购塘租到期的蛏子,协调养殖户之间的矛盾,另一方面联系金融机构,为养殖户申请贷款延期或免息。然而,关键还是要把蛏子卖出去。

过去,每年蛏子节都会吸引大批市民和游客前来采购,今年因为疫情影响,传统的蛏子节是办不成了,只能另想办法。

【字幕】长街镇镇长 石柔

【同期声】今年我们把它(蛏子节)搬到线上。但是重要的一点就是,线上的蛏子节怎么跟线下来打通,这需要中间有个平台。

【正文】

为了打通线上与线下,长街镇攻关一个星期,开发了养殖大户管理系统,注册了官方抖音号,并以农业服务总公司的名义开辟了微店"长街味道"。在之后的一个星期里,网络蛏子节的直播和书记镇长亲自上阵的抖音带货,让长街蛏子在互联网上名声大噪,订单随之而来。

(黑场)

【同期声】你们快点快点,时间来不及了!赶时间了!快点快点!来不及了！

【正文】

一时间，养殖户们忙着抓蛏子，购销大户忙着运蛏子，养殖塘上一片忙碌的景象。小小的"西施舌"终于爬出了"泥潭"。

与此同时，"长街味道"微店的生意也渐渐打开了，经销商每天都要分拣大量的蛏子。

【字幕】蛏子销售商 朱彩燕

【同期声】小的挑出来，破的挑出来，因为这是均匀的，他客户要求在36、37（个一斤）个头的。（一天能卖多少？）好的话一两千斤吧，我们现在就是政府的平台。

【正文】

朱彩燕夫妻在长街镇中心地段开了一家水产店，是当地有名的蛏子销售大户。对于网络销售的事，之前他们也没少琢磨。但作为一家夫妻店，在收购、分拣、销售的同时，还要匀出精力管理网络确实有些为难。而政府搭建的微店，让他们在这个销售低迷的时节看到了希望。

【字幕】蛏子销售商 朱彩燕

【同期声】因为像我们蛏子卖不出去，政府很关注，非常好。政府这个平台搭起来，这些货都是盒马鲜生拿去的。

【正文】

然而好景不长，微店刚开没几天，客户的差评接踵而至。"碎的太多""破壳一半以上，味道还可以""发现有一半左右的蛏子壳已破碎，不过味道甜甜糯糯的比较好吃"。

【字幕】蛏子销售商 朱彩燕

【同期声】因为这个蛏子壳比较薄，容易碎掉。这个就好像玻璃瓶一样，你不把它包装得好，拿到客户那里全都碎掉了。碎掉客户就要投诉了。

【字幕】长街镇党政办工作人员 周任斌

【同期声】当时我们收到的差评率是6%到7%左右。它一个差评可能会带动几十个几百个客户，可能他就不再信任，不再买这个品牌。

【正文】

周任斌是长街镇党政办的工作人员，同时负责"长街味道"微店的运营。经他的分析，差评的根源出在蛏子的物流包装上。如何让蛏子保持鲜活的同时又不破壳，他和镇农办的其他同事想了不少办法。

【同期声】这个远程的包装可能还不行,下面会压坏。对,这个上面盖子不好盖,这个价格有点贵。

【正文】

为了找到合适的包装,他们自己掏钱购买盒子,和物流公司制订包装方案,把蛏子寄往各地。一个个试验包装的可靠性,光是最里层的盒子就试了七八种。

【字幕】长街镇农业农村办公室主任 钟建永

【同期声】最后我们确定两到三种不同包装。根据客户的需求,我们采取不同的包装。

【正文】

物流包装问题解决后,3月中下旬,长街镇加大了推广力度,与相关单位共同推出"党群同心圆"助农活动,与大酒店联合举办蛏子烹饪大赛……在各方的推动下,蛏子销量稳步增长。

李锦彦是宁海一家五星级大酒店的厨师,从 4 月初开始,他每天都要做不少和蛏子有关的菜肴。

【字幕】宁海某酒店厨师 李景彦

【同期声】铁板蛏,竹筒蛏,盐水蛏,我们酒店这几盘卖得比较好。一般我每天可以做二十几份,酒店一个月可以卖出六百多份。

【正文】

蛏子销量的突增,也让长街的抓蛏工出现了短缺,本地不够,就去周边县市招揽。

【字幕】外地抓蛏工

【同期声】(在这边挖了多久了?)五天(五天啦每天都来?)每天都来。(你们一起过来有多少人?)三门三十八,三十八三十六。(一个村子的吗?)好多村。

【字幕】长街镇农业农村办公室工作人员 史久品

【同期声】跟相邻的(县)也在沟通。应该他们三门的,多的一天有将近三四百个吧。象山这边的话应该也有一百多个。

【正文】

然而日渐好转的销售势头并没有让镇长石柔彻底安心。

【字幕】长街镇镇长 石柔

【同期声】我觉得这次疫情不单单是对我们的生活对我们的生产有一定

的影响,我们的管理以及我们的理念都是需要有一个更新,就是与时俱进。

【正文】

如何更新与转变,曾经有市场监管工作经验的石柔想到了商标注册和标准化建设。

（黑场）

【字幕】宁波市市场监督管理局标准化处处长 任翙娉

【同期声】我的建议是让市场主导比较合适,政府是在背后去助推。什么意思呢?现在标准化法是鼓励政府标准和市场标准并行的。

【正文】

这一天,在镇长石柔的邀请下,市、县两级市场监管局和市标准化研究院的相关领导、专家来到长街,就"长街味道"、长街蛏子的品牌建设,以及蛏子选种、品相、养殖环境等标准化的制定进行研究讨论。

【字幕】长街镇镇长 石柔

【同期声】就是我们通过这么一个品牌的建设,以及标准化的一个建设,带动的是整个农产品的一个销售,最终是可以带动提升我们长街的整体对外的一个形象跟影响力。

【字幕】宁波市标准化研究院院长 鲍俊

【同期声】可以说没有标准化也没有长久的品牌建设。他的标准化思路跟人家不一样,他从源头到后面成品到销售,是整个产业链的标准化。那这种思路相对来说,从一个镇政府的层面或者地方政府,有这个理念是非常先进的。

【正文】

如今,在政府的帮扶下,养殖户们逐渐走出了滞销的阴霾,同时也看到了传统养殖业发展的希望。

【字幕】经销商 王建胜

【同期声】政府已经帮了我们这么多,那我们也要克服困难,把新的电商做起来。毕竟这是一种趋势。

【字幕】蛏子养殖户

【同期声】我们长街蛏子品牌已经打响了,销路越来越好,知名度越来越高,销路不用愁了。

【字幕】长街镇党委书记 王照栈

【同期声】我们这段时间实际上补充了成熟市场应该做的事情。那我们现在是在做,在总结,那总结好以后肯定要回归到市场去。所以这个是这次疫情防控期间我们干部队伍去做的一个担当,去做的体现。

【正文】

截至发稿时,长街镇的蛏子基本销售完毕,新一年的蛏苗也已开始养殖。而镇干部们还在忙着为它们今后抢占市场高地修筑工事。目前,长街镇正在注册"长街味道"集体商标和"长街蛏子"地理标志证明商标,长街蛏子的标准化建设也在稳步推进中。与此同时,农产品销售中的这种互联网思维和品牌打造的浪潮也在全县各地迅速蔓延。

作者:张帆、周震霄、蔡圣洁、尤慧婷

编辑:葛斌斌

单位:宁海县广播电视台

播出时间:2020 年 4 月 23 日

一幅上下齐心攻坚克难谋划发展的生动图画
——电视新闻专题《长街蛏子突围记》评析

周玉兰

农村支柱性农副产品出现卖难怎么办?特色农副产品与品牌化产业生产之间相差了什么?谁在电商直播间里卖力吆喝?传统农业产业转型提升的路径又究竟在哪里?对于这些疑问,宁海县广播电视台《宁海新闻》播出的电视新闻专题《长街蛏子突围记》进行了极具说服力的解答。

1. 记者的社会责任感促使他发现了极具表现力的新闻题材

2020 年春季,受新冠疫情影响,在蛏子最鲜美的时节,宁海县最有名的长街蛏子陷入了滞销困境,养殖户们愁上眉梢,疫情之下如何撑过难关打开销路,让蛏子产业稳步发展?身处宁海本地对农村支柱性农副产品出现卖难感同身受的记者们最快发现了问题,并且积极观察思考寻求问题的答案。专题报道一开篇乡镇党委书记和镇长就为滞销的蛏子抖音带货,纪实开场很抢眼,记者以此为切入口,历时近一个月,蹲点、采访、观察、记录下当地政府如何发动各方力量扩大影响、帮助农户开展互联网销售，推动蛏子产业品牌化、标准化建设的全过程，记者的社会责任感促使他发现了极具表现力的新闻题材。

2. 记者的好奇心促使他关注表层问题的持续性答案

农产品滞销，乡镇党委书记和镇长为滞销的蛏子抖音带货，只是所有问题的解决之道的表层；在整篇报道中，记者并没有停步于此，当地政府引导蛏子产业走品牌化、标准化道路，加强地理标志农产品认证和管理，打造地方知名农产品品牌，成为记者对"蛏子滞销"现象的深层关注；更进一步的，由网络带货再到乡镇干部找准定位，担当作为，顺应当下市场发展规律，科学引导农产品突围的种种样貌，成为整篇报道中更为宏观的深层主题。记者的好奇心促使他关注表层问题的持续性答案，层层递进，深度的内容在报道中持续跟进。

3. 记者的长期关注为我们呈现了一幅上下齐心、攻坚克难、谋划发展的生动图画

急农户之所急，想农户之所想，"亲身投入"地为本地农副产品滞销谋划出力，上下齐心，攻坚克难，为减弱减缓疫情对农业生产发展带来的负面影响，电视专题在乡镇找到的这个典型案例为整个县域的养殖产业发展、经济链条恢复提供了有益有效的思路。报道播出后，引发了全县党员干部网络带货的热潮，长街蛏子产业由濒临消亡再到热火朝天，为传统农业产业转型提升提供了思路，由此激发了全县农产品销售中的互联网思维和品牌打造的浪潮。记者的长期关注为我们呈现了一幅上下齐心、攻坚克难、谋划发展的生动图画。

电视新闻专题

137 秒温情长绿灯：让城市更有担当

【导语】

本周,发生在宁波街头的一则街头爱心接力呵护老人过马路的新闻温暖了很多观众,而爱心接力中一次 137 秒的长绿灯,引发了人们对城市交通管理的热议。感动过后,137 秒长绿灯又给生活在这座城市里的人们带来什么样的思考呢?

【正文】

9 月 27 日早高峰,在海曙区通途西路长乐路口,一名老人因为腿脚不便,横过马路十分缓慢,40 秒多的绿灯结束,老人还没走过一半的马路。

【一般字幕】

宁波市公安局交通警察局海曙大队指挥中心主任 虞江军

【同期声】

当这位老人家来到路中间的时候,我发现他一手拄着拐杖,一手扶着一个栏杆,很吃力的样子。我就觉得下一个(绿灯)他肯定也过不了。为了确保老人家安全通行,这个长绿灯打了 137 秒。

【正文】

老人过马路的过程中,天空突然下起大雨。正在后排等候的一位司机,从后备厢中拿出一顶雨伞,快步跑到老人身边,打开雨伞递到老人手里。

【一般字幕】

在场司机 章超群

【同期声】

只是想着老人淋雨了,身体要不好。我说伞不用还我的,你就拿去用好了。那个老人也很客气,对我说谢谢。

【正文】

3 分 40 秒,老人在大家的帮助下安全通过马路。但这场爱心接力并未结束,值班交警经过研判,认为老人可能再次返回,并通知巡逻铁骑留意。3 小时后,铁骑队员崔彬发现了老人的身影,并搀扶老人过马路。

【一般字幕】

宁波市公安局交通警察局海曙大队铁骑中队辅警 崔彬

【同期声】

让人欣慰的是,在整个等待的过程中,周边的车辆里没有任何抱怨的声音发出。

【正文】

爱心故事,从来就不缺关注。经本地媒体播发后,人民日报、新华社、中央电视台等国内知名媒体、新媒体也纷纷转载转发,新浪微博#绿灯为过马路老人多亮了 97 秒#更是多次登上热搜榜。截至节目播出前,这条新闻阅读次数突破 1.6 亿次,讨论次数超过 1.8 万次,观众网友纷纷点赞宁波。

【一般字幕】

市民

【同期声】

我觉得宁波是座爱心之城。我生活在这里,觉得很幸运。

【一般字幕】

市民

【同期声】

感觉非常暖心。假如我遇到这样的事情,我也会帮忙一把,伸出援助之手。

【正文】

在数以万计的评论中,除了一片点赞声外,也有网民发出了不同的声音。比如这位网友就说:"双向十车道的路面,中间要不要设置安全岛,让没有走完人行道的行人可以在安全岛等待绿灯再次到来? 不能每次遇到老人都依赖指挥中心的手动操作。"还有网友提出疑问:"这么长的路口,行人只有 40 秒通行时间,真的足够吗?"针对网友提出的这个问题,我们可以一起去熟悉一下当时老人往返的通途西路。

通途西路作为宁波的主干道之一,平时流量非常大。长乐路口又是连接宁波城西的一条东西向大动脉,高峰期间东西双向车流在每小时 6000 辆左右,拥堵十分严重。海曙交警告诉我们,因为平时车多人少,附近也没有大型的商贸场所,所以他们在保证通行效率的基础上,选取了一个行人通过马路的最低时间。

【一般字幕】

宁波市公安局交通警察局海曙大队指挥中心主任 虞江军

【同期声】

在城区各个路口,按照路口不同的道路宽度和行人 1 米每秒的通行速度标准。具体到这个路口,南北道路宽度在 40 米左右,所以我们交警部门设置了 40 秒的最低绿灯时间。

【正文】

不难看出,交警部门在长乐路口设置 40 秒的最低绿灯时间,是一个规范动作。当然,路上数量庞大的行人状况各异,有些偶发的特殊情况就需要特殊处理,对于 137 秒的超长绿灯,有网友提出:"为一个老人而让拥挤的车流多停滞了 97 秒。这样的爱心是不是成本太高了?"

【一般字幕】

市民

【同期声】

首先这是给老人特殊的照顾,是挺好的一件事情。但是因为这个影响公众的交通,我觉得是占用公用资源的一种行为。

【正文】

针对网友的问题,浙江大学宁波理工学院传媒与法学院何镇飚教授认为,这些疑问的背后,归根到底是效率和公平的问题。

【一般字幕】

浙江大学宁波理工学院教授 何镇飚

【同期声】

首先我认为(讨论)这是个好事情,因为这说明我们的文明城市建设已经到了一定的高度。那么这里面其实还有一个背后的问题,就是效率跟公平。因为你追求效率,可能会造成不公平。而你如果追求公平,可能会对城市道路的出行效率产生影响。

【正文】

行人的过街需求和城市主干道通行效率,一直以来都是一个很难平衡的矛盾,而且有这困扰的城市可不仅仅是宁波。去年 3 月在安徽省马鞍山市当涂县石桥镇,一位挂着拐杖的老人同样在一个十字路口遇到问题。当他走到路中间时,机动车道已经是绿灯。这时,一名民警及时把老人抱离了路口,同样在去年五月也是来不及走完绿灯,一名腿脚不便的老人迟迟没有走完路口的斑马线,过往车辆纷纷停车慢行避让。最终,在一名快递小哥和公交司机的积极帮助下,老人才安全通过了马路。

针对这一城市交通管理中难以平衡的矛盾,宁波工程学院的朱美燕教授认为:一个社会的文明程度,绝不仅仅在于这个城市马路有多么整洁宽敞,更应该落脚在能为弱势群体让渡多少权利,投入多少成本,付出多大代价,去照顾、去服务那些占比较少的弱势群体。

【一般字幕】
宁波工程学院人文与艺术学院党委书记 朱美燕
【同期声】
值不值得？我觉得这不是算经济账的地方,这就应该是算社会效益的账。这个社会对弱势群体越担当、越关爱,那就意味着这个社会就越有爱心,越彰显着这个城市的一种气质,一种让人肃然起敬的气质。

【一般字幕】
中央广播电视总台评论员 王石川
【同期声】
一座城市有没有温度,有没有人文关怀,不在于它有多少高楼大厦,也不在于它有多少现代化设备,就在于它能不能提供爱、输出爱、传递爱。

【正文】
事实上,近年来,宁波一直在增加类似的成本投入,来缓解行人与机动车通行效率之间的矛盾。例如,在宁波市第一医院门口就为行人设置了一座过街天桥,并配套了垂直电梯,为老人、残疾人等行动不便的弱势群体提供便利。

【一般字幕】
市民
【同期声】
它用了一些电梯设备以后,那么方便了这些去看病的老弱病残,方便出行。车和人各行其道,那么不影响交通,提高了安全性和交通的便利性。

【正文】
除此之外,宁波交警还在多个路段设置了行人二次过街临时安全岛。

【一般字幕】
市民

【同期声】

因为(一些长路口)有的时候绿灯比较短,行人过去的话,得冲过去,是比较危险的。如果有这个小岛的话,他就可以在这等下一个绿灯,这样比较安全。

【正文】

据不完全统计,宁波目前已经有 6 座带有自动扶梯的过街天桥,宁波交警在现有的城市道路设置了 85 个临时的安全岛,主城区人行道共建设盲道4100 多公里,宁波的城市交通管理对弱势群体日渐友好。不过,大家表示,宁波还有不小的空间来提升城市交通的管理水平。

【一般字幕】

市民

【同期声】

我觉得像有的发达国家,有些红绿灯是可以按一下会变成绿灯的,像这种形式可以比较多地去提倡。

【一般字幕】

市民

【同期声】

我感觉可以有专门的通道供老年人(通行),他们本来就不太方便。

【一般字幕】

宁波工程学院人文与艺术学院党委书记 朱美燕

【同期声】

那么像欧洲很多的国家,它是行人第一、自行车第二,机动车是第三的,这是非常清楚的。我们城市的建设、城市的管理、城市的运营,都要体现以人为本,尤其是对那些社会大家都普遍看到的弱势群体。

【正文】

有专家建议,未来可以在照顾特殊群体的同时,在交通设施上给予机动车驾驶员提前预警的功能。

【一般字幕】

浙江大学宁波理工学院教授 何镇飚

【同期声】

在这个人行道上面进行(行人)优先的一种礼让活动,那么同时它有一种特殊的情况标识,特别是前面有一个相对时间会有比较长的红灯,在后方(车主)会有预警,告诉他前面红灯会比较长,你可以选择走其他道路。

【正文】

137 秒的温情长绿灯,让宁波交通管理受到了全国上下前所未有的关注。宁波市公安局交通警察局副局长叶斌认为,这对他们来说,是收获,是鞭策,更重要的是,下一步城市交通管理有了具体的工作内容。

【一般字幕】

宁波市公安局交通警察局副局长 叶斌

【同期声】

在这件事情上,其实很多的网友也在为我们的这个道路交通管理提出了更高的要求。(未来)我们对于新建的宽度比较长的道路,在建设的时候就建议设置一些二次过街的设施。同时,我们也对一些原有的路口有条件地开展一些二次过街设施的改造。另一方面也同时优化一些信号灯的配时,保障行人过街的时长。

【一般字幕】

中国人民大学公共管理学院教授 郑国

【同期声】

137 秒长绿灯,体现了城市的担当。面对议论,我们看到了宁波城市管理的诚意和行动。宁波的城市管理一直做得非常出色,生活在这样一座有担当的城市里,是一件非常幸福的事情。

【编后】

宁波街头的这场爱心接力已经过去数天,而在这一事件持续热议的背后,我们会发现,137 秒长绿灯绝不是一次简单的爱心接力,它是宁波这座城市的一次日常即时速写,也是对宁波城市管理提出的更高层次的要求。137 秒温情长绿灯带给我们感动和触动,更让人高兴的是它也实实在在地带来了相关部门的行动,我们有理由期待一座更有担当的城市温暖更多的人。

作者:姜涛、蔡志飞、史宇健、田丰、叶健

编辑:徐明明、叶志达

单位:宁波广播电视集团

播出时间:2020 年 10 月 3 日

彰显激情飞扬时代的媒体担当

——新闻专题《137 秒温情长绿灯：让城市更有担当》评析

张雨雁　翁姗姗

《137 秒温情长绿灯：让城市更有担当》这篇报道关注了一个当下容易被忽略的话题，即面对飞速发展的城市，如何关注弱势群体的出行难等问题。节目以宁波海曙高桥镇通途西路一位老人过马路时，交警为其亮起 137 秒的长绿灯作为新闻由头，报道了交警、市民爱心接力助力腿脚不便的老人安全通过马路这一新闻事实，展现了宁波市互助、和谐、友善的城市人文。作品以此为契机，引申出长绿灯给城市交通带来的反思与改进等方面的话题。与其说是一个新闻专题，不如说更像是一个新闻评论作品，其内容组织、报道立意、创作手法等诸多方面值得赞赏。

一、小处着眼，选取典型事件作为新闻由头

该报道选取一位腿脚不便的老人过马路时，交警为其亮起长绿灯这一新近发生的暖心事件作为切入点，展现宁波市民对于弱势群体的人文关怀，让新闻一开始就能引发人们共鸣和社会关注。节目中，该事件全程由监控记录，现场画面真实感人：老人先是在烈日下缓慢行走，途中又遇下雨时得到在场司机无偿送伞，老人在下午回程时由交警搀扶过街等，配合后期对执勤交警、送伞司机的采访，最大限度还原事件本身，用最真实、新鲜的典型事件，重现生活中的这一幕生动场景，讲述一个生动的温情故事，引发人们对城市化高速发展背景下老弱群体行路难等话题的讨论，令人关注，触人心弦。

二、设置话题，借他人之口提出问题、展现冲突

137 秒长绿灯在网络上获取好评一片，但也有质疑的声音，报道中就巧妙运用网友之口提出了"双向十车道为何不设置安全岛""原先绿灯时长设置是否合理"等问题并作出解答，及时回应网友、观众心中的疑问，也让报道多了些冲突感和趣味性。在报道中，"借他人之口"屡次被运用。比如，对于网友质疑

"137 秒绿灯导致大量汽车停车等待，爱心成本是否过高"这一问题，就借用浙江大学宁波理工学院教授之口指出这是"效率与公平"的问题，从而引入对于"社会效益与经济效益如何均衡"这一话题的探讨。纵观整篇报道，采访对象人员丰富、职业多样、观点鲜明，使得报道过渡更流畅、观点更客观、视角更全面。

三、延伸拓展，由表及里、由点到面深化了主题

由宁波老人过马路"难"引申到全国各大城市弱势群体出行难，报道深入挖掘了在社会经济飞速发展的当下，城市交通如何做好经济效益与社会效益的平衡，坚持"以人为本"的发展这一问题。在节目的结尾，话题回归到宁波市域范围本身，节目用数据说话指明宁波市近年来道路交通的改变——新设 6 座过街天桥、85 个临时安全岛、建设盲道 4100 多公里等，展现道路交通与日俱增的对弱势群体的关怀。随后借市民采访指出仍有改进空间，推动宁波城市道路进一步优化。这种由表及里、由点到面的报道手法，进一步升华了主题。

总之，该篇报道从令人感动的事件着手，还原触动人心的新闻现场，深入探讨了"城市道路建设中向弱势群体倾斜的社会效益"和"注重社会运行效益的经济效益"如何平衡等问题，引发人们对关爱弱势群体话题的共鸣。节目力求以新闻的力量推动社会进步，彰显了激情飞扬时代的媒体担当。该作品感动、触动、行动三者皆有之，是一篇优秀的述评类新闻专题作品。

电视新闻访谈

丛志强:划火柴的人

【同期声】

我肯定要搞大一点。

你现在已经是策划大师了。

【正文】

他的"融合设计·艺术振兴乡村"课题,连续入选国务院扶贫办携手奔小康行动案例、浙江省乡村振兴十大模式。

人民日报、新华社、中央广播电视总台等主流媒体高度关注,评价他找准了艺术介入乡村振兴的独特发力点。

他让村民站在乡村建设的舞台中央,探索脱贫摘帽之后的乡村振兴之路。

【同期声】

中国人民大学艺术学院副教授 丛志强:

艺术赋能村民,村民振兴乡村。

【同期声】

宁海县赴定汪村工作人员 葛斐嫣:

当时贵州省委书记打电话给浙江省的省委书记,对我们的活动进行了点赞。

【正文】

他,就是中国人民大学艺术学院副教授——丛志强。

【同期声】

今天贵州省宣布最后 9 个贫困县退出贫困县序列……

【正文】

贵州省宣布所有贫困县全部脱贫摘帽之后,记者在贵州省晴隆县定汪村,采访了正在当地开展课题实践的丛志强。

【同期声】

记者 张馨予：

丛副教授，这是你第几次到贵州定汪呢？

【同期声】

中国人民大学艺术学院副教授 丛志强：

第二次。

【同期声】

记者：那我们这次来是来干什么呢？

【同期声】

丛志强：就是给村民赋能，就是激发村民的内生动力。脱贫之后它的一个巩固。然后要探索乡村振兴的这种衔接呀，就是往乡村振兴去转。

【同期声】

记者：你一直在提艺术振兴乡村这套模式。但是在一般人看来，艺术跟乡村是不搭边的，这到底是个怎么样的一套模式？

【同期声】

丛志强：咱的这套模式，艺术赋能村民，村民振兴乡村，所以这里面就把艺术振兴乡村里面，把村民给放到一个中心位置了。

【同期声】

记者：我们的这套模式第一个实践的地方是在哪儿呢？

【同期声】

丛志强：第一个实践的地方是在浙江宁波宁海的葛家村。

【同期声】

记者：为什么会选择这里？

【同期声】

丛志强：当时是和宁海（县委）的副书记李贵军聊起这套东西来。他一听，哎呀，这套东西挺好。他说我们宁海做乡村，现在就是遇上这个瓶颈，政府也拿出很大的精力和关注度来做乡村，但是老百姓确实是作为旁观者，他的参与太少了。选葛家村目的不是为了做好一个村，是想借助做一个村去探索一个模式，能够在全国更多的村子，它可以推广，它可以借鉴，它要能代表可能成千上万个全国的这样的村子。

【同期声】

记者：进村之后开展怎么样？

【同期声】

丛志强:进村之后开展得很不顺啊。

【正文】

去年 4 月 4 日,丛志强带着 3 名研究生,来到了被宁海当地人称为"无特点、无优势、无潜力"的"三无"葛家村。

给村民讲解怎样用艺术设计改变村庄,丛志强事先花了很多心思。可两次课讲下来,他发现这课是没法继续了。课堂上接电话的、高声聊天的,吵得跟菜场一样。

更让他郁闷的是,精心准备的课没人听,关于他的流言倒是在村里传开了。

【同期声】

丛志强:第一个叫骗子,而且是描述得很具体啊,用艺术搞传销的骗子。第二个说是贼,说我们是贼。我们进村要调研,调研就是谁家开着门,然后我们就进去了。所以那时候,村子里面村民互相转告,这几天要注意,村子里面来了几个新人,谁家开着门就进去了,注意防贼。

【同期声】

记者:那怎么过心里这道坎。

【同期声】

丛志强:其实真的是到了一个边缘。我已经和研究生说了,我说明天跟村里、镇里、县里说一下,我们撤退了,不干了,不做了,去其他村子。但是后来冷静下来之后,晚上睡觉的时候,一想,这不对啊,这一走不是不做葛家村了呀,而是极有可能不做这套模式的探索了。为什么?因为你去其他村子,极有可能也会面临这样的问题,同样的问题,甚至有可能更严重。所以后来就坚持下来,坚持下来去想办法。

【同期声】

记者:想了什么办法呢?

【同期声】

丛志强:就是我们在思考,他到底是不相信艺术,还是不相信我们这个团队。实际做稍微理性的思考的时候,我们在当时下了一个结论,他不是不相信艺术,就在那个时候,更重要的是他不相信我们。

【同期声】

记者:咱们用了什么方法,后来让他们相信你们了呢?

【同期声】

丛志强：咱说咱一起做艺术吧，咱一起用艺术来建设自己村子吧。他就会问，做艺术有用吗？赚钱吗？他永远是这两个问题。这两个问题其实是很实在的，这反映了他的需求。做乡村振兴一定要满足老百姓的需求。赚钱我不敢说，我用几天赚钱了，这很难的啊。但是有用，有用那是做设计的擅长啊。好，那我们就去做有用的东西。

【同期声】

可以坐、可以躺的。

【正文】

葛家村文化礼堂前有一大块空地，村民们常聚在这里闲聊，却没有一个坐的地方。丛志强发现，村里山上有的是毛竹、树木，溪边有的是石头、沙子。不用花钱，丛志强在空地上垒了几把竹椅，能坐，也能躺。

【同期声】

宁波市宁海县葛家村村民 葛崇永：

我身体不好，这样靠也可以靠，对吧。

【同期声】

宁波市宁海县葛家村村民 娄丹露：

椅子很好啊，小孩子可以坐，老人家也可以坐。

【正文】

来了那么多天，丛志强第一次感受到了村民的认同。村民葛万永主动找了丛志强。

【同期声】

宁波市宁海县葛家村村民 葛万永：

我本来就是想打造庭院的，就是让他试一下嘛，做好了就留下来，做得不好等你人走了，我就扒掉重做。

【正文】

在葛家村，不少村民都曾经是泥瓦匠、木匠或者篾匠等各种手艺人，葛万永就是个泥瓦匠。按照丛志强的设计和指点，他自己动手，几乎没花什么钱。院落打造一完成，一下子就吸引了很多村民。

【同期声】

宁波市宁海县葛家村村民 葛三军：

我也跑去看了，确实是挺好的，我想我的家里也搞一个。

【同期声】

宁波市宁海县葛家村村民 葛万永：

你知道来了多少人吗？几百拨！很了不起啊，这点小艺术。

【同期声】

丛志强：所以现在我们的这套模式里面，以创造物为抓手塑造人，其中一个很重要的是进村先做有用的东西，就是从那个时候总结下来的，就是用有用的设计建立了和老百姓的信任。

【同期声】

记者：你是用什么方法让老百姓觉得自己行的呢？他们很厉害的。

【同期声】

丛志强：一定基于老百姓原来会的去开始做，这是他的起点。不管是他的生产技能啊、生活技能啊等等。比如说他假设会做蜡染，那我们就从蜡染开始。他假设会做木匠，那我们就从木匠开始。因为每个老百姓不一样，有的可能说，哎呀，我也不会做木匠，我也不会做泥瓦匠，我也不会做蜡染，但他一定会找到他的生活的技能。葛家村有一个人叫袁小仙，袁小仙因为我们去葛家村的时候是在她家吃饭，她是给我们做饭的，然后去邀请她加入我们团队的时候，她说我不去，因为我什么都不会做，我做不好会丢人的。那我们就换了方式，跟她聊天聊家常。她就讲出来说，我做面食做得很好的，比如说亲戚啊，甚至她说她小儿子吃她做的面食的时候总是表扬她，所以我们提出来说，你能不能用面食帮我们做一个作品，而不是要求她说，你能不能用面食做一个作品。她又不敢做了。是帮我们做，农村里确实农民还是朴实的，她愿意帮助人，她说要不然我就试试吧。后来我们就设计了一个，还是和他小儿子一起设计的那个作品。实际设计了一个什么呢？就是用面食，不同颜色的面食，做了一张试卷，就是小孩考试的试卷。我当时印象特别深的是什么呢？做完之后，它不是要在锅上蒸吗？把它蒸熟，她在开锅的那一刻就一个手捂着嘴巴，一个手拎着锅盖，就她掀开的那一刻，她自己："啊，哇！我还能做出这样的东西来！"一下子就认识到她自己是有能力的。后来到了第二天中午吃饭，我们还没邀请拉她进我们队伍一起做呢，她自己跟我们讲，邀我们在她家吃饭。她讲，要不我跟着你们去试试。就是很多村民成了什么呢？就是原来是咱拉着他去做，咱一起做吧。后来到了什么呢？是他们做完作品了来找你了，哎，看看我这个作品怎么样，看我做得怎么样，就是他让你去看他自己独立做完的作品。那这个就是已经从这个尝试已经到了一种主导了，这是一个很大的变化。从质疑到尝试的变化，从尝试到主导的变化，就是主动力、创造力、审美力、乡土文化自信力和服务力，就是他这五个方面的变化都很明显。

【正文】

2019 年 8 月 20 日，葛家村举行了建村以来的第一次新闻发布会，向来自全国各地的媒体展示他们村子的设计作品，其中包括 40 多处公共区域的打造和 200 多个文创作品。

今年 9 月，葛家村被文化和旅游部评为全国乡村旅游重点村。目前，葛家村的旅游收入已超过 120 万元，是 2018 年的 4 倍。

【同期声】

记者：那我们现在是不是就是把我们葛家村的模式完全复制到定汪了呢？

【同期声】

丛志强：其实我有的时候不太喜欢复制这个词，其实我更愿意是一种启发呀或者说推广啊，是这样的。因为实际就是内在的方法、逻辑、模式、机制，这个肯定是复制。

【同期声】

记者：那咱们在葛家村的这套方法拿到了定汪好用吗？

【同期声】

丛志强：好用啊。

【正文】

浙江宁海和贵州晴隆是东西部扶贫协作结对县。今年 7 月，宁海葛家村与晴隆定汪村签订帮扶协议，用师徒结对的方式，把葛家村成熟的艺术振兴乡村经验传授给定汪村。

【同期声】

这样不牢，这个要上面钉下去。

钉的时候要敲一下。

【正文】

8 月，葛家村 13 位村民组团来到相距 2000 多公里的定汪村，和当地村民一起动手，打造美丽庭院、发展乡村旅游、寻找特色产业。

【同期声】

记者：这次我们在村庄里会发现都是葛家村的村民在带着定汪的人做，这个主意是你想出来的吗？

【同期声】

丛志强：对。要主动地把更多的权力也好、机会也好，更多的交给老百姓自己,让他慢慢地要走到他能够独立地去做事情。比如说做这样的一个作品,假设是百分之百,那么在可能前期的时候,我们可能占到 80%,老百姓可能占到 20%。但是咱的目标是等到他的能力不断提升,做一个作品,他占 80%,咱占 20%,这样他的独立性会越来越强。因为他一定要成为独立的乡村振兴的这种力量,所以这一次你也是有意识地淡化自己的角色。对。实际在这儿在定汪也是在淡化。有好多(村民)想得可能比我还全呢,毕竟一个人的脑子不如那么多人的脑子是吧。假设将来我们再去做一个新的村子,一定带上葛家村也好定汪村也好,带上这些村子做得好的老百姓一起去做一个新村子。为什么呢?老百姓和老百姓的身份是一样的,他产生了一种竞争,(通)俗地讲,他产生了一种攀比:你葛家村的村民能干好,我定汪的村民一样能干好,我甚至干得更好。这是他们的原话,所以这是个特别好的方法。

【正文】

短短三个月的时间,定汪村村民释放出让人惊讶的建设热情,他们先后完成了"葛汪之家""未来书院"和"阳谷早"等 19 个项目的打造。

【同期声】

贵州省晴隆县定汪村村民 罗光怀:

把这个家乡建设好了以后,客人一来了,那就赚得多起来了。

【同期声】

贵州省晴隆县定汪村村民 罗井书:

大脑想事有十倍的进步了。

【正文】

11 月 13 日,定汪村举办了首届融合设计乡村艺术节。现在,村里开起了农家乐,第一家民宿也顺利开张。对脱贫之后的新生活,定汪村民越发充满信心。

【同期声】

贵州省晴隆县定汪村村民 罗运权:

每天都有好多客流量来这里参观,能赚钱的商机有了。

【同期声】

贵州省晴隆县定汪村村民 罗云:

人人动手建村庄,更好生活在前方。

【同期声】

记者:我们现在来看,无论是葛家村也好还是定汪村也好,都发生了很大的变化。那在这个过程当中，老百姓发生了变化，他们收获了很多。那你呢，你收获了什么？

【同期声】

丛志强：老百姓对我们的启发都非常大。比如做了一条路，当时为了走汽车，就留了大概可能四米还是五米。我们一想四米或五米过车没问题了，但是老百姓就来找我们说，说这个四米不够。我说怎么会不够呢，四米大卡车也能过去了。他说不是的，我们这周边山上不都是毛竹吗，我们的这个卡车装了毛竹之后，这个地方拐弯拐不过来的。那个卡车加上毛竹啊，它是很长的。因为这个其实是什么，设计真正和他的生活方式的关系对我们的启发也很大，因为我还没有看到他拉毛竹的时候，但是他太清楚了。另外，如果走到专业里面，实际老百姓就是农村的这种工匠的文化，反过来对我们的设计是很有帮助的。我们的学生深刻地认识到了这个设计，因为老百姓做东西就是动手。作为老师，作为教学，作为培养自己的学生来讲，一定要带着他们去把自己的成长，把教学和真正的社会的服务、解决社会的问题去密切地结合起来，一定要把论文写在大地上。

【同期声】

记者：现在在一些村我们还会看到一些艺术家在干，老百姓在看，那你有想过怎么才能够避免重新走回这样的老路子上。

【同期声】

丛志强：要去赋能村民，而不要去代替村民，让他去为主做，就不会再走偏道，他是旁观者了。永远把他放在乡村振兴舞台的中央、聚光灯下，他是主角。

【同期声】

记者：那现在咱们干的这件事火了，你也火了，你知道吗？

【同期声】

丛志强：好像有一点点知道。

【同期声】

记者：那你觉得你在这个过程当中扮演了一个什么样的角色？

【同期声】

丛志强：我们这个团队其实做的事情，它还是说一种启发。实际我们自己的力量，我们很清楚的，我们只是做了划火柴的人。

【同期声】

把村民的这种巨大的能量给点起来。

然后这种能量放出去之后,影响更多的人。

(字幕)

目前,丛志强的"融合设计·艺术振兴乡村"课题实践已经推广到全国 500 多个村庄,近 50 万村民正成为各地乡村不会离开的乡建艺术家。

作者:何星烨、丁杨明、蔡志飞、田丰、吴金城、金诚、张馨予

编辑:李可、徐明明、高红明

单位:宁波广播电视集团

播出时间:2020 年 12 月 19 日

用艺术赋能乡村振兴

——新闻访谈《丛志强:划火柴的人》评议

张雨雁　史睿宁

乡村振兴,艺术唱戏;魅力乡村,"艺"有可为。中国人民大学艺术学院副教授丛志强通过艺术赋能乡村振兴,以艺术展现出乡村的活力,将论文实实在在写在乡村大地上,生动展现出艺术对于乡村振兴的无限魅力。宁波电视台新闻访谈节目《丛志强:划火柴的人》通过对新闻人物丛志强副教授的访谈,讲述他和学生团队用艺术帮助浙江宁海葛家村、贵州晴隆定汪村开展美丽乡村建设的真实故事,展现了一个关注社会、立志助力乡村振兴的艺术家的执着追求。

节目内容主题新颖。节目选择新闻人物丛志强作为访谈对象,新意在于他的实践课题刚刚得到国家权威部门的肯定。丛志强是访谈中的主线,也是将"艺术"与"乡村"连接在一起的核心人物。丛志强的艺术振兴乡村之路曲折而富有成效,原本是不被信任的单向付出,逐渐变为善意的"双向奔赴"。在访谈中,艺术家从初入乡村时工作开展不顺利,不被理解,到了解老百姓的核心需求,村民主动提出创作自己的作品。通过丛志强叙述和镜头展示,我们看到艺术赋能村民、村民振兴乡村的曲折过程和生动实践。丛志强作为一个艺术家,不仅只会艺术创作,更是善于做群众思想工作。通过不懈努力,他们逐渐消除村民思想上的芥蒂,实实在在将艺术书写在乡村大地上。在刚刚脱贫后的乡村,村民犹如原本就具备能量的柴火,丛志强作为划火柴的人,给予村民

们星星之火,使其散发出耀眼的光芒。丛志强他们的生动实践拓展了乡村振兴帮扶活动的内涵。

节目结构层次清晰。节目采用夹叙夹议的访谈方式,恰到好处。前半部分讲述丛副教授团队在浙江宁海葛家村的艺术帮扶实践经过,后半部分讲述丛副教授团队在贵州晴隆定汪村的艺术帮扶实践,从中还穿插有两村村民互相切磋用艺术装扮乡村的场景,使得节目前后部分有分有合,显得结构合理,引人入胜。乡村之振兴,关键还在于农民,村民的采访给予访谈更大的呈现空间。访谈中观众可以看到村民在思想上的变化过程,也看到艺术落户乡村的曲折过程。村民从原先不理解甚至怀疑,直到丛志强为村民打造出好看且实用的庭院景致,才让他们打消了顾虑,继而激发起他们配合乃至萌发创作意愿的积极性,真正投身于艺术赋能乡村的实践中来。浙江葛家村的成功经验在贵州的定汪村得以借鉴、沿用且有发展,也让观众真切地感受到了艺术赋能乡村振兴的魅力所在。

节目特色以情感人。访谈节目真正打动观众之处,不光在于能闻其声,还在于能感受其中流露的真情。无论是丛志强还是村民的形象呈现,都有着毫不掩饰的真诚,深深地感染了人们,激发了人们的共情。在交谈中,我们了解到丛志强教授团队为了以艺术之笔描绘乡村,使乡村美起来,使村民富起来,不惜忍受各种责难和曲折,从备受怀疑到双向奔赴,都彰显其真诚可贵之处和一个艺术家的拳拳之心。节目中,主持人恰到好处的提问与引领,使得人物的语言生动而富有激情,进而妙语连珠,迸发出一些思想的光芒,比如"我们要赋能村民,而不能代替村民"等等。这些话语可谓说到了当前为乡村振兴开展帮扶活动的某些痛点上,即脱贫后的乡村还需要艺术吗? 物质富裕后的农民还会追求精神富有吗? 答案是肯定的。节目的访谈地点选在贵州定汪村空旷的大地上,不时穿插些航拍的视角,显示了作者的良苦用心。

新闻访谈《丛志强:划火柴的人》通过极具亲和力的镜头呈现,真诚朴素的叙事表达,融入乡村振兴、共同富裕的主题,使观众产生共鸣。从中人们有理由相信:在广袤的乡村大地,活跃着各种文艺创新要素,滋养出丰富的乡村文化。深入挖掘、传承创新乡土文化,让民间艺术、民俗活动接地气,让有气息的乡土文化活起来,就能促进乡风文明。真正应验了那句名言:农村是广阔天地,在那里大有作为。这是新时代艺术家的新担当,也是文艺工作的新天地。言为心声,这篇访谈节目让我们看到了一个艺术家的朴素情怀,也让我们看到了艺术创作的新蓝海,不失为一篇成功的访谈作品。

电视短纪录片

翙　跹

【解说词】六月的韭山列岛,迎来了一年中的雨季。持续的风雨,对于鸟类监测员谭坤和耿洁来说,无疑增加了观测的难度。

【画面】两人在室内看监控。

【解说】谭坤和耿洁,一位是上海复旦大学的生态学博士,一位是来自杭州的医务工作者。她们分工协作,在上千只大凤头燕鸥伴群中,努力搜寻着嘴尖呈黑色、羽色偏白的中华凤头燕鸥。

同期声——

【解说】中华凤头燕鸥,世界极度濒危鸟类,目前全球不足 100 只,被称为"神话之鸟"。20 世纪 30 年代后,一度销声匿迹。2004 年,在象山韭山列岛上空,中华凤头燕鸥伴随着成群的大凤头燕鸥翱翔于天际,消失了 63 年之久的神话之鸟,再次出现在人们的视野中。

2013 年,极危鸟类中华凤头燕鸥招引和恢复监测项目在韭山列岛正式启动。项目通过营造适宜的环境,招引中华凤头燕鸥前来繁殖,每年 4—8 月,都有志愿者分批上岛,进行这一过程的全程保护监测和记录研究。

谭坤和耿洁,国内第一批上岛的女志愿者,在这座名为铁墩岛的无人小岛,已经连续蹲守了 40 多天。

【解说】在海岛孕育孵蛋的燕鸥们,需要面临许多困难,抵御自然气候的变化,就是一个基本的考验。

【画面 空镜头】下雨刮风

【解说】雨,越下越大。(环境音加空镜头)恶劣的天气让耿洁紧张起来。她再次起身,走向观测屋。

【同期】(耿)好像是监控下面的太阳能板,好像有一对中华凤头燕鸥,现在是有一只在岩石上,好像刚才有一只在岩石上,不知道会不会跳舞,注意一下。(谭)你说左边的,我看到了我看到了,有点挡。

【解说】雨天观测增加了两人合作的难度,耿洁在观测屋里极力搜寻着燕鸥的踪迹,但对于在监控那头的谭坤来说,想要迅速找到耿洁口中的那几只中华凤头燕鸥,并不容易。

【画面】耿洁回来的画面

【同期 耿洁】我是一个俯视的角度,她是一个仰视的角度,我们看到很多都是一个样的,我是想让她往这边找,她有可能是往上面找,根本没法交流,看到的鸟实在太多了。(有采访可替代)

【画面】外景,烧饭

【吃饭 同期】你还在摄像吗？雨太大了,一会雨小一点就去。

【画面】雨中吃饭(从外到内拍摄的画面,人虚)＋天气

【解说】大雨中的一天忙碌,让谭坤和耿洁有些疲惫,一碗简单的面条,足以补充两人一天的能量。

然而,铁墩岛的平静只是暂时的,一场不明原因的外界干扰突如其来。

【画面 音乐(紧张)】航拍鸟群飞起,地面鸟群飞起。

【同期 耿洁】奔跑,我要先去看看燕鸥蛋。

【解说】耿洁和谭坤以最快的速度奔向鸟场,寻找中华凤头燕鸥的弃蛋,防止这些小生命们滚下礁石。

【采访 耿洁】第一反应就是我要把那些弃掉的蛋有意义的蛋赶紧领回来,后面留给谭博这样的专业人士去研究。

【解说】然而对于一些没有得到及时挽救的弃蛋,耿洁有些自责。

【采访 耿洁】因为我觉得中华滚落的那个蛋可能要被放弃了,我们又少了一个研究的对象,对于中华的繁殖来说,它又少了一份希望。(采访和现场同期二选一)

【画面 同期】夜幕降临,洗碗刷牙。

【解说】夜幕降临,小岛迎来了一天中最安静的时候,也正是因为这份特有的宁静,夜晚成了两位姑娘一天之中最放松的时刻。

【同期 耿洁】我一坐在那里就开始给鸟讲故事,不管她愿不愿意听我都会管自己讲。

【同期 谭坤】在岛上生活最大的特点是你就只有这么一两个人,就是无论是什么样的人,都要这么一起相处,还挺有意思的。

【画面】板房灯陆续熄灭,留下皎洁的月亮。

【同期】雨会停吧(可能)。

【画面十音效】清晨 航拍日出

【解说】新的一天,久违的阳光如期而至,海岛在清晨第一缕曙光中苏醒。(画面谭坤打开窗,看阳光下鸟的剪影。)

【解说】经过风雨历练的燕鸥们飞舞在招引平台上,它们在自己的领地重新筑巢,开始了新的生活。

谭坤和耿洁惊喜地发现,一天前在风雨中消失的那对中华凤头燕鸥也正身披朝阳,迎着海风翩跹而来。

【同期声】两人讨论

【解说】风和日丽中,一段新的孵化历程就此展开。

【解说】谭坤准备对一天前搜集到的惊鸟弃蛋进行更加深入的研究。

【同期】谭坤关于鸟蛋研究的同期声

【解说】每天上午,谭坤都会把两人搜集到的信息整理成详细的报告,分享给和她一样专注于生态学领域研究的同行们。

【采访谭坤】这边我们最高峰的时候是记录到了 49 只,现在正在筑巢的是 17 对或者 18 对左右,应该是世界上最大的一个繁殖地了,对它的种群恢复有着重要的意义。

【画面 音乐】瑜伽、拍照、看海、大理菜园子、养鸡等各种清新唯美系镜头组合。

【采访 耿洁】我觉得现在能开始慢慢认识周围的一切,觉得自己很熟悉的东西,其实很陌生。

【采访 谭坤】就是好奇,我会想知道,我们为什么会是这样生活的……(这里可以接个两个人一起在监测屋拿着望远镜的画面方便转场)

【解说】5 年来,中华凤头燕鸥招引项目顺利实施,韭山列岛监测到的中华凤头燕鸥最高数量达 52 只,39 只中华凤头燕鸥雏鸟诞生于这座小岛上,整个种群数量接近百只。随着中华凤头燕鸥的种群数量不断增加,来自全球各地的鸟类监测员陆续踏上韭山列岛,他们观测、记录、分析、研究,为这一极度濒危鸟类的拯救和种群恢复带来了新的希望。

【画面 混剪】雨天 晴天

【采访 耿洁】我觉得每天做的工作都很有成就感。

【采访 谭坤】我们希望它们的种群生活下来。

【结尾 画面】航拍铁墩岛或者航拍女博士走向监测小屋。

作者:金宇、金旭东、胡绿茵、夏琪磊、郑伦

单位：象山县广播电视台

播出时间：2020 年 6 月 2 日

自然亲切，以情动人
——《翩跹》评析

赵　莉

短纪录片《翩跹》重点讲述了两位女志愿者登上象山韭山列岛开始长达 50 天的护鸟志愿行动，为这一极度濒危鸟类的拯救和种群恢复带来了新的希望。该片通过质朴真实的纪实风格、自然亲切的表现形式，记录两位志愿者在岛上的护鸟生活，体现出人类对于濒危鸟类中华凤头燕鸥的重视和保护，传达了人与自然和谐相处的理念，同时也唤起了社会大众对大自然的保护意识。

一、细节丰富，人情味强

驻守岛上进行长达 50 天的护鸟志愿行动，不是一件简单的事情。短片对两位女志愿者——耿洁和谭坤的刻画细节丰富，立体生动，富有人情味，细腻真实地呈现了两位志愿者全程保护监测和记录研究等卓有成效的保护工作。短片用多个细节记录了两位女志愿者在雨后繁忙的工作，运用了多段同期声，现场感极强。比如，恶劣的暴雨天气里，耿洁在观测屋里用仪器极力搜寻着燕鸥的踪迹，谭坤根据指示迅速到现场找到监测中的那几只中华凤头燕鸥，她们彼此默契配合，克服雨天观测的种种困难；大雨中的一天忙碌后，疲惫不堪的谭坤和耿洁煮一碗简单的面条，补充两人一天的能量；一场不明原因的外界干扰突如其来，地面鸟群飞起，耿洁和谭坤以最快的速度奔向鸟场，寻找和挽救中华凤头燕鸥的弃蛋，尽最大可能保留中华凤头燕鸥的繁殖的希望。这些细节记述细腻真实，彰显了志愿者对于事业的热情与坚守，同时也赞扬了为鸟类保护事业辛勤奉献的人们。

二、画面生动形象，富有美感

画面是电视媒体的传播优势。《翩跹》善于运用镜头语言，将纪实与写意相结合,既展现了两位志愿者观测、记录、分析、研究的工作画面,又穿插了一组组独特优美的大自然的画面,比如雨后的清晨海岛在第一缕曙光中苏醒的画面;中华凤头燕鸥身披朝阳,迎着海风翩跹而来的画面;风和日丽中,中华凤头燕鸥孵化小鸟的画面……生动鲜活的画面胜过千言万语,传达了人与自然和谐相处的环保理念。

电视系列纪录片

梅华和他们的孩子们
（第一集）

【字幕】

1938 年 8 月 31 日黄昏,一艘客轮驶离已被日军占领一年多的上海。船上满载着一群特殊的旅客——国际灾童教养院的 389 名战争灾童和部分教职员工,目的地宁波。

【字幕】

2020 年 9 月 宁波江北岸码头

【同期声:戴天民,95 岁,国际灾童教养院院童】

1938 年 9 月 1 日,我和 300 多位灾童就是在这里第一次踏上了宁波的土地,80 多年了,当年的那一幕我永远也不会忘记的。

当时在庆安会馆,有很多人唱着抗日歌曲欢迎我们,士兵也威风凛凛地背着大刀和步枪,当时我才 10 多岁,只知道我们是国际灾童教养院的院童,我们的院长叫竺梅先。

【解说】

竺梅先出生于 1889 年,宁波奉化后竺村人。他从小家境贫困,13 岁便背井离乡到上海当学徒。受进步思想影响,青年竺梅先积极投身革命。1928 年受孙中山的影响,竺梅先决然弃政从商,"生产救国","实业报国"。从 1929 年到 1931 年,竺梅先后买下两家濒临破产的造纸厂,嘉兴厂取名"民丰",杭州厂取名"华丰"。凭借着善于经营的特质,竺梅先很快便崭露头角,成为当时国内知名的造纸大王。

【同期声:嘉兴民丰造纸厂讲解员】

竺梅先是一位爱国实业家,在早期民丰的创业发展史上,他是一位重要人物。自竺梅先接办民丰之后,1930 年民丰申请了船牌商标,1936 年在竺梅先的带领下,民丰成功地生产了国内第一张卷烟纸,可以说对于当时的民丰乃至整个造纸行业来说,竺梅先都是一位具有影响力的重要人物。

【解说】

1931 年"九·一八"事变消息传来,竺梅先义愤填膺,在国内最具影响力的《申报》上刊登《全国同胞公鉴》。他慷慨倡议:"集合团体电请中央对日宣战,宁为玉碎,不愿瓦全。"

1937 年"八·一三"淞沪会战爆发,中日两国军队在上海展开了长达 3 个月的血战。竺梅先积极支持宁波同乡会建立难民收容所、筹建伤兵医院救治前线伤员,并把家中积存的上百件银器送往同乡会救难。

1937 年 11 月,上海沦陷。日寇在武力侵占的同时开始了更为疯狂的经济掠夺,作为中国造纸大王的竺梅先成了被重点关注的对象。日寇多次找竺梅先提出合作办厂或由日方租借,但均遭到竺梅先严词拒绝。

【同期声:竺士性,《竺梅先传》作者】

他当时是明确表态,绝不和日本人有任何合作,宁可厂毁掉,宁可自己的资产没了重新可以再来,绝不和侵略者有合作。

【解说】

竺梅先毅然决定民丰、华丰两厂停工,将现有造纸大型设备用水泥浇封;把专用器材和贵重仪器装箱转运至奉化乡下坚壁藏匿。

上海沦陷后,曾经繁华的上海滩满目疮痍。各难民收容所和慈幼院相继关闭,大批灾童流落街头,在生死线上挣扎。1938 年 4 月,竺梅先在宁波旅沪同乡会上慷慨陈词:"战区同胞流离失所者不可胜数,唯童年男女正在学龄者,其救济计划宜不仅收容给养而止。良以今日之儿童实为复兴之基础,其影响于国家将来之建设者至极重大。"他决心创办灾童教养院,以收容灾童教养成人。教养院计划招收灾童 500 名,食宿教育全部免费。竺梅先任院长,夫人徐锦华任副院长。

但理想与现实往往存在巨大的差距,在那个战火纷飞的年代要办到这一切其困难是难以想象的,然而身负家国情怀的竺梅先没有丝毫退缩。为解决资金的难题,办院期间,竺梅先一直奔波于沪甬两地到处募捐筹款。

这是一份中国第二历史档案馆收藏的珍贵档案。在灾童教养院建立的初期,在那个国家与个人命运前途未卜的年代,受到竺梅先义举的感召,人们纷纷解囊相助。少则 5 元,多则 8000 元,有的数字精细到了"分"。许多参与者的姓名我们已无从考证,但那份竭力为国家未来保留一份火种的赤诚,却在这一笔一画的记录中跨过 80 多年的时空传递到我们的眼前。

为争取社会各界的广泛支持,心思缜密的竺梅先还邀请 30 多位实业界人士组成院董会。

【同期声:竺士性,《竺梅先传》作者】

他为了尽可能地保护院童的安全,避免和减少日寇的侵扰,特意邀请了 8 名国际友好人士担任院董,定名为国际灾童教养院。

【解说】

宁波路 86 号,坐落于上海市黄浦区。今天这里已经很少有人留意这幢陈旧的大楼了,然而 80 多年前,这里却成了几百名灾童命运彻底改变的第一站。1938 年 4 月底,国际灾童教养院筹备处就在这里正式成立。

【同期声:竺士性,《竺梅先传》作者】

这个(宁波路)86 号的 2 楼,一直作为国际灾童教养院在上海的办事处。到 1938 年 7 月份开始,有大批的灾童就到 86 号办事处来报名,体检合格发了全套的校服,当时第一批同学一共有 400 多个,经过体检以后,最后批准的是 389 个。

【解说】

就在上海的筹备工作紧张进行的同时,副院长徐锦华与纸厂总务主任沙松寿开始寻找合适的办院地点。他们的足迹遍及江、浙各地,经过数月奔波,最终选定宁波奉化已废弃多年的泰清寺为院址。泰清寺其时已"房宇破漏不堪,荆棘满殿"。在沙松寿的全力督促下,改造工程仅历时两个多月便大部完成。

遗憾的是,这所能容纳 500 多灾童、规模宏大的教养院今天已难见踪影,唯有这张模糊不清的照片证明它曾经存在,这方战争中的净土至今仍印刻在许多人的心中。

今年 90 岁的李美杰是奉化本地人,当年曾目睹过教养院的学习、生活设施,80 多年前那段动人的故事让他难以忘怀,他想用自己的方式为世人保留永恒的记忆。

【同期声:李美杰,90 岁,画家】

这幅画我非画不可,再不画别人画不来,这是蛮完整的一个难童的学校,这个学校是徐锦华和竺梅先两夫妻这个家庭全部负担接手下来,这真的是太伟大了。

【解说】

经过数月的艰辛筹备,1938 年 9 月 1 日,国际灾童教养院首批 389 名灾童和部分教职员搭乘宁绍轮船公司的"谋福"轮安全抵达宁波。灾童们的到来受到宁波各界人士的热烈欢迎。在庆安会馆的欢迎仪式上,竺梅先慷慨陈词。

【同期声:再现演绎竺梅先】

国家兴亡,匹夫有责,创办灾童教养院,就是希望为国家、民族日后之复兴留下火种。你们是国家民族的希望,一定要自立成人、为国争光。

【解说】

当日晚,全体灾童和教职员在江东大河桥分乘 14 艘民船于 9 月 2 日上午抵达横溪镇登岸。

【同期声:再现演绎徐锦华】

"小心,走慢一点⋯⋯拉手⋯⋯"

【同期声:戴天民,96 岁,国际灾童教养院院童】

横溪到泰清寺 30 里路,全是小路、山路。要走的,从来没走过这么远的路,蛮吃力的。有个中年妇女前前后后地跑,"小囡你跑得动嘛"问我们,那时候我们不知道,以为她是老师,那个中年妇女就是国际灾童教养院的副院长,叫徐锦华。离教养院还有 5 里路,那个时候就听到,咣——咣——,就听见这个钟咣咣咣在敲,(说明)快了,还有 5 里路就到了。

【解说】

古老的泰清寺钟声回荡在山谷间,这深沉而激昂的钟声,是爱,是希望,激荡着走出灾难的孩子们的心灵。

修整一新的泰清寺肃穆庄严、古朴宏伟。门上挂着一块白底黑字的横匾,上书"国际灾童教养院"。墙上挂着"明耻教战,卧薪尝胆,驱除鞑虏,光复中华"16 个大字。徐锦华终于放下连续多日的紧张、劳累和疲惫,心中如释重负。

1938 年 10 月 1 日,国际灾童教养院正式开学。没有隆重的开学典礼,有的只是泰清寺的古钟一次次呼唤孩子们走向课堂。

【字幕】

1938 年 11 月 9 日,第二批 106 名灾童由上海抵达泰清寺插班入学,截至1938 年底,国际灾童教养院共收容灾童 505 名。

【解说】

这是今天我们能看到的国际灾童教养院全体师生唯一的一张合照,拍摄时间是 1938 年 12 月 8 日。照片上白衬衫深色工装裤的院童整齐排列,精神饱满。在这处由竺梅先、徐锦华打造的"世外桃源"里,孩子们迎来了他们崭新的人生,在这里他们远离战火硝烟、无需忧虑生计冷暖,他们的生命之舟在这里重新起航!

梅华和他们的孩子们
(第二集)

【同期声:蔡燕,第二历史档案馆工作人员】

竺梅先先生创办了灾童教养院,从幼儿园到小学到初中,他的教学大纲可以说是非常成熟的,那他更在乎的是这个教,教在前,养在后。

【解说】

国际灾童教养院从成立之初便制定了"培扶国脉"办院宗旨,形成了完备的组织系统。教养兼施,德智体美技并重。教养院学制为六年,教授小学及初中课程,一年为三学期,小学四年毕业,初中两年毕业。

这是 1941 年秋季学期,教养院小学六年级甲组和初中二年级甲组的课程表。从这两张安排得满满当当的课程表,我们可以看出两份课程表设置合理,知识面广,优于当时许多保育机构。

【同期声:顾勤华,96 岁,国际灾童教养院院童】

蛮严格的,所以我到松江县立高中之后一直是第一名,各科成绩是好得不得了,教养院基础打好的。

【同期声:戴天民,95 岁,国际灾童教养院院童】

数学、语文、卫生,到初中了有物理、化学、代数,都有的,课程教养院蛮齐的。

【同期声:宁波市职业技术学院教授 何静】

教材的选择上,竺梅先他说要基于普通中小学,然后高于同等学力这样的一个标准,就优先选择了当时很出名的这样的几个大的出版社,比方说商务印书馆,比方说中华书局,比方说世界书局。

【解说】

教养院先后聘请了约 70 名教职员。这群当时极富才识的青年不愿做亡国奴,在竺梅先、徐锦华义举的感召下,来到这所位处山野的学校,参与到了培养祖国未来火种的事业中。

【同期声:宁波市职业技术学院教授 何静】

灾童教养院的院童大概是有 500 多人,教职工是 60 多,应该说这个师生比在当时是相当高的,非常高,所以因为这样高的师生比,才保障了他们教学的正常进行,也保证了他们的教学质量非常高,孩子们就是在知识传授上奠定了非常好的基础。

【解说】

国际灾童教养院的成功创立在当时引起了社会各界的广泛关注。1938年 12 月 16 日上海记者在《大美画报》上发表了题为"宁波之国际灾童教养院"的图文并茂的报道,分别用中英文写道:"难童们的精神饱满活泼,身体都十分健壮,笑靥常从黝黑而带红色的面颊透露出来。记者曾偶尔以时局的问题询问这些难童,他们的答案非常一致,大家很乐观地说最后的胜利必属于中国。这是这些纯洁小灵魂饱受痛苦自然发出来的信仰与要求。"

【同期声:再现演绎院童】

怒发冲冠凭栏处,潇潇雨歇。抬望眼,仰天长啸……

【解说】

竺梅先"崇尚精神建设为中心施教",古今中外爱国主义文学名篇成为孩子们日常的必修课,"爱我中华",是他身体力行希望学童们铭记的核心思想。在竺梅先强烈爱国精神感召下,教养院师生还自发组织抗日宣传队到附近乡镇集市和奉化县城演出,宣传抗日。

教养院顺利开学、孩子们朗朗的读书声,这一切都激励着竺梅先投入国际灾童教养院第二院的筹备。竺梅先在给当时的重庆振济委员会的信中写道:"今欲使此万余之灾童尽受完善之教养,唯另行组织,筹设国际灾童教养院第二院。"

创办灾童教养院之年,竺梅先在家里拍摄了一张照片。他静坐在一副对联旁,对联上写"谋国植良基日富日教 立身师古训即知即行",这两句话是他人生理念和做事风格的生动写照。国难战祸之间,以一己之力创办一所灾童教养院已属奇迹,但为了国家的根基和未来,他还想办第二所。他不惜"欲以蝼蚁之微,分泰岱之重",这正是他的人格魅力所在。

【同期声:苏锦炎,93 岁,国际灾童教养院院童】

竺校长他跑外头的,外头去买粮食,或者什么东西、重要的东西、大的东西,他每个星期一给我们要上课的,外面的东西讲点给我们听听,他讲的时候喜欢摇啊摇，我们有的时候就学他。

【解说】

在那个艰苦的岁月里，竺梅先孤独的身影一次次踏上筹粮、募款的征途，曾经声名显赫的"造纸大王"如今几乎耗费了自己全部的心血，只为几百名孩子的衣食奔忙。

【同期声：戴天民，95 岁，国际灾童教养院院童】

我们本来在家里，吃了这一顿不知道下一顿在哪里，到教养院去，每天早上一顿粥、中午饭、晚上饭。

【同期声：顾勤华，96 岁，国际灾童教养院院童】

伙食好的时候，宁波菜大概四个菜。

【同期声：苏锦炎，93 岁，国际灾童教养院院童】

一个礼拜吃一次肉，那个肉还有点大的。

【同期声：戴天民，95 岁，国际灾童教养院院童】

那个时候叫两荤两素一个汤。

【解说】

竺梅先、徐锦华两位院长把 500 多名难童当作自己的儿女，以宽大仁慈的胸怀，建起了这个温馨的充满希望的大家庭。在孩子们的记忆里，竺梅先常年奔波在外，教养院内的日常教育抚养，全由徐锦华承担。

【同期声：苏锦炎，93 岁，国际灾童教养院院童】

她有一个办公室，但她从来没去坐过，都是在外面走来走去看的，有没有哪个小孩子哭了，有没有哪个小孩子跌了。

【同期声：戴天民，95 岁，国际灾童教养院院童】

想到徐院长就想到妈妈。

【同期声：苏锦炎，93 岁，国际灾童教养院院童】

真好真好，自己的爹娘也没有这么好。

【解说】

在院童温暖的回忆中，最为刻骨铭心的，是徐院长的一声声的呼唤。

【同期声：顾勤华，96 岁，国际灾童教养院院童】

她总是小囡、小囡，这小囡，那个小囡（叫我们），很和气的，徐院长我没看见过她发火，从来不发火。

【同期声：苏锦炎，93 岁，国际灾童教养院院童】

我们学校里没有哭声的，没有学生的哭声的，你想这样还哭得出来啊？

每天晚上侍女提着蛮大一盏灯,陪着她每个地方走过来,没有一个地方不走到的。脚踢在被子外头了,她帮他盖好,或者有哪个学生他想家了,捂在被子里哭了,她坐在旁边拼命劝他,这么大个地方走下来天都要亮了,她才回去睡。

【解说】

然而好景不长,1940 年日军对宁波发动细菌战,慈溪、奉化等地瘟疫横行。灾童教养院尽管地处偏僻也未能幸免。

【同期声:苏锦炎,93 岁,国际灾童教养院院童】

院长那真苦了,特别是晚上,这种生病的孩子睡不着,一个寝室、一个寝室去找,每一个学生都要找到的,一个一个找过去看有没有生病的人,有生病的人,记号做好,第二天把他送到医务室里去。

【同期声:戴天民,95 岁,国际灾童教养院院童】

发的药是药粉,弄点青菜叶子开水里泡了,菜叶子软了,用菜叶子把粉卷起来往喉咙塞,这样子吃。

【解说】

1940 年,宁波地区遭受大旱,加之战火不断,造成严重的粮荒,粮食供应骤紧,米价暴涨。教养院的日常支出日益加紧,仅粮食一项支出就增加了 35 倍,竺梅先越来越将精力放在筹粮上。

他不但要为教养院筹粮,还义务承担了为成千上万悲惨的灾民筹粮的重任。如此战乱的年代,独自承担着教养院极大的财政支出,又压上筹粮所需资金的巨额付出,长期处于超负荷的状态,竺梅先已身心疲惫。

尽管如此,在竺梅先于 1941 年 5 月 28 日写给重庆振济委员会的许世英的信中,他仍然坚定着抚养这 500 多灾童直到最后的决心,"斯乃责尽攸归,倾家不惜"。

【同期声:苏锦炎,93 岁,国际灾童教养院院童】

他很多朋友都叫他你好走的,你好走的,你再不走你走不掉了,他说我不走,我是中国人,我不走。

【解说】

1941 年 4 月,宁波沦陷。

不久,日军突然包围了教养院。

【同期声:国际灾童教养院院童采访】

那个时候我们很怕的。

副校长每一个教室关照，你们都到教室里坐进，一个都不许出来，你们要尽量地忍耐。

徐副院长和教导主任接待。那个教导主任是日本留学的，会说日语。徐副院长就说这些都是我学生，我是院长，我负责的。

比男人家都有勇气，大家都佩服她的，日本人一个都没动我们。

徐副院长还是怕的，这一批来的日本人还可以担待，下一次来怎么办呢？不知道的。

【解说】

1942 年春，噩耗传来，因积劳成疾，竺梅先在宁海筹粮途中病倒，咳血不止。1942 年 5 月 30 日，竺梅先病逝于象山县立医院，年仅 54 岁。

【字幕】

1942 年 5 月 30 日 竺梅先病逝。

【解说】

临终之时，他对徐锦华一字一句叮嘱："一定要好好把这些孩子抚养下去，直到他们能自立为止。"这是竺梅先临终遗言，也是他生命的绝唱！竺梅先实践了他"匹夫虽微，兴亡有责，绵力所及，倾倒不辞"的铿锵誓言。

梅华和他们的孩子们
（第三集）

【解说】

竺梅先不幸离世，教养院失去了顶梁柱，原本就竭力维持的教养院经费、粮食、物资来源更加困难。情感与责任的双重压力，徐锦华这位柔弱的江南女子要独自承受。眼前的几百个孩子，占据了她全部身心，她必须咬紧牙关。

【同期声：苏锦炎，93 岁，国际灾童教养院院童】

不是说竺校长没了，她哭啊什么的，她很勇敢，不露在面上的。

【解说】

徐锦华强忍悲痛，开始清理丈夫的身后财产。才发现原来，自 1941 年起，竺梅先就陆续将持有的民丰、华丰两家造纸厂和宁绍轮船公司、大来银行等产业的股票全部抵押,拥有的上百万巨资已空空如也。这位昔日的"造纸大王",为支撑教养院庞大的开支,他真正做到了破釜沉舟,毁家不惜。

【同期声:竺士性,《竺梅先传》作者】

总共国际灾童教养院付出 100 万(元)以上,他本人付出了 80 万(元),作为当时已经是上海滩大老板之一,一生当中没有买过一间房,没有置过一分地,钱呢,他就大量地去资助别人。

【解说】

焦润坤,抗战老兵,当年的院童,如今已经 95 岁高龄。教养院失去竺梅先后那段极端艰苦的岁月,依旧深深烙刻在他的记忆中。

【同期声:焦润坤,95 岁,国际灾童教养院院童】

困难到吃芦稷,扫地的笤帚上的杂粮磨成糠吃。

【同期声:戴天民,95 岁,国际灾童教养院院童】

我一天到晚肚皮吃不饱,睡觉一直想吃饭。

【同期声:苏锦炎,93 岁,国际灾童教养院院童】

把山上的一种草,可以吃的,都采了来,洗洗干净烧了吃,没有吃的了,那个时候真没有吃的了。

【解说】

1942 年底,教养院的经费已经山穷水尽,步履维艰。就在这时,南京日伪政府主席汪精卫的老婆陈璧君派人上门,声称可以承担教养院的经费,但她要接管学校。

【同期声:焦润坤,95 岁,国际灾童教养院院童】

徐锦华说了一句有名的话:"我宁可解散,也不能往汉奸脸上贴金。"

【解说】

经费难以为继,日伪不断骚扰,要让孩子们远离汉奸的魔爪,安置疏散院童成了当务之急。之前曾有军校来校招生。当时徐锦华并不情愿她的孩子们去当兵,她觉得他们还小,实在不放心,让他们长大一点再去抗日前线。现在,情况不同了,她只能忍痛放孩子们去了。

【同期声:焦润坤,95 岁,国际灾童教养院院童】

有一个人到孤儿院里头来接收,他说到我那儿去有饭吃还能抗日,你们愿意的话就报名,我们就报名,那个时候我们就 20 多个人一块儿报名,参加了抗日游击队,其中包括戴天民。

【同期声:戴天民,95 岁,国际灾童教养院院童】

我走的时候,我小兄弟地里捡的蚕豆,用火爆了爆,熟的,装一个香烟罐头,一罐头蚕豆塞给我,说这个罐头,阿哥你吃。我妹妹知道我要走了,在旁边哭,人也不见。

【同期声:苏锦炎,93 岁,国际灾童教养院院童】

有的比方家庭好的,他能够读书的,那么他就(到别处)读书了。假使不好的那么自己要去找工作做,都分散了。

【解说】

每当院童离去,徐锦华都要亲自送行,每次送行对她来说都是一次心灵的煎熬。她心里唯一的安慰是孩子们都有了安稳的归宿。没有一个当汉奸,没有一个走歪路。

教养院日渐困难,为减轻院中负担,教职员工纷纷离职自寻出路。老师中有的去敌后去内地为国效力,有的疏散回原籍。年轻的孙佩钧前往皖南革命根据地参加了新四军。总务主任沙松寿的侄子沙玉振在卧室留下一封信,表明了自己共产党员的身份后,投身抗战。

1943 年的春天如期而至,泰清寺里已经空空荡荡,只剩下 50 几个还未安置的院童和三四名不愿离去的教师。徐锦华也投入了教学工作,教养院一天也没有停止上课。

【同期声:徐锦华再现】

"我的最后一堂法语课……我几乎还不会作文呢,我再也不能学法语了……"

在教养院最后的日子里,徐锦华承受着什么,是一种什么样的心情,没有任何记载,历史无言地只留下她消瘦而坚强的身影。这身影仍在上着最后的课,批改着最后的作业。

1943 年 9 月 23 日,创办了 5 年的宁波国际灾童教养院被迫解散。

徐锦华带着无处安置的十几个幼童,走出泰清寺,离开了和丈夫一起用心血筑成的、和五百多儿女日夜生活了整整 5 年的教养院。她把校舍房屋、教学用具、生活设施等院产无偿移交给当地,不带一片云彩地走了。

不知此时,泰清寺的钟声有没有再一次响起。这希望的钟声,和读书声、和歌声、和那些欢声笑语交融在了一起;那钟声里的希望,已经在每一个孩子的心里化为他们的知识和人格,改变了他们的未来。

徐锦华尽全力安排了 500 多个孩子的出路,回到上海后,却没有一处自己的容身之所。她四处租住、借住,生活困苦。1948 年 7 月 1 日,徐锦华在嘉兴病逝,享年 55 岁。

【字幕】

1948 年 7 月 1 日 徐锦华在嘉兴病逝

在上海出殡时,闻讯的院童从四面八方赶来,执绋相送,白色的行列长达里许。当年教养院解散时,徐锦华曾含着热泪说:"10 年以后,我要在上海把你们聚拢起来,到那时候,一定很热闹。"这个约定她再也无法实现了。

岁月流转,白驹过隙,1988 年,在国际灾童教养院建院 50 周年之际,四散于天南海北的院童们相约重游故地。当他们再次走进群山之间,却发现那些或温暖或苦难的回忆都已幻化成了这碧波中的涟漪,只有青山依旧。

1990 年 9 月 6 日,由昔日国际灾童教养院院童捐资建造的梅华亭落成。梅华亭坐落于泰清水库边,灾童教养院原址就在这水库的碧波之下。亭子正中立有石碑一块,上书"国际灾童教养院故址"。梅华亭,取院长竺梅先的"梅",又取副院长徐锦华的"华"。梅华亭,凝聚了昔日灾童们的感恩与怀念,更凝聚了我们民族一种无比优秀的精神,爱国,爱人,梅香苦寒,澡雪精神,以寸草之心,报三春之晖。

【字幕】

戴天民

1938 年—1942 年就读于国际灾童教养院

后参加淞沪抗日游击第一支队

新中国成立后曾任上海五洲药厂吴淞分厂党总支书记

退休后在上海安度晚年

苏锦焱

1938 年—1943 年就读于国际灾童教养院

教养院解散后回到杭州学习工作

浙江省工商联退休后,现于杭州安度晚年

顾勤华

1938 年—1941 年就读于国际灾童教养院

教养院解散后返回松江继续读书深造

新中国成立后曾任沪建棉麻厂经济师

退休后于上海安度晚年

焦润坤
1938 年—1942 年就读于国际灾童教养院
后参加淞沪抗日游击第一支队
抗战胜利后先参加解放战争、抗美援朝战争
离休后担任北京新四军历史研究会宣讲团团长
2014 年 7 月 7 日与习近平主席一同为"独立自由勋章"雕塑揭幕
现于北京安度晚年

国际灾童教养院最高峰时收容院童 552 人，如今院童们广泛分布于海内外，他们始终在践行着竺梅先、徐锦华的期盼，报效祖国，振兴中华。
总导演：赵军
导演：吴晟波、郑萍
摄像：陈贵积、赵军
文学编辑：沈飞女
编辑：邬周维
解说：陈雅峰
制片：王玮
单位：宁波广播电视集团
播出时间：2020 年 12 月 6 日至 12 月 20 日

以历史题材谱写时代颂歌
——《梅华和他们的孩子们》评析

赵　莉

系列纪录片《梅华和他们的孩子们》通过走访全国各地的亲历者和专家，在故事发生地浙江奉化、宁波进行实地拍摄，讲述了抗战时期宁波籍爱国实业家竺梅先夫妇历经艰险创办灾童教养院的真实故事。将历史题材与时代精神相结合，意义宏大深远。

一、娓娓道来，真情动人

《梅华和他们的孩子们》共 3 集。第一集讲述国际灾童教养院的成立过程。抗日战争全面爆发后，爱国实业家竺梅先目睹大批灾童流落街头，在生死线上挣扎的惨状，克服万难创办国际灾童教养院，食宿教育全部免费，收容灾童教养成人。第二集讲述国际灾童教养院成立后，竺梅先、徐锦华夫妇践行"培扶国脉"的办院宗旨，把 500 多名难童当作自己的儿女，全身心投入培养祖国未来火种的事业中。第三集讲述竺梅先不幸离世后，徐锦华竭力维持教养院，在极其困难的状况下妥善安顿 500 多个孩子的出路。3 集的故事娓娓道来，对采集整理的大量珍贵素材进行深加工，并在后期制作中大量运用了场景与史料的巧妙结合，将人物讲述与情景再现无缝衔接，由点及面，按照历史的规律对人物与事件进行了梳理。竺梅先孤独的身影一次次踏上筹粮、募款的征途，耗费了自己全部的心血；徐锦华把 500 多名难童当作自己的儿女悉心照料，沉着冷静应对日本兵的盘查，保护好 500 多名院童……一个个鲜活的人物故事串连起这段可歌可泣的历史，人物丰满，内容丰富，层次分明。既有对事件过程的详细介绍，也有对关键细节的深入分析，充分发挥了电视的特性，用画面声音吸引人，用真情实感打动人。

二、主题深刻，时代性强

纪录片紧扣时代脉搏，深入挖掘了新闻事件背后的时代意义与价值。通过竺梅先夫妇历经艰险创办灾童教养院的真实故事，不仅体现了竺梅先、徐锦华不惜"欲以蝼蚁之微，分泰岱之重"的高尚人格，更是向人们展现了中华民族自古以来就具有的抗争精神与坚强意志。国难战祸之间，以一己之力创办一所灾童教养院已属奇迹，竺梅先不仅办成了，而且教养兼施，德智体美技并重，教育孩子们："国家兴亡，匹夫有责。自立成人，为国争光。"斗转星移，如今院童们广泛分布于海内外，已经长成国之栋梁。纪录片中通过对灾童教养院教育成长的院童们的大量采访，体现了他们始终在践行着竺梅先、徐锦华的期盼，接过两位院长的火把，继续践行他们"匹夫虽微，兴亡有责，绵力所及，倾倒不辞"的铿锵誓言，彰显了时代精神。

电视文学节目

一湖诗语

【片头】

时光如一，安详中饱含着岁月的静好
心静似湖，水色中流淌着春花与秋月
月湖如诗，波光中隐显的文脉的绵长
人生化语，变幻沧桑中有湖轻柔聚敛
"一湖诗语"

【字幕】

月湖，又名西湖，位于宁波市城区的西南，开凿于唐贞观年间，是宁波城市最美的景观，更是世世代代宁波士子的精神家园。

宋元以来，月湖成为浙东学术中心，是文人墨客憩息荟萃之地。唐代诗人贺知章、北宋名臣王安石、南宋宰相史浩、宋代著名学者杨简、明末清初史学家万斯同等，均在此隐居、讲学、为官、著书，为月湖沉淀下深厚的文化积层，闪烁出璀璨的文化光耀。

《寿圣院昌山主静轩》·曾巩（朗诵：大宇）

一峰潇洒背成阴，碧瓦新堂地布金。
花落禅衣松砌冷，日临经帙纸窗深。
幽栖鸟得林中乐，燕坐人存世外心。
应似白莲香火社，不妨篮舆客追寻。

【字幕】曾巩（北宋）

月湖十洲之一花屿，有寺名湖心，北宋时名为"寿圣院"，曾与开元寺、景福寺、阿育王寺并称为"明州四大律寺"。

曾巩，史称唐宋八大家之一，任明州知州时，游览湖心寺，心仪其幽静萧然,慨然赋诗。

【人物介绍】胡茂伟:宁波市书法家协会名誉主席

热衷历史文化研究,尤其了解月湖文化的前世今生,曾写过多篇与月湖相关的诗词。

【同期声】书法家 胡茂伟

仁者乐山,智者乐水。月湖的美景和深厚的历史人文吸引了许多文人雅士,从宋代的王安石、曾巩到贺知章,他们都在月湖边留下了很多优美的诗篇。正是由于这些文人雅士相继地聚集到月湖边,把月湖的文化底蕴缔造得非常深厚。可以说浙东文化一千年来的繁荣发展,月湖是主要的活动中心之一。所以月湖成了宁波的一块文化宝地,成为浙东文化的中心。

《月湖四时词》·龙从云(朗诵:孙建中)

画船载酒及春晴,潋滟波光碧玉城。

桥外绿杨谁系马? 水晶宫里管弦声。

槐阴屯午咽新蝉,一枕南熏暑不前。

隔岸荷花新雨后,白鸥点破镜中天。

松寺联阴晚更幽,天光倒浸玉壶秋。

蓼汀栖雁忽惊起,一曲渔歌月满舟。

平湖雪压小桥低,万里乾坤眼欲迷。

谁泛扁舟深夜过? 却疑人在剡溪西。

【字幕】龙从云(元代)

南宋《宝庆四明志》载:"四明之所以得名者,以有日月二湖。月湖之所以奇绝者,以其中有十洲。十洲,神仙所居也。"龙诗笔下,可见月湖四时风光,各异美态。

【人物介绍】林绍灵:宁波市美术家协会名誉主席

中国当代著名水彩画家,创造了包括《月湖人家》《月色》《历史的馈赠》等多幅关于月湖的水彩画作。

【同期声】画家 林绍灵

月湖就是典型的江南风貌,我们从江南的房子小巷里边,其实可以读出很多历史的遗痕,月湖更是如此。两岸人家以湖为生,尤其是月湖西区,我们能看到连绵的江南的老房子,里面曾经走出过甚至影响中国历史的人物。

那我笔下的月湖,它肯定是充满着文化的,它是有历史积淀的,是厚重的。

不单是一个景色，在这景色背后能够读出一些东西来，它既是江南的气质，又是宁波的气质，又是宁波文化的气质。

《桂井诗》·张幼学(朗诵：李博)

瑶台青桂太玲珑，可爱机云组织工。

木本不妨能绕指，花神底事会蟠空？

众香成国风难度，独坐观天月正中。

应是素娥嫌旧魄，人间别构广寒宫。

【字幕】张幼学(清代)

张幼学，字词臣，泰州人。顺治三年举人，知鄞县。

明代，甬上望族陆氏居月湖烟屿，宅邸有两棵老桂花树，枝蟠高结，环围如井。中秋时节，邀亲友坐桂井赏月，风味别具。

《月湖十洲诗》·洪晖堂(朗诵：李红)

众乐亭前路，空波翠欲摇。

恰当二三月，不尽万千条。

逸老留云驾，骚人荫酒瓢。

流莺歌声宛，烟里度双桥。

【字幕】洪晖堂(清代)

湖畔诗人辈出，不乏女性身影。其笔下月湖，便如一颇富书卷气之江南女子，风韵独显。

【人物介绍】楼稼平：宁波地方文史爱好者

热衷于收集宁波的老照片，其中包括 40 多张不同时期的月湖旧影。

【同期声】收藏家 楼稼平

收藏月湖的老照片也有十来年了，自从有了照片的 1870 年到现在，整个一个半世纪里面，我们月湖的影像记录还是很连续的。按照时间轴来看的话，就相当于现在的延时摄影，你把它合起来，它会动的。

月湖的照片里面，宁波人的生活跟月湖是水乳交融在一起的。它就像家里的老母亲，它就看着你，就像全祖望的《湖语》里面说的，它是人文荟萃的一个地方，我们宁波人有了月湖就非常踏实。

《湖语》(节录)·全祖望(朗诵：叶华明)

……贤牧彭筏，于湖最厚。

偃月长堤,载沙立就。如截如抱,莲香满袖。

众乐新亭,廊腰列绣。虹梁憧憧,夹岸左右。

洋洋湖心,以祝圣寿。有鱼攸然,亦叨神祐。

时则有若温公荆公,率率名辈,题诗恐后。

亦越三纪,更廓其初。

广洲成十,二刘所图。

烟花骀荡,雪月清虚。

池塘春水,芳草平芜。

三眠之柳乍醉,五粒之松长腴。

葛陂竹实,丹凤所庐。

落英森森,拒霜与俱。

雄风四合,雌霓横舒。

时则有若陈王之徒,唱和其区。

嗣是以还,沧洲则高阁连云,涵虚则深馆隐雾。

户挹清风,家临平楚。

雉堞参天,镇山接武。

二分烟水空濛,三月风光媚妩。

直抵城南,同流异浦。

……搜奇既毕,放乎中流。水月苍茫,大圆可求。

城上乌啼,格磔钩辀。城下草绿,翩反芳柔。

听昌黎之冷泉,对遥天之碧色。

彼城外之江流,盖朝潮而夕汐。

纷黄沙之撩人,羌鱼盐其四塞。

岂如此间,萧闲独隔。玉几东来,锦溪西射。

是以瑞应之来自五台者,长留连于胜迹。

【字幕】全祖望(清代)

全祖望,生长于月湖畔之浙东史学大家。所作《湖语》凡洋洋五千余言。全篇叙月湖之前世今生,史识深邃,文采斐然,着墨寄情,跃然纸间。

【人物介绍】邱闳:诗人、文化学者

年少时与月湖相近而居,著有诗《月湖》和长篇散文《湖中日月长》等描写月湖的作品。

【同期声】诗人 邱闳

　　每一个人内心里面的月湖可能都不一样，在我的内心里面，它是我愿意去溜达、观赏的地方，也是愿意去寻找文脉的地方。在平凡的一片草地上面，去想象一千年以前的古人的生活状态和他们的所思所想。我觉得它是一种温存，像一块温润的玉佩，它不是由某一种特别强烈的符号来侵占你脑海的。对宁波人来说，它就是一种气韵相同、珊珊可爱的存在。

《湖月照影》·邱闳

水色映月，垂柳婉约，
时光浮泛，波纹摇曳，轻抚过往。
借清影潜游，一渡千年。
曾以蛱蝶偶遇花苞，踏马偶遇花轿，
晴窗书声琅琅，引雀鸟敛翅驻足。
落雨时节，桂花杏花梅花桃花，
一花开后一花谢，
谢敛春红，续上秋白。
贺秘监祠，有客到访，
不是少小离家须鬓皆白的先生，
也不是秀娘描眉倚门守望的后生，
而是银台第的主人，居士林的信众，
是杨简、安石、万斯同，
是放下三字经弟子规
嬉逐白脚花猫等邻家小童生。
莲灯灿灿，柳叶恓恓，
昨夜牡丹灯的女主收起粉紫的衣袂，
藏进了泛黄的书册
书册，藏进了天一阁的书架。
十洲胜景，处处软波轻吟，
有人为官，有人隐居，
有人讲学，著书，
夕阳闲挂楼台画角。
宫商起，转二黄，转流水，
转城头变幻大王旗，
转接天莲叶无穷碧。

> 华枝春满秋浅，
>
> 天心月圆云稀。
>
> 湖是一样的湖，云是一样的云，
>
> 千百故事，人间记住一半，
>
> 一半留给月亮，临水照影。

【字幕】邱闳（现代）

本篇取现代诗叙述路径，文白相间，具今人视角，亦古雅趣致，与月湖相关之天一阁、贺秘监祠及历代文士等也多有涉笔。

【字幕】

> 湖是天使的眼泪，
>
> 落下后成为大地的锦鳞，
>
> 成为城市的眼睛，
>
> 湖水闪烁着时间的斑点，
>
> 阅读着历史的舒卷。
>
> 在沉缓清馨的呼吸中，
>
> 感受着功业烂照的匆促，
>
> 日月变幻的沧桑……

导演：李红、郑萍

摄像：赵军、陈贵积

文学编辑：沈飞女

编辑：邬周维、吴晟波

制片：王玮

单位：宁波广播电视集团

播出时间：2020 年 10 月 11 日

《一湖诗语》的多维度符号演绎

陈书泱

近年来，以《诗词大会》《朗读者》《见字如面》等为构成的诵读类电视文学节目占据了荧屏的一席之地。这些节目以卷帙典籍、诗词歌赋、家书信笺及其背后的地域、历史、人物、故事等为诵读内涵，其节目结构和运行形式主要基于舞台诵读，诵读行为更多地以声音叙事的方式进行，电视媒介所固有的画面性、形象性、视听性优势并未得到更有效的发挥。作为一个比较案例，电视文学节目《一湖诗语》对此有所创新。该节目作为电视文学系列中的电视诗歌，在诗歌诵读的基础上，充分发挥电视影像的长处，诵读的声音符号叠加影像的场景符号，诗情和画意达到了完美的融合，由此使得受众获得沉浸式的审美感受。

一部宁波史，半部在月湖。月湖浓缩的宁波千年风华，其载体就是"一湖诗语"。因此电视文学节目《一湖诗语》以诵读古往今来诗人们围绕月湖写就的经典诗歌为主干，表现诗湖一体、湖城一脉的"人文宁波""宋韵江南"。如果说《一湖诗语》是传递月湖乃至宁波文化神韵的一个符号体系的话，那么组成这个符号体系的是其中的文本符号、影像符号、声音符号、形体符号、结构符号等，它们共同演绎出月湖的人文历史化境。

其一，文本符号隽永深邃。《一湖诗语》演绎的经典诗歌，将月湖的四季景色、历史陈迹、民俗风情、世事沧桑，以及环绕诗歌的诗意解读和诗人简介，以字幕文本的形式铺陈其中，织缀出一幅大跨度的诗语画卷。

其二，影像符号唯美精致。《一湖诗语》的影像风格更接近于 MV，以灵动秀丽的构图、多元参差的景别、交融变换的色调、光影丰富的造型和游刃有余的镜头调度、张弛有致的剪辑节奏、恰到好处的特效调色，以及古朴端庄的字幕字体等，构筑了月湖水墨画般的自然美景，营造出似梦似真、意蕴悠长的诗歌诵读演绎场景。

其三，声音符号韵律独特。《一湖诗语》采用"吟""咏""诵""念"等不同的有声语言表达类型，细腻地传达了诗歌的情感内涵，以声音构筑了诗歌所表达的人、景、情的融合性意象；同时以经过精心设计、与节目主题和画面氛围搭配得宜的音乐材料，给全片注入厚重的历史沉淀感，舒缓悠扬，起到温暖抒情的作用。

其四，形体符号意象鲜明。《一湖诗语》在表达诗语意境时，由演员扮演历史上的诗人吟诗，这种情景再现的演绎方法使得受众的情感代入更强烈，情感共情更投入。

其五，结构符号清晰舒缓。《一湖诗语》将涉及其中的诗、文、画、人、景等元素安放妥帖，采用了板书写诗→扮演诵诗→艺人释诗→湖景化诗等的版块

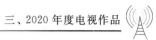

结构,线索清晰,节奏淙淙,如同缓缓铺开的月湖画卷。

　　《一湖诗语》的成功尝试为电视文学节目在新技术环境下的转型与嬗变提供了创新性的成功案例。

四、2020 年度广播作品

广播长消息

浙拖奔野年组装 1.5 万台拖拉机整机项目在安图投产

【导语】今天,浙拖奔野安图公司将生产的第一台本地产拖拉机无偿捐赠给红星村,助力当地农户实现"金色梦想"。

【拖拉机声音压混】

在安图县明月镇红星村,一台崭新的浙拖奔野"红星一号"拖拉机,正穿过密密匝匝的苞米地,冒着东北的细雨驶向它的新家。

一个月前,浙拖奔野年组装 1.5 万台的拖拉机整机项目在吉林省延边州安图县正式投产。投产后,企业将生产的第一台拖拉机无偿捐赠给当地刚刚摘去贫困帽子的红星村,并取名"红星一号",助力村庄开启新一轮致富之路。

安图县红星村第一书记 钟世强:

【出录音】这是奔野公司对咱们安图县扶贫产业和下一步乡村振兴给了强有力的支持。通过他们对我们工作的扶持,我有信心把我们乡村振兴的工作很好地开展下去。

除了助力当地农业生产,浙拖奔野还多渠道开发就业岗位,优先招聘当地建档立卡贫困人员,支持他们在家乡就近就业。

浙拖奔野安图公司员工 王祥:

【出录音】我以前在家务农种地,现在到公司上班以后,生活水平有了很大提高,一年是两万多块钱的收入了。

浙拖奔野安图公司员工 周延臣:

【出录音】我的经济来源宽松了,比原来收入翻了两倍。

目前公司已在安图招聘本地员工 20 多人,未来还将根据企业发展扩大招聘规模,以促成这一产业扶贫项目能真正为当地经济社会发展提供助力。

浙拖奔野(宁波)拖拉机制造有限公司董事长 王兴洪:

【出录音】我们计划用 3 年时间把这里的产能做到上万台,年产值达到五六亿元，年税收 1500 万元左右。

据了解，自 2018 年以来，安图县以经济开发区为平台，设计了宁波产业园，整个园区可容纳 30 家以上企业，预计实现产值 10 亿元以上，上缴税金突破 1 亿元，带动当地 3000 人以上就业。

作者：沈旭琴、张礼兵、董迪

编辑：董迪、沈旭琴、张礼兵

单位：奉化区广播电视台

播出时间：2020 年 9 月 20 日

实地采访 抓取结对帮扶重大项目新亮点
——广播消息《浙拖奔野年组装 1.5 万台拖拉机整机项目在安图投产》评析

吴生华

浙拖奔野拖拉机制造有限公司安图公司年组装 1.5 万台拖拉机整机项目的投产，是宁波结对帮扶吉林省延边州的重大成就。奉化区广播电视台抓住这一重大题材，派出记者远赴延边州安图县实地采访，采写的广播消息《浙拖奔野年组装 1.5 万台拖拉机整机项目在安图投产》，较好地传递了这一结对帮扶重大项目的新亮点。

消息在正式投产时间已过一个月的情况下，寻找发掘新的新闻由头，抓住了"浙拖奔野安图公司将生产的第一台本地产拖拉机无偿捐赠给红星村"最新事件，使得新闻的时效性得到有效提升。也使得广播消息有了生动的场景描述："在安图县明月镇红星村，一台崭新的浙拖奔野'红星一号'拖拉机，正穿过密密匝匝的苞米地，冒着东北的细雨驶向它的新家。"在报道浙拖奔野安图公司助力于当地村庄开启新一轮致富之路的同时，报道还进一步挖掘了企业开发就业岗位，优先招聘当地建档立卡贫困人员，支持他们在家乡就近就业。消息还采访到了浙拖奔野（宁波）拖拉机制造有限公司董事长，就安图公司的未来发展前景进行了前瞻性的采访。围绕浙拖奔野拖拉机制造有限公司安图公司年组装 1.5 万台拖拉机整机项目投产，为安图带来的扶贫成效，这一广播消息的开挖无疑是成功的。但存在的问题是,标题的提炼表达存在着明显的不足,"浙拖奔野年组装 1.5 万台拖拉机整机项目在安图投产"已经是一个月之前的事情,与消息重点报道的扶贫成效也显得不相称,因此,标题并不能准确概括报道的核心事实与新闻主题。同时,记者在安图采访到安图县红星村第一书记和浙拖奔野安图公司的一名员工,直接的受益者是采访到了,但作为重大扶贫项目的突破,能够为安图带来什么? 能够代表安图县全县的权威性采访对象仍然是缺失的。

消息

宁波舟山港海域全域用上"中国芯"
612 座公用干线航标实现北斗遥测终端全覆盖

播音员读：今天，东海航海保障中心宁波航标处的技术人员顺利完成了小乌峙岛灯桩新型国产北斗遥测终端安装。至此，宁波舟山港海域 612 座公用干线航标全部升级为具有"中国芯"的北斗设备，从而彻底告别了长期以来单一依靠美国 GPS 系统，世界大港航海导航被"卡脖子"的局面。来听报道——

【记者 陆素：听众朋友，这里是小乌峙岛。今天上午，经过东海航海保障中心宁波航标处的技术人员 20 多分钟的安装，一台崭新的灯桩新型国产北斗遥测终端在这里安装完成。】

【东海航海保障中心宁波航标处工作人员 胡炯：今天，这座航标的更换完成，标志着国家公用干线航标遥测的"中国芯"，就是北斗的遥测更换全部完成，也就是标志着宁波舟山港实现了北斗遥测公用干线全覆盖。】

北斗遥测终端具有高精度海上定位功能，可实现"米级""分米级"和特定水域"厘米级"的高精度海上定位，数据传输性能可靠，有效解决了宁波舟山港部分水域公网信号覆盖薄弱、遥测信号传输易中断的难点和痛点。

【东海航海保障中心宁波航标处工作人员 李金星：（用）北斗遥测系统来实时监测我们这些视觉航标当前的运行状态，并且将目前的这种运行状态反馈给运维部门的后台。让我们能够实时地了解到我们现在的视觉航标，它的效能是怎么样，及时发现它是否有故障，是否正常，避免海难事件的发生。】

自《北斗卫星导航系统交通运输行业应用专项规划》公布以来，宁波航标处陆续为宁波舟山港辖区水域公用干线航标安装上了具有"中国芯"的北斗遥测设备，打破了之前一直依赖美国 GPS 的格局。

【东海航海保障中心宁波航标处工作人员 李金星：之前的遥测终端，包括我们的好多定位服务，是一直单纯地依赖于美国这个 GPS。一旦这个东西产生依赖的话，在后台数据整理、保密性、自主的应用方面都会受到掣肘限制。

一旦这个东西是我们独立自主研发的,那我们用起来在保密性上和使用权限上,都会产生很多积极的影响。】

此外,北斗短报文功能为航标维护、应急抢修、监控航标实时工作状态装上了"智慧的眼睛",能为过往宁波舟山港口的船舶提供全天候、全天时、高精度、高可靠的导助航服务。这个系统可以增强船舶泊位到泊位的导航和相关服务,让航行更安全,成本更低,航道通航量大大增加。

【东海航海保障中心宁波航标处运行保障科副科长 杨杰:利用北斗系统来促进我们宁波舟山港的航行通航能力。原有的通航船与船之间的距离要求比较高。这个系统上去以后,间距可以降低,这样的话间接地提高了我们的通航能力,来促进我们港口的吞吐量。】

宁波舟山港作为我国沿海主要港口和国家综合运输体系的重要枢纽,货物吞吐量连续 11 年位居全球第一,集装箱吞吐量连续 3 年位居全球第三。今年 3 月 29 日,习近平总书记在宁波舟山港考察时强调,宁波舟山港要坚持一流标准,把港口建设好、管理好,努力打造世界一流强港,为国家发展作出更大贡献。

【宁波舟山港信通公司技术中心主任、集装箱研发中心主任 朱甬翔:随着北斗系统在我们港区里的各个领域的应用,能够提升我们设备定位的精度,提升我们码头运作的效率,也能提升我们港区作业的安全性,使我们更有信心和底气加快实现打造世界一流强港的目标。】

作者:宋文、陆素、李迎春、严健中

编辑:陈晓明、王力涛、林椰

单位:北仑区广播电视台

播出时间:2020 年 11 月 16 日

抓住最新由头 深入开掘主题

——广播消息《宁波舟山港海域全域用上"中国芯"
612 座公用干线航标实现北斗遥测终端全覆盖》评析

吴生华

　　2020 年 11 月 16 日，东海航海保障中心宁波航标处技术人员顺利完成小乌峙岛灯桩新型国产北斗遥测终端安装，北仑区广播电视台记者抓住这一最新新闻由头，深入采访，开掘了宁波舟山港海域全域用上"中国芯"、推进世界一流强港目标加快打造的新闻主题。这一广播消息事件鲜活，采访深入，主题深刻，可听性强，不失为一件优秀的广播新闻作品。

　　首先，这一消息能够抓住最新由头，进行现场报道，发挥了广播口语化传播的优势；东海航海保障中心宁波航标处对宁波舟山港海域 612 座公用干线航标更换安装新型国产北斗遥测终端，11 月 16 日小乌峙岛灯桩安装是最后一个。北仑区广播电视台记者紧盯新闻线索，跟随来到小乌峙岛，目睹了"20 多分钟安装"的全过程，并在现场进行口述报道，现场采访航标处工作人员，报道主体的开头具有较强的现场感。其次，在小乌峙岛灯桩新型国产北斗遥测终端安装现场呈现之后，报道能够通过新闻背景的开掘，进一步进行新闻主题的深挖。如"宁波舟山港部分水域公网信号覆盖薄弱、遥测信号传输易中断的难点和痛点"的突破，彰显北斗遥测终端的可靠性能；《北斗卫星导航系统交通运输行业应用专项规划》的公布，让宁波舟山港辖区水域公用干线航标一直依赖美国 GPS 格局得以打破，等等。再次，这一广播消息在采访对象的选择与安排上，也体现了较好的层次性分工特点。虽然，消息采访到的 4 个人，大多是东海航海保障中心宁波航标处的工作人员，但接受采访说话的分工与功用十分的明确。如第一位采访到的人，就是现场安装的工作人员，具有当事人唯一性的特点与功用；第二位采访对象航标处工作人员，和第三位采访对象宁波航标处运行保障科副科长，都并不在小乌峙岛安装现场，他们是作为特定性采访对象接受采访的。所谓特定性采访对象就是掌握特定性内容的人，上述这两位采访对象分别是专门的技术人员和管理人员，对北斗遥测系统用于航标的监测、数据的保密性能等,只有他们最能够说得清楚,对于报道主题的深化,具有很好的说明性作用。而最后一位采访对象——宁波舟山港信通公司技术中心主任、集装箱研发中心主任则是作为权威性采访对象而存在的,对于宁波舟山港海域 612 座公用干线航标实现北斗遥测终端全覆盖的意义,提供了客观的、专业的评价,从"加快实现打造世界一流强港的目标"的视角对新闻主题进行了再提炼、再深化。

这一广播消息时长 3 分 48 秒,稍嫌长了一些。因为题材专业性强,听众听阅理解略显困难,在这样的情况之下,再说到"北斗短报文功能"等,就显得节外生枝,令人有些厌烦了。因此,遵循"省意原则",抓住新闻主干事实进行口语化、通俗化报道,是广播消息优化的有效路径。

广播新闻访谈

【背景乐：山河已无恙】

山河已无恙 初心永不忘
中国人民志愿军抗美援朝出国作战 70 周年特别节目
我为烈士来寻亲

主持：张睿　嘉宾：孙嘉怿

连线：黄军平（烈士家属） 尚飞（烈士家属）

采访：刘波（国防大学副教授） 邵振国（志愿军老兵）

主持人：听众朋友大家好，欢迎收听"中国人民志愿军抗美援朝出国作战70周年特别节目——我为烈士来寻亲"，我是主持人张睿。

10 月 25 日是中国人民志愿军抗美援朝出国作战纪念日。那么70年后的今天，我们用这样一期特别节目，致敬和缅怀那些为"抗美援朝，保家卫国"抛头颅洒热血的英烈。在我们今天的直播室当中，我们邀请到的嘉宾是孙嘉怿，她也是"我为烈士来寻亲"公益项目的负责人。你好，嘉怿。

孙嘉怿：听众朋友大家好，我是孙嘉怿。

主持人：孙嘉怿，原来是某公司的职员，现在是宁波市海曙区志愿者协会的副秘书长，有十多年的志愿服务经历。"我为烈士来寻亲"的公益活动，从 2017 年微博上发起，目前，话题的阅读量超过了 2100 万，并且建立起了 3 万条的革命烈士数据库，通过微博、微信、抖音这些平台帮助 603 位革命烈士寻找到了亲属。嘉怿，我就特别想问你，这个项目——"我为烈士来寻亲"，它主要做的一些内容是什么？

孙嘉怿：是这样的，这个项目是有两个方面。我们的志愿者拍摄了全国各地或者是境外的中国的志愿军烈士陵园里的墓碑，然后我们整理资料，帮助这些整理完收集完资料的烈士去寻找他们的家人，这是第一种；第二种就是烈属来寻找我们，希望我们帮助他去寻找他们家里烈士亲人的安葬地。两种方式。

主持人:那是一种什么样的机缘巧合,让你参与到这个项目当中?

孙嘉怿:其实在以前,我的微博上面本身就聚焦了一批军迷,我对这些东西也比较感兴趣。我自己到全国各地旅游的时候,我会特意留出时间到烈士陵园里拍摄一些照片,然后在微博上给大家介绍很多的烈士陵园。后来就有烈属私信我:你去过了那么多的烈士陵园,我们家有谁谁谁牺牲了,可能是在这个地方,不知道你去的时候有没有发现他的墓碑。在那个时候我就知道了,其实有很多的烈士,他们是客葬异乡的。2017 年春节前,(我)机缘巧合地结识了黄军平,他是陕西咸阳一个很普通的农民,但他是志愿军烈士黄建国的后代。那个时候他跟我聊天就讲,他在 2016 年的 8 月赴朝鲜去寻找他自己亲人的安葬地,但是他没有寻亲成功,就是没有找到黄建国烈士牺牲安葬的地方,但是他在这个烈士陵园里发现了一面很大的英名墙,那个墙上有 10084 名烈士,他就把这些资料都拍了回来,我就是这样跟他认识。在这样的认识过程以后,他就跟我说,我也不知道我拍回来的这些烈士的家人,是不是也和我一样,在寻找他们的亲人。我们是不是能够把这些烈士的资料做出来,帮助他们去寻找亲人。

主持人:所以你就发了一个话题。

孙嘉怿:对,我就在微博上发起了"我为烈士来寻亲"的话题。

主持人:刚才你提到在机缘巧合之下认识了黄大哥,黄军平。接下来,我们请导播来接入黄大哥的电话……你好,黄大哥。

黄军平:你好。

孙嘉怿:黄叔……我是嘉怿。

黄军平:嘉怿,我听到了,你好。

主持人:刚才嘉怿说了,说您 2016 年到朝鲜去了一趟。

黄军平:我是 2016 年 8 月 28 日去的朝鲜,其实我这一生是第一次出国,是寻找我的二伯的安葬地。

主持人:您是怎么知道自己二伯的故事的呢?

黄军平:这个是我很小的时候,上小学的时候,有一篇课文叫《邱少云的故事》。那个老师讲完故事以后,就走到我跟前说,这位同学的二伯就是志愿军烈士,他是光荣地献身于祖国,安葬在朝鲜。那一刻,我才知道我二伯牺牲在朝鲜,从那时候,我的印象里就有朝鲜,我二伯在那边。

主持人:那后来一直到 2016 年,决定去朝鲜,也是您第一次出国,在这么多年当中,这件事在您的心里分量很重吗?

黄军平：对，很重，因为我是过继到这个家里的，我二伯走了以后，我爷爷奶奶在我很小的时候就把我抱养过去。所以在那一刻，从学校了解到这个事以后，我就感觉到我有这个责任，替我爷爷奶奶完成他们的这份心愿，去寻找他们的儿子。

主持人：您到朝鲜之后，最终完成了您多年夙愿吗？

黄军平：没有。但是我去过朝鲜以后，才知道有很多很多的志愿军烈士，家里人都不知道他的安葬地，不只我一个。

主持人：所以您才拍下了英烈墙上的名字。

黄军平：我当时拍这个英烈墙上的名字（是因为），我去的时候，有好多烈士后代委托我，到那边你看一下，有没有我父亲的名字。这样的情况下，我就把那个拍下来。开城烈士陵园有1万多烈士的名字，——找不容易找到，（所以）我就把它拍下来。

主持人：心里是不是还是有所遗憾。

黄军平：唉，有一点，但是我感觉能为更多的烈士找到家，能把这份名单带回来，为更多的烈士找到家，我感觉很荣幸。

【连线结束】

主持人：嘉怿，通过这1万多的名单，最后找到亲属的，有几个，你有统计过吗？

孙嘉怿：如果是朝鲜的话，是251位。

主持人：到目前为止，项目一共是完成了600多位烈士和亲属信息的匹配，在朝鲜战场上的烈士是251位。那么目前这个项目通过网络平台连续发布和转发各类烈士信息有2万多条，建立了4万多条烈士数据库。

孙嘉怿：对，这个是全国各地，包括境外，比如说朝鲜、越南各个国家。

主持人：我特别想问一下嘉怿，在"我为烈士来寻亲"这个活动当中，有没有特别触动你的场景和故事。

孙嘉怿：其实黄叔是我在这条路上最重要的一个引路人。有一幕在我印象里非常非常深刻。2018年时候我跟黄叔一起去朝鲜，在那趟去朝鲜的火车上，黄叔泪流满面。当时，火车外下着雨，他在里面也是泪流满面。我就不懂，他就跟我讲，"嘉怿，你想一想，在1950年，我们有很多很多，非常年轻没有成家的志愿军烈士也是在这条铁路上坐着火车进入朝鲜。但是过了68年，换成了是我们在这条铁路上坐着火车去朝鲜。我们去干什么，我们是去给这些中国人民志愿军烈士扫墓,去为他们寻找家人,或者是带着他们的家人去拜祭他们。"当时我也哭了。马上我脑海里浮现志愿军入朝鲜坐着闷罐火车的画面,这个是我印象非常深刻的事情。还有一个,我们那年去朝鲜的时候,有一个老爷爷,70 多岁了,他拄着拐杖,跟他夫人一起去。当时到了朝鲜的一个烈士陵园,他找遍了这个烈士陵园,没有发现他爸爸的墓,当时他就在陵园里面大喊,"爸爸,爸爸,你在哪?你的儿子来找你了,你的儿子带着你的儿媳妇来找你了,你到底在哪?显显灵吧!你知道我们家,我妈妈等着你吗?"所以当时非常感人。后来到了第二天,因为到了朝鲜有个行程,结束了就得从朝鲜回来,然后老爷子早上 4 点钟起床下楼,在酒店的小山坡上,朝着他爸爸安葬地的方向跪倒在地上磕了三个响头,"爸爸,我年纪大了,我可能以后没有机会再来朝鲜了。我不知道你安葬在哪里,但是今天我跟着你的儿媳妇来了,我们想告诉你,我们来过了,我们努力了。"那个场景印象非常非常深,我后来下定决心,不论有多难,我一定要帮他实现心愿。因为他的爸爸非常英勇,当时为了救后面整个弹药库,他就自己开着车冲出去了,被炸死。老爷子给我们看过,当时部队写回来的一封信,写明了他当时安葬的位置,但是几十年过去了,朝鲜地形改变了,地名也改变了。

主持人:后来你帮他找到了吗?

孙嘉怿:在一年之后,找到了。那一次我特别高兴,那一次,我就带着我女儿和我老公,我们三个人,一起坐了高铁去了南京,去了老爷子家里,陪着老爷子包了一顿饺子。老爷子哭了,我们也哭了。就觉得这是跨越时空的一场团聚,老爷子应该很欣慰。

主持人:接下来,我们来连线冯世杰烈士的外孙女——尚飞。他们家这故事和一张全家福有关系。喂,您好……

尚飞:主持人,您好。

孙嘉怿:尚飞姐姐您好,我是嘉怿。

尚飞:你好,嘉怿妹妹。

主持人:你好,尚大姐。我想问一下,在您外公信息确认之前,家里人都通过什么样一些方式,去找外公的一些相关的信息。比如说,他牺牲在哪,墓地在哪,之前有了解过吗?

尚飞:之前我只是听外婆说,外公大约是在 1951 年去的朝鲜战场,之后就一直失去联系。直到 1953 年外公的一个战友叫李易芳的送来了一些外公的遗物,才知道牺牲了。可是当时对于外公去世的具体时间、地点和安葬地却是一无所知。一直以来也是外婆和母亲的一个心愿吧……最大的一个遗憾。

主持人:后来是怎么样和嘉怿这个公益组织志愿者取得上联系呢?

尚飞:说来也是非常非常巧合的一件事。就是去年父母去韩国,在途中(游轮上)巧遇了同是烈士后代的王晓鲁叔叔。王叔叔就说,他认识为烈士寻亲的志愿者,认识孙嘉怿女士,当时他就立刻联系了孙女士。她当时通过查阅,很快就发来了外公在朝鲜的墓碑和陵园的一些照片。当时我们全家都非常非常激动。在孙女士的帮助下,终于了了心愿。

主持人:外婆当时有说啥吗?

尚飞:她就说,没想到还能看到他的墓地。她就翻出外公生前的一些照片,还有那张全家福。当时我们看到,真是眼泪止不住地往下流,真的非常非常激动。

主持人:您后来去过朝鲜? 找到过外公的墓地吗?

尚飞:后来因为当时孙女士发来陵墓照片,我们得知外公墓地的时候,那时候大概在三月份,快清明节了。所以就决定在清明期间,和一些烈士家属一起去看望外公。在丹东,孙女士和父母也见了面。外婆年纪毕竟太大了也不能去,我在家里照顾她。外婆还嘱咐我们带上一些家乡的水、土,我们一家人也是以这种方式,见面了,团聚了。

主持人:谢谢您的连线。谢谢……

【连线结束】

主持人:刚才尚飞大姐说到他们家的全家福,我们没有延展开。其实这个全家福的故事还蛮有波折的。

孙嘉怿:对,是的。

主持人:外婆不知道外公具体的……

孙嘉怿:她当时不知道外公是牺牲了。她以为外公不要她了。因为一直都没消息,一直都断了联络。所以她一气之下,就把半张照片给撕了。但是撕完之后,她是后悔的,但后悔也没有用,在那个年代,照片要拼回去,也是不可能的。

主持人:但是,他们一家还是幸运的。

孙嘉怿:1万多个里面,差不多有7000多是有确切信息的,但是,可能有直系子女的并没有那么多,遗孀健在的那就更少了。

主持人：相比于十几万在朝鲜牺牲的烈士，我为烈士来寻亲的这项工作依然是任重而道远。

孙嘉怿：是的，我们现在整理组的志愿者每天都在做各种各样的资料。

主持人：我们的记者也是专门采访了国防大学，军队、党史专家刘波副教授。

刘波：为什么，我们今天，在 70 年以后，还要来纪念抗美援朝战争？抗美援朝战争是我们的立国之战，一场让新中国真正站起来的战事，打出了抗美援朝精神。它是以爱国主义精神为核心，包括革命英雄主义、革命乐观主义和赤胆忠诚以及国际主义精神。那么今天，我们在建设社会主义新时代征程中，同样需要抗美援朝精神。当年，我们在那么差的条件下，我们依靠抗美援朝精神，虽然我们的装备比敌人差得多，但是我们打赢了抗美援朝战争，打出了国威，打出了军威，打出了中国人大写的尊严。当年，毛主席说，我们抗美援朝志愿军是钢少气多，敌人是钢多气少。习近平主席说，我们今天钢更多，气要更多，骨头还要更硬。所以，不管面临怎么样的困难，不管有什么样的侵略者来到，我们只要有这样的精神，一定能捍卫我们的祖国，保家卫国。

主持人：嘉怿，那么三年下来，你们这个志愿者团队有多少人？

孙嘉怿：是这样，我的整个整理团队是有 26 个人，是比较固定的 26 个志愿者。大家都非常熟悉。其他的，包括把信息散出去之后，寻找家人的互联网志愿者就比较多了，最起码有两百多人。烈士都分布在全国各地，每次寻找的时候，寻找每个烈士的过程当中都会有志愿者的帮助，这个志愿者其实就很多。

主持人：这些志愿者之间，彼此认识吗？

孙嘉怿：都不认识。只有我们整理组的志愿者，大家天天都聚在一起商量这个烈士的部队番号、牺牲的位置，跟整理组的志愿者比较熟悉。有的时候，跟特别熟悉的志愿者打电话的频率，可能比跟我老公打电话的频率都要高。

主持人：不认识的志愿者，为了这一件事情共同在做着……

孙嘉怿：对，每个人的力量可能都是比较小的，但是我们所有人的力量加起来，那就是很大的力量。滴水汇聚成河。

主持人：通过互联网和共同的公益心愿联结在一起，成立了一个"我为烈士寻亲"的公益志愿服务组织，确实具有滴水汇海的方向和能量。这每一个寻找到的，都是非常不容易。

孙嘉怿：非常非常不容易。我给大家打个比方，在朝鲜开城烈士陵园，1

万多号烈士里面可能有 2500 到 3000 左右，可能什么资料都没有。每个烈士都是一条生命，他们的背后都有一个家庭，每个家庭都会有父母。所以，对国家来说，他可能是个烈士，但对于家庭来说，他是一个顶梁柱，家里的一个亲人。我想通过这样一种方式，让更多人了解自己家乡有些什么样的烈士，能够了解自己家乡烈士这些事迹，不要让这些烈士被遗忘。

主持人：也正是这种不懈的努力，你们帮助 603 位革命烈士寻找到了（亲属），也正是因为如此，你们在做的这个公益项目获得了首届浙江省志愿服务项目大赛的金奖。

孙嘉怿：是的，其实那天去比赛的时候，也感动了底下所有的观众和评委。因为可能他们以前也没有接触过这样一个领域，当他们听完我的演讲的时候，我看到评委是有落泪的。说明大家都会有一个共鸣。

主持人：你觉得他们落泪是被你们寻找的故事所感动，还是为那些烈士的付出而感动。

孙嘉怿：我一直是这么想的，我不是为了比赛而去做这样一件事情，我是跟时间在赛跑。我一直觉得太平本是烈士定，但是没有烈士能够享太平。所以，我们所有人，都要为了他们，幸福地生活下去，去拥抱和平。

【采访插件】

我是周晓菲，来自四川成都；我是黄艳丽，来自福建宁德；我是赵伟，来自北京；我是牛晓亚，来自甘肃兰州；我叫孙嘉怿，来自浙江宁波。

我为烈士来寻亲……山河已无恙 初心永不忘！

我是记者晓明，这些声音来自"我为烈士来寻亲"的志愿者代表们，年龄跨度从 18 岁到 52 岁不等，他们来自全国各地，职业也各不相同。闲暇时间，他们在一起讨论最多的，是志愿军烈士的埋葬地以及能够匹配到的家乡和亲属信息。

一个寻常的周末，我跟随孙嘉怿以及志愿军老兵帮扶计划的志愿者们一起，走进了老兵邵振国的家中。

进来进来，两个小朋友，把鲜花给爷爷……小朋友，祝你身体健康，学习进步。

家人说，为了迎接志愿者们到来，86 岁的邵振国老人一早地就做好了准备，心情格外高兴。

您是 1952 年去的朝鲜……

1951 年,我就在 20 军 60 师 178 团。

1951 年的时候,20 军 60 师他们发生了什么事情呢?当时打了四次战役、五次战役,打过了三八线。

那个时候我爸才 16 岁……

孩子们给邵振国老人别上了一枚志愿团队特别制作的纪念章。

这个是我们为您制作的纪念章,背后有您的名字、部队,还有番号,编号3883……

也许年代久远,老兵对于许多细节已经记不太清,但每当唱起那首志愿军军歌,他的眼里总会闪着光。

雄赳赳,气昂昂,跨过鸭绿江……

就没有办法停下来,你看这些红的是我们整完的,100 个(名单),100 个把它分开,做完的把它拉红,然后分新的。其实你没有办法停下来。

主持人:欢迎各位继续收听我们今天的特别节目,中国人民志愿军抗美援朝出国作战 70 周年特别节目我为烈士来寻亲。我是主持人张睿,今天我们直播室当中的嘉宾是孙嘉怿。她是"我为烈士来寻亲"公益项目的负责人。嘉怿,刚才我们聊了蛮多,在这个寻亲过程以及感触到你我的,我想问一下,在这个公益活动当中,对你和志愿者团队有什么样的影响。

孙嘉怿:是这样,我很开心地想跟大家分享的是,我们这个团队当中,绝大部分都是青年人,90 后,也有 00 后,这个其实是我最愿意看到的一件事情。就是我们的年轻人能够去做这样一件事情,在做这样一件事情的同时,去缅怀我们的先烈,了解更多烈士的故事。

主持人:你会跟自己的孩子讲战争和烈士的故事吗?

孙嘉怿:会!我女儿从 3 岁开始,就跟着我们到烈士陵园扫墓。我女儿特别小,她有时候会问,她说,"妈妈,为什么我们要去给烈士扫墓?"她会问这样的问题,我就会跟她讲:"孩子,什么是烈士?我们每个人身上都会有骨头,那有骨头就撑起了我们每个人。那这些烈士呢就是这个国家的脊梁骨,这个国家之所以能够像今天这么强大,繁荣,就是有千千万万脊梁骨堆积,浴血奋战换来的。"我女儿可能还太小,小学一年级,她可能还不是特别懂,但是她会很支持我去做这样一件事情。比如说,我有时候去朝鲜,去沈阳。一出差就 7天,她会很支持,她知道妈妈去干什么,她会很自豪地跟别人说:"我妈妈去给烈士扫墓。我妈妈去朝鲜找烈士。"她就会很自豪。

主持人:心里已经种下了一颗小种子。

孙嘉怿：对，种下了一颗小小的种子。

主持人：10 月 25 日是中国人民志愿军抗美援朝出国作战纪念日。70 年后的今天，我们用这样一期特别节目致敬和缅怀那些为抗美援朝保家卫国抛头颅洒热血的英烈。为战争年代牺牲的烈士寻找家人，为烈士家属寻找亲人的墓地，不让英烈被遗忘！烈士，在孙嘉怿眼中，不再是刻在陵园墓碑上那冷冰冰的名字，而是一个个有血有肉的英雄。

每一个为国捐躯的生命背后，都有一段不应被忘记的英勇故事。

每一个热烈燃烧的忠魂之中，都蕴藏着一种不屈不挠的民族精神。

山河已无恙，英雄请回家！

感谢收听我们今天的特别节目，也非常感谢我们的嘉宾孙嘉怿。

孙嘉怿：我为烈士来寻亲，山河已无恙 初心永不忘。再见！

作者：叶赵明、张睿、王净、吴梦帆、李博、陈晔、徐明明

编辑：崔旭东、杨剑宇

单位：宁波广播电视集团

播出时间：2020 年 10 月 25 日

广播新闻访谈《我为烈士来寻亲》
的"四找准"叙事

陈书泱

《我为烈士来寻亲》（下称《我》）有同名的两个体裁版本：一为广播剧，一为广播新闻访谈。如果说前者是广播文艺的龙头体裁，那么后者即是广播新闻中的一道"主菜"。广播新闻访谈《我为烈士来寻亲》较之同名广播剧，具有其显现本体特征的质的规定性。其之所以成功，离不开"四找准"叙事：找准话题，找准嘉宾，找准主持，找准编排模式。

一是话题的热点性。《我》的话题选择的是青年志愿者"为人（志愿军烈士）找墓，为墓找人（志愿军烈士）"的壮举，也是纪念志愿军抗美援朝 70 周年的重大活动，作品于志愿军抗美援朝出国作战纪念日当天播出。在蔚为大观的主题新闻和文艺作品中，这一话题的表达方式独具特色，可谓紧紧抓住了关

乎社会热点的重大题材,节目的播出产生重大反响是无疑的。

二是嘉宾的典型性。《我》的嘉宾选择的主体是宁波姑娘孙嘉怿,同时还采访了两位烈士家属、国防大学军史专家、志愿者团队以及志愿军老兵等"群像"。主体嘉宾孙嘉怿并不是一些访谈节目热衷的精英人物,而是普通得就是你、我、他。她发起了"我为烈士来寻亲·客葬异乡英烈回家"志愿服务项目,先后获得"中国好人""浙江省志愿服务先进个人""宁波市道德模范""最美宁波人""宁波市最美志愿者"等荣誉称号。她的事迹被新华社、中央广播电视总台、光明日报、解放军报、中国青年报、浙江卫视、宁波电视台等众多中央、省、市级主流媒体广泛报道。选择这样一位典型人物为节目主体嘉宾极大地提升了节目的影响力和权威性。

二是主持的沟通性。《我》的主持人选择的是富有土持经验的女主持人,她的主持具有温婉大气循循善诱的风格。成就广播新闻访谈的路径在"访"和"谈","访"是由主持人发起的,主持人对话题的把控,与其采用强势的引领性、驾驭性和控制性,不如采用与嘉宾平等交往的沟通性。主持人和嘉宾互相尊重,互为成就,也是节目成功的保障。

四是编排的交互性。《我》的编排的选择富有设计"匠心",整个节目的流程行云流水,生动活泼,充满了"交互性"。节目呈现为访谈交流与热线直播相结合的编排形式,采取专题、主持、采访、连线、嘉宾、互动、音乐、音响等多种方式相结合的广播编排方式,演播室现场访谈与连线访谈交互,演播室内访谈与室外线下采访联动,演播室嘉宾述说与记者外景讲述结合。这种多元编排的运行模式,拓展了节目表现的容量和空间。当然如能采用一些新媒体的热线直播参与手段,比如手机短信、微信、微博、播客等,就更有实效。

此外,值得借鉴的是《我》的声音制作精良,语言、音乐和音响的共同作用实现了作品的立体化呈现。

三集广播连续剧

《我为烈士来寻亲》
——纪念抗美援朝战争 70 周年

时　间：当代

人物：

嘉　　怡：女，宁波人，85 后，热心公益的志愿者

陆大哥：36 岁，志愿者，嘉怡的大学学长，她心里的传奇人物

李爷爷：男，80 多岁，抗美援朝老兵

康团长：男，30 多岁，抗美援朝某团团长

小豆子：男，17 岁，抗美援朝士兵，东北人

黄叔叔：男，50 多岁，陕西人，志愿军烈属

康爷爷：男，69 岁，陕西人，志愿军烈属

尚大姐：女，40 岁，安徽宿州萧县人，志愿军烈属

丈　　夫：男，30 来岁，嘉怡的丈夫

毛　　毛：女，6 岁，嘉怡的女儿

费　　总：男，40 多岁，民间团体老总

翩　　翩：女，21 岁，湖北志愿者，舞蹈教师

小丹东：男，18 岁，丹东志愿者，后去朝鲜留学

另有青年志愿者、战友等群众演员

听众朋友,请听广播连续剧

我为烈士来寻亲
——纪念抗美援朝战争 70 周年

总策划:张松才 郑海江 孙大海
策 划:谢安良
责任编辑:李 静 童可君 叶赵明
监 制:吴华本 何 瑾
总 监 制:叶秀少 刘炳祥
编 剧:忆 庄
导 演:焦国瑞
作 曲:于祥国
录音合成:方 群
拟音音响:尤 强

第一集

【鸟叫声】

嘉 怡 (欢快地)老公,天气这么好,我们带毛毛出去转转!

丈 夫 少忽悠,又想拉我当司机。

毛 毛 妈妈,我们今天去哪儿呀?

嘉 怡 四明山——烈士陵园!

【音乐,汽车行驶声,喇叭声】

嘉 怡 (独白)我叫嘉怡,宁波人,85 后,曾经跟很多同龄人一样,喜欢好吃的好玩的,泡吧 K 歌。但自从接触老兵这个群体后,我变了!别人家节假日都是去游乐场、公园,我却经常拉着老公孩子去各地的烈士陵园。这一切,要从 10 年前陆大哥的那个电话说起。那是 2009 年,我刚刚大学毕业参加工作……

【2009 年,晚上,酒吧里的喧闹声】

【手机铃声】

嘉　怡　（接听）喂，陆大哥！我这里太吵了，你等我出去。喂，陆大哥……

陆大哥　嘉怡，帮个忙，找个抗美援朝老兵。

嘉　怡　老兵？

陆大哥　对，这个老兵 80 多岁了，我问了很多很多人，好不容易找到他的地址，离你很近，就在宁波镇海，麻烦你跑一趟吧。

嘉　怡　大哥，拜托，明天周六，我要泡吧我要睡懒觉！

陆大哥　又在喝酒 K 歌？你这是挥霍青春啊！

嘉　怡　青春就是要挥霍的呀，我有吃有喝有工作，我挥霍得起我！

陆大哥　嘿，你这个丫头，那我就问你一句话，这个忙你帮不帮？

嘉　怡　哎呀，好啦，好啦，看在大学你帮我搬行李抢火车票的份上，我帮你跑一趟！地址发给我！

【酒吧背景声隐，转摩托车在坑坑洼洼乡间小路上行驶声，叠进独白】

嘉　怡　（独白）陆大哥是我大学学长，他热心公益，骑着摩托全国各地到处跑，到烈士陵园里拍资料，有时候晚上就打地铺睡在陵园。我觉得他很有个性很酷，也很了不起。第二天，我按照地址，骑摩托去了镇海乡下的李爷爷家……

【海边家里，小猫叫声】

嘉　怡　爷爷！

李爷爷　哎……

嘉　怡　爷爷，有个关爱老兵活动，征集全国各地老兵的手印儿，让大家记住那段历史。我带了印泥，您按个手印儿好吗？

李爷爷　手印啊，我按不了。

嘉　怡　这……

李爷爷　你看。

嘉　怡　（吃惊）啊？您两只手……都没了。

李爷爷　朝鲜战争受的伤。

嘉　怡　对不起啊，我不该让您按手印儿。

李爷爷　要不，我用手腕按吧？

嘉　怡　好，好……爷爷，这是印泥，摁这里。

【小猫叫声】

李爷爷　咪咪，别上来，把本子弄脏了。

嘉　怡　咪咪。

李爷爷　哎呀,还有人记得我们,我高兴啊。

嘉　怡　李爷爷,您是在哪场战斗中受的伤啊?

李爷爷　那个时候我是志愿军第一军第 7 师 19 团的通信员,我们部队驻守在三八线的西侧。1953 年战争到了关键的时候,为了在停战谈判中增加砝码,双方在阵地争夺战上是寸土不让啊。6 月 26 日,停战前的一个月,19 团收到了命令,说第二天向笛音里西北无名高地要发起进攻。26 日中午,团长召集全团一百多名指战员在团部坑道指挥所召开作战会议……

【闪回,1953 年,抗美援朝战场,坑道里人声、作战发报声】

团　长　小李!

小　李　到!

团　长　通知作战室,明天凌晨向西北无名高地发起进攻,让作战室调动坦克!

小　李　是!团长!(转身要跑)

团　长　等等!

小　李　团长,怎么了?

团　长　注意安全!

小　李　谢谢团长!我走了!

团　长　嗯!

【小李跑步声】

小豆子　李哥,你去哪儿?

小　李　小豆子,团长让我去作战室传令!

小豆子　咱们终于要动手了! 等打赢这仗,我缴获一支卡宾枪送给你!

小　李　好,小豆子,哥等着你的卡宾枪! 保护好首长!

小豆子　明白!

小　李　我走了!

【闪回结束】

李爷爷　团部指挥所的坑道有四层,可以容纳几百人哪。我跑出坑道,外面明晃晃的太阳光,照得我睁不开眼睛。我突然听到飞机声,睁开眼,发现美军轰炸机黑压压一片,飞得很低,我刚想返回坑道,敌机就开始轰炸了……

【闪回,飞机声,轰炸声,坑道垮塌声】

小　李　有敌机!

战士们　　卧倒——

不好了，指挥所被炸塌了！团首长他们都在坑道里开会哪！

快救人！一百多人啊！

坑道里的电话还通着哪！快，跟团长联系！

小　李　是！

小　李　（摇老式电话）团长，团长！我是小李！你在吗？

团　长　（电话里）快挖！里边的人憋得不行了！

小　李　（嘶喊）快挖啊！里面的人憋得不行了——

战士们　快挖！救首长！救战友！

山都炸塌了，挖一锹土，陷进去两锹啊！

整个山体都垮下来了！坑道被埋起来了！

电话不通了！通信也断了！

小　李　（拼命用手挖）快挖啊……他们憋得不行了……我用手也要
把首长挖出来……

战士们　敌机来了！小心——

【飞机又一轮猛烈的轰炸声】

【轰炸声渐隐，回到现实】

李爷爷　那天，敌机来来回回轰炸了几个小时，坑道外的官兵冒着危险抢
救，也牺牲了很多。我红了眼，拼命用手挖山石，两只手被炸飞过来的大石头
砸中了，连骨头带肉都砸烂了，来不及医治，发炎厉害，只好截掉了……

嘉　怡　是这样。

李爷爷　那里靠近三八线，我再也没能回去过。我经常梦见他们，团长像
个老大哥，喜欢举着一张全家福看儿子；政委说他老婆快生了，不知道是男孩
儿女孩儿；警卫员小豆子说要送我一支卡宾枪，牺牲的时候才十七八岁……

嘉　怡　十七八岁，搁现在还是高中生呢。

李爷爷　每年清明啊，我都带上酒，到招宝山上，望着海那边祭拜他们。
我这么大岁数了，没准哪天晚上睡着了早上就醒不过来了。等我死了，这些事
谁还记得？（哽咽）

嘉　怡　不会的爷爷，我不是来找您按手印儿了吗？就是想让后代记住
你们这些老兵。

李爷爷　是，难得你这么年轻，能懂我的心事。

嘉　怡　我懂。您这么一说，勾起我的伤心事了。

李爷爷　怎么了?

嘉　怡　我太爷爷是抗战时牺牲的,那时我奶奶才 4 岁,到现在我们也不知道太爷爷埋在哪里。

李爷爷　哦,你也是军人后代?

嘉　怡　是,我奶奶临终前最大的愿望就是找到太爷爷的遗骨,前几年我爸带我去南京、上海的烈士陵园找,没找到,只好带了一罐烈士陵园里的泥土,回到奶奶床前。没想到……(哽咽)昏迷了几天的奶奶,居然有了意识,她紧紧地抓住那个装满泥土的罐子,到死也不松手……

李爷爷　唉,对你奶奶来说,也是一个交代啊。

嘉　怡　嗯,我还会继续找下去的。不过,我去陵园时发现,很多烈士墓没有亲人祭扫。

李爷爷　也许他们的家人不知道他们葬在那里。

嘉　怡　(醒悟)对呀,我不知道我太爷爷葬在哪里,也没有人知道我在找他。这是信息不对等!

李爷爷　孩子,你能不能帮我一件事啊?

嘉　怡　爷爷您说。

李爷爷　以后,你找你太爷爷的时候,多留点儿心,看能不能找到我那些战友的亲人。团长的儿子、政委的遗腹子,小豆子的父母也许不在了,不知道他有没有兄弟姐妹……

嘉　怡　您这些战友都是哪里人?

李爷爷　不知道。哦,团长姓康,好像是陕西人。

嘉　怡　这……我试试吧。

【音乐,夜晚,电脑打字声】

嘉　怡　搜索:中国人民志愿军第一军第 7 师 19 团……出来了!(念)

1953 年 6 月 26 日,由于一名被俘政工干事叛变,七师阵地布防情况被敌人掌握。正午 12 时起,美军出动重型轰炸机 40 余架次,对 19 团指挥所进行轮番轰炸,除 2 人获救外,其余包括团长康致中、政委孙泽东、参谋长王伯明在内的 114 人被埋在坑道里壮烈牺牲。团指挥所被炸,在抗美援朝战争中是唯一的一次……嗯,跟李爷爷说的情况吻合。再找找康团长……(打字)关键词,团长康致中……嗯,康致中,陕西人,1953 年 1 月 22 日,康致中率 19 团官兵入朝作战,驻守三八线西侧前沿阵地……哎呀,有点线索了,等哪天有空我去告诉李爷爷……(伸懒腰)哎——要是我能穿越回去,我就告诉小豆子,有叛徒，赶紧撤！

【手机铃声】

嘉　怡　（接听）喂……

朋　友　（电话）喂，嘉怡，今晚怎么没来酒吧？快来！

嘉　怡　好好好，我化个妆就到啊！还是我们幸福，我要好好享受生活！

【疯狂的酒吧音乐，年轻人笑声，渐隐】

【摩托车声，敲门声】

嘉　怡　（敲门）李爷爷！李爷爷在家吗？李爷爷，我是嘉怡啊，上个月来过的！李爷爷，我查到了一些资料……

【猫叫声凄惨】

嘉　怡　咪咪，咪咪你怎么老是叫啊？饿了？李爷爷呢？李爷爷！李爷爷！

【猫叫声加大】

大　妈　（过来）小姑娘，别敲了，老李不在了。

嘉　怡　大妈，他不在家呀？去哪儿了？

大　妈　他去世了。

嘉　怡　啊？什么时候？

大　妈　上周一晚上，一觉睡过去的。唉，老李没有后人，丧事还是政府操办的……

【小猫叫，悲伤的音乐，拨电话声】

嘉　怡　喂，陆大哥……（哭）我今天来看李爷爷，可是他、他走了，都怪我贪玩，我来晚了！

陆大哥　（沉重地）活着的老兵越来越少了……所以我一直在跑，找这些人、这些历史。再不去找，他们都不在了！

嘉　怡　（喃喃）再不去找，他们都不在了……（挂断电话）咪咪，咪咪来，我带你回家，我给你养老送终！

【猫叫声隐】

【出抗美援朝歌曲：雄赳赳气昂昂跨过鸭绿江……做背景声，叠进汽车声，自行车声，摩托车声，转】

嘉　怡　（独白）李爷爷的突然去世，给了我一记警钟：那么多前辈拿命换来的太平日子，不能挥霍，要做些有意义的事。我想起奶奶临终前的眼泪，想起小时候跟着古籍书店工作的妈妈，泡在历史书里看到的很多故事……好像是脑中的一个程序被激活了,我感觉到有一种力量在推动我,有一种激情在我心中燃烧。我加入了关爱老兵团队,一有空就和志愿者一起,走村入户去看望老兵……

【乡村背景】

老奶奶　我是后勤部队的,1951 年 6 月 21 日,从丹东出发。鸭绿江大桥被炸断了,不能走人。工兵在前面搭木板,我们在后面前进。我们几乎是爬过鸭绿江的。带的口粮吃完了,大家就跟马一样吃草,我们运送的粮食是给前方部队的,饿死也不能吃……

【雷雨声、钟表声】

男老兵　新中国成立后中国人民站起来了。怎么站起来的?不是靠嘴皮子说出来的,是在和侵略者血与火的较量中站起来的。我亲眼看到身边的战友流血牺牲,成片倒下。我快 90 了,我就担心我们这批人走了,牺牲的战友被人忘记了。

嘉　怡　我们不会忘的,您放心,我们来找!

【进行的音乐,叠进摩托车声,汽车声,电脑打字声等】

嘉　怡　(独白)我们不会忘的,要找到这些人,记住那段历史!之后 5 年,我跑图书馆、书店、烈士陵园!上网搜集各种资料,参加、组建各种烈属寻亲的公益 QQ 群!就连结婚蜜月旅行,都拉着老公去丹东抗美援朝纪念馆。我想找到更多线索,只要有一个地名、人名能核对上,都会兴奋好久……

【猫叫,婴儿哭声】

丈　夫　嘉怡,女儿要吃奶了!

嘉　怡　哦,我来冲奶粉……毛毛不哭,妈妈冲奶粉啊!

【婴儿哭声,嘉怡忙着拿奶瓶冲奶粉,电脑、微信音效突兀响起】

嘉　怡　QQ 群有人找我,老公,你喂一下毛毛!奶瓶我弄好了!

丈　夫　(过来)哎呀,你都当妈妈了,还整天帮人家寻亲。

嘉　怡　你就抱好了。都是志愿军烈士的亲属,有什么信息他们都第一时间问我的……等牛奶不冷不热了再喂啊!(走开)

丈　夫　(嘟囔)哼,就不该蜜月的时候陪你去丹东,我以为你是三分钟热度,这下好了,娃都生了,还没完没了!

嘉　怡　(打字)我来了!谁找我?

黄叔叔　你好嘉怡,我姓黄,陕西农村的,我想给你看一个视频。

嘉　怡　黄叔叔,好的,您发过来吧。

黄叔叔　好。

【微信发送文件声,打开视频】

嘉　怡　(吃惊)这个视频是在朝鲜拍的?

黄叔叔　是,朝鲜开城志愿军烈士陵园。我把英烈墙上 1 万多名烈士的名单,用手机拍下来了。

嘉　怡　(激动)您去朝鲜了?

黄叔叔　嗯。我二伯是志愿军,家里收到了烈士证,但不知道埋在哪里。我奶奶总是哭,眼睛都哭瞎了,二伯没有娃,我从小就过继给了二伯。奶奶临终前我给她发过誓,这辈子我要找到二伯,给他磕三个响头。我在集市上卖麻花,攒点钱就出去找。上个月,我和几个志愿军烈属去了朝鲜。

嘉　怡　那您找到二伯了吗?

黄叔叔　我们去了开城志愿军烈士陵园拜祭,英烈墙上刻着 1 万多名志愿军烈士的名字,我一个一个找,没找到二伯的名字。我一屁股坐在地上,哭都哭不出来!

嘉　怡　黄叔叔,您别灰心。现在条件好了,交通、通信发达,国家和民间都开始重视这个问题,总有一天能找到的。

黄叔叔　嗯,我没泄气,那两天我到处打听,听说我二伯可能葬在三八线附近的 152 号公墓……

嘉　怡　三八线,152 号公墓?

黄叔叔　对,那里埋葬了 1400 多名志愿军烈士。那是军事禁区,一般人去不了。我就想,好不容易到了朝鲜,不能就这么回去。找不到我二伯,但我兴许能帮埋在朝鲜的烈士找到他们的亲人。我又去了开城烈士陵园,把这些烈士名字拍下来了。

嘉　怡　黄叔叔,我真佩服您,没有找到自己的亲人,还想着帮别人找。

黄叔叔　将心比心。我找我二伯找了几十年,这些烈士的家人,是不是也像我一样苦苦地找? 这些烈士,大多是二十来岁的后生,年轻轻就躺在老远的地方,我想帮他们早点儿找到亲人。

嘉　怡　您这段视频有 5 分多钟,真是太珍贵了!

黄叔叔　我让村里年轻人教我,用电脑把视频一段一段地截屏。陵园英烈墙上只有烈士姓名,我要把名字一个个抄下来,然后对照中华英烈网,还有抗美援朝纪念馆官网上烈士名单,一个一个比对、核实,查他们老家在哪儿,在哪支部队当兵。

嘉　怡　叔叔,您现在整理出来多少资料?

黄叔叔　我才整理出 2000 多位烈士的资料,还有 1 万多没做。

嘉　怡　这个工作量太大了,不能让您一个人做,我帮您,我还可以找些年轻人来一起做。

黄叔叔　有年轻人来做再好不过了! 我不太懂电脑,做起来好慢。

嘉　怡　黄叔叔,这事儿交给我!

【音乐,叠进当年打字声、微信群语音声】

嘉　怡　我借助网络,招募了一支年轻的志愿者团队,团队的小伙伴大多是 85 后、90 后,还有一些 00 后,来自全国各地……

【音乐,微信聊天声】

翩　翩　我是湖北的翩翩,舞蹈教师,这事儿有意义,我报名!

小丹东　我是辽宁丹东人,叫我小丹东吧,我要去朝鲜留学了,朝鲜那边有事我可以帮忙!

队友甲　我是烈士后代,我愿意加入这个团队。

嘉　怡　谢谢大家,看到黄叔叔五六十岁的人在做这件事儿,我觉得脸红。我就希望咱们一帮年轻人能够来做。

小丹东　黄叔叔整理的 2000 个烈士名单很详细,但没有经过系统排版,查找起来十分不便。

翩　翩　我们可以按照烈士户籍所在的省、市进行分类,给烈士的名字打上黄底标亮,看起来一目了然。

队友甲　对,还要备注具体的户籍地址、部队番号和所在墓地。

嘉　怡　好,我做了个模板,大家看一下:福建省三明市,冯熙焕,籍贯:福建省三明市尤溪县梅仙镇下保村,40 军 120 师 358 团 8 连,牺牲地:朝鲜马踏里,葬于开城 2 号墓……看到了吗? 咱们就按照这个模板整理名单,有个大致的方向。

队友甲　可是,当年志愿军参军时的村子、街道,现在还有没有都很难说。我们的国家变化太大了!

嘉　怡　所以我们要抓紧啊,现在还有健在的老兵,当地也许还有一些老人能记得老地名,可以找他们核实比对,再往后想打听都找不到人了!

小丹东　我建议在微博上发布为烈士寻亲的活动。

嘉　怡　好主意啊! 小伙伴们,行动起来!

众　人　好!

【动感音乐】

嘉　怡　2017年清明节前，我们在微博上发起了"我为烈士来寻亲"话题，附有一份朝鲜开城烈士陵园8号墓地的千人名单。

【音乐，打字声，男声旁白】

旁　白　公告！这个话题是我们免费为战争年代牺牲的烈士寻找他们的家人，替烈士家属寻找他们亲人的墓地。我们是志愿者，不想让我们的英烈被遗忘，让保家卫国的英烈早日回家！

【出报尾音乐，第一集完】

第二集

【音乐，夹杂忙碌的电话铃声、微信声做背景，叠进几个场景】

嘉　怡　（边打字边念叨）"浙江志愿军烈士亲属"微信群，"我为烈士来寻亲"微信群，所有资料，做成表格存入信息库……

【音乐，电话铃声】

嘉　怡　喂，你好！

男记者　你好嘉怡，我是镇海广播电视台记者，我在网上看到你发的帖子《我为烈士来寻亲》，阅读量已经超过了1400万人次。我想核实一下这份烈士名单的真实性啊。

嘉　怡　是这样的，这份名单是全国各地40多位志愿者，根据一位志愿军烈属从朝鲜烈士陵园拍回的视频，对照中华英烈网、抗美援朝纪念馆官网数据库整理出来的。

男记者　谢谢。我们节目要求信息来源的可靠性。

嘉　怡　可靠可靠，你是镇海的记者？

男记者　对啊。

嘉　怡　我刚整理出新的烈士名单，你能不能帮忙找一位镇海籍烈士的家属？

男记者　可以啊。

嘉　怡　太好了！等一下，我把资料调出来。

男记者　好。

嘉　怡　（念）烈士刘先发，男，浙江省宁波市镇海县人，1922年出生，入朝前为杭州铁路分局道兵，1953年2月12日在朝鲜前川车站附近，遭遇敌机轰炸牺牲。葬在朝鲜新安州市。

男记者　好的,嘉怡,我记下来了。这名烈士还有其他的信息吗?

嘉　怡　我去了市档案馆查找资料,只查到这些。拜托你了!

男记者　应该的,我们会在节目里播出,联系方式就留您的手机号?

嘉　怡　行,太好了,有媒体助力真是太棒了! 谢谢,谢谢啊!

【音乐继续,拨电话声】

嘉　怡　喂,您好,请问是安徽萧县的尚大姐吗?

尚大姐　我是啊,你是……

嘉　怡　您好,您外公冯士杰烈士的安葬地点找到了,在朝鲜平壤江东郡烈士陵园。

尚大姐　你没骗我吧? 我昨晚才在"我为烈士来寻亲"的微信群发了寻找外公的信息,不到一天就找到啦? 你……你是谁啊?

嘉　怡　我是群主,宁波的嘉怡。

尚大姐　嘉怡,我知道你,你在烈属群里很有名气。果然厉害,果然厉害,这么快就帮我找到外公了。

嘉　怡　大姐,不是我厉害,是因为你外公的信息正好在我们整理好的信息库里。

女烈属　谢谢谢谢,我外婆 95 岁了,等了快 70 年,终于等到这一天了! 明年清明节,我们就去祭奠外公……可是,外婆也许不敢让我们去,她觉得对不起外公。

嘉　怡　为什么呀?

尚大姐　唉,说起来有点难为情。我外公外婆和我妈,只有半张全家福照片。

嘉　怡　半张全家福?

尚大姐　我外公是三代单传的独子。1950 年,外公怕家人担心,瞒着家里报名参加抗美援朝战争。临走前,和外婆搂着我妈,拍下一张全家福。外公走了一年多,一点消息也没有,外婆拉扯 1 岁多的孩子,还要照顾老人,很辛苦,外面又有一些谣言,外婆以为外公不要这个家了,一气之下就把那张全家福剪掉一半,只剩下母女俩。后来部队送来一张烈属证,外婆才知道外公在朝鲜牺牲了,误会了他。这么多年,外婆一直内疚,经常看着那半张全家福流眼泪。

嘉　怡　(唏嘘)这都是侵略者造的罪孽。

尚大姐　外婆有时会小心翼翼地问我们,能不能再把外公那一半照片拼回来？唉，怎么可能呢，我连外公长什么样子都不知道。

嘉　怡　现在我们手里的烈士名单还有限。等我们整理出更详细资料，也许会找到你外公的战友，也许能找到你外公当年部队的资料，也许……也许你外公留下过照片。大姐，你愿意的话，把半张全家福扫描发给我，我帮您想想办法。

尚大姐　好的，好的，谢谢你啊。等我有机会去宁波，一定要给你磕头，你是我们家的大恩人！

嘉　怡　不敢当不敢当。唉，每个烈士的背后，都有一段悲欢离合的故事，我们会加倍努力的！

【音乐转】

【夜晚，家里，猫叫，电脑打字声，微信群聊天声】

嘉　怡　小伙伴们，我新整理的表格，从左至右是姓名、出生年月、家庭住址、部队番号、牺牲时间、牺牲地点以及参加革命时间。这些表格汇集了从朝鲜开城、安州、兄弟山等7个烈士陵园整理出的近2万名烈士的信息。大家根据地域，各自认领。

翮　翮　嘉怡姐，我在整理湖北籍志愿军烈士名单，我……（情绪爆发地哭起来）我受不了了！

嘉　怡　翮翮，怎么了？受委屈了？

翮　翮　（抽泣）不是……我就是觉得，有今天的生活太不容易了，我们国家经历了太多磨难。

嘉　怡　怎么突然有这个想法了？

翮　翮　我对抗美援朝了解不多，现在整理烈士名单，特别难过。很多烈士牺牲的时候只有十七八岁，跟小丹东差不多大。

小丹东　我出生在丹东，长在丹东，从小爷爷经常跟我说，当年侵略者出兵朝鲜，把战火烧到了鸭绿江边，等于是打到我们家门口，新中国那时候刚刚成立，国家还很穷，但不能任人欺负！志愿军雄赳赳气昂昂地跨过鸭绿江，支援了朝鲜，也给新中国创造了几十年的和平环境。

嘉　怡　我结婚时去了一趟丹东，到鸭绿江大桥一看，我的天哪，朝鲜离我们就一江之隔，好近啊！真是唇亡齿寒！是志愿军用血肉之躯保家卫国，给我们创造了今天的生活！

小丹东　美国是当时世界上最强大的国家，拥有包括原子弹在内的各种先进武器装备，可志愿军装备处于劣势，但以弱胜强，把以美国为首的"联合国军"从鸭绿江边一直赶到三八线,打出了新中国的国威军威。说起这个我就激动!

翩　翩　中国也付出了巨大代价呀。我们现在能享受着网络、空调、美食,都是老一辈人用血泪拼下来的。

队友甲　现在每一个烈士在我眼里,不再是刻在陵园墓碑上冷冰冰的名字了,我一定坚持把这件事情做下去。

小丹东　我想把这些烈士的故事都找回来,让烈士在九泉之下知道,他们守卫的国家还有很多年轻人,没有忘记他们。

嘉　怡　真好,你们都成长了。我有一个想法,你们能不能帮我?

翩　翩　你说。

小丹东　你说。

嘉　怡　我想请到精通计算机编程的志愿者,懂信息技术的程序员,建立一个平台,整合现有的数据资料,可以在地图上把每一个烈士陵园都标记出来,点击以后就会跳出烈士的名单、战斗介绍、相关图片,做成更加直观的数据库。

小丹东　你的意思,是把现有烈士信息的文字、图像资料和陵园位置,结合起来,通过 App 发布。

嘉　怡　对,这样方便烈属查找咨询。

翩　翩　嘉怡姐,我认识一个老总,姓费,他的公司做地图的,现在也开始做寻找老兵的项目。要么跟他联系一下?

嘉　怡　好呀!我们要寻找很多烈士陵园和当年的战场,能和做地图的合作最好了!

翩　翩　我马上联系他!

【微信声隐,咖啡馆音乐】

嘉　怡　费总您好!

费　总　嘉怡小姐,快请坐。

嘉　怡　好。

费　总　喝点什么?

嘉　怡　嗯,大杯拿铁,芝士蛋糕。跑了一上午,得补充点能量!

费　总　服务员,大杯拿铁,芝士蛋糕。要双份。

服务员　好的,请稍等。

嘉　怡　费总,翩翩说您的公司也在做寻找老兵的项目。

费　总　是的，刚启动。嘉怡小姐，你现在的公益做得很好，光是那个"我为烈士来寻亲"的话题，这点击量都已经有 1000 多万了。

嘉　怡　我现在手头上有 800 多个烈士陵园的资料，不过，还没有找到哪家公司愿意做……

服务员　打扰一下，两杯拿铁还有芝士蛋糕。

嘉　怡　谢谢。

费　总　好。嘉怡小姐，你把资料给我呗，我来做。我跟你说啊，这个市场很大的！

嘉　怡　市……市场很大……等一下！你什么意思啊？收费？

费　总　是啊，你算算，全中国的抗战烈士、解放战争烈士、抗美援朝烈士，一共有多少？光是朝鲜战场就有十七八万呐。这个市场太大了！

嘉　怡　您是奔着赚钱去的？

费　总　哎，话不能这么说呀，我也是有情怀的，也是在帮烈属们圆梦，只不过，象征性地收一点费用。

嘉　怡　这事儿，就是收一分钱，也变味了！

费　总　你说你节假日到处跑烈士陵园，这汽油要花钱吧，过路费你得交吧？你去帮烈属找线索，路上总得要吃要喝吧？这都是要花钱的，这还不算你花费的时间！收点钱应该的。再者说了，很多烈属找到亲人了，叫你"恩人"，恨不得都给你磕头，如果……如果能用钱表达感谢，这也是符合他们心意的。

嘉　怡　费总，我明白您的意思了，您要收费，要搞盈利。我跟民政局的人说了，只要他们需要，我把我手头的所有资料全部无偿给他们。我绝对不会把这件事和钱挂钩！

费　总　年轻人，不要那么意气用事么！现在这都什么年代？知识都要付费了，何况这种业务，含金量很大的！钱多了又不咬人，这也是付出劳动，劳动所得么！

嘉　怡　说到钱，我的咖啡钱我已经扫码支付了！道不同不相为谋，拜托您回去好好看看抗美援朝的那段历史，别让英雄流血又流泪！再见！

费　总　嘉怡……嘉怡……

【音乐转，叠进电视新闻】

主持人　观众朋友，下午好！《新闻直播间》继续带您看新闻。

播音员　习近平总书记在十九大报告中首次提出，组建退役军人管理保障机构，维护军人军属合法权益，让军人成为全社会尊崇的职业。

2018 年 3 月,十三届全国人大一次会议表决通过,批准成立中华人民共和国退役军人事务部……

嘉　怡　(独白)一个有希望的民族不能没有英雄,从政府到民间,都越来越关注志愿军群体,我们整理的烈士名单越来越长,给我们提供信息的热心人也越来越多。

【微信聊天声】

陆大哥　嘉怡,给你推荐个学计算机编程的志愿者!

嘉　怡　太好了陆大哥,现在我们就缺这样的人才,我加他好友……哟,有电话进来了,咱们一会儿再聊啊!

【电话铃声】

嘉　怡　(接听)喂,你好,哪位?

方阿姨　是嘉怡吗?

嘉　怡　我是。

方阿姨　我姓方,我是镇海人,我听广播里说,你在找一个名叫刘先发的烈士的亲属?

嘉　怡　是啊!方阿姨您认识啊?

阿　姨　我小时候,我们家邻居男主人叫刘先发,在杭州铁路局工作,五几年的时候,听说他去朝鲜打仗了,从那以后就再也没见过他。唉,没想到他牺牲了。

嘉　怡　那您知道他的家人在哪儿吗?

阿　姨　他们一家搬去杭州了。我记得他有个儿子叫刘小民,在杭州铁路中学读过书。现在在哪里就不知道了。

嘉　怡　这个线索太重要了,我马上把这些信息发到杭州的烈属群里,还有志愿者群,大家一起来找。谢谢你呀方阿姨!

阿　姨　你们帮他找亲人,是在做善事。我要替老邻居谢谢你!

【音乐,此起彼伏的电话铃声、QQ 声】

嘉　怡　(独白)据说这个世界上,任何一个陌生人,只需要转三个弯,就会找到另外一个人,看来是真的。我把方阿姨提供的信息发到杭州烈属群,不到 15 个小时,就找到了刘先发烈士的儿子……

【家里,猫叫声】

嘉　怡　Yes! 找到了,开心死了,我要给自己加鸡腿!

毛　毛　妈妈,我也要吃鸡腿!

嘉　怡　好呀毛毛,这么好的天气,妈妈带你出去踏青、吃鸡腿!老公,开车走啊!

丈　夫　你要干什么就直说!别总拿出去玩做幌子!

嘉　怡　嘿嘿,我就是想带毛毛出去散风啊!

丈　夫　散风?去哪散风?

嘉　怡　杭州。

丈　夫　杭州?宁波到杭州 160 公里哎!

嘉　怡　开车不到两个小时嘛。我就是不敢开车上路,只好抓你的壮丁啦!

丈　夫　你……你这又是去帮哪家找人呢?肯定又是烈士烈属的事儿!

嘉　怡　刚刚找到一位镇海烈士的家属,他在杭州,听说身体不好长期住院。我想跑一趟,当面把战场上的故事告诉他,让他知道自己的父亲打过什么仗,立过什么功……

丈　夫　(生气)行了行了,一到双休日,你不是跑烈士陵园,就是找烈士家属。

嘉　怡　你……你发什么火啊?以前你不是挺支持我的吗?

丈　夫　你没看网上,有人说你这是在作秀!在炒作!

嘉　怡　如果这是在作秀,我希望这样作秀的人越多越好!

丈　夫　你这是图什么呢?啊?原先你说找你太爷爷,可你现在找的这些人、这些烈士,跟你没有一点儿血缘关系。

嘉　怡　烈士们抛头颅洒热血,为的也是和他们毫无血缘关系的人。

丈　夫　行,你去烈士陵园我管不了,可你别总是带着女儿,我妈还有亲戚私下里跟我说了好多次了,小孩子总去陵园不吉利!

嘉　怡　这都是迷信。那烈士陵园里,都是为了保护别人牺牲自己的好人。让孩子从小了解这些好人,有什么不好的呀?

丈　夫　你就是嘴皮子厉害!我是受不了别人的闲言碎语了,放着好好的日子不过,你这是何苦啊?

嘉　怡　我得让我的孩子知道今天的生活怎么来的!现在的人太幸福了,幸福得都忘了本了。有的人在烈士雕像上乱刻乱画,还有的人在南京抗战遗址穿日本军装照相。我不希望我的孩子长大以后这么浑!

丈　夫　你……反正,今天你要去你就去吧,我和毛毛不去。以后也不去!

嘉　怡　你? 好,不去就不去,我自己坐大巴!

毛　毛　妈妈——妈妈别走——妈妈——

【重重的关门声,猫叫声】

【马路上下着雨,飘来忧伤的歌声……】

嘉　怡　(边走边抽泣)靠人不如靠自己,以后我自己练车上路,不求你了……(突然崴了脚)哎哟! 倒霉,脚还崴了……

【汽车开过来停下,喇叭声】

毛　毛　(喊)妈妈——

嘉　怡　(惊喜)毛毛? 你去哪儿啊?

毛　毛　妈妈快上车! 爸爸带我们去杭州玩!

嘉　怡　啊?(上车)

毛　毛　妈妈,妈妈……

丈　夫　苦命的司机,开车喽……

嘉　怡　你怎么改主意了?

丈　夫　你做志愿者,把女儿也教会了! 你一出门,丫头就闹着去找烈属。哎呀,我命苦啊,天生就是你的司机!

嘉　怡　你呀,去感受一下,也好!

【汽车行驶声,音乐,转医院】

男烈属　(哽咽)姑娘,谢谢你到医院来看我! 没想到,我有生之年,还能找到我父亲的下落……我经常梦见我父亲敲家门,开门一看,他却走远了,我追着喊,怎么也追不到。以后,我不会做这样的梦了……(扑通跪下了)谢谢……

嘉　怡　(慌张)叔叔,叔叔,您别! 起来,您快起来啊! 起来!

男烈属　(哭)我实在是不知道该怎么感谢你,就让我给你磕个头吧……

嘉　怡　别,叔叔,叔叔。

男烈属　你一个年纪轻轻的姑娘家,能帮我找到亲人,太了不起了……

嘉　怡　(哽咽)叔叔您别这样! 您快起来啊! 您这样我受不起的……

丈　夫　(扶叔叔起来)叔叔,叔叔,您先起来!

嘉　怡　(哽咽)起来。

男烈属　(哭)我像做梦一样……我找到爸爸了……

嘉　怡　(抽泣)叔叔,您别太激动了,快上床躺着。

男烈属　好,好。(上床)

丈　夫　（小声）嘉怡，你出来一下。

嘉　怡　干什么？

丈　夫　你出来。（出门）给你纸巾，把眼泪擦擦……

嘉　怡　（赌气）不要。现在关心我了？

丈　夫　（小声）这位叔叔头发都花白了，还硬要跪下……你……挺了不起的！

嘉　怡　（小声）你知道了吧，能帮烈士找到亲人，所有的辛苦、委屈，都值！

丈　夫　值！值！嘉怡，以后我再也不委屈你了！

嘉　怡　（小声）这还差不多！

【音乐，转】

【单位，敲门声】

上　司　嘉怡，有位电视台的记者找你！在会议室呢！

嘉　怡　（脚步）您好，我是嘉怡。

记　者　你好嘉怡，我是央视新闻节目组的记者。

嘉　怡　你好你好。

记　者　你好。今年清明节，我们要推出一档特别节目，追思故人。听说你在做帮烈士寻亲的公益活动，能不能帮我们推荐一些有特别故事的人物？

嘉　怡　好啊，让我想想……有一个半张全家福的故事，不知道你们有没有兴趣？

记　者　半张全家福？有悬念。故事主人公在哪儿啊？

嘉　怡　在安徽萧县。

记　者　那下周，你方便带我们去采访吗？

嘉　怡　这个……领导，你看？

上　司　去吧去吧，我批你假，做公益嘛，支持！

嘉　怡　（笑）谢谢领导支持！每次都给我假！我正好也准备去那个烈属家，那就下周，我陪记者跑一趟！

记　者　辛苦你了。

【音乐，汽车声】

【安徽萧县农村，狗叫声，尚大姐家里】

嘉　怡　尚大姐。

尚大姐　哎……

嘉　怡　尚大姐,您好!这两位就是我跟您提过的电视台的记者,她们听说了半张全家福的故事,特地来采访你们。

男记者　尚大姐您好。

尚大姐　好,好,谢谢,谢谢啊。可是……每年清明节前,我外婆就特别难受,有时候还使劲打自己的脸,她后悔当年剪掉全家福。我怕采访……这……更刺激她呀。

男记者　尚大姐,我们理解,理解。尚大姐,我们听嘉怡介绍了情况,特意准备了一个礼物,送给您外婆。您看……(拿出全家福)

尚大姐　(吃惊)我家的全家福?上面这个穿军装的男人,是……

嘉　怡　是您外公!

尚大姐　(声音颤抖)是我外公?真的?他就是我外公?

嘉　怡　尚大姐,我看新闻说国家要成立退役军人事务部,就给相关部门打电话,他们很热心,根据我提供的资料,找到了您外公生前所在的部队,部队档案里有一张您外公的一时照片……

男记者　我们电视台的领导特别重视这件事,请专家用最先进的专业影像合成技术,补全了这张全家福。大姐,您看,几乎看不出拼接的痕迹。

尚大姐　(激动)对对对,是!我……我带你们到里屋找我外婆……快请进。

【音乐,砰的一下推门声,脚步声】

尚大姐　外婆,外婆,您看!全家福!我们家的全家福!

外　婆　全家福,是啊,是你外公!这是你外公啊!(哭)你看他笑眯眯的眼睛,在笑我哪!我好多年没看到他了。他走的时候,我刚剪了短头发。当时,他就是这么看着我笑的……孩他爹啊,你总算回来了,我想你啊……我做梦都看到你这个样子……(哭)

尚大姐　外婆不哭,外公回来了,我们一家人团圆了!

外　婆　团圆了,回来了,他还在我身边。他可回来了,一家人整整齐齐了!

【音乐,电视新闻声,叠进嘉怡独白】

主持人　各位好,这里是中央电视台新闻频道。上午 9 点,带您走进《新闻直播间》。

播音员　2018 年清明节,安徽萧县 95 岁老人吴秀真收到了一份特殊礼物,这是央视新闻为她独家定制的"全家福"。这张"全家福"照片,见证了一份跨越 68 年的"团圆"……

嘉　怡　（独白）这张迟到的全家福，了却了 95 岁老奶奶一生的心愿。但在我心里，第一个认识的老兵李爷爷的嘱托，怎么也忘不了。冥冥中我总觉得，我做得越多，离李爷爷那个线索就越近……

【手机铃声】

嘉　怡　（接听）喂，黄叔叔……

黄叔叔　（电话里）嘉怡，还记得我以前说的朝鲜 152 号公墓吗？

嘉　怡　记得！您说在三八线附近，您二伯可能埋在那里。

黄叔叔　今天有个姓康的老哥哥联系我，说他父亲以前是志愿军第一军第 7 师 19 团的团长，他一直在找他父亲的遗骸，很有可能也埋在 152 号公墓。

嘉　怡　（警醒）19 团？康团长？

【出主题音乐，第二集完】

第三集

【音乐，打字声】

嘉　怡　（独白）黄叔叔说，康爷爷的父亲是中国人民志愿军第一军第 7 师 19 团团长，1953 年 6 月牺牲在三八线附近。这些年，康爷爷一直在寻找父亲遗骸，几次去朝鲜半岛，没有找到父亲，却帮其他很多烈属寻找到了线索，在陕西烈属群里很有名气。通过网络，我很快和西安的康爷爷联系上了……

【微信聊天声效】

康爷爷　嘉怡，先给你看看我家的全家福。

嘉　怡　哎哟，康爷爷，中间那个大眼睛的小男孩是您吧？那时候几岁啊？

康爷爷　3 岁多，这是我父亲出征前一家人的合影。我母亲说，部队开拔前，父亲忙得很。1952 年 12 月 31 日下午，几天没回家的父亲突然回家了……

【闪回，大喇叭放歌曲《中国人民志愿军进行曲》】

【开门声，康团长大步进屋】

康团长　（大声）哈哈，明明呢？

母　亲　小点声，明明刚睡着。

康团长　（着急）叫起来，拍照，拍照！

母　亲　拍照？

康团长　部队明天就走了,我请照相师傅来了,我们一家三口拍张全家福。

母　亲　哦,明明,醒醒。

康团长　明明,明明,爸爸回来喽!

母　亲　慢点。

康团长　小家伙。

小明明　(睡意朦胧)爸爸……

康团长　爸爸抱你起来!扎一扎……

母　亲　慢点儿。

小明明　爸爸穿军装,我也要!

康团长　爸爸给你留一套军装,等你长大了穿!

小明明　好。

康团长　来来来,站好了,抓住爸爸的手!师傅,快点,快点,开始吧。

师　傅　来了,看着我,笑一个!

康团长　好,呵呵。

【老式相机的咔嚓声】

康团长　老婆,我走了,如果我回不来,你带明明回西安,啊?(大踏步离开)

母　亲　你胡说什么呀……(追)哎,这就走了?

小明明　(喊)爸爸——爸爸——,爸爸你别走!

母　亲　明明……

【闪回结束】

康爷爷　照完这张照片,父亲就去了朝鲜。父亲 1919 年出生在西安,中学时曾参加轰动全国的"双十二"运动,18 岁弃笔从戎,历经大小战役几百场,屡立战功。1953 年 6 月,朝鲜停战前一个月,牺牲在三八线附近。从 16 岁开始,我到处寻访父亲的战友,才了解到父亲牺牲的细节……

【进行的音乐,叠进不同场景、不同年龄和口音的老战友的叙述】

【闪回出朝鲜战场,敌机轰炸声】

战友甲　6 月 26 日那天,我们"突击 2 连"在敌人阵地前潜伏了一天,等待攻击指令。晚上军长命令我们撤回,我们才知道,团部首长被活埋了。战士们红了眼,坚决要求再战。第二天,19 团仍按原来的作战方案发起进攻……

【闪回,战士们冲锋声,冲锋号声,枪炮声】

战士们　（冲锋，喊）为康团长报仇！为孙政委报仇！为战友们报仇！冲啊……冲啊……

【枪炮声渐隐】

战友甲　（声音嘶哑）那天，战友们用了4分钟就突破前沿，全歼守敌。随后5天，敌军几十次反扑，都被我们拼死击退。我们二连最后只剩下33人……这次战斗，使我军实际控制线向前推进了5里，迫使联合国军总司令在板门店停战协议上签字，结束了朝鲜战争……

【悲伤的音乐】

战友乙　7月27日停战以后，中间地带作为非军事区，不能有部队驻扎，被埋在坑道的同志，必须在停战协议生效前挖出来。军首长抽调一个工兵营，挖了一个月，才发现被炸塌的团指挥所……

【闪回，三八线附近挖掘现场】

战士甲　找到了！找到团首长他们了！快来，在这儿哪……

战士乙　你们看，团长床边的作战地图上，插着一张照片！

战士甲　（哽咽）这是团长的全家福，妻子，儿子……

战士丙　团长，我们用一只炮弹箱给您装殓，就地安葬在战场附近。等以后有了条件，我们接您回家。

战士们　（哭）战友们，安息吧。

【音乐渐隐，闪回结束】

康爷爷　起初，我父亲他们被就地安葬在战场附近。1954年，集中迁葬在江原道152号墓地。战友们把这张照片送回给我母亲。父亲埋在坑道的两个多月时间里，这张照片一直陪着他。我一直有个念想：找到152号墓地，把照片重新放回爸爸身边，陪着他，照片重新放回爸爸身边，陪着他……

嘉　怡　这几年，我也在查找152号墓地的信息，但它就像消失了一样。

康爷爷　2005年，我接触到卫星地图软件，每天在电脑上看朝鲜地图，重点查看三八线沿线。我当过兵，会看地图，我在卫星地图上无数次放大和缩小图像。有一天，发现一个疑似152号墓地的位置，就在三八线北侧一个村子的北边，有五个白色的连在一起的物体，后面还有一个大土包，这和父亲战友讲述的基本符合。

嘉　怡　能确定那是152号墓地吗？

康爷爷　我把截图寄给中国驻朝鲜大使馆，大使馆派人去查看，没找到。我不死心，又反复查看地图，把经纬度重新标出来，第二次给大使馆写信，大使馆又派人去考察,发现那里确实是一个志愿军烈士陵园,其中1号墓就是我父亲康致中。除了牺牲的19团指战员,152号墓地还葬有7师其他团的烈士。

嘉　怡　那您去了152号墓地吗?

康爷爷　我去了五次朝鲜,怎么也去不了三八线那里。可我不会放弃的!

【音乐,飞机起落声】

嘉　怡　康爷爷是军人的后代,自己也当过兵,有股锲而不舍的劲儿。他一直都在想办法,找到父辈的踪迹……

【电话铃声】

嘉　怡　(接听)喂,康爷爷。

康爷爷　嘉怡,我想了个办法,绕道韩国,到韩国旅游,我现在就在三八线附近!

嘉　怡　是吗?有什么收获吗?

【音乐渐入】

康爷爷　在炼川这个地方有一个台风瞭望台,瞭望台上有一架望远镜,能清楚地望见三八线北的山峦,152号墓地就在那些山里。

嘉　怡　您看到墓地了?

康爷爷　我从望远镜里没有找到墓地,满山都是树。我跪下来,掏出一条中华香烟,用力扔向北方……(越说越激动)我父亲他们肯定就在不远的地方,只要我能过去,就能找到那块墓地……我父亲一定在那里……(哽咽)

嘉　怡　康爷爷,康爷爷,康爷爷,别激动,等清明节,我再陪您去朝鲜找,啊?

【音乐隐,出微信群聊天音效】

嘉　怡　小伙伴们,今年清明节,我要陪60多位志愿军烈属,组成民间扫墓团,经丹东前往朝鲜,祭拜志愿军烈士。

小丹东　哇,从来没有这么大规模的中国人来朝鲜扫墓。

翩　翩　嘉怡姐,你不是烈属,怎么有假期去呢?

嘉　怡　我作为志愿者自费去,请了公休假,我上司本来不批,听说我是去给志愿军扫墓,马上就批准了。

翩　翩　好暖心的上司啊!

小丹东　嘉怡姐,朝鲜这边联系了吗?

嘉　怡　我给中国驻朝鲜大使馆发了邮件,说烈属们想去朝鲜给亲人扫墓。大使馆回复得很快,帮我们牵了线,跟朝鲜的国旅对接。

小丹东　太棒了，我在朝鲜留学，需要我做什么，随时吩咐！

嘉　怡　好啊，你在当地，能帮我们做很多事情的！国内的小伙伴，我还有事情要请你们帮忙！

队友甲　你说，我在山东潍坊！

翩　翩　我在湖北武汉！

队友乙　我在黑龙江！

队友丙　我在广东……

嘉　怡　好的，伙伴们，我需要带两个大礼包去朝鲜。

众　人　你说要什么，我们帮你准备……

嘉　怡　第一个大礼包，是集齐全中国东西南北中的"春泥"，我们到时候撒在志愿军烈士的墓地上……第二个是征集……

【渐隐】

【列车行驶声】

嘉　怡　各位叔叔阿姨爷爷奶奶，我是嘉怡，这次赴朝鲜扫墓，希望大家遵守当地的规章秩序，有需要我做的事情，尽管说。

众　人　（鼓掌）好，好，嘉怡，我们知道你，是个热心的好孩子！

看，列车开上鸭绿江大桥了！

我们进入朝鲜了！

【列车行驶声，大家唱着《英雄赞歌》】

嘉　怡　康爷爷，您这身军装好精神啊！

康爷爷　这是我父亲留下的，我特意穿到朝鲜来的。

嘉　怡　啧啧，这料子，这款式，传家宝啊！

康爷爷　年轻时，我用的手表、地图筒、哨子，都是父亲的遗物。我想成为父亲那样的军人，在戈壁滩上我当过5年坦克兵。老了别无挂念了，唯一想做的事，就是找到父亲。我这是第6次来朝鲜了，唉，这次我来，我老伴还生气了。

嘉　怡　为什么呀？

康爷爷　（掩饰）她、她……她担心我年纪大了。

嘉　怡　您身体结实着呢！哦，前边那个奶奶站起来拿东西，我去帮她一下。（走开）

杜奶奶　（起身想拿行李，摇晃了一下）哎哟！

嘉　怡　奶奶，奶奶，小心！快坐下，您要拿什么东西我来拿。

杜奶奶　　行李架上，旅行包。

嘉　怡　　好,我帮您拿下来。给您,给您,奶奶给!

杜奶奶　　谢谢了……(拉链声)到朝鲜了,我把我父亲照片拿出来,摆在桌子上。

嘉　怡　　奶奶,您父亲真帅!

杜奶奶　　是吧?我也觉得他帅呢!不过我从没见过他。父亲走的时候,我还没出生,我妈挺着大肚子送他出发的。父亲再也没有回来。

嘉　怡　　您父亲什么时候牺牲的呀?

杜奶奶　　我妈妈说,父亲赴朝后的一天,邮局来了封挂号信,是部队发来的失踪人员报告,说我父亲失踪了。我小时候,有坏孩子欺负我,骂我是没爹的野孩子,我想反驳,却什么都不敢说。

嘉　怡　　奶奶,您父亲叫什么名字?

杜奶奶　　他叫杜小民。

嘉　怡　　我想起来了,我们团队找到的资料,给您打电话确认的。

杜奶奶　　对,有一天我接到电话,说我父亲牺牲的资料找到了,在朝鲜的墓地也找到了,说我父亲是共产党员,牺牲时候是战地记者!那天晚上我哭了一夜,觉得身上背了几十年的重重的一层壳,终于脱掉了。

【列车行进声】

嘉　怡　　跨过鸭绿江,我们来到朝鲜,接待我们的导游,会讲中文,在行车途中讲起战争故事,很是动情。海关的安检人员,看见烈属们手捧烈士遗像,会郑重地敬礼……(公祭仪式礼炮声)中国驻朝鲜大使会见了专程来朝鲜祭奠亲人的志愿军烈士亲属,还邀请我们参加中国人民志愿军的公祭仪式……

【淅淅沥沥的雨声】

嘉　怡　　4 月 5 日这天朝鲜气温骤降,下起了大雨,我们前往最后一站,位于朝鲜新安州市的中国人民志愿军铁道部队烈士陵园,刘先发烈士就安葬在这里。一进陵园,志愿军后代们就控制不住情绪,哭声一片……

【忧伤的音乐】

嘉　怡　　(扶着)杜奶奶,上台阶慢点……来,慢点。12 号合葬墓,您父亲就在这儿。

杜奶奶　　(扑通跪下)爸爸,女儿来看您了……(哭)

嘉　怡　　奶奶,奶奶,地上太凉了,您起来吧。

杜奶奶　　孩子,让我陪我爸一会儿……爸爸,您走的时候,我还在妈妈肚子里，爸爸，我这辈子从来没有开口喊过爸爸，(边哭边拔草)爸爸，这是个合葬墓，我也不知道您躺在哪个位置，我把周围的杂草都清理掉吧……

嘉　怡　杜奶奶，您别太伤心了，杜奶奶，我先去那边，替浙江烈属扫墓……(走开)

【音乐继续】

嘉　怡　老乡们，我来看你们了，我带了两份特殊的礼物……入境报关的时候，朝鲜海关听说这瓶泥土是用来祭拜志愿军烈士的，不但没有扣留，还郑重地给我敬礼了……(撒泥土)我把这些泥土撒在你们安睡的地方。

康爷爷　(过来)嘉怡，来，我帮你，把这里的泥土也带一点回去。

嘉　怡　对对对，把融合了烈士骨血的陵园泥土带回去，也算是让他们魂归故里了。

康爷爷　对亲人来说，哪怕能取到坟头的一抔土，都可以寄托思念。我也给这几位烈士行个礼吧……(行礼)一鞠躬，二鞠躬，三鞠躬……(突然哽咽起来，不能自抑)明天就要返程了，今天一别，不知以后还能不能再来，心里揪着疼……(突然倒下)啊……

嘉　怡　(紧张)康爷爷！康爷爷！康爷爷你怎么了？康爷爷！

康爷爷　(艰难地)我包里……救心丸！

嘉　怡　啊？(翻包)药在这儿，快吃！快吃！康爷爷！我喊导游！我找小丹东！

【紧张的音乐、救护车笛声，转】

【医院，小丹东跑过来】

小丹东　(喘气)嘉怡姐……

嘉　怡　小丹东，康爷爷怎么样了？

小丹东　朝鲜医生说，病人近期刚做过心脏搭桥手术，情绪太激动，刺激的。

嘉　怡　啊？我不知道啊。

小丹东　嘉怡姐，你别担心，康爷爷胸前挂着他父亲的遗像，医院的人一看就明白是志愿军烈士的后代，一路绿灯，用了最好的急救措施。

现在已经稳定下来了。

嘉　怡　那就好那就好，我可以进病房看看他吗？

小丹东　行，你进去，我给驻朝大使馆打电话报告了情况，他们马上派人过来。我在门口等他们。

嘉　怡　谢谢你,我进去了。

小丹东　哎。

【推门声,音乐渐入】

嘉　怡　(小声)康爷爷。

康爷爷　嘉怡……对不起啊,给你们添麻烦了。

嘉　怡　哪儿的话呀,康爷爷,您什么时候做的手术?

康爷爷　两个月前,我突发心肌梗塞,安了三根支架。我老伴不让我来,我是偷偷走的。

嘉　怡　太危险了!

康爷爷　嘉怡啊,我想离父亲更近一点,哪怕就一分钟。可现在……看来没希望了,我把这个优盘交给你。

嘉　怡　优盘?

康爷爷　这里面是我搜集的几百万字抗美援朝资料,战友们、烈属们回忆的文字记录,还有我父亲遗物的照片、书信,这些年我到处去寻找,哪怕得到一丝线索,我都会详细地记录下来。

嘉　怡　太宝贵了!

康爷爷　孩子,孩子,爷爷怕是完不成心愿了,我把这些托付给你……

嘉　怡　(哽咽)不会的,爷爷,别瞎说,我们一起找去! 下一次我还陪您!

康爷爷　傻孩子,今天是我生日,我是 1949 年清明节出生的。

嘉　怡　啊,今天是您 71 岁的生日?

康爷爷　70 多岁了,我怕我等不到那天了……

嘉　怡　(难过)康爷爷……

【脚步声、门声】

嘉　怡　小丹东。

小丹东　驻朝大使馆的同志来了。

工作人员　您好,康爷爷。

康爷爷　你好,你好。

工作人员　使馆帮您办了延期回国的手续,您呢,就安心养病吧!

康爷爷　谢谢。

工作人员　还有一个新情况。大使馆从卫星地图软件上发现,152 号墓地前面已有一条公路模样的线了。

康爷爷　啊? 你是说经过 152 号墓地?

工作人员　是,我们在密切关注,那条路可能近期就能修通。所以啊,一旦路通了,您时间又能赶得上的话,我们开车陪您从那条公路上走一趟。目前来说也算是权宜之计吧。

康爷爷　（激动）好,好啊！坐车从 152 号墓地前走一趟,也算是离我父亲最近的距离了,也算是有生之年给父亲上次坟了……

嘉　怡　康爷爷,您养好身体,祝您能圆了心愿！

【主题歌起,叠进志愿军战士的闪回片段……】

【报演职员表,剧终】
刚才您听到的是广播连续剧《我为烈士来寻亲》
剧中人:
嘉　怡——由阎萌萌演播
陆大哥——由王 宇演播
李爷爷——由吕永国演播
康团长——由陈 丁演播
小豆子——由苏友强演播
黄叔叔——由郑昌盛演播
康爷爷——由陈 兵演播
尚大姐——由李春波演播
嘉仪的丈夫——由武子演播
嘉怡的女儿——由高飞演播
费　总——由王 建演播
翩　翩——由季 影演播
小丹东——由梁 西演播

由宁波广播电视集团、镇海广播电视台联合录制,谢谢收听。
集体创作:（总策划:张松才、郑海江、孙大海;策划:谢安良;责编:李静、童可君、叶赵明;监制:吴华本、何瑾;总监制:叶秀少、刘炳祥;编剧:忆庄;导演:焦国瑞;作曲:于祥国;录音合成:方群;拟音音响:尤强）
单位:宁波广播电视集团、镇海区广播电视台
播出时间:2020 年 8 月 1 日至 8 月 2 日

224

精品广播剧《我为烈士来寻亲》的精炼之道

陈书泱

三集广播连续剧《我为烈士来寻亲》(下称《我》)用声音语言叙事,构建了一个彰显主人公志愿服务心路历程的美好故事。该剧的成功,得益于创作者的精品意识、精炼之道。

第一,题材的精当。《我》剧取材于"中国好人"宁波姑娘孙嘉怿长期致力于为志愿军烈士寻亲的感人事迹,剧中主人公"我"寻找志愿军老兵外公的故事、陪烈士家属前往朝鲜祭扫、一张残缺全家福的修复、志愿军烈士家属黄军平寻找二伯墓地等情节,都是孙嘉怿的亲身经历。剧里剧外浑然一体,实写虚写熔为一炉,新闻稿广播剧完美结合,极大地提升了剧情题材的真实性和感染力。

第二,主题的精深。《我》剧塑造了为志愿军烈士寻亲路上"提灯人"的典型形象,弘扬了闪烁着中华民族传统美德的中国志愿者奉献服务公益善行的精神,也表达了对志愿军烈士的深切缅怀之情。在蔚为大观的纪念抗美援朝70 周年的文艺作品中,这一主题表达的方式独具特色。

第三,故事的精巧。《我》剧用人物语言构设了跌宕起伏的情节,搭建了"寻亲"故事的"骨架",塑造了诸多"寻亲"路上栩栩如生的细节。《我》剧的人物语言有叙述语、对话语和解说语。通过"三语"在三集剧情中讲述了"受托探访志愿军老兵李爷爷""半张全家福的修复""祭拜 152 号墓地"等主干故事。故事情节的叙述前后呼应,引人入胜,扣人心弦;且做到了少旁白、多对话,显现了主创者客观叙事的理念和态度。

第四,结构的精致。《我》剧为志愿军烈士寻亲的故事链紧凑精致,"脉络"清晰。从第一集的"受托缘起"到第二集的"组建网络"再到第三集的"祭拜共情","我"在为志愿军烈士寻亲之路上义无反顾走下去的心路历程昭然可见,演绎出故事运行的"轨迹"。

第五,表演的精心。《我》剧中"出声"的有名姓的人物有近 20 人之多,他们的扮演者表演真实感人,用精湛的语言技巧准确地传达出所扮演人物的性格特征，使听众通过他们的演绎感受到剧中人物的音容笑貌。

第六，音效的精准。《我》剧的音响语言丰富多元，有生活场景的（铃声、笛声和击键声等）、战争场景的（枪声、炮声和爆炸声等）和自然场景的（雷声、雨声和鸟鸣声等），交代了"我"为志愿军烈士寻亲故事发生的环境和场面，时空切换自如，"小"声景还原出大历史。

第七，音乐的精美。《我》剧的音乐恢宏大气，背景音乐细腻感人，节奏感强。为全剧量身定制的音乐升华主题，融入剧情，烘托人物形象。尤其是剧中志愿军战歌隐现徐疾，无不贴切于剧情铺展。剧尾主题歌由稚嫩童声演唱，清丽舒缓，旋律性强，音乐形象鲜明，与主题交织呼应，富有感染力。

第八，制作的精良。《我》剧将各种声音元素熔铸于一炉，声音剪辑准确精到，声音语流清晰流畅，声音形象干净华丽，声音景观逼真完美，声音杜比自然真实，显现了很高的录制工艺水平。

五、2021 年度电视作品

电视长消息

镇海炼化白鹭园成为国内石化行业首个白鹭天然栖息地

【导语】

今天是第 50 个世界环境日,中国石化发布了首批十大"美丽石化 ——生态排放景观"案例,凭借厂区内白鹭园景观,镇海炼化名列其中。白鹭拥有大自然的"生态检验师"美誉,落户厂区二十多年来,镇海炼化坚持工业与生态和谐发展,成为国内首个拥有白鹭天然栖息地景观的石化企业。

【一般字幕】

记者 屠佳祺

【同期声】

这里是中国石化镇海炼化分公司,在我身后有一片白鹭园,每年的 3 月到 9 月,近千只白鹭会来到这里栖息繁衍,它们在工业装置上空翻飞翱翔的身影,也成为石化园区一道特别的风景。

【正文】

鹭鸟对生存环境极为挑剔,但在镇海炼化厂区内,甚至在净化污水的排放口,都能看到白鹭在从容觅食。对厂区的员工而言,白鹭的存在更像是一种长情的陪伴。

【一般字幕】

中国石化镇海炼化公司员工 岑斌杰

【同期声】

我们巡检的同时,经常会有白鹭也在旁边跟着我们走。有了白鹭的陪伴,整个巡检的枯燥感就会有很明显的下降。

【正文】

镇海炼化厂区植被茂密,内部沟渠和附近海边滩涂里的小鱼、小虾为白鹭提供了丰富的食物。据厂里的老员工说,白鹭在这里"安家"已经 20 多年了。

近几年随着环境的改善,来落户的白鹭越来越多。作为中国石化的绿色企业,镇海炼化坚持实施绿色低碳战略,创建环境友好企业。在 2013 年的一次改造中,由于管道需要跨过白鹭的栖息地,企业不惜提高成本,让管道"绕道而行"。

【一般字幕】

中国石化镇海炼化公司党委宣传部部长、企业文化部主任 黄仲文

【同期声】

管线改道,绕着白鹭园,边上绕着走,这么一绕,我们的投资就多了 300 多万元;但是我们说,多花了这 300 多万,让白鹭的"家"能留下来,我们觉得特别的值。企业发展不能以污染为代价,我们企业发展要高质量地发展,和谐地发展,可持续地发展,必须注重环保。

【正文】

去年起,镇海炼化对白鹭园进行升级改造,计划将核心区面积从 2200 平方米增加到 12000 平方米。今年 2 月,核心区的水塘施工完成,并陆续投放了河蚌、鲳鲅鱼等本地野生鱼种,通过自然繁殖逐步形成原生态的食物链,同时,企业还将构建拓展区和辐射区,打造白鹭自然保护区。

【一般字幕】

中国石化镇海炼化公司党委宣传部部长、企业文化部主任 黄仲文

【同期声】

依托镇海区的生态环境整治,离我们大概直线距离有两公里,镇海区投入 5 个亿,建生态湿地,那么我们和镇海区一起,提出要打造白鹭的自然保护区。

【正文】

每年,镇海炼化会邀请社会各界的公众代表到白鹭园参观走访,自 2013 年开园以来,白鹭园已经迎接了 10800 多人次。

作者:屠佳祺、罗建永、王肃

编辑:俞玲芳

单位:宁波广播电视集团

播出时间:2021 年 6 月 5 日

新发展理念的典型案例

——电视消息《镇海炼化白鹭园成为国内石化行业首个白鹭天然栖息地》评析

周玉兰

党的十八大确立了我国新的发展理念,创新、协调、绿色、开放、共享五大理念成为我国经济社会发展的核心内涵,其中解决人与自然和谐相处问题的绿色发展理念逐渐在全社会形成共识,"绿水青山就是金山银山"也逐渐成为人们协调经济社会发展与环境生态保护的自觉实践。

2021 年度宁波新闻奖获奖电视消息《镇海炼化白鹭园成为国内石化行业首个白鹭天然栖息地》就是这样一篇贯彻"两山"理念的优秀报道,其中三个"精"字的巧妙运用,使得本篇报道在众多重要性、显著性更为突出的报道当中脱颖而出,获评优秀作品,详述如下。

一、整篇报道精选新闻由头,突出报道的新闻价值

新闻播出的当天是第 50 个世界环境日,在这一天中国石化发布了首批十大"美丽石化——生态排放景观"案例,凭借厂区内白鹭园的生态景观,镇海炼化名列其中。

整篇报道选择了两个新闻由头来突出报道的新闻价值:其一是新闻播出当天世界环境日的"大"由头;其二是镇海炼化白鹭园生态景观获评中国石化"十大美丽石化",两个由头并排而立,其核心都凸显了镇海炼化坚持工业与生态和谐发展,重视生物保护,成为国内首个拥有白鹭天然栖息地景观的石化企业,也由此诞生了一条优秀的电视新闻消息。

二、整篇报道精心布局谋篇,事实细节凸显核心主题

白鹭对生存迁徙环境挑剔,拥有大自然的"生态检验师"美誉,而镇海炼化的白鹭园落户厂区已经 20 多年了,如何将石化企业重视绿色、可持续发展,从而带来高质量发展,实现了人与自然和谐共生的事实展现给观众是这篇作品

最受考验的核心环节。

我们看到记者为整篇报道进行了精心的布局谋篇：首先就是扎实的前期准备，在获取了新闻线索之后，记者多次前往镇海炼化白鹭园进行实地采访，拍摄到了大批珍贵影像；其次就是在世界环境日当天赶赴白鹭园进行现场观察报道，将白鹭在石化上下一致园区"安家"的故事向观众娓娓道来；最后的细节展示了 2013 年的一个故事：为了白鹭的栖息地，企业不惜提高成本，让管道"绕道而行"，报道中呈现了大量厂区中白鹭或高飞或栖息的航拍和特写镜头，画面精美，感染力强，这些都是绿水青山就是金山银山的生动实践，极具说服力。

三、整篇报道精细编排播出，发挥"小主题"的"大优势"

本篇报道的播出精心安排在了 2021 年 6 月 5 日晚间七点宁波电视台新闻综合频道主新闻栏目《宁波新闻》中播出，前文已经提到当天是第 50 个世界环境日，可以看得出来，这是一篇经过精心、长期策划的优秀作品，它非常精确地把握住了优秀新闻作品必须具备的精准的播出时机、精确的事实信息和准确的观众接受心理，将普通的鸟类栖息的"小主题"延伸成了人与社会、人与环境和谐相处的大主题，发挥出了电视消息新、快、短、活的优势。

新发展理念是由我国社会主要矛盾发展变化和我国进入高质量发展阶段带来的新的要求，其中既有立足高质量发展，解决发展不平衡不充分问题，不断满足人民日益增长的美好生活需求的发展要求，也有转变发展方式，推动质量变革、效率变革、动力变革的改革要求，涉及经济、社会、文化生态等各领域，《镇海炼化白鹭园成为国内石化行业首个白鹭天然栖息地》就是新发展理念观察落实过程当中的一个典型案例。

电视长消息

"我叫党员!"
——记台风"烟花"中一位平凡的党员志愿者

【导语】

7 月 25 日,记者采访的一段视频在网上走红。一个志愿者车队的队长在洞桥救援,接受记者采访的时候,不肯留下姓名,只说了一句"我叫党员"就走了,又去救援去了。这句话,简单却又很有力量,让我们每个人都很感动。昨天晚上,我们的记者在古林镇找到了他,他的名字叫张杰,是个 90 后。

【正文】

前情回顾——

【小视频内容】

"早点把这些人安置好,因为政府也好,我们去帮助他们。因为老百姓。人身安全还是最重要的。""您贵姓啊?""我叫党员。"

【解说】

这就是在网上走红的小视频。这回在古林镇采访的时候,记者又刚好和他碰到了。现在他正带着和他搭档的伙伴在古林镇救援。坐上了他的车子,记者也马上问了他当时说"我是党员"的真实想法。

【采访:志愿者 张杰】

其实那时候也没想这么多,我是不想留任何姓名。然后我觉得作为一个党员也好,一个退役士兵也好,作为一个普通老百姓也好,我觉得在这个时候去帮助更多需要帮助的人。这是我最终的一个想法,也是心中唯一的一个目的吧。

【同期声】

"东西带一下可以吗?""你东西呢?""在厢式车上面。""好的。没问题。我来帮你。""谢谢,谢谢。""稍微等一下好不好?这上面可以踩吗?""可以的,可以的。你给我好了。"

【采访：古林村工作人员】

"你们是哪里啊？""古林村。""很感谢。他们自发组织的。我们忙不过来，力量有限。有你们帮忙肯定是很感谢的。"

【解说】

天色越来越暗了。因为路旁边的车道停满了车子，古林镇上面的主干道显得有点拥堵。

【同期声：志愿者 张杰 & 违停驾驶员】

喂，你好。师傅，你好。我们的救援车辆跟应急物资，可能需要这边通过。您这边麻烦来移一下好吗？嗯，可以可以。

【同期声：张杰 & 救援车辆驾驶员】

我跟他讲了。前面那几辆车。我跟他说了，让他们挪旁边去。谢谢啊。没事没事。

【解说】

就在记者以为张杰可以停下来喘口气休息的时候，他又继续上车，继续往前开。

【同期声】

"（去）医院吗？""嗯。""怎么了？""去换药。去集市港是吗？""我不知道哪个医院开着。"

【解说】

小李 25 岁。手上有着严重的切割伤。早在前几天就应该去医院换药了，拖下去就有感染的风险。所以他和妈妈两个人就摸黑出来了。

【采访：古林镇村民 李大姐】

（本来）想走路走到集市港去。儿子说（你们）是救援队的。刚好看到我们，嗯，刚好看到你们穿的这个衣服。肯定是（救援）的。我们就叫一下你们。

【解说】

十几分钟以后就到了集市港中心卫生院。他陪着小李挂号找到医生，自己也终于可以回到车子上，休息一会儿。

【采访：志愿者 张杰】

"这是今天的第一顿吗？""从家出门的第一顿。就这样将就一下吧。""那像今天的话，你大概预计什么时候能结束？""大概会到十一二点吧。"

【同期声：志愿者 张杰 & 古林镇村民 李大姐】

"谢谢啊,再见啊。你们自己也要小心一点。""好的好的,会的会的。""小心一点。""会的,反正是好人一生平安。大家都一样。再见啊。"

【解说】

张杰又发动了车子,开回到了古林。夜色当中,他向记者挥了挥手,继续前进。

作者:籍梦、张恩、周海宇、徐硕

编辑:夏吉波

单位:宁波广播电视集团

播出时间:2021 年 7 月 25 日

叙事朴素但不普通,人物平凡但不平淡
——电视消息《我是党员》评议

张雨雁　　徐竞锴

这条消息可以说是一则成功的媒体融合报道。"我叫党员",短短几个字道出了主人公的身份、信仰和觉悟,短短一句话,朴素却又庄重。新闻的视频最开始,记者以短视频平台的热议内容为切入,从互联网中群众的视角挖掘新闻,从而以一种贴近性向观众展开事情的原委。总体而言这种叙事逻辑不仅告诉了一些还未知晓"我叫党员"这个事的电视观众发生了什么,还反映了知晓此事的网友大众的态度与看法。同时,这种短视频视角与其后正式访谈的视角切换,也是一个记者带着观众从无名英雄的前台引向后台的切换,在一定程度上增加了新闻的吸引力和悬念性。这种由新媒体引发,传统广电媒体跟进介入,从而引发新一波热议,是媒体融合宣传的一种新常态。

这条消息也是一个生动的人物新闻报道。主人公张杰是一位 90 后,在群众危难的时刻挺身而出,不计较个人得失,塑造了一个普通人不平凡的为人民服务形象。"作为一名党员也好,作为一名退役士兵也好,作为一个普通老百姓也好,我觉得在这个时候去帮助更多需要帮助的人,这是我最终的一个想法,也是我心中的唯一的一个目的。"主人公张杰短短的两句话说清了自己退役军人和党员的身份,同时也表明了自己的态度:即使是一个普通人,在这个时候也有主动顶上去的冲动，这话很简单但铿锵有力、掷地有声。在叙述中，记者没有概念化的语言，没有刻意地拔高，而是以平实的镜头记录，尽可能在平静的叙述中彰显人物的高大形象。节目用方言在民生新闻节目中播出，也让广大群众明白，英雄就在我们身边，具有较强的示范教育作用。

这条消息更是一篇鲜活的纪实作品。好的人物报道，应该是鲜活生动的。正式的寻访开始后，记者没有将受访者拦下进行单独的访谈，而是在其工作的过程中进行纪实性的拍摄，尽可能在人物特殊的工作场景中记录他的言和行：路遇求救者，他主动搬运物资；路遇交通堵塞，他迅速疏导交通；路遇伤员，他悉心送医照料。讲述上没有一丝煽情，叙事上也没有一丝拖沓，但堆积的事实却让人们知道了这个热心小伙的热血付出。在雨中主人公张杰为了疏导交通挨个与违停车主打电话沟通的一幕非常感人，或许电话那头的人并不知道：即使环境再恶劣，也会有人在风雨中坚守着。这样做的好处：一是没有干扰。不因记者采访工作耽误受访者的正常工作，更显真实性；二是没有摆拍。通过简短的画面向观众讲述了这些志愿者的艰辛，在视觉上更具冲击力；三是处理自然。没有做作的表态，受访者能把自己真正的想法和情绪传递给受众。

此外，新闻的结尾也没有多余的评论，只是淡淡地展现这个志愿者转身离开继续工作的背影，告诉大家：他从群众中来，现在要再到群众中去履行自己心中的使命。很多时候新闻并不需要过多的渲染，这个三分多钟的短片正是用这种朴素的节奏真正拉近了新闻人物与大众的距离，让视频所传达的精神：简单，但有力。

电视长消息

宁波舟山港荣膺中国港口界首个中国质量奖

【导语】

9 月 16 日,在浙江杭州召开的中国质量大会上,第四届中国质量奖名单正式揭晓,宁波舟山港集团有限公司榜上有名,实现了浙江省中国质量奖零的突破,这也是我国港口界获得的首个中国质量奖。

【正文】

大会现场,宁波舟山港负责人从大会组委会领导手中领过中国质量奖的牌匾,宁波舟山港的获奖内容为"一核四共双循环"质量管理模式,即坚持"硬核强港"质量战略定位,以"物流共联、数智共享、客户共赢、港城共融"服务国家战略、区域经济和全球客户,突出质量双循环互动促进。该管理模式的核心理念是"以优质服务铸强港标杆"。

货物吞吐量连续 12 年世界第一,集装箱吞吐量连续 3 年居世界第三,宁波舟山港是当之无愧的超级大港,国际枢纽海港地位突出。但与一般企业不同,宁波舟山港既要服务国家战略、区域经济,又要面对全球客户。

【采访:宁波舟山港商务中心主任 吴焜 我们从一个传统的港口装卸堆存的一个服务,转变成一个综合服务提供商,同时为客户提供了一站式的定制化物流服务。】

宁波舟山港是全球货物吞吐量最大的港口,在如此体量庞大的工作场景中,服务质量如何能做到精准、高效、优质?在全球疫情的背景下,一箱难求成为制约众多出口企业发展的一大难题。宁波舟山港在管理中发现,信息不透明是缺箱的主要原因。很快,一个专门用于寻找集装箱的 App 诞生了。

【采访:易港通公司集卡事业部负责人 何荣荣 这个序列号是我们无纸化(改造)之后产生的一个提空箱的唯一的凭码。凭借这个凭码,我们是可以进行一个日常提空箱的预约。】

确定好箱期信息,客户就可以重新梳理运输、仓储、生产、采购等环节,直接降低了时间成本和资金成本,港口的作业量也随之提升。而这只是宁波舟山港延伸高质量服务链条的一小部分。在宁波航交所,大屏幕上闪烁着全球的港口、船只、货物、价格等航运大数据。这些采集了8年的数据正在有序地向港口生态圈企业共享开放。

【采访:宁波舟山港技术与信息管理部高级主管 钱豪 我们通过积极布局 5G 大数据、互联网远程控制、无人驾驶北斗定位等新一代前沿技术,为我们港口物流链的上下游企业带来了实实在在的便利。】

用数字化改革撬动质量变革只是近年来宁波舟山港完善服务体系的一环。在竺士杰工作室内,全国劳动模范竺士杰正忙着和工友们一起探讨集装箱的调运作业流程。在这里,竺士杰不仅完成了《竺士杰桥吊操作法》3.0 版的升级,还培养出一个金牌导师团队,共同培训桥吊司机提高接卸水平。

【采访:宁波北仑第三集装箱码头有限公司桥吊班大班长 竺士杰 一次着箱率从 2016 年软件开发成功时的 72.6% 到去年已经提升到了 80.21%,(码头)一年就能多接卸 100 多万个集装箱。】

【采访:宁波舟山港股份有限公司第二集装箱码头分公司党委副书记 金海曙 近 10 年的时间里面,他们创新项目应该也有达到了每年二十几项,累计节支降本达到了 2 亿多元。】

目前,宁波舟山港创建了 46 家职工创新工作室,803 名成员累计完成攻关课题 1810 项,获发明专利、实用新型专利和科技进步奖的创新成果 202 项。

【采访:宁波舟山港集团党委书记、董事长 毛剑宏 以质量为核心,发挥硬核力量,建设一流强港。】

作者:严健中、郝玉亮、王越、张华

编辑:曾丹华、严武意、石梦蕴

单位:北仑区广播电视台

播出时间:2021 年 9 月 16 日

好角度出好新闻
——《宁波舟山港荣膺中国港口界首个中国质量奖》评析

赵　莉

电视消息《宁波舟山港荣膺中国港口界首个中国质量奖》以宁波舟山港荣膺中国港口界首个中国质量奖为新闻由头,报道了在全球疫情的背景下,宁波舟山港在面对航运市场剧烈波动、外部环境复杂多变等情况下,用数字化改革撬动质量变革,全力保障全球物流链、供应链稳定畅通的先进做法。报道角度巧妙,采访扎实,逻辑清晰,深入浅出,彰显了记者的专业水平和敬业精神。

一、巧选角度,重点突出

中国质量奖是对实施卓越质量管理,并在质量、经济、社会效益等方面取得显著成绩的企业授予的最高荣誉。宁波舟山港作为服务业代表参评并且获奖,是浙江质量强省建设的里程碑式事件。对于这一重大事件,可报道的角度很多。记者选择的角度是:在全球疫情的背景下,宁波舟山港作为全球货物吞吐量最大的港口,服务质量如何能做到精准、高效、优质? 这一问题的回答无疑对全国乃至世界港口发展都具有重大启示。围绕这一问题,记者报道了宁波舟山港积极布局 5G 大数据、互联网远程控制、无人驾驶北斗定位等新一代前沿技术,完成攻关课题,推动服务创新等实实在在的经验。基于这些经验,总结新的成就,阐述新的战略,新闻叙事张弛有度,可圈可点。

二、深入浅出,简洁明快

围绕这个最高质量奖是如何炼成的,报道从一个专门用于寻找和定位集装箱的 App 入手,讲述宁波舟山港对全球物流的重要意义和在全球疫情的背景下遇到的困难,以及如何克服这些困难,从一个传统的港口装卸堆存的服务,转变成一个综合服务提供商,同时为客户提供了一站式的定制化物流服务的先进做法。体现了宁波舟山港既要服务国家战略、区域经济,又要面对全球客户的全局高度。通过扎实的采访和画面呈现,将一个个细节娓娓道来,用内容丰富、扎实的小故事反映实干取得的成就,将原本枯燥难解的经济新闻变成了生动形象的电视画面,由改革经验升华到推广思路,突出了新闻价值。

电视消息

强蛟下渔 95 户村民无偿让出庭院 铺就滨海"共富路"

【导语】

修造滨海旅游步道是强蛟镇下渔村今年的头等大事。由于原有的路不够宽,当地 95 户村民共同作出了一个了不起的决定,无偿让出自家庭院,使得这条关系村庄发展的步道顺利建设。

【正文】

今天是下渔村沿海 95 户村民重新砌院墙的第一天。一大早,村民们就和工人一起测量墙基,帮着运送砖块。然而就在一个月前,他们的庭院还有现在的两倍大。

【字幕】强蛟镇下渔村村民 薛昌善

【同期声】(原先围墙)到这个位置,到这个位置(原先到这儿的),原先围墙(退进去)两米五。

【正文】

村民为何愿意让出庭院拓宽路面呢?原来下渔村背山面海,拥有得天独厚的自然景观。村南这条 500 米长的滨海村道更是绝佳的观景地。而薄弱的基础条件,使下渔村始终没有得到发展。

【字幕】强蛟镇下渔村村民 薛昌善

【同期声】我们村子每个人都喜欢的,就是基建没有搞起来。我们后面几个烂泥房子,多少(垃圾)拉到这里,全部拉出来了。拉了几个月,拉了 6 个月,肮脏的东西拉了 6 个月。

【正文】

今年,村里启动了"艺术村"改造,进行环境整治,发展渔村旅游产业,这条仅 5 米宽的狭小村道,也将被拓宽成 8 米的旅游观光带。而道路紧邻大海,想要拓宽只能从农户的庭院入手。大家百般不舍。

【字幕】强蛟镇下渔村村民 薛息芬

【同期声】因为位置不够大，就买了前面的四公尺（米）。我们买了20多年了，就付出5000块了，这当时的钱很贵的。一下子要我们院子里割进两公尺（米），接受不了，因为我们根本就没土地。

【正文】

下渔村是典型的渔业村，地少人多。这条村道旁的95户村民，几乎每户都只有一间楼房，这在其他村也是不多见的。这次为了修路，要大家贡献出半个庭院，村干部们也很矛盾。

【字幕】强蛟镇下渔村党支部书记 薛瑞岳

【同期声】矛盾就是，哎呀，这个地方本来是我们自己的，我们就是坚持把你们拆掉一部分东西，然后我们把你们这边全部美化一下，都是在你们门口的，我们也拿不走，所以我们把这些事情逐步逐步做下来。

【正文】

让村党支部书记薛瑞岳没想到的是，通过宣传发动，涉及的95户村民中，93户当即表示愿意无偿让出部分庭院。剩下的两户也在大家的影响下，随后同意。11月7日，村民们的院墙在这一天进行了统一拆除。每户院墙向后撤了2至3米。

【字幕】强蛟镇下渔村村民 薛息芬

【同期声】就是敲了这么多。这是我们家好几千块做出来的不锈钢的门（还挺新的），新的是呀。那没办法，地方要发展，我们只能让了。人家别的村他们都搞得很好，我们村还没有动过，应该向人家学习，应该有一点付出。

【字幕】强蛟镇下渔村村民 薛昌善

【同期声】村庄大家要团结，我们村庄漂亮起来了，人家来了，我们不是脸上有光了吗？

【字幕】强蛟镇下渔村党支部书记 薛瑞岳

【同期声】大家老百姓本身他有一种期待，那么我们做起（事）来就更顺手了。不是我们有句话叫共同富裕、文化先行吗？我们要把整个村的氛围要搞好，团结祥和，稳定是最重要的。

【正文】

美丽乡村建设离不开群众的支持与参与。今年以来，下渔村打造的"渔画""渔歌""渔家""渔俗"等20余个公共艺术景观，就是50多户村民自发腾出宅基地完成的。眼下，这条总投资250余万元的滨海旅游步道也已完成了路面平整。建成后，这里将成为下渔村"美丽乡愁"的最好窗口和载体。

作者:张帆、赵士超、周艳阳
编辑:张帆、沈洁、尤慧婷
单位:宁海传媒集团
播出时间:2021 年 12 月 15 日

《强蛟下渔 95 户村民无偿让出庭院
铺就滨海"共富路"》评析

曾海芳

由宁海传媒集团推荐的电视消息《强蛟下渔 95 户村民无偿让出庭院 铺就滨海"共富路"》围绕"共同富裕"和"乡村振兴"的重大主题,讲述了宁海强蛟镇下渔村 95 户村民面对村庄在滨海道路建设中的用地瓶颈,自愿无偿让出宅基地,修筑滨海旅游步道,支持村庄建设,共建美丽乡村的故事。该作品聚焦浙江省乡村振兴的典型案例,用电视镜头从多个层面展现乡村建设的风貌,通过对下渔村村民的采访,突出了普通老百姓为实现乡村振兴做出的巨大努力,表达了老百姓追求共同富裕的强烈渴望和行动,以及奔向共同富裕的坚定信念。

俗话说得好,要想富,先修路。在下渔村的村庄建设中,记者以敏锐的"眼力"捕捉到了其滨海旅游步道难以拓宽的关键问题。为此,记者发挥"脚力",多次往返强蛟镇下渔村,并与当地群众和干部建立了良好的联系。好新闻都是"跑"出来的,在拆院墙和砌院墙等关键时间节点,记者及时奔赴新闻现场,用镜头记录下村民庭院围墙和滨海道路一砖一瓦的改变,体现了良好的新闻素养。

在叙事上,该作品循着"提出问题—找出解决方案—探究原因"的思路,先是阐明当前强蛟镇下渔村在村庄建设中的关键问题,再提出看似不可思议的解决方案,即村民愿意无偿让出宅基地扩建步道,最后以"村民为何愿意让出庭院拓宽路面"展开设问,并围绕其深挖背景,在新闻背景中对事实的原因和来龙去脉作出解释和交代,使观众对新闻事件产生的原因、过程、意义和影响有更深刻、更全面的了解,从而反映了村民们奔向共同富裕的强烈情感和愿望,深化了报道主题,增强了新闻的厚度。作品叙事结构清晰,关键信息环环相扣,层层递进,多位村民在镜头前自然表达,吐露心声,展现了新时代农民的良好精神风貌。该报道播出后，引发了社会的强烈反响，并被转发至互联网上。社会各方和上级媒体也对强蛟下渔这个拥有近 2000 人口、仅 20 公顷的小渔村给予了极大关注，并再次做了蹲点报道，及时有效传递了基层干群实现共同富裕的坚定信念和信心。

电视长消息

"摸底大考"亚帆中心交出完美答卷

【口播】

今天下午,第十四届全国运动会帆船比赛圆满收官。这是亚帆中心建造完成后首次承办的大型赛事,为 2022 年亚运会前的"摸底大考"交上了满意答卷。

【现场颁奖声同期】

【正文】

下午 3 点,随着最后一项女子激光雷迪尔级长距离赛奖项的颁出,第十四届全运会帆船比赛(宁波赛区)在象山亚帆中心正式收帆落幕。记者了解到,本次赛事共计 8 个项目,涵盖了奥运会项目及新增设的全运会项目,参赛人数近 300 人,与亚运会相当。这对明年即将举办杭州亚运会帆船赛事的亚帆中心来说,相当于进行了一次全面演练。

【采访 世界帆船联合会主席李全海】

这次测试赛主要的目的,还是为了明年的亚运会成功举办积累经验,把这次测试赛好的经验带到亚运会当中,为亚运会提供很好的竞赛条件。

【正文】

亚帆中心位于象山松兰山海域,于今年 3 月底顺利通过验收,总投资 6.02 亿元,陆域面积达 15.3 公顷,海域面积 47 公顷,分竞赛训练中心、水上运动基地及港池等区域,可容纳 1000 个泊位,是浙江省第一个符合举办水上运动国际 A 级比赛标准的场地。

【采访 福建队队员陈惠超】这边的风力实在是非常适合帆船帆板的这个运动,因为基本上天天都有风。

【采访 山东队教练官磊】在这种水域下,应该说对所有的运动员,都能够展现出他们在这种不同风力下的竞技水平,属于国际一流场地。

【正文】

从一开始的场馆建设，到后续的场馆设施布局，再到赛事的组织运行、后勤管理等，亚帆中心都按照国际标准进行全面细致的设计和打造。

【采访 浙江帆船队总教练赵伟军】无论是安保还是接待，竞赛通畅，都非常顺利，挺好的。我们带着队员们也参加了好多届亚运会，感觉到我们测试赛模式有的时候比国外还好了。

【正文】

在这次"摸底大考"中，亚帆中心顺利举办了全运会历史上规模最大、人数最多、时间最长的一届帆船比赛，对于承办明年亚运会也有了更充足的信心与经验。

【采访 国家体育总局水上运动管理中心副主任张小冬】

所有的参赛队对整个服务都给予了高度评价。同时，赛事运行也是按照高标准的模式，包括人员、志愿者、赛事服务等，都具备了大型活动的条件，包括明年亚运会的整个赛事条件都具备了。

作者：徐静、周春梅、董蒙蒙、贺林汕

编辑：朱磊、励静静

单位：象山县传媒中心

播出时间：2021 年 9 月 25 日

选题出新，做实重大新闻报道
——电视消息《"摸底大考"亚帆中心交出完美答卷》评析

刘 燕

《"摸底大考"亚帆中心交出完美答卷》针对宁波象山亚帆中心落成后举办国内重要的帆船比赛赛事为亚运会做准备的新闻，对这一重要的新落成的体育场地做了全方位多角度的深度报道，新闻标题出新，采访资料鲜活，不仅展示了新闻记者对重大选题的阐释力、抓取鲜活精彩素材的能力，更展现了新闻记者做实重要新闻细节的功力。

一、选题出新点亮内容

"摸底大考"四字标题,用得好,既点亮了新闻的主题,又做实了重大新闻报道的内容生产。摸底大考,到底摸什么底,考什么内容,怎么考?亚帆中心,作为一个重要的场地,要经受住考验方能证明其重要地位。这四个字的新闻标题一下子就能吸引观众的注意力,使观众对亚帆中心的这一场地硬新闻的关注度大大提升。在导入上,新闻以第十四届全国运动会帆船比赛(宁波赛区)的令人兴奋的颁奖仪式作导入,回顾了赛事的重要内容,把重要的新闻要素——亚帆中心作为浙江省第一个符合举办水上运动国际 A 级比赛标准的场地的首发性的重要意义凸显出来,为下一个报道焦点亚帆中心"交出完美答卷"埋下伏笔。

二、做实细节贴近生活

围绕"交出完美答卷"六字标题,新闻记者大量使用了鲜活的现场细节采访资料,一方面还原了现场的气氛,让新闻真实可信,另一方面化静态报道为动态报道,让场地类硬新闻报道变得可触摸、更贴近生活,避免了硬新闻和重大新闻报道过于严肃的特点。例如,记者采访了世界帆船联合会主席、福建队队员、山东队教练等亲自参与到赛事中的人员,从他们的口中和不同的角度证实了亚帆中心确确实实是一个国际一流的帆船竞赛场地。帆船联合会主席,主要从比赛的目的及对接下来亚运会的作用,运动员从风力、教练从场地对运动员竞技水平的发挥、浙江帆船队总教练作为多次参与亚运会代表,从测试赛的模式,肯定了场地的国际一流特色。国家体育总局水上运动管理中心副主任从总体层面的赛事参与评价、赛事运行的高标准模式等对"摸底大考"的情况给出了令人信服的答案。

总的来说,这则新闻报道选题在重大性中做出了新意,新闻结构清晰,紧扣主题,丰富翔实的细节充分支撑了选题的真实、新鲜、重要等原则,在鲜活的影像和不同层级人物的采访中,新闻报道出了亚帆中心的特色和重要地位,同时也自证了新闻本身的价值,反映出记者娴熟的新闻采制能力和对重大新闻的把控能力。

电视新闻专题

复兴路上：勇立潮头

【大片头】

智能远控

红色引领

科技攻关

点亮人生

复兴路上 勇立潮头

【出片名：勇立潮头】

【引子】

宁波，地处东海之滨，坐拥山海之利，

以港兴市、以市促港，

创造了亘古未有的经济奇迹，

成为改革开放前哨，

在这条复兴路上，留下一代代追梦人坚实的脚印。

【微缩模型画面】

【正文】

4月9日，晴空万里，视线良好。宁波舟山港穿山港区，首席桥吊司机竺士杰端坐在控制室内，正在进行一场全新的测试。

以往，他都是在桥吊驾驶室里，直接操作吊机。今天，他坐在距离Q49号泊位千米之外的远程控制室内，通过数字化智能远控技术，对桥吊进行操控。

他的徒弟郑恒亮在泊位内与他配合。

【郑恒亮现场同期声】

竺师傅，你可以开始了啊！

【竺士杰现场同期声】

我这里可以了。

【正文】

19 个摄像头,将现场画面传回到 6 块屏幕上。竺士杰的任务,是利用桌上的 2 个操作杆,操纵 1000 米以外的吊机,将集卡上的集装箱稳、准、快地吊起;随后,电脑会自动介入,把货物平移至海面上——今天是模拟测试,所以海面上没有集装箱货轮。

竺士杰曾创造过 1 小时起吊 104 个标准集装箱的纪录,达到国际领先水准,但用远程控制设备来操作桥吊,对他来说还是首次。

果然,第一次试吊就出了状况,当电脑控制切换成人工操作时,吊具出现了明显晃动。

【一般字幕】

宁波舟山港集团首席技师 竺士杰

【同期声】

我一旦操作,它后续的动作就给我断掉了,结果导致很大的晃动。我再去补救晃动,再去做人工的介入,再去操作,一来就手忙脚乱的,跟设备没有协调好。

【正文】

工程师立即对程序进行了调试。

测试正式开始。

测试的目标,是要把一次模拟装卸作业控制在 2 分钟以内。

【竺士杰现场同期声混剪】

不动,看看什么问题。动了。已经 20 多秒了。这个抓箱的过程,视角方面也不是非常清楚。人工介入那块,它的稳定性还是比较差的。现在已经 1 分 30 多秒了,我还没抓到箱,这个效率就慢太多了。

【正文】

整个过程耗时 5 分 29 秒,跟预期的 2 分钟还有不小差距。

【正文】

1998 年,竺士杰从宁波港职业技工学校毕业,成为宁波港的一名龙门吊司机。三年后,他主动报名了桥吊司机这一更具挑战性的岗位。

【一般字幕】

宁波舟山港集团首席技师 竺士杰

【同期声】

我的要求是自始至终的,就是我开始学桥吊时候的初心,就是我要成为一个最优秀的桥吊司机。

【正文】

瞄准目标，勤学苦练，竺士杰很快成为桥吊司机中的佼佼者。2005 年，他的桥吊技术经受了一次严峻考验。当时一艘名为"克里斯蒂娜"号的集装箱货轮与另一艘轮船相撞，情况十分危急。

【一般字幕】

宁波舟山港集团首席技师 竺士杰

【同期声】

当时一打开舱板，我们所有在场的工作人员，都是倒吸一口冷气，这个集装箱都是，除了歪七竖八以外，还有很多是破损挤在里面的。本身船上还有 1735 个集装箱，如果说不在短时间里面把这些集装箱卸载下来，说不定这条船会持续下沉，这就非常非常危险了。

【正文】

时间紧迫，传统的桥吊操作法很难应付这种特殊情况。竺士杰一直在摸索的"减速稳关操作法"这时候就派上了大用场。这种利用钟摆运动原理摸索出来的先进操作法，平稳、准确、快速，操作时间能节省一半以上。

关键时刻，"减速稳关操作法"大显神威，顺利完成了抢救任务。事后竺士杰把它编撰成文，2007 年被宁波舟山港命名为"竺士杰桥吊操作法"，成为培训桥吊司机的新教材。这套操作法的推广运用，使整个宁波舟山港的桥吊着箱率提高了 7 个百分点。

2009 年，竺士杰加入中国共产党。这些年宁波舟山港的吞吐量持续增长，船舶大型化、港口新设备，对桥吊装卸作业不断带来新挑战，"竺士杰桥吊操作法"也从 1.0 版升级到了 3.0 版，在超大型船舶、困难船舶装卸作业上有了长足进步。2015 年，他被评为全国劳动模范。2017 年，他完成了宁波舟山港成为全球首个年货物吞吐量超"10 亿吨"大港的跨越之吊。

【正文】（画面切回现在时间）

这次测试中，竺士杰又有了一个大胆的想法：将"竺士杰桥吊操作法"编入智能远控的程序中。

4 月 22 日，第二次测试。这次不再是模拟，他要真刀真枪地运用智能远控技术来装卸货物了。

【竺士杰同期声混剪】

好，自动化操作开始、准备计时。

自动操作怎么没启动？

动了动了。

那我稳（关）一下。

哎呀，操作失误了。

这第一吊时间是浪费得多。

好，抓到。

然后拉起来，

然后按半自动，

这个阶段不需要我操作。

还是 2 分 21 秒，

没问题，今天没问题。

刚才有点失误了，

着箱。

好，完美！

抛物线，漂亮！

好，完美！

1 分 37 秒！

太棒了！

【正文】

智能远控程序结合"竺士杰桥吊操作法"，显著提升了桥吊运行时的平顺性，作业轨迹从原先呆板的门字形变成了优美的抛物线，作业效率从原先的 5 分半提升到 2 分钟以内。

数字赋能不仅延长了桥吊司机的职业寿命，还能提高码头运作的管理水平，这给了竺士杰和他团队以极大的信心。

【一般字幕】

宁波舟山港集团首席技师 竺士杰

【同期声】

推进数字化，其实是对于安全生产的管理来讲，也是非常有帮助的。以及对于整个码头运营来讲，如果整个码头都是这种智能化的装备，那最终的方向肯定超越人在设备上操作的水平。所以这条路也是必由之路，也是必走之路。

【正文】

去年 3 月 29 日，习近平总书记亲临浙江考察调研，首站便来到宁波舟山港穿山港区，了解港口复工复产情况。竺士杰再次受到了总书记的亲切接见，他抓紧时间向总书记汇报。

【一般字幕】

宁波舟山港集团首席技师 竺士杰

【同期声】

我说在 2008 年的时候您曾经问过我宁波舟山港的集装箱吞吐量是不是全国第三，我说报告总书记，现在是世界第三，货物吞吐量连续 11 年世界第一。

【正文】

这一次，总书记对竺士杰又有了新的嘱托。

【一般字幕】

宁波舟山港集团首席技师 竺士杰

【同期声】

总书记已经快走出大门的时候，他特地回身过来跟我嘱咐，要发挥好劳模作用，带出更多的劳模。我当时听了真的非常激动，非常振奋，就立马高声回复总书记，说我一定不辜负您的嘱托，一定努力地工作。

【正文】

今天，宁波舟山港货物吞吐量连续 12 年位居全球第一，在世界第一大港工作，竺士杰十分自豪；总书记的殷殷嘱托，让他深感责任重大。

在打造世界一流强港、实现中华民族伟大复兴的历史征程中，科技创新、数字赋能，正在为港口人的强港之路注入强大活力。

【明信片：作为一名桥吊司机，我希望能发挥好工匠精神，应用创新思维，让往返世界各地的船舶，在中国的码头上能够准时地起航。】

【正文】

巍巍四明，春意萌动，4 月的"浙东延安"余姚横坎头村，一片生机盎然。美景如画，游客如织，勾勒出一幅属于美丽乡村的"人间四月天"。

【黄科威现场同期声】

为什么叫"家书馆"？总书记给我们的回信，我们称作"家书"，所以说我们（把这里）叫"家书馆"。

【正文】

正在讲解的是横坎头村党委书记黄科威。上午 9 点多，他就来到"家书馆"，以讲解员的身份，为游客讲述总书记回信的故事。这样的讲解，他记不清已有多少次了。

以横坎头村为中心的浙东抗日根据地,是全国 19 块抗日根据地之一,横坎头村也因此赢得了"浙东红村"的美誉。可是直到本世纪初,这里依然是个贫穷的小山村,农民收入很低,集体经济薄弱。

2003 年 1 月,时任浙江省委书记的习近平来到横坎头村考察,指出"要充分发挥当地优势,提高自身'造血'功能,加快开发建设,尽快脱贫致富奔小康"。

2018 年 2 月 10 日,时隔 15 年后,村里的党员干部给习近平同志写信,汇报打造红色旅游,发展绿色经济,村民越来越富,村庄越变越美的发展成果。2 月 28 日,村里收到了习近平总书记的回信。

【黄科威现场同期声】

办好农村的事情,实现乡村振兴,基层党组织必须坚强,党员队伍必须过硬,希望你们不忘初心、牢记使命。

【正文】

就在总书记回信的第二个月,黄科威被选派到横坎头村,担任农村工作指导员。

【一般字幕】

宁波市横坎头村党委书记 黄科威

【同期声】

组织上跟我谈话了,我才知道到这里当农村指导员。所以我当时有千斤重担这么一种感觉。

【黄科威现场同期声】

今天卖了多少,今天数量卖得最多。

【正文】

在担任村指导员期间,他发现村里的红色旅游看上去红红火火,但缺乏产业深度,很多游客慕名而来,转上一圈就走了。如何进行深度开发,把游客留下来,成为发展的一大瓶颈。

【一般字幕】

宁波市横坎头村党委书记 黄科威

【同期声】

我们就一直考虑这个问题,怎么去破解这个问题呢? 我们就从总书记的回信中寻找答案。总书记回信中他有一句"结合自身实际 发挥自身优势",我觉得这就是我们的答案。

【正文】

横坎头村地处四明湖畔，又是革命老区，绿水青山与红色资源相结合就是最大的自身优势，于是建造一座乡村旅游综合体的大胆设想，在黄科威脑海里形成。

从总体设计、政策处理到建设管理，黄科威忙得不亦乐乎。经过两年努力，一座集参观、会务培训、体验、住宿为一体的乡村旅游综合体，在村里废弃厂房上拔地而起。但村民们发现，功能如此齐全的乡村旅游综合体里，却没有餐饮项目。

【一般字幕】

宁波市横坎头村党委书记 黄科威

【同期声】

老百姓自己能挣的钱，让老百姓去挣。我们是为老百姓去"增利"，而不是"争利"。是"增加"的"增"，增利，而不是"争夺"的"争"。

【快剪配合音乐】

【正文】

红色引领，多元发展。2020 年，横坎头村人均可支配收入突破 4 万元，村级集体经济发展能力增强，可支配收入超 1000 万元。

这一年，黄科威两年的驻村工作期满，村民用手中的选票，把"黄指导员"留在了村里。

【一般字幕】

宁波市横坎头村党委书记 黄科威

【同期声】

这是一种沉甸甸的信任。当时想着一定不能辜负横坎头村老百姓对我的期望。

【正文】

早日让村里的高山移民和危房村民住进新房，是黄科威一直挂念的事情。2021 年 4 月 15 日，历时二年建设，村安置房进入摇号分配环节。为了确保第二天的摇号工作顺利，黄科威和村党委班子成员一起，连夜布置摇号会场。

【现场同期声】

今天早上根据安置房分配的安排，现在八点半，下面正式开始。

【正文】

通过两轮摇号,高山危房户陈娜君摇到了7幢303号房,在签订完确认书之后,陈娜君马上回到自家的樱桃园。

【现场同期声】

妈,弄好了。

【正文】

叫上妈妈带着妹妹,陈娜君来到了村南头的安置房小区。安置房一共8幢,配备标准绿化设施和停车位。陈娜君摇中的房间是一套上下两层复式楼,共120多平方米,还带有一个独立的车库。

【一般字幕】

宁波市横坎头村村民 陈娜君

【同期声】

满意的,很高兴。我妈、我妹、我爸都很高兴的。

【正文】

看完房,回到樱桃园,陈娜君一边摘着樱桃,一边和母亲合计着房子装修的事情。樱桃熟了,生活甜了。

【一般字幕】

宁波市横坎头村党委书记 黄科威

【同期声】

一个村的发展,村里的书记的作用是十分重要的。大家都看着你的,你怎么干大家就怎么干。

【正文】

眼下,黄科威要忙的事情实在太多:村里的樱桃农业保险需要洽谈,高校每年数十万人次的培训要落户村里,民宿示范工程要推进。下一步他还要以横坎头村红色旅游作为针线,串联起整个梁弄镇的乡村振兴,朝着打造全国乡村振兴样板村的目标努力前行。

【明信片:办好农村的事情,实现乡村振兴,基层党组织必须坚强,党员队伍必须过硬。】

岁月如歌,初心如磐。18年来,在四明湖畔这片7.3平米公里的红色土地上,横坎头村新老党员始终牢记总书记嘱托,接力而上,奏响了奔向共同富裕的时代最强音。

【现场同期声】

星期一,我们早上去一下国家电网。

【正文】

夏峰，今年 36 岁，已经是一家上市企业的总裁。他领导的宁波东方电缆股份有限公司，是国内目前唯一一家能完成海洋脐带缆设计和生产的高科技企业。

最近，东方电缆研制的全国首根深水脐带缆即将交付使用。夏峰这次的上海之行，是想邀请第三方认证机构对产品进行认证，为进一步推进深水脐带缆国产化做准备。

深水脐带缆用于连接深水油气田的水面平台设施和水下生产系统，就像母体和胎儿之间的"脐带"，被称为"深海生命线"，是海底油气勘采领域的核心装备。

【正文】

回到宁波，夏峰立刻投入深水脐带缆交付的准备工作。今天他们的任务，是要把这根深水脐带缆从码头的转盘里吊装导送至"海工二号"施工船上。

这是由中国自主设计和制造的第一根深水脐带缆，长 15.8 公里，两头各有一个接头，每个接头重达 8 吨。吊装导送的关键，是要把两个沉重的接头，分毫不差地安放在"海工二号"的指定位置上，难度不小。

事先，夏峰和工程师们进行了精心准备。

【夏峰现场同期声】

他们要摸索，因为吊（接）头还是第一次。你说工程师讨论也是纸上谈兵。

【正文】

今天，天蓝海碧，风平浪静。码头上，200 吨的车载吊机已经就位。吊装体量如此庞大的电缆接头，他们还是第一次，现场的气氛有些紧张而凝重。

【现场同期声】

好，汽车开，汽车开，汽车开。

【正文】

接头被缓慢吊起，吊机的动作必须高度平顺。如果吊装过程中接头的角度出现明显倾斜，过大的张力就会压弯连接的线缆，损坏它的内部结构，损失将巨大。

【正文】

经过 1 个小时的紧张施工，8 吨重的接头，终于被成功地吊装到了卡车上，夏峰也暂时松了一口气。

12 年前，夏峰海外留学归来，从父亲手中接过了东方电缆。当时，深水脐带缆研发制造领域被牢牢掌控在美国、挪威、英国等 4 家主流脐带缆制造商手里,没有其他企业可以染指分毫。想要开采深海油气田,不得不从国外采购脐带缆。

【一般字幕】

宁波东方电缆股份有限公司总裁 夏峰

【同期声】

金额非常昂贵,每百公里超过数亿元。一旦发生损坏,需要抢修,那么这个时间周期又非常长,多达三个月以上。最重要的是,这个产品需要应用在海洋环境中。我们需要将海底所有的信息交付给国外,供他们设计使用。

【正文】

中国的"深海生命线"掌控在他人手上,这让夏峰如鲠在喉,他决定压上自己的全部身家,攻克这一难题。

【一般字幕】

宁波东方电缆股份有限公司总裁 夏峰

【同期声】

那么深水环境中呢? 这些钢管、这些单元需要承受巨大的压力,需要(承受)超过 50 吨的压力,相当于 30 辆汽车的重量。一般的钢管连一辆汽车重量都承受不了,所以这就是给我们的设计制造和测试包括开发都带来一些新的挑战。

【正文】

越是难啃的硬骨头,越要有人去突破。夏峰带领东方电缆的 90 位党员科研人员,夜以继日,攻坚克难,他们突破性地去除了脐带缆的钢丝保护层,实现轻量化,以减少在深海铺设安装过程中缆线和设备的受力强度,防止其被压弯拉断;同时,创新性地采用透水设计,使脐带缆内外水压平衡。东方电缆创造了国内海缆发展史上的多个第一,并牵头制订了海缆领域首个国家标准。

【一般字幕】

宁波东方电缆股份有限公司总裁 夏峰

【同期声】

我认为在工作中,才最能体现我们党员的担当和责任,为国争光的这种精神状态。通过我们的团队,通过我们国内强大的内循环市场,通过我们五年十年的攻关,把它提升到跟国外可以同台竞技的一个水平。

【正文】

保证精度，万无一失。短短 200 米距离，导送脐带缆就持续了一个上午。此时，接头已经被运到了施工船上，工程师们在做最后的调试。接下来，他们将把接头吊装到船上的转盘里，这是夏峰最紧张的时刻。

【夏峰现场同期声】

难度在下船的地方。

【正文】

8 吨重的接头再次被吊起，要将接头准确入位，需要吊机和平台工作人员精心配合，高度默契。这时，接头和船体的距离不足 3 厘米，现场气氛顿时凝重到了极点。

【夏峰现场同期声】

过得来吗？当心别敲到。

【正文】

稍有不慎，接头就有可能撞到施工船，轻则损毁船体，重则损坏接头，甚至伤及生命，后果将是灾难性的。

下午 4 点 08 分，深水脐带缆的首端接头，终于被成功安放在了"海工二号"施工船上。

经过 6 个昼夜连续 144 个小时的紧张施工，全长 15.8 公里的深水脐带缆被吊装导送到施工船上，它被运往 1300 多公里外的深圳赤湾码头，交付给中海油集团。最终，它被运送到南海海域进行深海铺装，为流花 29-2 气田开采提供服务。国产深水脐带缆千米技术的突破，使中国制造在深水领域拥有了自主可控的核心竞争力，标志着我国在深海工程装备制造领域迈进国际第一梯队。

【一般字幕】

宁波东方电缆股份有限公司总裁 夏峰

【正文】

我们如果能提供高质量的产品给国内和国外的话，中国在世界范围内的认可度和美誉度才能提升。我国的高质量发展让我们有机会参与这些创新的项目和卡脖子的项目。

【一般字幕】

清华大学核能与新能源技术研究院研究员 饶德生

【同期声】

突破深水脐带缆技术对我们有效开发南海资源、维护海洋权益有着重要意义。

【正文】

三江汇流,东向大海。

宁波,鼓荡着百年中国制造的时代先声,飞扬着前人实业兴邦的家国梦想。

今天,宁波是中国重要的先进制造业基地,国家级制造业单项冠军第一城,规上工业增加值占全省的比重达24.2%,连续5年稳居全省首位。

在走向大海,发展海洋经济的时代潮流中,宁波制造的故事,才刚刚翻开新的传奇。

【明信片:我相信在我们国家高质量发展的指引下,我们民族工业的产品一定会越做越好。】

【一段化妆剪辑画面】

【一般字幕】

宁波职业技术学院辅导员 米娜瓦尔·艾力

【同期声】

每个学生都有他的发光点,而我要去做的是去点亮他们。因为我相信被光点亮的人也能去点亮别人。

【正文】

她叫米娜瓦尔·艾力,是宁波职业技术学院辅导员。此时,距离民俗庆典开始还有3个小时,米娜和学生们正在做最后的准备。

2006年,20岁的米娜考入了宁波大学,只身一人坐了三天三夜的绿皮火车,来宁波求学。

四年的求学经历,让她深深爱上了这座城市。毕业后,她决定留在宁波职业技术学院,担任新疆班孩子的辅导员。

【一般字幕】

宁波职业技术学院辅导员 米娜瓦尔·艾力

【同期声】

他们其实就是当年的我,会迷茫,会焦虑,也会孤独,同样的经历,我觉得我有这个责任,我要去把宁波给予我的温暖传递给我的学生。

【麦迪娜独舞画面】

【一般字幕】

宁波职业技术学院新疆班学生 麦迪娜

【同期声】

我就是被米娜老师点亮的人。刚来的时候，不敢跟别人交流，不愿意回寝室，心情很崩溃的那种状态。然后她说："你要不要今天晚上去我家吃顿饭？既然来到了，那就坚持住，继续往前走。你要是愿意的话，你可以加入我们'七彩风'少数民族舞蹈队。"

【彩排现场转场到演出现场】

【正文】

做家乡菜、办舞蹈团、组足球队，米娜就这样俘获了孩子们的心。为了让少数民族学生更好地融入，米娜把每个孩子的家庭、专业、爱好，甚至宿舍楼都记录成册，在辅导员、宿管、家长等不同角色中切换自如。

2017 年，"米娜工作室"正式成立，为学生搭建平台，开展志愿活动，成立"石榴籽公益基金"。爱心，把宁波和故乡新疆紧紧联系在了一起。

【正文】

毕业生回访，这是辅导员米娜特有的工作方式之一。

【一般字幕】

宁波职业技术学院辅导员 米娜瓦尔·艾力

【同期声】

我们今天要去的是这个学生的家里。卡德旦，他是我带的第一届毕业生。他（读书时）比较喜欢玩，然后点子很多。所以我在想怎么样把他爱玩的天性变成他的一种动力跟一种号召力，所以我当时就让他去做班级的组织委员。

【正文】

今年 4 月 12 日，米娜来到阿克苏，去探望她的学生卡德旦。卡德旦如今已是新和县税务局的一名干部。师生见面，格外亲切，他说他要请米娜老师去他驻点过的村子去看一看。

尤古买希勒克村，位于塔克拉玛干沙漠西南边，是卡德旦驻点帮扶过的深度贫困村。当时全村有建档立卡贫困户 73 户，人均年收入不到 2000 元。

【一般字幕】

国家税务总局阿克苏市税务局 卡德旦·阿不都许库

【同期声】

当时米娜老师让我做组织委员，但我不知道怎么组织。但是我在那边（学校）学的，米娜老师给我教的。然后回到村子里面，组织他们画画、跳舞、弹琴。

【正文】

扶贫先扶精气神,米娜当年教他的办法,在这里派上了大用场。

【广播同期声】

喂!大家好!今天下午 3 点半、在村委会有国家通用语言学习课堂。有兴趣的各位村民可以来参加。

【正文】

上国家通用语言课是卡德旦最常用的工作方法,脱贫的前提是帮助村民学会普通话,读懂国家的脱贫政策。村委会的院子里摆起了桌椅板凳。卡德旦把学校里的课堂搬进了自己的帮扶村。

【一般字幕】

国家税务总局阿克苏市税务局 卡德旦·阿不都许库

【同期声】

"我是卡德旦。你还认识我吗?"

"认识。"

"今天的课不是我讲,我的大学老师米娜老师给你们讲一堂课。"

"你们好吗?"

"你从哪里来?"

"我从新疆来。"

【一般字幕】

尤古买希勒克村村民

【同期声】

卡德旦他以前一句话很触动我,到现在也没有忘记。人是活到老、学到老。

【一般字幕】

国家税务总局阿克苏市税务局 卡德旦·阿不都许库

【同期声】

当时米娜老师给我们教了,我现在给别人教了。

【正文】

驻村三年间,卡德旦帮助村民发展庭院经济,还办起了一家家超市、饭馆、理发店、修理铺,如今农户的人均收入超过 8000 元,提前一年摘掉深度贫困村帽子。卡德旦也由于工作出色,获得了 2018 年自治区脱贫攻坚贡献奖。这个当年被米娜老师点亮的年轻人,正在家乡的土地上点亮更多的人。

8 年来,米娜瓦尔·艾力共带出了 7 批 192 个优秀的少数民族毕业生,她的家访足迹也遍及新疆 10 余个区县，行程超过 10 万公里。这些播撒在祖国大地上的种子，已经成为推动甬疆两地经济社会发展和维护民族团结的"生力军"。

【同期声】

火车进站。

【正文】

米娜的家乡，在喀什地区岳普湖县。天还没亮，米娜就坐上了回家的火车。

【一般字幕】

宁波职业技术学院辅导员 米娜瓦尔·艾力

【同期声】

这条路对我来讲已经非常非常熟悉了。家乡是对我影响很大的地方，因为那里有点亮我的人，我的外公。

【现场同期声】

这是我外公。

【正文】

米娜的外公阿布力孜·司马义，是个有 56 年党龄的老党员，做了一辈子教育工作。外公对教育事业的一往情深与奉献精神，深深影响了她的人生道路。

【一般字幕】

米娜瓦尔·艾力外公 阿不力孜·司马义

【同期声】

你要不忘初心，你要听党话，要做好各民族学生的引路人，把他们努力培养成为社会主义事业的建设者和接班人。

【画面：米娜回到宁波职业技术学院上主题党课】

【一般字幕】

宁波职业技术学院辅导员 米娜瓦尔·艾力

【同期声】

我叫米娜瓦尔·艾力。作为一名辅导员，我希望将信仰的力量传递给每一个学生，让他们去点亮更多的人。

【明信片：我希望将信仰的力量传递给每一个学生，让他们去点亮更多的人。】

【尾声】

不忘初心,牢记使命。

以梦为马,不负韶华。

他们都是普普通通的共产党员,改革开放的伟大时代,给了他们施展抱负的壮丽舞台。

他们都是奋斗路上的追梦人,中华民族的伟大复兴,成为他们奉献青春的共同追求。

百年复兴,重任在肩。

牢记嘱托,追梦向前。

作者:钱力、姚昊、蔡丽莉、李剑飞、求剑锋、虞航、吴全城、薛大炯、徐鼎、徐涵、汪昊、徐旭之、张俊、陈列铭、叶慧惠、吴昌文

编辑:李可、丁杨明、徐明明、罗建永、高红明、金永亮

单位:宁波广播电视集团

播出时间:2021 年 7 月 2 日

宏观和微观的有机结合,大型主题报道"见林见树"

——简评电视新闻专题《复兴路上:勇立潮头》

刘茂华

建党 100 周年之际,从中央到地方各级各类媒体策划了数不清的相关主题报道,有的报道很成功,而少数报道则流于一般化,毫无特色可言。电视新闻专题《复兴路上:勇立潮头》属于报道成功的作品,克服了大型主题报道"只有宏观没有微观""只见森林不见树木"的常见弊端,在主题报道方面树立了一个可资借鉴的范本。

电视新闻专题《复兴路上:勇立潮头》立足于宁波本地,不讲空话,不说套话、大话,用四个具有代表意义的人物报道再现宁波的担当和作为,宏大的主题以实例作为载体展现出来,让抽象主题思想看得见摸得着,见树见林,对电视观众而言,这样的新闻呈现方式显得直观而通俗。

人物报道代表之一——竺士杰，是全国劳模、大国工匠，他任职宁波舟山港桥吊司机、桥吊班大班长，从事桥吊操作 20 多年来，他自创"竺士杰桥吊操作法"，提升了传统桥吊操作效率，据测算，运用这一操作法后，平均每条船可节约 4 万多元。随着高科技发展，以及防备疫情突发的需要，如何将实地操控改为远程操控，作为劳模的竺士杰再一次面临巨大的挑战。他用自己勇于探索的精神跨出了关键性的一步，将实地操控成功转化为远程操控，为宁波舟山港的发展再立新功。

人物报道代表之二——黄科威，是横坎头村支部书记，位于余姚四明山革命老区的横坎头村是浙东抗日根据地的中心所在地。中共浙东区委旧址、浙东行政公署、浙东抗日军政干校、浙东银行等，这些坐落于横坎头村的红色旧址不仅是宝贵的精神财富，也为当地产业发展提供了重要基础。横坎头村曾是浙东抗日根据地的中心，如何把村里得天独厚的红色资源转化为文化旅游资源？黄科威着手组建横坎头村新农村开发有限公司，建立横坎头村游客服务中心，整合 17 家旅游商户成立"红村互助发展联盟"，实现"景点＋村庄"全域景区打造。不到一年半时间，10 多项配套工程全部完工，横坎头村在 2021 年夏天迎来了旅游"井喷期"。

横坎头村红色旅游事业承载着习近平总书记的殷殷嘱托，2018 年 2 月 28 日，习近平总书记给横坎头村全体党员回信，勉励他们不忘初心、牢记使命，传承好红色基因，同乡亲们一道，发挥自身优势，努力建设富裕、文明、宜居的美丽乡村。

人物报道代表之三——夏峰，是民营企业东方电缆的当家人，多年来带领大家致力于深海脐带电缆研发和生产，该项先进技术掌握在欧美等国家手中，多年的辛勤努力终于结出了累累硕果。国家的科技创新带动了全国各个行业的科技创新，东方电缆的转型让行业意识到线缆行业不单单是追求规模效应，更重要的是追求新科技发展。夏峰展现的是复兴路上"科技创新"的实力和勇气。

人物报道代表之四——米娜，是宁波职业技术学院辅导员，同时是新疆舞蹈老师。她长期执教新疆班，在一线教学和管理工作中奉行"艺术点亮人生"的理念。而如今，这一理念不仅被学生完全接受，还被新疆学生毕业后带到了各自的工作岗位，"扶贫先扶精气神"在工作实践中得到了发扬。她的学生卡德旦回到家乡阿克苏后，正是秉持着这一理念为当地老百姓脱贫作出了重大贡献。

改革开放 40 年来，作为改革前沿阵地的宁波在强创新、调结构、促转型方面走出了一条新路。新科技、新材料、新能源、智能制造等新兴产业异军突起，产业升级、乡村振兴的"宁波路径"清晰可见。四个典型代表人物彰显的是宁波改革前行的实践和成就，也完全能够成为全国性的范本。

电视新闻专题《复兴路上：勇立潮头》辩证地处理好了宏观和微观的关系，报道见林见树，给今后的重大主题报道提供了成功经验，至少以下两个方面的经验值得借鉴。

其一，增强眼力，睁大双眼敏锐洞察。新闻采编的眼力是面对纷繁复杂的情况，对问题的发现力、辨别力和判断力。重大主题报道涉及的人和事多而且杂，需要采编人员用一双看得见、看得远、看得透的"慧眼"在纷繁复杂的材料中进行辨别，客观、全面、辩证地看待过去和现在发生的事件、典型人物，深挖细掘新闻细节，展现重大主题，让已有的新闻资源释放出最大能量。

其二，增强脑力，为主题报道定位定标定向。新闻采编人员在观察问题、分析问题过程中抓住事物本质。增强脑力就要树立问题导向，科学分析问题，提高抓住主题报道本质的能力。脑力牵引、指挥着脚力、眼力、笔力，而且决定着主题报道作品思想的厚度。思考越多越深，思想就越丰富。

电视新闻访谈

杨倩:越努力 越幸运

【正文】

杨倩,2020 东京奥运会首金得主,第十四届全运会主火炬点燃者。中秋假期,我们在宁波鄞州杨家弄村见到了晚上回家的杨倩。

【同期声】

中秋快乐!

【正文】

【一般字幕】记者 张馨予

【同期声】

"杨倩我发现你回来一次真的是不容易。""嗯。""这几天是不是行程安排得也特别满?"

"是的。"

【一般字幕】记者 张馨予

【同期声】

这次回家跟以往有什么不同?

【一般字幕】奥运冠军 杨 倩

【同期声】

可能大家对我的关注度更加的高了吧。有很多可能以前的一些邻居,包括亲朋好友,都会特地跑过来,来看我一下。

【一般字幕】记者 张馨予

【同期声】

今年你从获得奥运会首金到全运会点燃主火炬,那 2021 年是不是你的幸运年?

【一般字幕】奥运冠军 杨 倩

【同期声】

我觉得可以算是我的幸运年吧。自己的一些努力和付出都得到了一个比较好的回报。

可以借用一句话,就是越努力越幸运。包括我的教练,其实从小他都教导我一句话,就是机会总是留给有准备的人。所以我觉得不管什么时候,大家只要愿意为自己的理想去奋斗,迟早有一天你会得到一个收获的果实。

【一般字幕】记者 张馨予

【同期声】

我听说最开始你是没有机会参加这个东京奥运会的。

【一般字幕】奥运冠军 杨 倩

【同期声】

是的。因为如果是正常的在 2020 年举办奥运会的话,我当时的积分还不能够参加到最终的比赛队伍当中。我的积分是排在第三,我们的每个项目是只选择前两位运动员参赛。因为疫情的原因,然后东京奥运会也是延期了一年。在这一年中,我们又增加了四场选拔赛,然后我就是通过这几场比赛,最终积分才慢慢地升上去了。

【一般字幕】记者 张馨予

【同期声】

你是怎么做到的呢?

【一般字幕】奥运冠军 杨 倩

【同期声】

我觉得其实一开始的时候也没有刻意去想这么多,就更多地还是把它当作一次锻炼、一次成长的机会,尽力去发挥出自己应有的水平。可能也恰恰是因为这一点,反而让自己可能发挥得更加自如。

【一般字幕】记者 张馨予

【同期声】

去比赛前还遇到过其他问题吗?

【一般字幕】奥运冠军 杨 倩

【同期声】

那时也遇到了状态的一个下滑,这么一个情况。然后那段时间在训练中会对自己产生怀疑,然后会变得没有那么自信。

【一般字幕】记者 张馨予

【同期声】

那怎么调整的呢？

【一般字幕】奥运冠军 杨 倩

【同期声】

运动员总是在失败，偶尔会成功。这句话我觉得就很对。所以我也能够非常心平气和地接受失败，然后也会继续为下一次的比赛作努力，为下一次的成功去积极地准备。

【正文】

正是相信"机会是留给有准备的人"，杨倩从小就有一股韧劲。

【一般字幕】杨倩父亲 杨利成

【同期声】

（射击）练起来一个动作一站一小时，人都是吃不消的，对吧？动也不能动，真的很无味。

【一般字幕】杨倩母亲 施安方

【同期声】

她也打过一次退堂鼓。我就说我不会让你回家，你就待在你们体校里面。想起这段时间，说真的，我自己还是会有点心酸的。

从那次以后她就没有说过要回家，说妈妈我不练了，然后就一直坚持到现在。

【同期声】

把希望寄托在她的身上。杨倩每临大事有静气，她的脸上依旧表现得相当宁静。

【同期声】

杨倩 9.8 环！杨倩赢啦！中国队拿到了东京奥运会首金！

【一般字幕】杨倩母亲 施安方

【同期声】

能够走到这一步，确实不容易，为她骄傲。

【正文】

【一般字幕】记者 张馨予

【同期声】

在今年这个东京奥运会上，你比心的这个动作已经成为一个潮流了。当时怎么会想到做这个动作呢？

【一般字幕】奥运冠军 杨 倩

【同期声】

因为当时是看台上面有两个,应该也是记者小姐姐。她们一直在冲我做这个比心的动作。然后当时站在领奖台上,感受到了大家对我的一个喜爱吧,也是非常开心跟激动,所以也是想回应一下她们。

【一般字幕】记者 张馨予

【同期声】

大家都觉得你是个特别时尚的女孩,你这么认为吗?

【一般字幕】奥运冠军 杨 倩

【同期声】

我觉得还行吧,但是其实我在私底下,可能在回到家里,包括跟大家出去玩的时候,可能跟大街上普通的女孩子一样,也会穿着自己喜欢的一些衣服之类的。

【一般字幕】记者 张馨予

【同期声】

那你这回指甲呢,有特意为了回家重新去做指甲吗?

【一般字幕】奥运冠军 杨 倩

【同期声】

那倒没有,还是之前做的。

【一般字幕】记者 张馨予

【同期声】

那你觉得你生活当中这些小爱好,对你的这个训练跟比赛会有影响吗?

【一般字幕】奥运冠军 杨 倩

【同期声】

我觉得做美甲这个事情,只是个人的一个兴趣爱好,它并不会耽误我的一个训练。指甲的长度可能会对我们抓子弹、扣扳机产生一些影响,但是我既然做了,那就一定不会影响到我的训练。

【一般字幕】记者 张馨予

【同期声】

我看你现在在社交平台上的粉丝已经有1000多万了,大家都这么喜欢你,你平时会跟网友互动吗?

【一般字幕】奥运冠军 杨 倩

【同期声】

备战全运会之前，偶尔发视频，看到一些比较好玩的评论或者是一些鼓励的话之类的这种。首先是感谢大家对我的一个喜欢，包括同时我也会继续努力之类的。

【一般字幕】记者 张馨予

【同期声】

那现在你的一举一动都会受到大家的关注，你会觉得有压力吗？

【一般字幕】奥运冠军 杨倩

【同期声】

我也会担心，万一后面自己没有发挥好，是不是大家会非常失望？但是后来也是慢慢地在调整自己的一个思维方式和一个心态，更多的还是去努力做好自己。因为我相信只要我努力了，尽力了，对于自己来说就是问心无愧。

【正文】

会玩又自律，时尚又有度，也许是射击运动员的特质，访谈中的杨倩平静如水，这让我们想起了她的启蒙教练虞利华说起过的一段趣事。

【一般字幕】杨倩启蒙教练 虞利华

【同期声】

2012年我专门带她参加了（在）南昌举行的全国青少年比赛，也是让她见见世面。这里面有一点给我印象非常深刻，一个裁判跟我来讲你的队员睡着了，结果我走进去以后一看，真的是杨倩睡着了，这个心态可不一般。

【正文】

因为这个小插曲，杨倩被大家称为"大心脏女孩"。但在虞利华眼中，杨倩有一种更重要的特质。

【一般字幕】杨倩启蒙教练 虞利华

【同期声】

尤其在重大比赛当中，她对每一枪、每一发都是非常投入、非常专注。她的心中，就是总是希望能够在赛场上升起五星红旗，唱响国歌，为祖国赢取更多的荣誉。

【一般字幕】奥运冠军 杨倩

【同期声】

每个运动员，他都是渴望胜利的，没有人是想输的。

【一般字幕】记者 张馨予

【同期声】

那在为国出战的时候呢？有没有特别紧张？

【一般字幕】奥运冠军 杨 倩

【同期声】

也会紧张吧，因为毕竟不单单是为了我个人荣誉去比赛，更多的还是为了我们的祖国的荣誉，所以自己也会拼尽全力去做准备。

【一般字幕】记者 张馨予

【同期声】

是不是因为这份荣誉感，也使得你在奥运最后那一枪的时候，其实也是更紧张了？

【一般字幕】奥运冠军 杨 倩

【同期声】

当时对自己要求太高了，所以导致我瞄准时间拉长了，因为想要找到最佳的击发时机，去盯好10环。但是怎么都扣不出去，后面实在是感觉必须要扣出去了，然后在扣的那一瞬间，也是感觉到了有那么一点不太好，所以当时其实自己也没有想到能够拿到冠军。但后边打完之后扭头看后边教练还有观众席上的别的教练和领导们在为我欢呼，才意识到原来我拿了冠军。

【一般字幕】记者 张馨予

【同期声】

东京奥运会的赛场上，当第一面五星红旗升起的时候，大家真的是非常激动，那一刻你呢？

【一般字幕】奥运冠军 杨 倩

【同期声】

整个激情澎湃的那种感觉。

【一般字幕】记者 张馨予

【同期声】

我看赛后你接受采访的时候提到了，也是想把这枚首金作为建党百年的一个礼物，这是事先准备好的吗？

【一般字幕】奥运冠军 杨 倩

【同期声】

没有。当时突然想到，今年是我们建党100周年，然后我觉得这一枚（金牌）因为是首金，我就觉得这是献给党和祖国最好的一个礼物，应该是对于我自己而言。

【正文】

趁这次假期，杨倩抽空回到了母校茅山小学。

【同期声】

杨倩姐姐，你好！

【一般字幕】记者 张馨予

【同期声】

你现在已经成为很多人心中的偶像了，那你追星吗？

【一般字幕】奥运冠军 杨 倩

【同期声】

当然我也会有自己的偶像。但是其实我觉得，与其说偶像，不如说是我的一个榜样，是我学习的一个目标跟动力吧。也是为了让自己变得更加强大，我希望自己能够成为一个为喜欢我的人们带来更多的正能量的东西（的人），希望能够为大家传达一个积极的、乐观的心态，然后希望大家也能够感受到这份力量，和我一起努力加油。

【同期声】

杨倩学姐，我们爱你！

作者：金诚、何星烨、江涌、史宇健、张馨予

编辑：叶志达

单位：宁波广播电视集团

播出时间：2021 年 9 月 25 日

从普通人的视角聚焦奥运冠军，
突出人物个性，彰显时代特色
——简析电视新闻访谈《杨倩：越努力 越幸运》

刘茂华

凭借在东京奥运会上的突出表现，中国首位"00 后"奥运双金得主杨倩还获得了 26 届"中国青年五四奖章"。读书、射击两不误，作为青年榜样的杨倩自然是焦点人物。但是，作为新闻人物，我们又该如何报道这一典型人物呢？

我们当下的时代是英雄辈出、英才辈出的时代,作为新时代的奋斗者,他们每一个人都是全社会的英雄,是人民的英雄,他们就是最美的人。新闻报道必须用体现时代精神的先进典型来吸引人、感染人、打动人。新闻访谈《杨倩:越努力 越幸运》紧紧抓住杨倩的一句话——"星光不负追梦人,我始终相信,越努力越幸运",将这句话作为报道的线索和核心,立体化展示杨倩作为青年人杰出代表的意义所在。

杨倩这句话也是对她自身的经历的一种总结:体育运动中的射击训练,不仅考验技术,更考验心性。刚进入射击队,杨倩有大半年甚至连一发子弹都没打过,每天都是重复的动作练习。就这样,如何在日复一日的训练中坚持下来,成了杨倩的必修课。青年人的必修课就是不断努力,不断克服困难,不断超越自己,要做到这一点,必须有持之以恒的毅力。报道在深入挖掘思想内涵上下功夫,把握好了时代脉搏,弘扬了时代精神,唱响了时代的正气歌。

作为奥运冠军,杨倩因为个人性格博得公众的好感,也成为明星式人物。对于她的访谈,其报道的价值取向就显得异常重要了。杨倩基于自身价值观所表现出的立场、态度成为决定新闻主体的价值选择。吃苦耐劳、努力奋斗、坚韧不拔,这是当下很多青年人,尤其是"95 后""00 后"所缺乏的特质,也是一种价值观。从这个意义上说,杨倩的访谈充分体现了社会主义核心价值观,能够凸显典型人物的价值选择,同时也有利于报道坚持正确的舆论导向,更好地传播和弘扬社会正能量。

有的典型人物报道却让受众"敬而远之",这也是过去很长一段时间新闻报道的短板。究其原因,就是典型人物报道在一定程度上已然形成了一种惯有的僵化模式。这类报道的特点主要是:内容上陈旧,标语口号类空话较多,说教味道过浓;形式上报道呈现方式单一,人物形象"高""大""全"。毋庸讳言,这样"神话"出来的结果,一则因人物形象过于完美而失真,二则因可读性差而让受众排斥,大大弱化了报道效果,难以发挥典型人物的示范带动作用,无法满足受众的精神需求。记者针对杨倩的访谈将一部分注意力用在了个人性格、兴趣爱好等方面,让杨倩的形象更接近普罗大众,更能够引起青年人的共鸣。

杨倩的个人性格和独有的一面通过镜头画面以及访谈的细枝末节让人物回归人物本身,突出了新闻主人公的职业"个性",也凸显了她作为青年人的"共性"。一个人的行为和语言,是这个人独有的"个性"特征、人格魅力,在世界上除此无他,因此具备明显独特性。

由新闻访谈《杨倩:越努力 越幸运》得到的重要启示:典型人物报道的一

个核心，就是要充分凸显人物的独特性，做到这一点，就应该尽量避免在报道中使用总结式的语言，比如简单地替人物概括出"坚强""勇敢"等标签，而是要用活生生的事例和细节，来让受众感受到典型人物的明显特点，也是不同于其他人的特质，同时也是大家学习的楷模。

电视短纪录片

【字幕】贵州省普安县东城中学

【subtitles】Dongcheng Middle School，Pu'an County，Guizhou Province

【现场声】好的，不画了，不画了。后台把该做的事情做好就行了。

【live voice】OK，stop painting，stop painting. Just do what should be done at backstage.

【字幕】2020.02.24

【subtitles】February 24th，2020

【解说词】2020 年末，普安县东城中学高二镇海班正在进行着晚会前的最后准备。这场晚会既是为了迎接新年，也是一次告别仪式，主人公就是他们的物理老师，汪君杰。

【Narration】At the end of 2020，Class Zhenhai Senior Two，Dongcheng Middle School，Pu'an County，was making final preparations before the party. The party is not only to welcome the new year，but also a farewell ceremony. The protagonist is their physics teacher，Wang Junjie.

【字幕】班主任：胡万菊

Class teacher：Hu Wanju

【同期声】事实上汪老师是不知情的，我们都是秘密筹备的，那么，等一会儿呢我们非常期待看到汪老师见到这一幕的时候的感觉。

In fact，Mr Wang didn't know about it，We all prepared it secretly. Then，we're looking forward to seeing Mr. Wang's feeling when he saw this scene in a minute.

相遇·恰好
Meet，just right

【解说词】晚会一直处于保密状态，同学们都想给汪老师一个大大的惊喜。

The party has been kept secret. The students want to give Mr. Wang a big surprise.

【同期声】我就是负责采购的。

I'm in charge of purchasing.

【现场声】留，留恋，留恋。

Nostalgia：

【同期声】将我们对他的那种思念还有不舍，想在这场晚会上表达出来。

We want to express our missing for him at this party.

【现场声】准备就位。饭很仓促地吃了一点，值得的。

Ready. The meal was eaten in a hurry. It was worth it.

【现场声】彩排到此结束以后，同学们，现在我们要关灯了。不要讲话好不好？好，关灯。

All right class, after the rehearsal is over, we're going to turn off the lights now. Don't talk, okay? OK, turn off the lights.

【解说词】再过几天，汪老师就要离开普安，他一直在回避这种让人伤感的场面。

In a few days, Mr. Wang will leave Pu'an. He has been avoiding this sad scene all the time.

【现场声】掌声响起来呀！我们今天是元旦晚会。等一下，等一下。坐前面，学生都在等着呢。同学们，掌声啊！我不想（面对这样的场合）。没有，没有什么场合。

Applause! Today is our new year's party. Wait a minute, wait a minute. Sit in the front, the students are waiting now. All the class, applause, please! I don't want to (face such an occasion). No, no occasion.

【解说词】在平复心情后，汪老师还是接受了同学们的一片心意。

After calming down, Mr. Wang accepted the students' wishes all the same.

【字幕】宁波同济中学支教老师 汪君杰

Supporting teacher of Tongji Middle School in Ningbo　Wang Junjie

【解说词】2019 年 8 月，宁波同济中学的汪君杰离开故乡，来到 2000 公里外的普安，成为东西部对口协作的一名支教老师。一年半的支教时间很快就要到了,平静的课堂早已酝酿着同学们浓浓的不舍之情。

August 2019, Wang Junjie of Ningbo Tongji Middle School left his hometown and came to Pu'an, which is 2000 kilometers away from his hometown, to become a supporting teacher for counterpart cooperation between the East and the West. A year and a half of teaching support time is coming, the quiet classroom has already brewed a strong feeling of leaving from the students.

【字幕】三天前

Three days ago

【解说词】欢送汪老师的决定在班委会议上全票通过,但留给同学们的时间只有三天,他们利用一切业余时间开始了紧张准备。

The decision of sending Mr. Wang off was unanimously approved at the class committee meeting, but only three days were left for the students, they began to make preparations in their spare time.

【现场声】没有节目就可以去布置会场。

You can decorate the venue without a program.

【字幕】晚会导演:李栋红

Director of the party: Li Donghong

【同期声】去食堂吃饭的时候,在吃饭的时候,还有回来的路上,还有去寝室的路上,我们都互相地讨论一下该怎么做。

When we go to the canteen for dinner, in process of taking dinner, on the way back, and on the way to the dormitory, we all need to discuss with each other what to do.

【字幕】班长:肖俊希

Monitor: Xiao Junxi

【同期声】(晚上)在床上已经躺着了,但还是在说(晚会的事),就特别热衷于这个事情。

(at night) I've been lying in bed, but I'm still talking about (the party). I'm keen on it.

【字幕】班委:寻湘淳

Class committee: Xun Xiangchun

【同期声】我们班嘛,受到了很多人的关注和帮助,我们心里面一直都有一种感恩的情怀。

Our class has received many people's attention and help. We always have a feeling of gratitude in our hearts.

【现场声】感恩的心,感谢有你,伴我一生,让我有勇气做我自己,感恩的心,感谢有你,花开花落,我依然会珍惜。

A grateful heart, thank you for being with me all the time, which makes me have the courage to be myself. A grateful heart, thank you for owning you, flowers bloom and fall, and I will always cherish you.

【现场声】欢迎大家来到感恩,珍重,启程晚会现场。

Welcome to the thanksgiving, treasure and departure party.

【解说词】同学们非常珍惜一年半的师生之情,一些节目就是日常生活教学的点滴反映。他们甚至把课堂搬到了舞台。

We(students)cherish the love between teachers and students for a year and a half. Some programs are a bit of reflection of daily teaching life. They even moved the classroom to the stage.

【现场声】人呐,是要往高处往远处走的呀,知识,它确实,确实能够改变命运啊。老师我以前也是从农村走出来的,城市里的孩子也能学习,你们不能,不能太落后。题目很难的。瞎说,怎么能否定自己呢?

People will always choose to go high and far away. Knowledge can change life indeedy. I(teacher) used to come out of the countryside,children in cities can learn but you can't, you can't be too backward. The subject is very difficult. Nonsense, how can you decide yourself?

【字幕】班主任:胡万菊

Class teacher:Hu Wanju

【同期声】老汪对他们说了一些激励他们走出大山的一个(些)话,就是城里的同学已经比你们优秀很多了,但他们仍然在努力,你们要走出大山,你们是要得学习的呀,得进步的呀,人是要往高处走往前走的呀,是这样的一个情节,(这是)他们给老汪设计的台词是这样的。然后有一个旁白,那个旁白其实我们在彩排的时候很多同学都哭了,晚会的时候为了避免伤感,这个旁白没有说,那个旁白是:老汪其实在心里并没有觉得我们比任何人差。所以我觉得老汪对孩子们的这种爱就像父亲一般的。

Lao Wang said something to them to encourage them to get out of the mountain, that is, the students in the city are much better than you, but they are still working hard. If you want to get out of the mountain, you have to learn and make progress. People have to go up and move forward. This is such a plot they designed for Lao Wang. The lines are like this. In fact, many students cried during the rehearsal. In order to avoid sadness at the party, this narrator was not told at the party, and the narrator was: Lao Wang didn't think we were worse than anyone in his heart. So I think Lao Wang's love for children is like a father.

【现场声】亲爱的老汪,当你我初次相遇,你温柔的笑容温暖我们的心。还记得首次月考我那卑微的成绩,你温柔地笑着说不要放弃。我努力地学习最终取得良好成绩。

Dear Lao Wang, when we first meet you, your gentle smile warmed our hearts. I still remember my humble grades in the first monthly test. You smiled gently and said don't give up. I studied hard and finally got good grades.

【同期声】我就想搞一个比较有意义的(节目),然后我就想,不然自己就写歌词(唱)吧。我(物理)底子也差,第一次物理考得特别差,然后他就跟我谈,我就觉得这个老师特别好,当时就哭了。第二次月考的时候就有特别大的进步,然后他就夸我,他在班里说:这简直就是个奇迹。

I just want to make a more meaningful (program), and then I think, why not writing the lyrics (sing) by myself. My (Physics) foundation was poor, I got low grades in the physics test for the first time, and then he talked with me, I thought the teacher was very good and cried at that time. I made great progress in the second monthly exam, and then he praised me, he told to all the class: it's a miracle.

【解说词】普安县东城中学镇海班的很多孩子来自大山,39 位同学中,有 14 位来自精准贫困户家庭,10 位留守孩子,3 位来自单亲家庭,在汪老师的牵线下,宁波的爱心人士对 11 位孩子进行了爱心助学。

Many children of Class Zhenhai Senior Two, Dongcheng Middle School, Pu'an County are from mountains. Among the 39 students, 14 ot them are from poor families, 10 are left behind children and 3 are from single parent families. Under the guidance of Mr. Wang, caring people in Ningbo have helped 11 children with love.

【字幕】班主任：胡万菊

Class teacher：Hu Wanju

【同期声】山海情重吧，宁波给我们这里的这样一种帮扶，其实就像山一样的这种深情，我觉得很厚重，我们永远都会记得。

The mountains and seas are very affectionate. The help that Ningbo gives us here is actually like the deep feelings of mountains. I think it is very thick and we will always remember it.

【字幕】杜家凤

【同期声】我们和优秀的同学比起来还是差得很远，但是汪老师从来没有否定我们。鼓励我们，什么东西都会教给我们。他会教我们英语。很多课外的东西会给我们讲。比如《红楼梦》什么的。

【字幕】蒋金金

Jang Jinjin

【同期声】他很多时候给我们带来很多温暖。

He often brings us a lot of warmth.

【现场声】学会告别是人生必修的课程。

Learning to say goodbye is a compulsory course in life.

【字幕】孙凤

Sun Feng

【同期声】特别特别喜欢他，就感觉他很亲切。

I like him very much. I feel that he is very kind.

【现场声】亲爱的老汪，我受我们全班同学的委托，给您送上一些同学们真诚的心意，首先这个呢是全班 39 位同学亲手绘的留言册，里面呢有我们老汪平时的一些图片、39 位同学的合影，后面呢是我们每位同学亲笔书写的、写给老汪的一些话，老汪回去呐慢慢地看一下同学们的一些小心意。封面上的是两个非常可爱的同学们画上去的一个明星（光头强）。明年是牛年，牛牛牛哈。最后我想说，您有多少付出就值得多少感动，谢谢您！

Dear Lao Wang, I am entrusted by our class to send you some sincere thoughts. First, this is the message book personally drawn by 39 students in the class, which contains some pictures of Lao Wang and group photos of 39 students. Then, there are some words written by each of our students and written to Lao Wang. On the cover is a star painted by two very lovely students (Bald head Qiang). Next year is the year of the ox, be good, be good, be good. Finally, I want to say that how much you pay is worth moving. Thank you!

【现场声】这样的场面……当初带着一个简单的理由来到这里,回想起来,一切都是那么的值得。离别只是缘分的一个开始吧,以后我会在宁波等大家。不管大家生活在什么情况下,生活在哪里,都不要忘记自己的初心,不要放弃自己的理想。

Such a scene... I came here with a simple reason, in retrospect, everything is so worth it. Parting is just the beginning of fate. I will wait for you in Ningbo in the future. No matter what circumstances and where you live, don't forget your original heart and don't give up your dreams.

【字幕】送给汪老师的视频

Video for Mr. Wang

【现场声】让我拥有你真心的面孔,让我们的笑容充满着青春的骄傲,为明天献出虔诚的祈祷。谁能不顾自己的家园,抛开记忆中的童年,谁能忍心看他昨日的忧愁带走我们的笑容。青春不解红尘,胭脂沾染了灰,让久违不见的泪水,滋润了你的面孔。唱出你的热情,伸出你的双手,让我拥抱着你的梦,让我拥有你真心的面孔,让我们的笑容充满着青春的骄傲,让我们期待明天会更好。

Let me have your sincere face, let our smiles be full of youthful pride, and offer pious prayers for tomorrow. Who can ignore his home, put aside his childhood in memory, and who can bear to see his sorrow yesterday take away our smiles. Youth does not solve the red dust, rouge is stained with ash, and let the tears that have not been seen for a long time moisten your face. Sing your enthusiasm, stretch out your hands, let me embrace your dream, let me have your sincere face, let our smiles be full of youthful pride, and let us look forward to a better tomorrow.

作者:王旭雷、刘萌鸣、高凌宵、刘健、陆楚楚

单位:镇海区广播电视台

播出时间:2021 年 1 月 30 日

为宏大主题找到最感人的承载手段

——获奖短纪录片《相遇·恰好》评析

周玉兰

2021 年度宁波市广播电视节目获奖短纪录片《相遇·恰好》时长不长，13 分钟时间内选取了发生在三天之内的一场精心准备的送别晚会来进行纪实表现，讲述了一个宁波镇海籍支教老师与贵州省普安县中学孩子们结下深情厚谊的感人故事，呈现了宁波—普安东西部协作的典型案例，反映了国家一系列大政方针在民间基层最细致的表现——国家发展进步、东西部协调发展的宏大历史进程当中有普普通通的支教老师的默默奉献与付出，可以说纪录片为宏大主题找到了最有吸引力、最为感人的承载手段。

一、纪录片悬念设计精当，纪实拍摄生动感人

2019 年 6 月，宁波同济中学的汪君杰老师来到贵州省普安县东城中学支教。在他支教的一年半时间里，他和当地的孩子们建立起了深厚的师生情谊。在支教即将结束的时候，同学们秘密筹备了一个告别晚会。在晚会的现场，师生们眷恋不舍，相拥而泣，一年半里师生们相处的点点滴滴，那些永远留在孩子们心中的难忘记忆都一一回溯。晚会上，汪老师从刻意回避到欣然接受再到真情告白，场面曲折而感人。《相遇·恰好》记者记录下了全过程，制成了打动人心不可多得的短纪录片。

二、纪录片创新展示推送平台，两地融媒播出形成影响力

纪录片作品创新了传统的电视大屏单一播出方式，在宁波和普安两地的主流媒体和多家新媒体平台上播出，在融媒体时代丰富和完善了作品的立体传播链条，将东部人民对西部人民的深情厚谊进行了具体生动的表现。作品的推荐表中介绍纪录片的立体传播渠道包括镇海电视台、宁波电视台、贵州日报 App、学习强国浙江平台、多个微信视频号、抖音号等。作品播出后，受众们都被作品中师生们之间的浓浓情谊所感动，融媒播出"出圈破围"形成了影响力。

作品还制作了中英文双语字幕,并参与了"讲好中国故事"创意传播大赛。

三、纪录片以小见大,将宏大主题的展示找到了有效的小微载体

东西部协作制度的缘起主要是改革开放后东部和西部发展的不均衡。多年来随着帮扶的结对关系的不断调整,东部和西部逐步形成了政府援助、企业合作、社会帮扶、人才支持等主要协作方式。大量东部地区的教师来到偏远乡村,就像宁波镇海的汪老师一样来到偏远落后的普安,他们克服种种困难,为改变西部的山乡面貌,阻断贫困的代际传播,付出了青春和汗水,本片也成为两地交流互助珍贵的档案资料。作品真实记录了东西部对口协作的感人片段,表现了东部地区的干部用心用情、无私奉献的精神,扎扎实实地为国家大政方针的实施提供了一个精准的典型案例,非常有感染力。

电视长纪录片

消失的"宝顺轮"

公元 1855 年，盛夏，北洋山东芝罘岛海面波光粼粼，如往常一样宁静。突然，一艘当地人从未见过的巨轮劈波斩浪，疾驰而进。轮船身体宽大，中部高耸着一支粗大的烟囱，随着轰鸣的响声不停向外喷吐着浓烟；船头和船尾，各安放着一门锃亮的大炮。这艘武装蒸汽轮船的突然出现，一下子打破了往日的宁静，引起了一片恐慌。

当地官员惊闻此事迅速上报山东巡抚崇恩，崇恩接此报告后十分震惊，火速上报朝廷并立即调查此事。

10 余年前，清王朝的大门刚被来自地球另一端的炮舰轰开，南方五个口岸随着坚船利炮的到来被打开。此时，这艘武装蒸汽轮船在北方口岸突然出现，让官员与军队高度紧张。

龚缨晏（宁波大学历史系教授）：

超过了中国开放的区域范围，所以一上去以后，地方官员就非常紧张了，只知道一种从来没出现过的奇怪的船，所以呢就非常紧张，就上报朝廷了。

随着调查深入，船只的来历开始浮出水面，出乎所有人意料的是，这艘前后安装大炮的轮船并非外国人所有，它竟是来自浙江宁波府，是一艘归属于宁波商船帮的武装蒸汽轮船，名叫"宝顺轮"。

宁波，位于中国海岸线中段，是中国大运河与东海的连接点，也是南北海运的枢纽。

自唐朝建城以来，宁波的航运业及造船业便迅速发展，成为海上丝绸之路始发港之一。进入清代以后，宁波的航运业更是高度发达，成为举足轻重的贸易港。宁波商船帮在航运业中更是一股不可取代的力量。

1851 年，来自南方的起义席卷了王朝的半壁江山。1853 年随着南京陷落，自隋唐以来，持续千年的京杭大运河漕粮运输被迫中断。漕粮，是王朝收入的重要来源，失去了漕粮的支撑，政权运行便会面临瘫痪的风险。

江南,一直以来是王朝的主要粮仓,每年上送的漕粮占朝廷收入 55%,大运河漕粮运输的中断,成为王朝遇到的一次重大危机。

随着时间流逝,政府缺粮压力愈来愈增。于是,一个替代方案应运而生,那就是用海运替代京杭大运河的漕粮运输。这个方案的出现蕴藏着巨大的商机,精明睿智的宁波商船帮迅速意识到其中的机遇。

其时,宁波商船帮已拥有各类商船 400 余艘,分为南号与北号,大部分船只运行于中国南部沿海,收入来源也以南号居多。此时,政府无力投入船只开辟漕粮北上海运航线,为了解决燃眉之急,特许民间船帮承担漕粮运输。为了鼓励北上运输漕粮的船只,返航时所运货物予以免税。对于宁波商船帮而言,如能承接到政府的漕粮海运,北号商船帮航行利润将迅速扩大。

如何才能取得北上漕粮海运的资质呢?同乡也许是最好的纽带。

李也亭,浙江宁波人,宁波商船帮主要领头人之一。此时,他在宁波与上海已拥有规模庞大的船队、码头以及钱庄,年贸易额达百万银两之巨,是实力雄厚的商界巨贾。

听闻开放海运漕粮的消息,嗅觉灵敏的李也亭意识到,这将是一次绝佳的机遇。当他得知漕运局总办张友堂也是宁波人,李也亭立刻恭敬地持同乡晚辈名帖求见,说明了宁波商船帮的实力,并诚恳表达了承担此事的意愿,张友堂也乐见其成,考量一番成全了宁波商船帮的愿望。

王耀成(宁波帮研究专家):

那是一种五缘的关系,血缘、亲缘、族缘。同乡人,这个就自然地互相有一种信任,有一种合作的基础。

1853 年 3 月 9 日,来自杭嘉湖平原共计 13 万石漕粮,自上海码头装运至宁波商船帮北号船队的百余艘船上,向北进发,开始了漕粮海运的第一次旅程。庞大的船队在 3 个半月后抵达了终点天津港。

卸下漕粮之后,返航的船队满载着药材、山货等各类特产返回母港,第一次航行便带来了丰厚的利润。

龚缨晏(宁波大学历史系教授):

朝廷采取了鼓励的政策,容许他们回来的时候可以带一批免税的货物。

杨新华(宁波大学教授):

有资料记载,它可以比正常的运输要多两倍左右的利润。

在丰厚利润的支撑下,北号船队的规模不断扩大,船只由 100 余艘扩大到 300 余艘,每次出航船队联帆北上,场面颇为壮观。

漕粮海运为北号商船帮带来了巨大财富,富有的船商还捐资 10 万两银,在宁波江东北路修建了"辉煌煊赫,为一邑建筑之冠"的北号商船帮会所——庆安会馆,北号商船帮事业之发达可见一斑。

然而,巨大的利润背后也隐藏着巨大的风险,就在北号船队满载利润之时,一种用非常手段在海上谋生、有着灵敏嗅觉的人群,盯上了这支庞大的船队。

王耀成(宁波帮研究专家):

有一个风险更大,就是沿海的海盗猖獗。

戴鞍钢(复旦大学历史系教授):

这个海盗,对商人来讲,是很头痛的一个问题。

一直以来,海盗与航运业有着相伴相生的历史。尤其鸦片战争以后,大批沿海流民的加入,使得海盗行为愈发猖獗。当洋面上出现数百艘船只组成的商船队,对于海盗的吸引力是不言而喻的。

当时的海盗以小型洛克船为主,比起庞大的商船,海盗船行动迅速且操作灵活,它们大多由 30 艘左右组成,围猎运载货物的船只,规模庞大的可达 50 艘之多,挟持商船以索取巨额赎金。

杨新华(宁波大学教授):

直接到航运船帮的帮主家里去要钱。就坐在那里,你就拿钱。你不拿钱,我就给你烧掳,或者抢你。

海盗劫掠的常态化,使得北号船商损失惨重,每次漕运都充满了巨大的风险。受损的不仅仅是商船帮的利益,还有地方官府无法完成漕运被追责的风险,这让时任宁波知府的段光清焦虑不已。

段光清,就任宁波知府时正值北上漕粮海运开辟前夕,他的职责中,保障漕粮北上海运是其重中之重。然而,此时王朝的地方官员并无调用军队的权限,但是重压当前,段光清只得亲赴镇海口,请求水师出兵护航。可是经历了鸦片战争的王朝水师,船只破败,武装落后,士气低落,多次敷衍之后,便寻找借口避战不出。

陈悦(马尾船政文化研究会会长):

官府的战斗力量、水上武装,他不光不能解决海防问题,也不能够对商民们的正常的航行提供一些更安全的庇护,这个时候更多的就要靠商民们自己来想办法解决海盗的问题。

自 18 世纪起,西方殖民扩张,列强的势力扩大到东南亚乃至远东范围,为了维护贸易安全,西方船商组建了自己的武装船队。这些武装船队除了保护自身贸易安全外,有时也会对外承接生意,赚取其他船商的护航费。

这似乎成了北号船商的唯一选择,通过各种途径,北号船商联系到了外商武装船队,在其护航下,北号船队的漕粮海运得以继续运行。然而,由于外商武装船队的唯一性,导致其没有竞争,护航费水涨船高,1 年下来,累计达到 22 万银两之巨,船商的利润难以支撑。

1854 年的冬天,在萧瑟的寒风中,宁波船商们齐聚到庆安会馆——这个 1 年前落成,象征北号商船帮财富的会所,召开了一次重要会议。会议唯一的议题,就是如何保障北上漕粮海运的安全。

会议进展得并不顺利,面对漕粮海运丰厚的利润与安保问题的重压,船商内部产生了严重分歧。显然,官方水师不可依靠,继续雇佣外商武装护航,费用难以为继;若是继续承担漕粮海运,必须直面海盗这个巨大的风险;若是选择放弃,官方的订单一旦接手是不可能轻易退出的。此时,北号商船帮陷入了两难的境地。应邀参加会议的宁波知府段光清更是无路可退……

沉默中,船商中费纶鋕、李也亭、盛植琯三人提出了一个大胆的想法,能否组建自己的武装力量,购买一艘西式蒸汽轮船,并装上西洋大炮,使之成为一艘武装轮船,来保护漕粮船队的安全。

这是一个具有胆魄且充满争议的想法。

陈悦(马尾船政文化研究会会长):

这是现在我们可能想象不到的事情,官府会如何对待他们,就是清王朝的政府会如何来看待这艘船。

朱荫贵(上海复旦大学历史系教授):

轮船是洋人的,是西方的东西。现在洋人侵略我们中国,我们已经是多难啊。现在中国就要恢复自己祖宗的治理国家的传统,你怎么还能引进洋人的东西呢? 引进船呢?

陈悦(马尾船政文化研究会会长):

社会可能会用一种挑剔的眼光看着你,这是一个非常大的挑战,就是你要敢于做第一个吃螃蟹的人。

虽然争论激烈,但是现实必须面对。购买西洋武装蒸汽轮船的目的,是为了保障漕粮海运的安全,这对于官方也是有意义的。于是船商们达成一致,由张斯桂、卢以英等大户出面筹集银两,用于购买轮船。

龚缨晏(宁波大学历史系教授):

这些群体他的眼光是比较远大的，他盯牢的是现代科技，积极的现代意识来对付海盗，所以他这个意识还是比较前沿的，有冒险精神。

有了购买西洋轮船的动议，然而，官方至今还没有为西洋轮船发行执照的先例。没有执照，意味着船只无法进入港口，面对王朝的第一艘蒸汽轮船，急需解决漕运问题的段光清终于决定铤而走险，由他来承担颁发执照的风险。

19 世纪中叶，跟随西洋坚船利炮一同进入王朝的，便是跨国贸易。

1843 年，随着上海开埠，西方贸易洋行纷纷进入中国。然而，初来乍到的外国人根本听不懂中国话，于是，新需求的出现促生了新的职业——买办。作为商人的一种新形态，买办集代理人、翻译、掮客和顾问于一身，可以说是中外贸易的连接者。

龚缨晏（宁波大学历史系教授）：

因为在当时的交通条件下，中国跟外国的互相了解是不多的，普通商人对外国的了解当然更少了，所以这里面就需要一个桥梁。

位于上海中山东路 27 号的这座建筑，便是当时怡和洋行的所在地，作为三大洋行之一，怡和洋行的贸易额在上海有着极高的占比。其时，一位衣着华贵的宁波商人时常出入于此。

杨坊，宁波最早一批会说英语的人，他精通期票和贸易，来到上海后不久便被怡和洋行看中，成为一名买办。之后的杨坊如鱼得水，迅速积累下了庞大的人脉和商业资源。

同乡依然是最好的纽带，急于购买西洋轮船的北号船商，联系到了杨坊，委托他设法购买船只。在此之前，从未有过中国人向外商购买轮船的先例，要做第一人并不是件容易的事。不过，做生意自然是杨坊的专长。

龚缨晏（宁波大学历史系教授）：

中间也经过了许多的这个寻找，有许多的中间人，这里面有的人甚至是到广东也去挑过的，在上海挑过的，不断地通过各种中间人在活动。

杨坊将目光投向了中山东路 14、15 号，也是同为"三大洋行"之一的宝顺洋行。宝顺洋行在上海开埠后第一个登陆，根基颇深，其贸易范围覆盖远东、东南亚及南亚地区。在它的船队中有一艘名为"宝顺轮"的西式蒸汽轮船，常年往返于印度德里与中国香港之间，船龄两年。

龚缨晏（宁波大学历史系教授）：

宝顺轮是英国的一家公司叫宝顺洋行向美国订购的，造船是在美国的纽约纽黑文造的，现在耶鲁大学所在的地方，叫纽黑文，在纽约旁边，是在这里造的,造好以后名字就叫宝顺轮。

这是一个很好的选择,为了完成委托,杨坊便不断出没于宝顺洋行,游说转让此船。面对杨坊的多次说服,宝顺洋行终于动了心,提出要以 7 万两银的价格转让宝顺轮。

龚缨晏(宁波大学历史系教授):

我们现在不知道的是,这个船主宝顺洋行为什么要把这个船卖掉,这是我们不清楚的,也许他觉得利润很值,也许他需要资金或者什么,这是我们现在还不清楚的。

7 万两银对比之前一年 22 万的护航费并不算多,然而,此时北号船商的筹款并不顺利,仅有 3 万两。

眼见购船计划已有了眉目,漕粮海运也时不可待,心急火燎的段光清提出了一个解决方案,由政府先垫付空缺的 4 万两白银,欠款之后每年从船商收入中扣取,这个形式类似于贷款。至此,购买宝顺轮所需的费用全部筹齐。

王耀成(宁波帮研究专家):

现在看起来也是一件幸运的事情,可以这么说宁波摊上了比较开明的一个官员一个知府。

此后,宝顺轮完成了转让交易,并在前后安装了火炮,招募到了第一批船员,一切准备就绪。

1855 年 7 月,全副武装的宝顺轮驶进了宁波港,引起了巨大的轰动。

宝顺轮长约 40 米,宽约 7 米,最高点约 15 米,排水量达 400 余吨,在普通帆船前经过,俨然一座庞然大物,加之前后各装一门西洋大炮,展现了其强悍的威慑力。

席龙飞(中国船史研究会副会长):

它和哪个比较相近呢?因为中国没有,要看那个西方的船,1838 年一个英国的大西方号。这个就是大西方号,一个桅,两个桅,三个桅,后面一个(桅)挡住了,一个桅看不见了,船长要小一点。你看这个,是中间一个明轮,烟囱高高的,当时的船宝顺轮应该是这个样子。

陈悦(马尾船政文化研究会会长):

它的基本船型是一个类似飞剪船的快速船型,飞剪船我们知道,就是那个船的船首像这个剪刀一样,可以把海浪给破开,就是速度很快。

宝顺轮的动力系统采用了当时最为先进的蒸汽动力,然而,其推进系统采用明轮推进还是暗轮推进,这在研究者中存在着意见分歧。

尤飞君（宁波古船舶收藏家）：

船型基本上是参照飞剪船的那个型线，那时候应该是明轮的船，这是驾驶舱，这是蒸汽机房，后面那个部位是船员的生活区。

明轮推进，便是在船两侧采用两个大轮盘推动船只前进，常见于 19 世纪初至 19 世纪中期；暗轮推进则是在船尾安装螺旋桨推动，相较于明轮推进船速更快、更灵活，但出现较晚，19 世纪 40 年代才开始在西方得以应用。

陈悦（马尾船政文化研究会会长）：

它如果是一艘暗轮船的话，它极有可能就是 19 世纪 50 年代，它不光是中国人最早掌握的这种蒸汽轮船，它也是中国人可能最早掌握的暗轮船之一，螺旋桨船之一。

历史的魅力在于总有新的线索浮出水面。2008 年，龚缨晏教授在劳氏船级社于 1853 年的记录中找到了宝顺轮的踪影，为暗轮说提供了重要支撑。

龚缨晏（宁波大学历史系教授）：

外文记录上来看，它就是当时世界上最先进的暗轮的螺旋桨推动的轮船。

1855 年 7 月，宝顺轮抵达宁波 1 周之后，便首次出航。出现在北号船帮漕粮海运的船队中，其先进的战斗力、快速的机动力，打得沿途海盗四散逃窜。

张晓林（南京海军指挥学院教授）：

（宝顺轮）吨位大、航速快、火力猛，这恰恰构成了现代海军的主要的作战要素，它全具备了。

席龙飞（中国船史研究会副会长）：

我们中国的传统帆船，风顺了可以达到了 6 海里每小时，就是 6 节，风顺了的帆船，也赶不上这个船。这个船十几海里，10 海里，最高可以达到 12 海里，那比我们中国帆船的速度要快一倍。

在追击海盗的路途中，宝顺轮进入了北洋山东芝罘岛海域，这艘武装蒸汽轮船的突然出现，引发了当地官民的一片恐慌，更是震动了清廷朝野。

惊魂未定的山东巡抚崇恩，终于了解了宝顺轮的来历之后，立刻上报朝廷。高度紧张的咸丰皇帝对此勃然大怒。一个民间商船队竟然拥有了一艘武装蒸汽轮船，然而朝廷对此居然一无所知，是谁颁发的执照？立刻彻查。

龚缨晏（宁波大学历史系教授）：

这个命令一下来以后，从浙江省的（官员）再到宁波府的（官员）都非常紧张，他们要想出办法来回答朝廷的追责。

邬向东（宁波文史专家）：

最后这样解释的,说船是外国的,但是中国的商人买了以后就成了中国商人的船了;中国商人自己的船,自己保卫自己的船队,有什么不妥呢?最后,据说皇帝的御批是"知道了",就是认可了。

自此,宝顺轮一往无前,驰骋于北洋海域。从 1855 年 7 月到 11 月,在浙江烈港洋、岑港洋,辽宁复州洋,山东黄县洋、蓬莱洋、石岛洋等海域,5 个月间,宝顺轮击沉和俘获海盗船只 68 艘,消灭海盗 2000 余人,救出被劫船只 300 余艘,基本肃清了北洋的海盗,一时间,宝顺轮之名威震四海。

张晓林(南京海军指挥学院教授):

就从海军的发展史来讲,过去是帆船舰队时代。到了宝顺轮,按照军舰来分析它实际上已经进入了蒸汽动力、装甲火炮的时代。所以它去打海盗船,不是一个时代的东西。它是以现代化的东西对待原始的东西,当然它可以势如破竹。

宝顺轮的辉煌战绩引起了世人瞩目,在《北华捷报》的报道中,甚至以"宝顺中队"——这个近代海军的称谓来表述宝顺轮。

宝顺轮的引进不仅保障了北上漕粮海运的安全,也为北号商船帮节省了大笔航运安保开支,其行为魄力和开放视野,引起了纷纷效仿。

1856 年,上海船商们也集资购买了一艘名为天平号的武装蒸汽轮船,用于船队护航。至此,天平号与宝顺轮各自出现在洋面巡航,海盗们的身影也随之难见踪迹了。

宝顺轮的横空出世,开启了王朝轮船时代的先声,其推动者是那些宁波船商们。此外,在 170 年前,能够操纵这艘武装蒸汽轮船的,又是一些什么样的人呢?

宁波,江东北路 156 号,在这座盛极一时的北号商船帮会所——庆安会馆内部,坐落着一块纪念碑文——《书宝顺轮船始末》。在文中有这样一段话,"慈溪张斯桂督船勇,镇海贝锦泉司炮舵,一船 79 人",记载了张斯桂为宝顺轮船长,贝锦泉负责掌舵与炮击,全船为 79 名船员。

张斯桂,1817 年出生于当时的宁波慈溪。19 世纪中叶,随着西方炮舰的到来,国门被打开,大量西方事物及思维的涌入,冲击着国人的认知。

成长于东西方思维与产物的碰撞中,张斯桂意识到突破局限与学习西方先进技术的迫切性。这一时期,他遇到了丁韪良,在这位此后成为北京大学前身——京师大学堂首任总教习的身上,张斯桂掌握了英语,开启了学习西方技术与知识的大门。此后,张斯桂与美国驻宁波领事馆领事麦嘉缔相识,进一步学习和掌握了大量西方技术知识，这为他日后成为宝顺轮的首任船长奠定了基础。

1854年，宁波商船帮筹划购买宝顺轮，张斯桂作为具体的执行者与操作者，参与了宝顺轮的购买，改造了船的功能，组建了船员队伍，使宝顺轮迅速拥有了操控与作战的能力。

宝顺轮作为当时最先进的武装蒸汽轮船，什么样的船员能够操控这艘船呢？

费家（费纶锬第六代孙）：

我们整理祖上的遗物，发现有一个信封，信封是用一种棕色的钢笔写的"steams"，我记得好像这是蒸汽机、是轮船，后来我也翻了一些字典，可以肯定这是跟宝顺轮有关的一些单据。

这是一份宝顺轮外籍水手的工资单，记录了当时船上雇佣的各类水手工种以及员工开支。在初期的79名船员中，其中73人为外籍水手，占比达92%。在刚拥有宝顺轮的1855年，外籍水手的工资每月支出超过2000美元，高峰时超过3000美元，到了1856年4月，不到一年时间，外籍水手工资大幅下降。

龚缨晏（宁波大学历史系教授）：

因为宁波人逐渐地掌握了这个技术以后，这些外国人就雇得少了，越来越少。后来就变成完全由中国人来掌握的轮船了。

宝顺轮在张斯桂的带领下，完成了以外籍船员为主到由中国人掌控的过渡。随着海盗肃清，宝顺轮战功叠加，被政府征用，成为平定起义的武装力量。

1862年，时任两江总督的曾国藩统领淮军，平定起义，作为下属的李鸿章率军抵达上海，不久便看中了"工于洋器之法"的张斯桂，邀请他参与招募外籍军官、进行军事训练。之后，张斯桂又被曾国藩看中，招募至安庆大营委以重任。由于张斯桂在曾国藩、李鸿章等洋务重臣间颇受重用，晚年出任驻日本副使，登上外交舞台。

就在张斯桂离开宝顺轮之时，时任宝顺轮司炮舵的贝锦泉接任船长一职。

贝锦泉出生于宁波镇海，此前在上海外国轮船上担任水手替班，掌握了较全面的蒸汽轮船驾驭能力。宝顺轮船员队伍筹建时，同乡的贝锦泉被招募担任宝顺轮司炮舵，负责掌舵与指挥作战达7年之久。贝锦泉富有经验、且作战勇猛，成为宝顺轮第二任船长的不二之选。

贝金鳌（贝锦泉五代侄孙）：

我的大太公贝锦泉,这个人很高大,有两米多高,身强力壮。生性比较暴躁,脾气大,也相当威武。

1866 年,时任闽浙总督的左宗棠,主动提出并受命组建福州船政局,在给朝廷的奏折中,左宗棠提出要调集一批专业人才,其中格外提到了一个人,这便是宝顺轮第二任船长贝锦泉。

陈悦(马尾船政文化研究会会长):

他敢于在 1866 年的 6 月 25 日去上奏申请,说我在浙江的时候就听说过此人(贝锦泉),此人在轮船上面做过驾驶、管代。

因为左宗棠的器重,贝锦泉带了一批共事过的宝顺轮船员骨干,加入了福州船政局,成为福州船政局建设乃至中国近代海军筹建的重要力量。

陈悦(马尾船政文化研究会会长):

早期的船政学堂的毕业生们,把他们带出海的老师就是这些人。学堂里洋教习把你们理论知识都教会了,但是你们还没有真正地面对什么是大海,他们第一次面对大海的时候领他们出海的,就是这些从宁波从宝顺轮上出来的人。

1869 年,福州船政局成功建造了第一艘国产蒸汽军舰——"万年清"号。这艘千吨级的军舰,该由谁来担任舰长一职呢?

张晓林(南京海军指挥学院教授):

这个万年清号、中华第一舰的舰长是谁呢?恰恰就是贝锦泉。

不同于初期以外籍水手为主干力量操控的宝顺轮,万年清号船长、水手全部是中国人,贝锦泉任船长,宁波籍船员的数量占八成之多。由此看来,宝顺轮不仅是一艘蒸汽轮船,更是孕育中国近代海军人才的摇篮。

陈悦(马尾船政文化研究会会长):

所以当时在中国沿海,早期在航海中的这条宝顺船,我们看到它是一条轮船在那儿航行,实际上这条船在积累着我们关于近代化航海的最早期最珍贵的一些基础的经验。

20 世纪末,一批中文信件时隔多年在日本被发现。

信件原发地为宁波,收件者为湄云号官兵。湄云号是福州船政局建成的第二艘军舰,舰上不乏宁波籍官兵,1872 年湄云号编入北洋舰队。

随着甲午海战的风云消散,这批信件从此流落他乡。随着时光的流转,这些笔墨也渐渐沉入了历史长河的深处。

时光进入了 1883 年,这年的 12 月,中法战争爆发。次年 8 月,法国远东舰队突袭福建水师,战争扩大至中国东南沿海,浙江告急!

此时,贝锦泉出任定海总兵。在宁波镇海口,宝顺轮的身影再次出现,作为此时战场上最大的舰船,镇守甬江入海口的中路。

1885 年 2 月 28 日,法军司令孤拔率 4 艘军舰侵入镇海海面。

3 月 1 日下午,法军舰队逼近口岸,与清军展开炮战,随后被炮火逼退至外围海面。

3 月 2 日,法军舰队再次入侵镇海口,至 3 月 3 日,法军向招宝山发起攻击,清军开炮猛烈还击,激战中法军司令孤拔乘坐的战舰"巴夏尔"号船头桅杆被清军炮火击中,致使孤拔身负重伤,法军仓皇撤退。

在此后的对峙中,法军舰队始终无法突破镇海口域,终究退出浙东洋面。

1885 年 6 月,随着镇南关战役的获胜,中法战争以法国战败而告终。

海防博物馆讲解员：

现在我们看到的这幅长卷,就是镇海口海防布置战守情形图,是中法镇海保卫战之后所绘制的。同时,我们在这里还可以看到有一艘轮船,这艘轮船就是中国近代第一艘自主引进的蒸汽轮船——宝顺轮。在镇海之役时,宝顺轮当时是被借来……

宝顺轮的出现在中国近代史上意义非凡,它开启了中国的轮船时代,它承载着宁波商人的开放视野和勇于尝试的精神,它折射着国人在东西方思维碰撞中的思想转折,它经历了中国近代保卫战中唯一一次胜利,它是中国近代化进程中的一个标志性产物。

陈悦(马尾船政文化研究会会长)：

这个船它应该在中国近代化的道路上是一个标志性的事件,虽然很小,在一个具体的地方上发生的,而且是一个非官方的行为,但是于无声处听惊雷,这件事表明中国开始要往近代化的轨道上走了。

戴鞍钢(复旦大学历史系教授)：

在洋务运动帷幕拉开的这个过程中间,我想宝顺轮是一个开场的锣鼓,我想这个是可以讲的。而这个开场锣鼓是谁敲的呢?不是官员敲的,也不是中国的读书人敲的,是中国的商人,具体来讲,是宁波的商人敲的。

曾经的宝顺轮在时光的流逝中渐渐远去,但是它的身影依然印刻在茫茫的历史中,它的航程成为一个时代的符号,一群人们追求跨越的身影,一个消失却永不磨灭的印记。

作者：赵军、吴晟波、郑萍、沈飞女、张箭锋、王玮

单位：宁波广播电视集团
播出时间：2021 年 12 月 30 日

历史在丰富的细节中闪光

——纪录片《消失的宝顺轮》评析

刘　燕

　　《消失的宝顺轮》是一部文化底蕴深厚、对历史题材把握精准、史料丰富、制作精良，能够带给观众共鸣、思考与感动的优秀电视纪录片。纪录片以宝顺轮的历史故事为选题，对我国第一艘非凡传奇的民营军舰做了宏大丰富的历史回望。创作团队采撷了大量精彩的历史资料、现实资料和专家访谈，精心构思了纪录片的叙事脉络，再现了宝顺轮的历史风采，在沧桑的历史中确证了宝顺轮在中国近代海军发展史上的重要历史地位、时代意义和存在价值。纪录片人文历史功底深厚、文理俱惬，画面精致唯美大气，解说语言深层优美凝练，完美地呈现出电视纪录片真实性、创造性、思辨性、艺术性的四个主要特征，反映出创作团队精湛的纪录片制作水平。

　　节目擅长于细节之处层层升华主题，让厚重的历史回响在可触可感的丰富史料故事中，该纪录片十分擅长挖掘丰富的历史细节资料做佐证材料，节目几乎收集了与宝顺轮相关的所有历史资料，例如老照片、老视频、影片、档案资料（奏折、账单、信件、地图、雕像、碑记……）等，采访了来自宁波大学、复旦大学、马尾船政研究会等单位的十多位文史专家、历史专家，同时还应用了大量的再现动画视频与宁波海防纪念馆等的现场资料，形成了一个丰厚的关于宝顺轮的史料库，侧面展现了创作团队前期的扎实的工作。由大量的史料和访谈做支撑，整档节目表现出行云流水挥洒自如的风格和活泼明快的节奏，几乎每隔二三分钟就有一个比较重要经典的文献资料和访谈出现，既在深层的文化讲述中承载了历史文化的厚重感，又不断在新的文献和现实的人物访谈资料的牵引下，将观众拉回现实，强化了现实观众与宝顺轮历史故事的互动。如此循环推动纪录片的叙事结构向前推进，层层递进升华主题，给观众带来不断深化的哲思。

　　节目擅长以小见大，开口小，立意深，挖掘深，透过深度聚焦宝顺轮的风云历史来透视中国近代历史和宁波的文化记忆，令人感同身受体验出浓厚的宁波精神。节目紧紧围绕宝顺轮的故事做文章，主次清晰焦点明确，画面语言和细节资料紧密配，没有冗余拖沓，内容很实很精到。在人文精神立意上，以船为核心，以重大历史事件为脉络，以人物集群像为刻画重点，展示时代风云，不凸显个人功绩，借宝顺轮让历史自证宁波人的非凡精神气质，含蓄而深刻地抒发爱国热情和本地文化自信。例如节目中提到在中国第一艘国产蒸汽军舰"万年清号"上担任第一任舰长的就是宝顺轮的第二任船长贝锦泉，其中宁波籍的水手人数占八成多，是名副其实的中国近代海军人才孕育的摇篮。诸如此类的小史料的透视随处可见，在主持人沉缓凝练的三言两语中，宁波精神从画面中荡漾出来。

电视服务节目

"烟花"过境后,如何防疫防蛇虫

【开场】健康问题全网罗,养生话题我来说,十万个为什么,每一个问题都能在这里找到答案! 欢迎收看《十万个为什么》!

主持人:台风烟花已经过境,其间大风大雨带来的影响还没有完全消退。风雨之中,我们众志成城抗击台风;风雨过后,我们个人身体上的防疫健康也需要摆到首位。今天的节目我们关注台风过后的个人防疫健康问题。

【嘉宾模板】马晓:宁波市疾控中心消毒与媒介防制所所长

讨论问题一:总体防疫情况

主持人:马所长昨天还在余姚抗台工作现场,先谈谈在一线进行防疫工作的感受。

马晓:

1. 介绍开展的防疫工作内容。

2. 目前群众的防疫意识有哪些误区?

3. 台风过境后的防疫总体原则:台风结束后,不要急于外出,防止台风过后引起的雨水倒灌等灾害影响。台风过后,降雨和积水特别容易引发包括肠道传染病、虫媒传染病以及皮肤接触引起的各种疾病。因此,做好重点区域的卫生消毒和杀虫,对预防疾病发生很重要。

讨论问题二:环境物品消毒

主持人:有部分低洼地区的群众家里进水了,大水退去之后,到处都是污泥脏东西,我是不是清理地面,除掉泥沙污垢就算完成环境卫生了呢?

马晓:

1. 仅处理可见污垢还不够,做好家庭消毒是台风过后的重要一步。

2. 哪些地方需要清洁消毒:受淹过的房屋、地下室、周围的公厕,受淹的厨房、餐具、烹饪设施,先清洁再消毒。如果家里积水处可见明显漂浮污物,或水淹时间超过三天以上,应在专业人员的指导和协助下进行消毒。

3. 居民房屋高层、低层消毒不同：高层因雨量过大等原因导致进水，只需清理干净后保持清洁、干燥即可，不必进行消毒。底层房间受淹，需等水退去后再及时进行清理，周围若有公厕等污染源，水中也有明确污染物，则建议在清理、冲洗后用消毒液进行喷洒消毒，受淹的厨房、餐具、烹饪设施，先清洁再消毒。

讨论问题三：传染病预防

主持人：灾后蚊子苍蝇特别多，尤其是大水浸泡过的小区绿化带，老一辈的说法，这时候的蚊子是不是特别毒？

马晓：结合以往防疫病例介绍哪些虫子哪些传染病高发以及本次灾后情况。

主持人：感谢马所长。刚才说到灾后的虫子是疾病的传染媒介，在台风天里，有好几位宁波市民却被蛇咬伤了，听起来有点可怕，目前他们正在住院，我们记者拍摄了一个短片。

[VCR] 我被蛇咬伤了

两位病人采访：

24 日晚 6 点多，张某在村委会参加完抗台应急会议的路上，突然感到左脚一阵剧痛！定睛一看，一条毒蛇盘踞在侧。当时风雨交加，张某无暇到市区医院就诊，自行在伤口处用刀划开，用放毒血的方法处理。一段时间后，疼痛感和全身不适症状越来越严重。

【嘉宾模板】叶静静：宁波市中医院皮肤科副主任医师

讨论问题一：蛇伤

主持人：幸好及时救治，伤情稳定了，台风天蛇怎么就出动了？

叶静静：

1. 台风天非常容易发生蛇咬伤，因为"蛇窝"很容易被灌入雨水或被雨水冲毁，而且恶劣天气也容易让毒蛇受惊。雨水、污水导致虫蛇的活动范围变化，一方面蛇类觅食，另一方面蛇类重新寻找栖息地。

2. 结合近几天收治蛇伤病例，与平日有何不同？

3. 防范提醒：灾后 3～5 天毒蛇出没会达到一个高峰，因为一直躲在洞穴深处的毒蛇也会出来觅食、活动。提醒广大市民，一定要慎防蛇出没！台风过境后，人们郊外和山区出行也要尽量穿胶鞋，注意时刻防范。

主持人：提醒市民注意，不仅是乡村容易发生蛇伤，个别小区也会发生。一旦发生毒蛇咬伤，应立即前往正规医院规范处理。看到短片里还有被蜈蚣咬伤的,比较少见。

【VCR】台风天,市民在家中被蜈蚣咬伤。

叶静静:

1. 结合收治病例介绍:蜈蚣咬伤,一般局部红肿热痛比较明显,也会出现两个牙痕,但与毒蛇咬伤的不同。

2. 除了上述极端个例,平时常见的一些虫子咬了容易引发虫咬皮炎:台风期间由于环境的改变,虫咬皮炎会增多,比如跳蚤、螨虫增多,如果出现这些情况,可外用激素软膏或炉甘石洗剂,病人口服抗过敏药,及时就医。很多结节性痒疹的病人就是在几年前 2013 年的台风菲特的污水接触后诱发至今未愈。

主持人:有什么预防方法?

叶静静:外出准备风油精防蚊防疫。风油精可以喝可以涂用。

讨论问题二:其他皮肤疾病

主持人:台风过境带来大风大雨,即使雨停了,环境湿气还是很重。从中医角度来说,水、湿气,遇到暑热,湿毒也会更严重?比如梅雨期间,身边同事朋友皮肤过敏现象严重。

叶静静:

1. 中医角度解释,环境与人体:台风属风、寒、湿邪。

2. 台风后容易诱发的其他皮肤病及其防治:股癣、脚癣＋皮肤感染＋糖尿病患者更容易引起皮肤浸渍糜烂,导致感染难愈。

3. 每年台风过后,感染性皮炎,如脚湿气、痒疹的患者会明显增多。

蹚过水、淋过雨要及时清洗消毒,有创口的皮肤可选择抗真菌喷雾、碘伏等消毒处理,以防感染。

4. 绿植有霉菌和蚊蚤滋生,家中尽量不要有绿植,搬到阳台安全区域。

讨论问题三:健康美食厨房

主持人:台风天,抗灾工作人员风雨里来去,普通市民淋雨感冒的也很多,这时候,叶医生有什么好的建议?

叶静静:泡一杯生姜红糖水。

如果淋雨回家后,一定要先冲洗热水澡,擦干特别是头发还有四弯皱褶部位,防止"烂裆"。然后可以喝生姜糖水,祛风除寒,暖胃温中。叫汗法祛邪。行人在外出前后多喝热水,最好外出前喝红糖热水,来提高自身体质,促进气血循环,祛除风寒之邪,帮助湿毒排出,也可以准备藿香正气水口服防止疫水合并疫毒感染。

主持人：很多人还没从台风天里缓过劲来，身体疲劳感也增强了。

叶静静：

1. 一杯淡盐水。

2. 现场介绍药材，泡制沙参、花旗参、淮山药、玉竹、石斛、莲子、百合。推荐可以准备淡盐水、藿香正气水、十滴水、姜茶。多喝汤水汤汁。

3. 祛湿茶包：荷叶、金钱草，薏苡仁、赤小豆、淡竹叶、白茅根，或者甘露消毒丹为主的其他成分。

作者：周言射、陈丹丹、刘晶媛、朱宇波

单位：宁波广播电视集团

播出时间：2021 年 7 月 28 日

电视服务节目：如何及时有效服务又好看

汪晓珺

提供及时、有效、精准的服务是电视服务节目开办的初衷，但让电视服务节目做到实用又好看，二者往往很难两全，但是 2021 年度宁波市广播电视节目奖电视服务类一等奖《"烟花"过境后，如何防疫防蛇虫？》做到了。

首先，选题精准是电视服务节目提供及时、有效服务的前提。

2021 年 7 月 26 日，强台风"烟花"过境登陆，造成宁波多地水灾。栏目组编导针对台风过后市民关切的健康防疫问题，尤其是住户进水后，需要防虫防疫等环境卫生和个人健康问题展开紧急策划，并联络宁波市疾控中心和市中医院的相关专家，连夜撰写文稿，邀请嘉宾。7 月 27 日，疾控中心嘉宾从余姚防疫现场直接赶来演播室录制，中医院嘉宾在救治了多起台风天被蛇虫咬伤的病患后来到演播室，台前幕后多方配合接力，共同完成了这期节目。

这样的选题本身就很有时效性，加上嘉宾中有的是从防疫现场直接赶来录制，有的则是在救治了多起台风天被蛇虫咬伤的病患后来到演播室，访谈的内容是台风过境后家庭与个人的健康防疫具体做法，极端天气后虫蛇滋生的环境下，如何有效防治的问题，这样的话题又切中了老百姓的实际需求，因此，选题精准是服务节目提供及时、有效服务的先天基因。

其次,多种形式的呈现方式既丰富了电视画面又增加了节目可看性与可信度。在讲到具体防疫小知识的时候,节目中既有"小黑板"字幕呈现,又有嘉宾与主持人的对谈,更有病患现身说法及受伤部位的展示,还有被虫蛇咬伤后的动画效果图。多种形式的运用大大丰富了电视的画面语言,也让服务节目的科普性体现得更为充分。更重要的是,这样的呈现方式把简单的电视访谈场景变得更多元,节目也更生动更具可看性,甚至从头看到尾不觉得疲累。

针对自然灾害性天气带来的民众需求热点问题,栏目组开动脑筋,迅速积极响应关切,化民生需求为节目内驱动力,电视服务节目才能办得风生水起、效果优良。

六、2021 年度广播作品

广播短消息

宁波"00 后"小将杨倩为中国勇夺东京奥运会首金

今天上午,在东京奥运会女子 10 米气步枪比赛中,宁波小将杨倩以251.8环打破奥运会纪录的总成绩,勇夺本届奥运会首枚金牌。来听记者从杨倩家乡采制的报道:

【混压央视解说最后一枪】

凭着最后一枪优于对手的心理状态,杨倩成功反超俄罗斯选手获得了金牌,在宁波鄞州区姜山镇杨家弄村文化礼堂,现场观看直播的杨倩父母与乡亲们顿时沸腾了起来:

【出现场音】

2000 年出生的杨倩在小学四年级时被宁波射击队教练虞利华相中。苦练 10 年后,她以优异的成绩被清华大学管理学院录取,一边上课一边训练。看到昔日的弟子一鸣惊人的表现,虞利华激动不已:

【出录音:杨倩是一位很开朗又很沉稳的女孩子,当初我看见她的时候,她就是有一双非常有灵气的眼睛,今天拿到这个冠军,对她来说也是树立信心,更加坚定的一个砝码。】

杨倩的妈妈施安方:

【出录音:是我的骄傲,是我们全家的骄傲,继续加油继续努力,人生的路还很长。】

在颁奖仪式上,杨倩做了一个爱心的动作,说到比赛,一贯淡定沉稳的她也有小小的激动:

【出录音:感觉非常的激动,一开始也觉得不可思议,居然被我拿到了(首金),特别开心,正值建党 100 周年,我觉得为祖国送上了一份最好的礼物。】

作者:周凌辉、王秋萍、胡旭霞

编辑:沈弘磊、毛洲英

单位:宁波广播电视集团

播出时间：2021 年 7 月 24 日

抓住"第二现场"做新闻

——广播短消息《宁波"00 后"小将杨倩为中国勇夺东京奥运会首金》评析

吴生华

2021 年 7 月 24 日，宁波"00 后"小将杨倩，在东京奥运会女子 10 米气步枪决赛中，最后一枪神奇逆转对手夺冠，为中国代表团拿下了首枚金牌。当天，宁波电台新闻综合广播 15 时《新闻进行时》播出的短消息《宁波"00 后"小将杨倩为中国勇夺东京奥运会首金》，抓住"第二现场"做新闻，记者蹲守杨倩家乡鄞州区姜山镇杨家弄村文化礼堂，与杨倩家人、教练共同见证杨倩勇夺东京奥运会"首金"的激动时刻。这一报道现场热烈气氛传递到位，并第一时间采访到杨倩本人，具有鲜明的广播现场新闻特色。

这一广播短消息的优点，首先在于抢抓"第二现场"，在记者无缘东京奥运会比赛现场的情况之下，选择"第二现场"进行蹲守采访，采录到了杨倩父母、教练与乡亲们见证杨倩夺冠的激动时刻，音响传递现场热烈气氛，富有感染力。其次是采访到杨倩本人，话语虽然不多，但毕竟真人原声，第一时间传播，也是主人公声音形象的真切体现。再次是报道虽短，但背景交代清晰，现场采访杨倩启蒙教练，挖掘了杨倩成长过程中在宁波迈出的最初一步。采访到宁波射击队教练虞利华，在广播整点新闻中抢先播出，也颇有独家采访的意味。

稍嫌不足之处，一是杨倩作为报道的主人公，她的采访录音使用安排位置稍显迟了一些；二是报道文稿中有病句存在。如"在宁波鄞州区姜山镇杨家弄村文化礼堂，现场观看直播的杨倩父母与乡亲们顿时沸腾了起来"，可以说"现场顿时沸腾了起来"，但不能说"杨倩父母与乡亲们顿时沸腾了起来"，如果拆成两句话来说就比较合适："杨倩父母与乡亲们在宁波鄞州区姜山镇杨家弄村文化礼堂一起观看电视直播，现场顿时沸腾了起来。"

广播评论

奥运"五金"启示录

11 月 25 日,宁波召开全市体育工作会议,隆重表彰东京奥运会、全运会上凯旋的宁波体育健儿。回望今年夏天,宁波体育健儿在东京奥运会上的高光瞬间,依然激动人心。

【出录音、夺冠瞬间音响剪辑】

7 月 24 日,东京奥运首个比赛日,宁波小将杨倩一鸣惊人,夺得女子 10 米气步枪冠军,赢得了最受世人关注的奥运首金。

7 月 27 日,杨倩和队友合作,"射落"气步枪混合团体赛的历史首金,成为首位在同一届奥运会比赛中获 2 枚金牌的中国射击选手。

7 月 28 日,里约奥运会举重冠军石智勇在男子 73 公斤级比赛中以舍我其谁的气势,打破世界纪录并夺得金牌。

7 月 30 日,第 3 次走进奥运赛场的宁波小伙汪顺,在泳池里以破亚洲纪录的成绩,摘得男子 200 米混合泳的金牌,这是中国男选手在该项目的首枚奥运金牌,他也成为中国男子游泳奥运夺金第二人。

8 月 3 日,16 岁的体操选手管晨辰以最高的难度,稳稳地为中国拿下女子平衡木的金牌。

东京奥运梦幻十天,7 人参赛、5 枚金牌、1 项世界纪录、1 项奥运会纪录,金牌数量位居全国地级市之首,这份"成绩单"让宁波一举成为"五金之城""奥运冠军之城"。浙江省体育发展战略研究会副会长、杭州师范大学体育系博士生导师凌平说:

【出录音:浙江省体育局在东京奥运会之前,曾经有过这样的预测,保 1 争 3 望 5,这个目标宁波一个城市就实现了,应该说这是一个井喷现象,在全国,一个城市拿 5 块金牌,是地市之首、全国第一,业界给予了高度的评价。】

从 1932 年鄞县人沈嗣良首次参加第 10 届奥运会起,对于奥运金牌的向往始终是宁波城市不懈追求的目标，2016年巴西里约奥运会石智勇为宁波拿到了期盼多年的首枚奥运金牌，再到今年的五块金牌，89年，宁波走过了奥运金牌从期盼到突破再到爆发的圆梦之路。宁波市体育局局长张霓：

【出录音：杨倩代表宁波"精度"，石智勇代表宁波"力度"，汪顺代表宁波"速度"，管晨辰则代表宁波"韧度"。这个"四度"其实与体育精神的内核是非常契合的，也展现了宁波沉稳、专注、拼搏的品质。】

竞技体育有一定的偶然性，在奥运会上夺金更需天时地利人和。但是，这次宁波东京奥运"一城五金"的神奇背后，正是数十年间几代宁波体育人和这座城市在奥运之路上持续接力，也是宁波体育人在总结成败得失之后的厚积薄发，更是找对路子、扬长避短的必然结果。探寻金牌背后的成功奥秘，带给我们不少的启示。

启示一：一个高屋建瓴的竞技体育规划，扬长避短，布局重点优势项目。

从1990年开始，在国家奥运争光计划的引领下，宁波连续三轮制定了《竞技体育十年规划》，对宁波的奥运会重点项目进行战略布局，也对培养训练体系进行了整合调整。在重点项目方面突出了既有群众基础良好、有人才储备和技术支撑的优势项目，也有潜力很大的拳击、举重等重竞技项目。宁波市体育局竞训处处长吕金敏：

【出录音：射击，宁波运动员王成意，曾获得过雅典奥运会的铜牌，宁波又为国家队、省队输送过不少的射击人才；体操，杨波、桑兰等一批运动员入选过国家队，杨波、孙小娇、何宁还拿过世界冠军；游泳，宁波拥有世界冠军贺慈红、乐莹等；举重，宁波培养过世界冠军王秀芬，更重要的是这些项目也是浙江省的优势项目，那么人才向上输送后，出成绩的概率就比较大。】

在培养训练体系方面，2002年宁波成立了体工队，成为浙江省第一个拥有专业队的地市级城市，随后，还对各个竞训单位做了优化调整，逐步形成了以体工队为龙头，宁波体育运动学校、宁波第二少年儿童业余体育学校等4所学校为主体的竞技体育四级网络训练体系，目前，宁波拥有射击、举重等5个国家级高水平后备人才基地。

此外，宁波还创新探索省市合办高水平运动队，介入国家级训练基地建设。2014年，在宁波积极争取下，国家举重队在宁波二少体破天荒地成立了训练基地，此后，国家举重队多次来基地集训，带来了先进的训练理念和训练方法，也为宁波打通了举重人才输送的"任督二脉"。得益于基地高水平训练，石智勇也开启了冠军模式。石智勇：

【出录音：2014 年拿了全国冠军。2015 年拿了世锦赛冠军，2016 年奥运冠军，是因为宁波组建了这个团队、成立了这个基地，才有了我今天的成绩。】

凡事预则立。善于谋篇布局的宁波人从前瞻性规划、创新性举措中尝到了"甜头"。

启示二：一项引进优秀教练和苗子政策，筑巢引凤，吸引人才为我所用。

竞技体育人才培养有其自身的规律，一般成才周期比较长。为了早日取得突破，宁波在积极培育本地人才同时，也制定相关政策，引进高水平教练员和优秀的体育苗子。

宁波市第二少年儿童业余体育学校教练李冬瑜 1999 年被宁波引进，他想在宁波重点开展男子举重，这个想法和学校领导一拍即合。而当时，宁波的男子举重几乎是空白。找遍宁波各地的李冬瑜手头没有兵，也选不到合适的人，挺着急的，他想到去自己老家招生。李冬瑜：

【出录音：一个教练员，你没有运动员的话，你水平再高也没有用的，所以我才想到回广西去招一些小苗子过来培养。】

李冬瑜先后从老家找来了唐德尚和石智勇等举重少年，经过艰苦的训练，唐德尚在 2011 年巴黎举重世锦赛获得了 69 公斤级的总成绩和挺举的两项冠军。石智勇则更是一鸣惊人，填补了宁波人奥运金牌的空白。石智勇：

【出录音：宁波是我梦开启的地方，也成就了我的奥运梦想，很感谢宁波对我的栽培、培养。】

2012 年，年仅 8 岁的来自湖北石首的体操小将管晨辰被宁波教练看中，落户到宁波慈溪，并进入宁波市体育运动学校，当年进入省体育职业技术学院，2017 年入选国家队，在全国和国际比赛中渐露头角。

千里马常有，而伯乐不常有，虽然，宁波经济发达，在某种程度上说舍得投入。但这并不是乱花钱，而是建立在科学选材基础之上的投入。在人才流动的大背景下，宁波人的"慧眼识人"领先一个"身位"。

启示三：一条体教融合的创新探索道路，健体强脑，培养复合型冠军人才。

竞技体育是金字塔式的培养体系，真正能够站上最高领奖台的只有少数人，而许多默默付出了汗水的运动员在职业生涯末期面临着转型和重新择业，缺少基本的职业培训成为运动员转型的障碍。早在 2003 年，宁波就尝试走体教融合之路，为运动员退役寻找出路。

为提高运动员文化水平，宁波将运动员文化教学纳入年度考核体系，明确运动员参赛文化测试成绩必须达标。在 2021 年，宁波体校就有 60% 以上的学生考进了本科学校。宁波体育运动学校校长朱群说：

【出录音：我这个学校就是两个目标，一个为竞技体育输送后备人才，尖子，能够往上走的。另外一个，走不了的，我们还有这么多塔基的孩子，这些孩子虽然没有拿到金牌，但他们也在为我们这个体系作出奉献，我们就有责任去把他们教育好，也要将他们输送到高一级的学校去。】

与此同时，在体教融合的大背景下，宁波体校积极走出校门，与教育系统下的学校进行合作，有市队区办、校校合作的项目，有借助社会化力量办训、走训等方式开展的项目。事实证明，体教融合更有利于各个项目的发展，也得到了更多家长的支持。

2018 年，杨倩参加统考进入清华大学，与师兄、清华射击队队长、宁波运动员张超玄著再次成为校友。张超玄著是 2016 年考入的清华，今年还获推荐免试攻读本校研究生。杨倩启蒙教练虞利华说：

【出录音：当初我就非常明确，我们要两条腿走路，既要把学习学好，又要把这个训练练好。通过文化学习，自我控制能力上面、认知能力上面都会提升。】

近 5 年来，宁波共有 135 名运动员被清华大学、上海交通大学、北京体育大学等 985、211、"双一流"高校录取。高水平学校的经历让运动员获益匪浅。杨倩：

【出录音：在学校里学习到的知识，都让我的境界和思维能力有所提升，这同时也会给我的训练带来一些积极良性的影响，因为更加充实了自己，就有了更坚定的自信心和底气。】

体育和教育并重发展，两条腿走路，两条腿都要硬。竞技运动深入融合教育，培养复合型运动人才并武装他们的"头脑"。

启示四：一份细致入微的奥运备战保障，科学施训，解除运动员后顾之忧。

奥运周期来临，如何让运动员竞技状态保持高水平，需要做好科学细致的后勤保障工作。浙江省体育发展战略研究会副会长、杭州师范大学体育系博士生导师凌平：

【出录音：保障措施好，准备充分，按照周期性竞技体育的规律，能够在奥

运会赛事期间出现竞技状态的高峰期。】

2020 年 7 月才成立的宁波市体育科学研究所,是浙江省内首个独立机构的市级体科所。一年来,这个"年轻"的单位在竞技体育保障方面发挥着重要作用。东京奥运前一个月,石智勇大腿肌肉拉伤,体科所紧急派出科研人员作为保障团队成员,跟随石智勇来到东京,在比赛开始前三天,终于治好了石智勇的伤病。宁波市体科所所长陈飚:

【出录音:我们要服务训练单位,如何去避免、如何去治疗,包括如何去预防(运动员损伤的问题),教练跟我们科研人员沟通方面是相当密切的。】

在本届奥运之前,宁波制定了"一人一方案"的保障原则,并根据参赛宁波运动员个人身体素质情况,通过内外联合保障的方式,和国家队后勤保障部门密切配合,有针对性地解决宁波运动员的各类问题,解决他们的后顾之忧。

启示五:一片全民健身氛围浓厚的沃土,强基固本,培育更多的体育人口。

今年宁波"两会"期间通过的《宁波市全民健身条例》,率先在国内以立法形式规定了全民健身设施的规划、建设、维护、开放和全民健身活动的组织促进以及服务保障。

到 2020 年底,全市体育场地总数量达到了 2.5 万个,全民健身路径有 7165 条。人均体育场地面积从 2015 年的 1.61 平方米增长到 2020 年的 2.40 平方米。近年来,宁波体育人口数量每年增长约 10 个点。宁波市体育局群体处处长项新说:

【出录音:近几年,我们结合群众的需求,也是在积极构建体育公共一站式服务的平台,加强数字体育在全民健身领域的运用,已经构建了集"查找""导航""预约""支付""报销"等功能于一体的全民健身地图。】

体育事业发展扎根社会,获得了源源不断的生命力。宁波市体育局局长张霓:

【出录音:竞技体育要取得成绩,其实基础就是全民健身。只有宁波的氛围好了,全民健身的人数多了,赛事多了,才能够在这种群众的基础上产生我们竞技体育的人才。】

体育承载着国家强盛、民族振兴的梦想。自 1922 年宁波奉化人王正廷当选为中国第一位国际奥委会委员,宁波在"更快、更高、更强"的奥林匹克精神指引下,以宁波人擅长的低调、务实、专注的工作作风,持续在规划、政策、道路、保障和土壤等方面入手,成就了百年奥运梦想,这就是奥运"五金"带给我们的启示。

作者：周凌辉、王秋萍、翁常春

播音：张倩奕

编辑：沈弘磊、胡旭霞、毛洲英

单位：宁波广播电视集团

播出时间：2021 年 12 月 27 日

体育精神的赞歌

黄同春

广播评论《奥运"五金"启示录》具有以下特点。

特点之一是立论鲜明。在 2021 年东京奥运会上，宁波运动员一骑绝尘，7 人参赛，夺得 5 枚金牌，金牌数量位居全国地级市之首，举世瞩目。人们为之欢呼的同时，也想知道取得奥运"五金"的奥秘。评论从五个维度，纵览宁波 89 年走过的奥运金牌圆梦之路，细致深入地分析和阐释宁波体育的独特优势和特点，提炼出成就奥运梦想的五个方面重要启示，弘扬了中华体育精神，传递了正确的价值观和理念，揭示了新时代竞技体育发展的基本经验和规律，具有很强的思想性和战略性。进而把获得奥运"五金"的原因概括为"几代宁波体育人和这座城市在奥运路上持续接力，也是宁波体育人在总结成败得失之后的厚积薄发，更是找对路子、扬长避短的必然结果"。这一论断是根据充分的论据和透彻的分析得出的，实事求是，令人信服。五个启示，一个论断，很好地总结了宁波发展体育事业的宝贵经验，是一份来之不易的精神财富，为宁波开创体育事业新局面，进一步提高竞技体育实力，提供了基本遵循，具有重要的指导作用。

特点之二是论据充分。一篇好的评论，不仅要立论精当，还要依据充分论据进行论证。该评论围绕宁波奥运会重点项目在战略布局、创新训练理念和方法、探索体教融合发展之路、加强体育研究等方面，深入进行采访，挖掘大量典型事实、生动事例、感人事迹，依据这些活生生的事实，从不同角度和侧面，对立论进行了论述，以事论理，事理清晰。采访的宁波运动员、教练员、体育运动研究人员、专家以及有关领导提供的第一手材料和看法,增强了评论的真实性、深刻性和权威性。

评论的特点之三是典型音响的运用。评论一开始,先声夺人,选用宁波运动员在东京奥运会夺冠的现场音响,具有很强的现场感和感染力,听觉效果很好。作品中精选的 13 段人物讲话录音,有奥运冠军夺冠的经历和感慨,有教练员的深切体会,有体育研究人员和专家的精辟分析,有市体育局领导的阐释。这些鲜活的讲话录音真实、可信,构成了评论的重要组成部分,发挥了广播音响评论的独特优势。

综上,这是一篇思想内涵丰富、广播特色突出的成功之作。如果说有什么欠缺的话,作为广播评论,篇幅有点长,如果压缩篇幅,做得简洁些,其传播效果会更好。

广播新闻专题

锻造东方大港的"硬核"力量

——写在宁波舟山港集装箱运输突破 3000 万标箱之际

【现场音：我宣布，宁波舟山港集装箱吞吐量第 3000 万标准箱起吊！】

【记者现场：各位听众，现在是早上 8 点半，我在宁波舟山港梅山港区的 7 号泊位，刚刚，宁波舟山港全年的第 3000 万只集装箱通过远程控制被吊到了中远海运"双鱼座"轮上。至此，宁波舟山港成为继上海港、新加坡港之后，全球第三个跻身"超 3000 万箱俱乐部"的港口，展现了中国港口的"硬核"力量。】

2020 年初，一场突如其来的新冠疫情给全球港航业带来重创，宁波舟山港集装箱吞吐量出现大幅下跌，航班中断、运输停滞，经济复苏和企业生产面临巨大压力。3 月 29 日，春寒料峭，阴雨绵绵，宁波舟山港笼罩在一片迷雾之中，习近平总书记撑着伞，迈着坚定的脚步来到港区码头，与码头工人亲切交谈，详细了解港口复工复产情况，鼓励企业发挥"硬核"力量，建设"世界一流强港"，服务国家战略。殷殷嘱托拨云见日，指明方向；殷殷嘱托凝聚人心，催人奋进。

经过近两年的赶考，今天，宁波舟山港交出了新答卷——年集装箱吞吐量突破"3000 万"标箱。集装箱运输是港口现代化的标志。一个集装箱背后有 8 个就业岗位，可拉动数万元的 GDP。站上"3000 万"的台阶，意味着世界第一大港的集装箱运输不再是短板，大港走向强港初露端倪。"3000 万"来之不易，赶考之路既有曲折和考验，更有孜孜不倦的创新和追求。

【片花】

【记者现场：听众朋友，我此时正在梅东集装箱码头有限公司，码头边两艘大型船舶正靠岸停泊，一辆辆大卡车在经过防疫检查之后有序进入港区，码头生产一片繁忙景象。但是在 4 个月前，这里的一切运行曾一度停摆 14 天，作业全部暂停，港区实施封闭管控。】

今年8月11日,这个港区一位码头工人在新冠病毒例行检测中呈阳性。凌晨3点半,港口作业被迫停止。作为全球第一大港、华东地区重要枢纽,宁波舟山港的这一突发事件格外引人关注。一个港区"静默"停摆14天在港口历史上还不曾有过。梅山码头的关闭导致货物延误、船舶改道等连锁反应。

面对疫情,宁波舟山港管控及时到位,专班运作精确有序。到8月25日,梅山港区重新投入运行。在当天举行的宁波市疫情防控新闻发布会上,宁波舟山港集团公司副总经理蒋一鹏总结了半个月的防控措施。

【录音:(宁波舟山港)采取多种举措,持续做好对船上登轮作业人员、船员、代理等船上人员和集中管理点的人员防疫措施落实情况的监督管理。对国际航行船舶登轮作业人员、督导员等重点岗位实行专班管理方式,保障物流链畅通,确保国计民生重要物资运输,让货物进得来、出得去。】

困扰港口的不单是疫情,还有起伏不定的运输价格。按理说运输价格上升有利于港口和船东,但是火箭一般上升的运价背后却是空集装箱短缺导致的一箱难寻、一舱难求,国外港口迟滞的箱子难以回流,进而影响国内外贸产品的出货。为解客户之忧,宁波舟山港率先推出落实空箱船拖轮引航费用减免、空箱免堆期延长等一系列服务举措,吸引海外空箱回流,缓解出口企业集装箱紧缺困局。据统计,1至11月,宁波舟山港外贸进口空箱量达689万标准箱,同比增长24%。宁波三河贸易有限公司业务经理潘江磊:

【录音:我们出口企业日子很难过,主要原因就是柜子拿不到,能拿到的柜子价格基本翻了好几倍,没有利润或者亏本。所以我们的货就堆压着,又拿不到新的订单,那个时候对我们来说相当艰难。然后宁波舟山港出台了一系列的措施,帮我们减免了一些费用,解决了我们企业的很多实际难题。】

港口是基础性、枢纽性设施,是经济发展的重要支撑。面对世界百年未有之大变局和新冠疫情的叠加冲击,宁波舟山港一手抓生产一手抓服务,全力保障供应链、物流链稳定,不仅挽回了疫情造成的损失,为宁波市连续两年实现外贸进出口上万亿作出了贡献,更为全球产业链恢复贡献了"中国力量"。

【片花】
【记者现场:相比传统的大型港口码头,宁波舟山港梅山港区却相对安静,没有喧嚣的人声,只有井然有序的机械声,林立的远控桥吊以及穿梭的无人集卡是智慧码头建设的典型场景,刚刚起吊的第3000万个集装箱就是通过远程控制实现完成的。】

码头上,空无一人的桥吊在远程系统调度下灵活地抓取一个个集装箱,精准地放置在智能集卡车上,集卡车上的安全员无需操作,方向盘就会自动转向,车辆会自动行驶到指定堆场。而远在几百米以外的司机远控室内,桥吊司机吴起飞盯着显示屏,在一排按键上一推一拉一按,不到 20 秒的操作,集装箱已经吊装完毕。

【录音:这就是我们的远控龙门吊,以前司机是要在场地里面,但是现在我们可以把那边的驾驶室搬到办公室里面。常规的龙门吊司机一个人只能开一台,现在是一对 N 台。安全水平得到了很大的提高,精准度的话比我们人工要高得多。】

【混音:现场音介绍】

宁波舟山港股份公司工程技术与信息管理部部长任建乔指着控制中心的一块块电脑屏幕告诉记者,目前使用的集装箱码头生产操作系统是由宁波舟山港自主研发的,它彻底结束了我国"千万级"大型集装箱码头依赖国外系统的历史。同时,宁波舟山港还全面推进"5G＋智慧港口"的应用,通过自主研发的码头生产操作系统,对进出港区货物的运输、装卸、存储等进行全过程、全链条的数字化、可视化管理。

【录音:我们走的是一条自主创新的路,自己研发、自己掌握,走一条具有宁波舟山港辨识度的智慧港口建设方案。接下去,我们会对梅山港区智慧港口建设再度发力,从 1.0 到 2.0,同时我们对其他港区也进行智慧化改造,推进整体的我们宁波舟山港智慧化程度再进一步提升。】

港口作业效率事关港口生产效益,也事关港口的对外形象。今年以来,宁波舟山港充分运用数字化智能技术,创新开通了集装箱运输"顺风车"业务,提高集卡车辆全程重载率,并依托全港船舶集中调度管理优势,提升港口运转效能。目前,宁波舟山港干线船待泊时间控制在 20 小时左右,在国际、国内主要港口中处于较短水平。

【片花】

【记者现场:现在正是寒冬时节,但是宁波舟山港北仑第二集装箱码头公司迸发着浓浓的"绿意"。这里的万吨巨轮靠岸后会关闭发动机,船上的千伏电缆会接入码头前沿的高压岸电箱,享受清洁电能,整个过程绿色环保。这就是宁波舟山港正在全力打造的绿色港口样板。】

为了让船舶用上清洁能源,宁波舟山港北二集司工程技术部主管李斌峰带领团队对港口岸电系统进行升级改造,通过电缆接通岸基电源,替代靠港船舶自身燃油发电系统,实现了零油耗、零排放、零噪声。

【录音:通过船上一个自动切换装置,选择我们岸电进行供电,停止船上的这种发电机供电,这样就减少了燃油的消耗,也达到了节能减排的效果。】

宁波舟山港还全力推广龙门吊油改电,电力取代了原有的柴油发电后,生产作业更加节能环保。工程技术部龙门吊技术主管蒋旻介绍说:

【录音:用油的话,吊一个箱子大约(换算)要花费 10 公斤的煤,如果用了油改电以后用电的话,换算一下只用到 2 公斤的煤。这样的话,吊一个箱子就可以节省 8 公斤的煤。】

绿色照明、集卡油改气、船舶接岸电……今年以来,宁波舟山港聚焦"碳达峰""碳中和"目标,加大绿色能源应用、绿色装备升级和节能减排工艺改造力度,已建成高压岸电 15 套、低压岸电 180 余套,集装箱和专业干散货泊位岸电覆盖率达 75%。

【片花】

作为在共建"一带一路"、长江经济带发展、长三角一体化发展等国家战略中具有重要地位的"硬核力量",宁波舟山港始终牢记习近平总书记的殷切嘱托,积极融入以国内大循环为主体、国内国际双循环相互促进的新发展格局,助力打造互联互通、互利共赢的物流大通道。

一条条海铁联运通道向内陆深处延展,辐射 61 个城市;一条条航线网络,联通 200 多个国家和地区的 600 多个港口,成为名副其实的海陆双枢纽最佳结合点、对外开放桥头堡。浙大宁波理工学院商学院游建章博士认为:

【录音:这个成绩对宁波舟山港来说特别来之不易,因为在如此不利的局面下,宁波舟山港在今年依然跨越 3000 万标箱大关,保障了全球物流供应链的稳定有序,真正彰显了中国港口的"硬核"力量。未来,宁波舟山港既要抓住中国制造业恢复快、出口需求强劲的契机,又要对集装箱短缺、运价上涨等不利因素有清晰的认识,以"硬核"力量应对复杂形势。】

从 1984 年宁波港在镇海煤码头吊起第一个集装箱开始,到今天这"3000万"标箱,37 年的集装箱运输述说着宁波舟山港的发展速度,也凸显了习近平总书记的高瞻远瞩和深谋远虑。早在 2003 年 1 月,时任浙江省委书记的习近平第一次到舟山调研,就提出要"加快宁波舟山港一体化进程"。2005 年 12 月 20 日,习近平在宁波—舟山港管理委员会授牌仪式上指出:"今后的大手笔建设，一个浓墨重彩之处，将是在港口建设方面。港口建设的重点，将是在宁波、舟山'一体化'之举。"

16年间，宁波舟山港沿着习近平总书记绘就的一体化发展蓝图坚定前行，年集装箱吞吐量连跨"千万箱级"三大步，全球排名从 2005 年的第 15 位跃升至前三强，创造了令全球港航界瞩目的"宁波舟山港加速度"。

【混音】

远眺宁波舟山港，舟楫往来，上百艘货轮集聚在锚地，等待引航进港……宁波舟山港攻坚克难创优异，只争朝夕当硬核，不负嘱托建强港，交出了一张高分答卷。省海港集团、宁波舟山港集团党委书记、董事长毛剑宏自豪地说：

【录音：我们继续向世界一流强港迈进，所以我们将牢记总书记给予我们的嘱托，要争当硬核力量，建设世界一流强港，更好地服务国家战略！】

作者：吴巧、王秋萍、钱志瑶

播音：王一晴

编辑：沈弘磊、郑静峰、毛洲英

单位：宁波广播电视集团

播出时间：2021 年 12 月 16 日

凸显地方特色，"做大做强"主题报道
——简评广播新闻专题《锻造东方大港的"硬核"力量》

刘茂华

港口作为宁波最大的资源，在城市发展中的地位作用毋庸置疑。东方第一港宁波舟山港不仅在国内具有战略性的地位，在亚洲和国际上也是名列前茅的港口之一。广播新闻专题《锻造东方大港的"硬核"力量——写在宁波舟山港集装箱运输 3000 万标准箱之际》紧扣"首破 3000 万标准箱"，厚积薄发，从纵横不同的切面立体化报道这一具有历史性意义的事件，将静态新闻动态化；凸显宁波本地特色，做出了一篇具有全局性、全国性和国际性意义的"大文章"。

其一,聚焦宁波舟山港破解疫情防控难题,客观展现从容应对当下现实难题的果断。

在全球疫情持续蔓延的背景下,两年来,宁波舟山港面临巨大的压力和困难,在严格的防疫措施下,保障国际物流航线正常通航,画出了逆势上扬的亮丽曲线。静默停摆 14 天,一手抓防疫,一手抓服务,为企业和物流减轻负担。

《锻造东方大港的"硬核"力量——写在宁波舟山港集装箱运输 3000 万标准箱之际》再现了具体的应对方式:为防疫重点物资设立绿色通道,为防疫相关企业设立专门服务电话,并延长免堆期;重点贯彻落实中央和省市相关精神,阶段性免收港口作业包干费(转栈作业部分),阶段性船舶供应服务费(冷藏箱制冷作业)减半,免收检验检疫查验无问题箱费用,延长客户费用结算账期等。

现实的紧迫感。习近平总书记希望他们努力克服疫情影响,争取优异成绩。

其二,着眼于未来,用科技赢得大发展,突出报道宁波舟山港的创新意识。

新科技在历史创造者眼中是最难得的抓手和历史性机遇,宁波舟山港运用这一抓手,乘势而上,港区码头正朝着智慧化码头的方向大步前行。

《锻造东方大港的"硬核"力量——写在宁波舟山港集装箱运输 3000 万标准箱之际》用丰富的音响展示了宁波舟山港码头远程控制的全过程,自主研发的 n-TOS 系统的上线实现了数据采集、分析、生产控制的集成化,同时与智能理货、智能卡口、GIS 系统等无缝衔接。报道还展示了梅山港区的未来场景,一边是 5G 远控自动化轮胎吊集群,在远程操控下完成抓箱、放箱等操作;另一边则是 5G 自动驾驶集卡队伍,载着货物穿梭于堆场和码头,送往四方。

总是,科技创新是宁波舟山港赢得未来的保障。

其三,主动调整战略规划,努力展示宁波舟山港适应"双循环"的新发展格局。

宁波舟山港在国内和国际上有重要地位,具有"一带一路"、长江经济带枢纽节点等区位优势。《锻造东方大港的"硬核"力量——写在宁波舟山港集装箱运输 3000 万标准箱之际》在凸显宁波自身特色的同时,也在做具有全局性、全国性和国际性意义的"大文章"。报道重点介绍了宁波舟山港在自身外贸大港服务外循环的特点基础上,进一步注重服务经济内循环,加快构建"内陆腹地拓展、国际市场强化"的双向发展格局,率先形成国内大循环战略节点、国内国际双循环战略枢纽,打造高效畅通的物流节点和体系,这是宁波舟山港未来较长一段时间内的重要任务，也是我国经济发展战略的重要任务之一。

其四，"甬舟一体化"，长三角一体化，积极展望宁波舟山港未来发展的想象空间。

《锻造东方大港的"硬核"力量——写在宁波舟山港集装箱运输3000万标准箱之际》还敏锐地抓住长三角一体化发展格局的"大棋盘"，报道了宁波舟山港将推进"三基地一枢纽"建设——着力打造一流国际枢纽港、集装箱和大宗散货物流基地、大宗商品储运贸易基地、海事服务基地。

报道展示的这一未来发展格局也响应了国家发展大战略的布局，体现了主流媒体具有远见卓识的新闻捕捉能力。

广播新闻专题《锻造东方大港的"硬核"力量——写在宁波舟山港集装箱运输3000万标准箱之际》将本来是静态的新闻转化为动态发展的新闻，同时从历史纵深的角度深挖新闻背后的新闻。该报道立足于当下，着眼于未来，同时将习近平总书记在不同阶段对宁波舟山港的指示、关怀贯穿前后，有习近平总书记时任浙江省委书记时高瞻远瞩的规划，也有新冠疫情来临后的及时关心，还有融入国家大发展整体发展战略的殷殷嘱托。这不仅是宁波舟山港跨上了一个新的历史发展阶段的期待，也是中国走向世界强国之列的期许。

广播新闻专题

云龙镇的两封倡议书

鄞州区云龙镇是国家级新材料生产基地,小镇集聚了1258家企业,8万常住人口当中有6万是外来务工人员。一个多月前,云龙镇在全省率先发起了"留浙过年"的倡议,截至目前,85%的员工选择了留下。这么大的留浙规模给小镇管理也带来了前所未有的挑战,云龙镇怎样做好留人这篇文章?想方设法留人过年的探索,又为小镇未来发展带来怎样的思考?请听记者的蹲点报道:

送米送油送话费,这样热闹的场面从云龙镇发出第一份"留浙过年"的倡议书之后就没断过。镇上的1258家企业陆续出台了过年红包等一系列留人政策。企业员工说:【(出录音)一家人都在这里,小孩也在这边;厂里那么多同事在一起不会孤单;总体来说感觉很温暖。】

各家企业还陆续建立了详细的留人名单。纬尚汽车零部件公司160名员工当中留下过年的有120人。宁波纬尚汽车零部件有限公司办公室主任周雅萍说:【(出录音)没有想到会有那么多人马上积极响应,更有信心去做这些工作。】

工会建立了一个"过年群",谁家有个大事小情,在群里一吆喝,第一时间就能解决。龙刚是四川泸州人,这次他第一批报名留下当起了群主。宁波纬尚汽车零部件有限公司常务副总龙刚说:【(出录音)公司群就是所有干部都在里边,反应速度快,扁平化,处理公司员工有任何需求这些的。】

虽说是留下了,但临近过年,大家心里还是很纠结。宁波纬尚汽车零部件有限公司人事部工作人员朱盛说:【(出录音)本来已经留下来了,但是今天写上来又说这个员工想回去,然后再去做做思想工作。尊重他的想法,不能强制性的。】

【(现场声)宁波纬尚汽车零部件有限公司办公室主任周雅萍:还是比较牵挂家里的父母?

宁波纬尚汽车零部件有限公司员工尚志旗：一年一次，我是每年必回的，退票有四五次了，服务费是没少扣，自己心里这关确实比较难过。】

云龙镇集中了浇筑、铜带、微电子等制造业企业，员工大多数来自四川、湖南、贵州和安徽，每年到这个时候，热闹的小镇早就空荡起来。今年留下过年，对很多人来讲，都是第一次。外来务工人员邓琳说：【（出录音）安徽阜阳的，想家也得留在这儿。】

外来务工人员王玉芳说：【（出录音）有个老妈96岁了，你说想家不想家？你想想可难过。】

面对如此大规模的留浙员工，企业要把人留下，更要把大伙的心留下。云龙镇上的1200多家企业几乎都没有宿舍配套，务工人员就零散地租住在18个村社的民房里。企业留人，村里要管人，难度不小。12岁的张程祥这几天一直在跟妈妈赌气：【（出录音）就只有每年（过年）的时候才能回去，我和我爸爸妈妈说，我打算和我姐姐坐车回去，我妈妈不同意。】

镇上的阿姨过来送年货，也改变不了他的想法，这让妈妈心里很不是滋味：【（出录音）亲戚朋友都在老家，这里就他跟姐姐两个人，我从2005年来就一直是住在这里的，其实我们也想在这里有个家。】

张程祥只是这次留在这里过年的近5000名孩子当中的一员。让外来务工人员安心地过年，安顿好孩子是第一步。这两天，云龙村党支部书记袁晓丽忙前忙后，挨家挨户张罗，登记各家各户的孩子名单。【（出录音）小孩子没地方去，一大帮小孩子都到这里来玩，我们还要考虑他的安全。】

袁小丽带领村里的妇女干部们决定先把孩子们管起来。在大伙的张罗下，第一个寒假免费的兴趣班开课了。

【（出录音）明天写作文。（每天都不一样对吧？）对。上补习班获得更多朋友，很有意思。】

管好孩子还不够，云龙镇的倡议里提出"房东留房客"、党员村干部走访拜年等举措，企业、村社联动做好留人工作。云龙镇商会的会长郑海康是第一封"留浙过年"倡议书的发起者，根据他的经验，每年过完年，员工的流失率都在25%左右，企业普遍存在用工缺口，今年留下来过年的员工规模空前，很多企业都看到了机遇：【（出录音）春节期间留下来的人比较多，沟通的时间比较多，我们下一步从长远来说，不是留人，是留心。】

云龙镇党委书记洪峰说：【（出录音）我们原来一直想，过年这么多人压力很大，总的感觉是一次机会，把云龙好的发展和留甬过年的人好好沟通一下，

把他的梦想也留在云龙。】

眼下,云龙镇召集商会代表刚刚印发了第二份倡议书,从留人到留心,云龙镇这个典型的制造业小镇,"留浙过年"的后半篇文章到底怎么做?请继续关注《云龙镇的两封倡议书》。

除了做好大规模留浙员工过年生活服务工作之外,第二份倡议书还有一项核心任务,就是留心。从留人到留心,找准痛点才能解决问题。留人的下半篇文章,云龙镇是怎么做的?继续来听记者的报道:

云龙镇第二封倡议书下发的这一天,勇耀缝制机械董事长汪小勇刚制订了一份排满出货时间的生产计划单,接单量已经超过了生产能力的 30% 以上,今年厂里的 195 名工人留下了 85%,生产一片红火,但汪小勇却并没有盲目乐观,去年过年后的招工难依然历历在目:【(出录音)很难,企业还是在于人,跟十几年前二十年前的用工状态变了,他的工作你认可,把员工的心留住。】

从留人到留心,第二封倡议书,句句说到了汪小勇的心坎上。今年春节,镇上的大小企业都响应"留浙过年"的倡议,真金白银拿出福利留住员工。宁波健美体育用品有限公司负责人张闰平这次拿出了 15 万元增加员工过年福利,暂时留下了 85% 的员工,但他更关注的是,春节过后,这些员工何去何从:【(出录音)我们也是想尽各种办法挽留他们,但是痛点永远在。】

缓解企业的痛点要从根本上改变困局。在云龙镇看来,今年大多数人就地过年,是前所未有的留人时机。第二封倡议发出之后,云龙镇机关、村社干部上门拉家常,把大家的想法摸上来。镇党委书记洪峰随身带上了小镇车站的规划方案和一份发展意见征求表:【(出录音)岗位怎么样、有哪些困难、对我们有什么建议、他的新年愿望、对我们云龙的发展提点意见。】

要让更多务工人员成为新云龙人,就要让企业和员工都能了解和参与云龙的发展。

【(现场声)我们入学有个积分系统,今年你在云龙过年的,可以加分的,村里当志愿者也可以加分的。】

【(现场声)以后到舟山、金华,我们这里都能坐火车了。】

【(现场声)我跟你加个微信好吧。】

云龙镇党委书记洪峰说:【(出录音)我们其实在管理上平时也是有缺陷的,平时相对来说是沟通比较少的,要从我们的改变开始,我们改变了,他们也会敞开心扉跟你讲他们的困难。留在这里过年,给我们指出了一个新的

方向。】

很多务工人员人留下心却难安的首要原因就是安居问题：【（出录音）外面租的房子。（每月多少钱？）七八百吧；最好厂子提供宿舍，对我们来说也是减轻一些负担；15 岁的时候就来了，我今年 27 岁了，已经来了 10 多年了，我们的梦想就是在云龙自己买个房子。】

镇上的企业基本没有员工宿舍，外来务工人员都租住在附近的村里。良业电器为了长期留人正在投建宿舍，但 1∶5 的配备依然杯水车薪。宁波良业电器有限公司行政人事部经理庞旭说：【（出录音）企业虽然有宿舍的，不大的，房间将近 70 个左右，因为大多数是外来的，他们有需求要住在这。我建议希望政府能出资建一个外来务工人员小区，集中管理。】

年前的走访，云龙镇城建办副主任陈毅达带来了最新产业园的发展规划。未来，云龙镇将以集聚的方式腾挪出新的发展空间，优化产业环境的同时，规划配套的产业工人居住区：【（出录音）职教中心、有初级中学，包括有小学，包括有现代化建设业，这里是商住服务配套业。我们在这里可以放一些类似于（集中住宅区），相当于产业园的形式去开发，所以要把整个工业捏到一起，这是下一步我们未来产业园的方向。】

直面发展难题，云龙镇以留浙过年为契机，以心换心，正在探索以更优服务、更实规划解决企业留人之困，这篇真正留人留心的发展文章刚开篇，我们将继续关注。

作者：洪晓薇、高佳胤、郁振潮、俞朝辉、秦玉权

编辑：李伟、崔颖

单位：鄞州区融媒体中心

播出时间：2021 年 2 月 10 日

非常时期，新闻要有高度和深度，也要有温度

——简析广播新闻专题《云龙镇的两封倡议书》

刘茂华

新冠疫情的阴影一直在我们左右，尽管已经成为"常态"，但很多时候又处于紧急状态，给新闻报道带来了挑战，也带来打破常规的机遇。在这样的非常时期，与疫情、公众关系密切的新闻报道不仅要有一定的高度和深度，还需要有"温度"，体现我国主流媒体所独有的温暖和温馨。

广播新闻专题《云龙的倡议书》聚焦宁波市鄞州区的"两封倡议书"——第一封的主题是"留人"，第二封信的主题是"留心"，难能可贵的是，该报道不仅真实反映云龙镇遇到的现实难题，更是融入了主流媒体对社会群体同企业发展、城市发展乃至区域发展的观察和思考，体现了媒体客观反映新闻事实的"高度"和"深度"，更重要的是展现出媒体和媒体人应当具有的"温度"。

新闻专题《云龙的倡议书》报道的现实状况是，云龙镇有大中小企业上千家，2021年春节前，外地打工者要返乡了，由于受到疫情的影响，新的一年将会有很多的变故。如何将这些外地职工留在当地过年，不仅有利于云龙镇企业新年之后的发展，也有利于这些外来打工人员融入云龙镇。基于云龙镇的现实难题，该镇紧急召开了商会防疫工作专题会议，统一思想和防控措施，政府与企业达成了"企业推迟开工、因疫情晚到员工保留岗位、保留待遇、做好员工健康监测、做好信息排摸和统计、做好企业内部消杀"等六项共识。云龙镇商会（新创会）给全镇所有企业先后下发了两封《倡议书》，希望全镇各企业共同应对此次疫情，共同履行社会责任。

该报道不仅全面展示了云龙镇的实际情况，当地"留人"的各项措施，更重要的是将"留心"作为报道的重点。比如，着重报道了当地社会组织在政府的统一协调下解决企业外地员工的后顾之忧，减轻他们租房、居家过日子的生活负担，想尽办法帮助他们的子女过一个有意义的春节，让外来务工人员从心底感受到温暖和温馨。记者的现场访谈，所涉及的人物和话题是广泛的，也是有感而发的，同时是贴近民生民意的，更为重要的是触及外来务工人员深层次的

难题：让他们转变观念，从一个"异乡人"变成"本地人"。

尽管回答这样的难题还需时日，但是，《云龙的倡议书》从观察者的角度，也是从外来务工人员的角度思考现状，探索解答难题的钥匙，这种透过现象看本质的新闻采写方式方法值得肯定。

众所周知，不仅疫情是我国面临的常态，其他各种各样的重大意外事件突发也成为一种"准常态"，主流媒体和新闻人今后也常常面对这些"常态"，追求新闻的"更高""更深"是必然的趋势。

尤其是当前"人人都有麦克风""人人都能够做新闻"的传播格局下，职业新闻人必须将自己的镜头、笔触深入社会的各个角落，站得更高，看得更远，同时要体现我国主流媒体的"温度"，主动回应公众的关切，回答社会急需解决的各种难题。

广播社教专题

它们,是世界上最濒危的鸟种之一
是鸥科鸟类中最稀少的一种
"中华凤头燕鸥最后一次被确切记录是1937年,这是最后一次被记录到"
因其稀少神秘
它们被学者专家称为"神话之鸟"
"希望在沿海、在其他地方,也能够看到更多的中华凤头燕鸥"
——中华凤头燕鸥
为了它们的繁衍
有一群人驻守无人荒岛

"天空没有留下翅膀的痕迹,但我已经飞过"

(同期声,混)今天是陈国爱和曹叶源作为中华凤头燕鸥监测志愿者待在岛上的最后一天。本来就不多的随身物品几乎都不用这两个年轻的男生怎么收拾,所以,整个白天,他俩还是像过去的50多天一样,定时巡岛、观鸟、记录,回营地例行上传、查看监控,间或走出烈日炙烤下的由集装箱改装的工作室,走到遮阳棚底下,看看海,吹吹风,或是抬头望望天……

【陈国爱:"马上要离开了,其实挺不舍的。算是朝夕相伴吧,两个月的时间了,也是待了很久。每天都会去看它们,喂仔啊、躲避天敌啊、各种飞啊,其实挺喜欢这种感觉。所以说要离开了,有点不舍。"】

说话的是陈国爱,广西人,今年刚从浙江大学动物科学专业毕业,8月底就将前往中国科学院动物研究所读研。和还在美国埃默里大学生态学专业读大三的另一名志愿者曹叶源一样,他俩都是通过层层选拔,成为象山韭山列岛国家级自然保护区的护鸟志愿者。从6月到8月,他俩负责在岛上进行24小时驻岛监测和保护。

【曹叶源:来之前都给我们打好了预防针,会遇到什么样的问题啊,或者这边的条件是什么样的啦,(都有讲到。)我觉得可以接受。我们每天(的工作)就是要提交数据:每天的天气信息、记录到的燕鸥的脚环编号、它的天敌游隼过来袭击的次数啊,等等。每天都要汇报一次。】

两位志愿者所属的是一个叫"中华凤头燕鸥繁殖种群招引和恢复"的志愿服务项目。

中华凤头燕鸥是一种中型水鸟,体长一般为 38～42 厘米。额头和冠羽为黑色,身体呈淡灰色。主要栖息于海岸岛屿,繁殖于中国海岸,迁徙和越冬在广东、福建以及东南亚海岸。

中华凤头燕鸥是鸥科鸟类中最稀少的一种,也是世界上最濒危的鸟种之一,因其稀少神秘,被学者专家称为"神话之鸟"。自 1863 年被命名以来,到2000 年,人类对它们一共只有 6 次确切的观察记录,目前全球种群数量不超过 150 只,被世界自然保护联盟公布的《濒危物种红色名录》列为极危物种。今年 6 月,中华凤头燕鸥"晋升"为国家一级保护野生动物,与"国宝"大熊猫同级。

项目主要执行人之一,象山保护区管理局的丁鹏为我们简单梳理了有关中华凤头燕鸥在国内被观察到的记录:

【1937 年,在山东青岛海域的沐官岛,当时采集了 21 只(中华凤头燕鸥的)标本,之后长达 63 年的时间中国没有观察到过它,世界上也普遍认为它已经灭绝,直到 2000 年在福建外海的马祖列岛被重新发现。2004 年在韭山列岛保护区发现了它的一个繁殖群,当时发现有 20 只。但由于受到当时台风、人为捡蛋等一些因素的影响,2004 年、2007 年都(自然)繁殖失败。】

自然繁殖失败,有专家提议用人工招引的方法帮助中华凤头燕鸥在我国东部海域的岛屿繁衍。于是,象山的韭山列岛便成了中华凤头燕鸥人工招引地的适宜之选。

韭山列岛位居舟山群岛最南端,是浙江中部沿海的一个著名列岛,由 76个岛礁组成。韭山列岛及其附近海域生物类群丰富,拥有珍稀、典型、濒危的国家级、省级海洋保护生物,是浙江省比较重要的水鸟繁殖和停息点。

丁鹏作为中华凤头燕鸥招引工作的主要执行人之一,配合专家负责招引、观测燕鸥。那一年是 2013 年:

【中华凤头燕鸥最初的自然繁殖岛屿是在韭山列岛的将军帽岛,地处整个列岛的外围,受风浪影响较大,无法做到 24 小时的看护。然后把它引到铁墩岛。铁墩岛相比原先的将军帽,地势较为平坦。通过人工改造,把(不适合中华凤头燕鸥栖息的)高草除掉,摆放上假鸟、播放燕鸥的叫声,把它们吸引过来。同时我们可以做 24 小时的守护和近距离的科研监测。】

回想起那段岁月,丁鹏笑言堪比"鲁滨逊"式的生活:住的是村民遗留的废弃房屋,睡的是行军式的简易床,吃的喝的都在岛上,除了蓝天、大海、飞鸟……就是他一人:

【我们当时的饮用水就是山后的一个水窖里雨水积累的水,撒一把漂白粉,当饮用水。吃的有时候十几、二十天才有人上岛送补给,也没有储存条件,那年夏季又特别炎热,只能吃一些比较好保存的食物,比如说南瓜、土豆……】

那年驻岛留守等鸟来,从 5 月一直等到 7 月,眼看繁殖季就要过了,还迟迟观测不到中华凤头燕鸥的踪迹,丁鹏的心中满是失落。

【守了有两个月吧,最多的时候只监测到 8 只大凤头燕鸥。后来我们就准备撤了。然而在撤走的当时,突然发现有 20 多只大凤头燕鸥来了,我就建议先不要撤,把设备再放几天。结果过了两天,我们再去看的时候,发现了 1000 多只大凤头燕鸥,其中有 4 只中华凤头燕鸥,一下项目就成功了! 当时就特别兴奋,因为我们在那儿等了两个多月都没看到过的景象,突然一下子出现,带给我很大的兴奋……】

就这样,从四只到十几只再到几十只、近百只,这个叫铁墩岛的荒岛成了中华凤头燕鸥每年夏季飞来我国东部沿海繁育的"钦选之地"。数据显示,自 2013 年在韭山列岛开始实施招引与种群恢复工作以来,保护区已累计成功招引繁育出 115 只中华凤头燕鸥幼鸟,占世界各繁殖地总量的 80% 以上。"经过十多年的努力,中华凤头燕鸥已暂时脱离了灭绝危机。"

在人工招引较为稳定后,2017 年,韭山列岛国家级自然保护区开始向社会公开招募志愿者,从 4 月到 8 月监测燕鸥群的繁殖全过程,两个月一期,每期两名志愿者。陈国爱和曹叶源就是今年被招募的其中两位。

铁墩岛东面有一大片向阳的崖坡,鸟儿们大都在此栖息。崖坡的高处,草丛中,搭建有小木屋,这里就是志愿者们观察、记录鸟类活动的地方。将近两个月时间的朝夕相处,两位志愿者已经练就了火眼金睛,在一大群海鸟中一眼就能认出中华凤头燕鸥的"倩影",也观察到了一些鸟儿们的动人瞬间:

【有一只小鸟刚出生没几天,它的"邻居"是一只正在孵蛋的鸟。幼鸟的"父母"经常不在,可能抓鱼去了。下雨了,那只幼鸟就一直往孵蛋的大鸟的翅膀底下钻。一般中华凤头燕鸥在繁殖的时候,通常对"邻居"都会驱赶的。但那一次很奇怪,那只大鸟竟然没赶它,还很主动地把幼鸟塞到了自己的翅膀下

面。可能是因为它孵化的时候,它的母性会更加强大吧,看到落单的幼鸟会有那种想保护的感觉吧,还是很温馨的……】

相比陈国爱对于中华凤头燕鸥那份溢于言表的喜爱的感性表达,一旁的曹叶源多少显得理性和冷静,他更多是对这些"神鸟"对待自己来之不易的蛋却随意抛弃不孵的做法有点"扼腕":

【你想它每年其实就只生一个蛋、只养大一个雏鸟,它本身的繁殖率就不高,(它还弃蛋。)(记者:你们有没有算过它们一共弃了多少?)今年它们一共可能生了 60 个左右的蛋,孵化了 20 多个,(其他全弃了)……】

看海、听涛、观鸟!明天就要告别这听起来满是"诗意"的岗位,告别那些这些天来天天相见的白色"神鸟"了。"天空没有留下翅膀的痕迹,但我已经飞过。"那么,对于两位志愿者来说,近两个月时间的驻守,看着成鸟们飞来、繁殖,看着幼鸟们破壳、长大,他们又有什么话想对燕鸥们说的呢?

陈国爱说,他希望能听到这个种群数量越来越多的消息——

【陈国爱:我们的努力都是为了让一个物种能够继续存活下去。人和自然和谐相处很有必要,毕竟地球不仅仅是人类的地球,每个物种都有它自己的位置。对(中华凤头)燕鸥,其实最想说的还是多多繁殖,多多努力地生存下去吧,希望在沿海或其他更多的地方,能够看到更多的中华凤头燕鸥。】

一旁的曹叶源看来还是对鸟儿们"不负责任"的"弃蛋"行为耿耿于怀:【嗯,(希望)它们多吃,多生几个蛋。不要再弃那么多……】

一夜安然。终于还是到了作别的时候。返航船缓缓启动,犁出雪白的浪花。之前一路上还和我们说说笑笑的陈国爱一时间显得有些沉默,他把着船栏,微笑着朝着铁墩岛的方向长长凝望。突然,一只只熟悉的头顶黑色羽冠、身披白衣的燕鸥不知从哪里飞了出来,追着船尾盘旋,越聚越多。陈国爱一下子就像个孩子一样笑了起来:【看,它们在送我们!】

作者:沈弘磊、衡帅、刘天奇、沈棠燕、黄育莉

编辑:郭英杰、林玲、张钰倩

单位:宁波广播电视集团

播出时间:2021 年 8 月 15 日

《"天空没有留下翅膀的痕迹,但我已经飞过"》评析

曾海芳

2020 年 9 月,习近平总书记在联合国生物多样性峰会上指出,要"像保护眼睛一样保护生态环境,像对待生命一样对待生态环境"。近年来,建设生态文明、保护生态环境的理念已经深入人心,生物多样性保护也日益受到重视。在此背景下,该作品以国家一级保护动物中华凤头燕鸥为关注点,围绕宁波象山韭山列岛的"中华凤头燕鸥繁殖种群招引和恢复"志愿服务项目,从志愿者的视角出发,讲述了志愿者们两个多月以来在海岛的驻守经历,反映了我国在保护生物多样性领域作出的不懈努力和取得的最新成就。作品注重细节呈现,音响层次丰富,感情表达自然,充满了知识性和人文关怀。

一、主题选择好

被人们誉为"神话之鸟"的中华凤头燕鸥数量稀少,十分罕见。自 2013 年中华凤头燕鸥现身象山以来,宁波象山韭山列岛一直把中华凤头燕鸥的招引和种群恢复作为工作重点,每年都会招募志愿者上岛开展科研,并尝试着在"中华凤头燕鸥"的繁殖季节里吸引它们到来。如今,韭山列岛也已经成为全球最大的"中华凤头燕鸥"栖息基地。对于保护中华凤头燕鸥这一题材,记者长期予以关注,并在 2021 年 6 月中华凤头燕鸥首次被列为国家一级保护动物的重要时刻,适时推出该专题报道,体现了新闻的重要性、显著性和接近性。

二、表现形式好

在长期关注该主题的过程中,记者曾经两次上岛实地进行体验和采访,并陪同志愿者在荒岛上过夜,对保护工作艰苦性有了更深的感性认识,获得了第一手材料,尤其是在努力捕捉志愿者日常工作中的细节方面花了很大功夫。最终,记者通过精心谋篇布局,选择以志愿者作为叙事主体,通过他们的讲述反映象山韭山列岛自然保护区的工作进展,同时对中华凤头燕鸥的生活习性展开科普。作品细节把握得当,充满真情实感,大量的同期声的插入丰富了节

目的声音元素，每一段同期声都精挑细选，确保音响的典型性和适配性，在娓娓讲述中体现了人与自然的和谐互动。作品播出后，取得了较好的社会效果，对于这种像大熊猫一样珍贵的中华神鸟作了一次有益的宣传推广，对于保护生物多样性的重要意义进行了一次主题挖掘。

广播社教专题

一封尘封 80 年的"革命情书"

【信件配音:萍:不知是什么的牵连,在这样的工作烦冗中,我还时刻地惦念着你,尤其是许久间的一切的隔离……】

【片花:一封 80 年前的革命情书;

我看到第一句话我就非常地感动,那是 80 多年前的人写的信;

是坚贞的爱情,更是不屈的信念;

林勃同志牺牲的时候,被绑在一棵大树上,刺了 17 刀;

这是共产党人的赤胆初心;

家是最小国,国是最大家,他们身上体现的那种家国情怀,让我们是真实地感受到。

一代代人,永远铭记!

他就是我们家乡人心里最大的英雄,就是因为有他们的流血牺牲,才会有今天的幸福生活。】

请听广播专题《一封尘封 80 年的"革命情书"》

【出现场音:这是当时我们在档案馆找到了……】

2021 年 2 月 20 日,镇海口海防历史纪念馆正在筹备"宁波百年英烈展",收集烈士资料时,从档案馆的资料里找到了一封誊写版的烈士信件。虽然信里的部分字迹都已经模糊,但依稀还能从信封和落款中辨认出信件的主人——林勃。

林勃是谁? 在镇海口海防历史纪念馆抗日展厅的烈士展陈墙上,只有林勃的一张单人照和简短的几句话介绍:

【出配音:林勃,原名林圣楣,镇海县小港镇人,1938 年加入中国共产党,抗日战争时期任镇海江南独立中队政治指导员。1941 年 10 月,在青峙战斗中壮烈牺牲。】

从抬头看,这封信是写给一个叫"萍"的人的,那这个"萍"又是何人? 他与林勃之间有着怎样的故事？镇海口海防历史纪念馆馆长严辉带着馆里的工作人员开始了寻找。

【出录音：我们就把这封信封作为基础的素材，进行全方位的检索，包括信中出现的人名，包括很多部队的一些简称，包括当时的一些历史的事件，我们进行了全方位的搜索。】

【信件配音：在昨天晚上，我们已到了青峰，虽是我们辗转了好几天，但毕竟叫所谓老粗们扑了一个空，这一副对独中的假面具，终究在今天被拆穿了。】

在镇海区档案馆一番查找之后，事情有了新的进展，林勃在信中提到的"青峰"在今天的北仑区戚家山街道。研究员徐春伟介绍说，1941 年 10 月，林勃所在的镇海县工委领导的澥浦民教馆施教团，在转移至青峰村时，遭到了国民党土顽兵力的突袭，林勃为掩护部队撤退而弹尽被捕的，被随后赶来的日寇连刺 17 刀，最后壮烈牺牲。

【出录音：当时就是敌我斗争形势非常复杂。当时宁波的顽军势力比较强，这个（林勃）烈士已经察觉到了，国民党可能要对他们动手，后来他的预料果然是成真了，国民党顽军趁他们不注意的时候打黑枪。】

【信件配音：在近几天，曹和阿小的谈吐中，我隐约地知道你同样在想念着我，并似乎在埋怨我这一次默默地走了。】

信件中提到的几个人名的缩写，"萍""曹""阿小"又是谁呢？

经过进一步搜索镇海澥浦民教馆施教团相关史实资料，并向宁波市新四军学会多次咨询、核实，信中出现的"萍"终于被确认，全名叫余也萍，是林勃牺牲前的革命战友和恋人。

镇海口海防历史纪念馆馆长严辉【出录音：我们经过检索发现了其中很多感人的细节，很多的故事不断地推进，而每一次的推进，对我们每一个人来说，都是一次心灵的震撼，也是精神上非常神圣的涤荡。】

【片花：谜底被层层揭开，一个不仅有着儿女情长，更有着家国情怀的青年共产党员的形象逐渐清晰起来。在那个烽火硝烟的革命年代，林勃和余也萍有着怎样的"红色情缘"？历经半个多世纪，这封信又如何能经历战火完好保存？】

【出现场音：我们往那边请，我们临时把书信展陈在……】2021 年 4 月 26 日，镇海口海防历史纪念馆。余也萍的女儿丁芃受邀从上海来到了宁波镇海。

丁芃说，母亲余也萍 1989 年在上海去世。谈起往事，丁芃记得幼年时就听父母提到过"林勃"这个名字，也在妈妈的回忆录中读到过这封信的故事，她明白这封信之于妈妈的意义。这次听说信被找到了,她一定要来亲眼看一看。

【出录音:没有见过,因为我妈妈写到她回到乡公所的时候收到一封信,里面写到第一句,"萍"。】

【出现场音:你再来看,这个就是原始的信……】

在镇海区档案馆,戴着白手套的丁芃轻轻摩挲着信件原件,久久不肯放下,记忆被拉回了那个战火纷飞的年代。

1937 年"七七事变"爆发后,母亲余也萍在慈溪投身抗日救亡工作,1939 年加入中国共产党。后来因为地下党员的身份暴露,母亲被组织秘密调动到镇海澥浦民教馆施教团工作,她和林勃就是在那里相识、相知的。

丁芃【出录音:其实那个时候他们很艰苦,但是在澥浦的这段时间他们又是很愉快,他们的感情实际上是在那个时候建立的。】

【信件配音:虽是我也知道这是为了工作,但我终以为不该疏远,毕竟我们已进一步地了解了。】

1941 年 10 月,余也萍正留守在距青峙只有 20 多里路的王贺乡后方,得知林勃牺牲的噩耗,她与战友贺思真冒着生命危险前去寻找。在老乡的指点下,两人在青峙村一座荒山脚下找到了林勃的遗体。

丁芃【出录音:林勃烈士被绑在树上,脸色已经苍白,后来她们把他解下来,胸口上就有 17 个洞,全部都是血染透了。凌晨的时候我妈妈回到工作的驻地,桌子上有一封林勃写给她的信,就是这封信。】

【出信件配音:有谁知道我临行时的心境,更何况这一次。】

"这一次"居然是永别!这封信,居然成了绝笔!

丁芃说,此后的革命岁月,母亲想方设法保存着林勃的信和一张一时小相,这是她革命情谊最好的也是最后的见证。

【出录音:这张照片她非常珍惜。她是新四军战士,日晒雨淋的,缝了一个口袋,一直是放在贴胸口的衣服里面。她说不知道湿了多少次,又给烘干了多少次,把它保存下来的。】

2021 年 4 月 26 日,北仑区王家溪口公墓烈士陵园,松柏青青、鲜花环绕,林勃烈士的墓碑静静地伫立着。站在林勃的墓前,默哀、鞠躬,丁芃没有太多的话语。她将手中的蝴蝶兰轻轻放在了墓碑下方。这是她前一天祭扫完母亲余也萍的墓园,从当地买回来的。她说春天是蝴蝶兰开得最美的季节。

【出录音:这是我母亲和林勃烈士在这里曾经战斗过的地方,所以我就觉得我是踩着他们的脚印在走。】

1989 年，母亲在生命最后时刻留下遗嘱，自己要安葬在宁波樟村四明山烈士陵园，那里有她亲密的战友，离林勃也不远。

丁芃【出录音：她把她的骨灰放在这里，她说我去会战友去了，你把我放在樟村，她说樟村离林勃也近，你们一块也去扫一扫（墓）。】

这是丁芃第 7 次来祭扫林勃墓了。从丈夫到子女，余也萍一家两代人，几十年几乎每年都来为林勃扫墓，他们把林勃当成自己的亲人。

1947 年，余也萍与战友丁公量组成了家庭，她时常向丈夫说起想要寻找当年匆匆埋葬的林勃。1959 年，丁公量带着部队来镇海进行演习，他趁此机会去寻找墓地。

丁芃【出录音：当时问了那个乡政府，他们也不知道。后来我爸爸就讲了他这个事情，后来是一个小孩，放羊的大概，刚好在边上听到，他说我知道，我带你们去。后来我爸就跟着他到这个墓碑下一看就是。】

1965 年，余也萍一家从南京迁居上海，离宁波更近了些。母亲坚持每年都来宁波扫墓，再往后，便由丁芃代为祭扫，每次她都是一个人独自前来，家乡人民让她难忘。

【出录音：然后我上公交就捧了一束花，那个车子都已经坐满了，我就站在那里。车子开了一段路以后，我就去问售票员，我说青峙严陵小学还有多远？还有很多路呢。结果好几个人站起来，跟我说一定要给我让座。当时我就好感动，宁波人民真的没有忘记烈士。】

结束祭扫，听闻有烈士后人来，43 岁的陵园管理员郑惠走上前去，一定要认识一下丁芃，向她问好。她说，自己已在陵园工作了十年，每年来这里祭扫烈士的人从未间断，他们中有党员，有群众，也有林勃烈士的旧村人。

【出录音：当时我站在这里面，全程跟他们参加祭扫，每一次当哀乐响起的，向英雄致敬默哀的时候，我的眼泪就会不由自主地流下来，我都是很感动很感动的。】

红色精神在这片土地上延续着。2011 年，征得林勃烈士后人和当地村民同意后，林勃烈士墓迁入王家溪口烈士陵园，与 41 位革命烈士安葬在一起。

此后，从郑惠的父母辈，到郑惠，再到郑惠的女儿，他们听着烈士的故事长大，又接力来到烈士陵园祭扫，一代又一代的人民，始终铭记着烈士。

【出信件配音：病魔已赦了我，祂大概不忍再摧残我这仅留的躯干了。旁的留到碰面时再谈吧！】

这是信的最后一句。

1941 年的深秋,林勃和战友刚刚到达青岇村,或许是在傍晚,或许是在清晨,在心灵最宁静的那一刻,林勃想到了可亲可敬的恋人,胸腔里溢满了柔情,他提笔写下了这封信。

他是期待的,期待着久别重逢,期待着山河无恙,期待着春暖花开。

作者:吴梦帆、顾雁君、王霞、计怀斐、郑童、陈诞鹏

编辑:吴梦帆、顾雁君

单位:镇海广播电视台

播出时间:2021 年 5 月 26 日

《一封尘封 80 年的"革命情书"》评析

曾海芳

习近平总书记指出:"革命博物馆、纪念馆、党史馆、烈士陵园等是党和国家红色基因库。要讲好党的故事、革命的故事、根据地的故事、英雄和烈士的故事,加强革命传统教育、爱国主义教育、青少年思想道德教育,把红色基因传承好,确保红色江山永不变色。"镇海广播电视台在中国共产党建党百年之际推出的红色报道《一封尘封 80 年的"革命情书"》正是立足于镇海口海防历史博物馆封存的一封旧书信,深入挖掘信件背后的革命故事,展现了革命烈士的英勇事迹和家国情怀,真正做到了小切口大主题,小故事大情怀。

一、精心策划,跟踪采访

日常生活中,虽然新闻时有发生,却不是每个人都能轻易察觉的,作品《一封尘封 80 年的"革命情书"》能问世首先依赖于记者高度的新闻敏感性和前期的精心策划。因偶然间得知镇海口海防历史博物馆找到了一封 80 年前的书信,正亟待找寻信件主人及背后的故事,记者便决定对这一事件进行全程跟踪采访。通过跟随并协助工作人员在宁波博物馆、宁波档案馆找到一手资料,联系烈士后人,记录其讲述,通过书信朗诵和后人讲述的交错,让听众融入历史,置身于筚路蓝缕的烽火岁月,沐浴红色精神洗礼。

二、回顾历史,激励后人

作品虽然聚焦于镇海口海防历史博物馆 80 年前的书信,却没有止步于此,而是继续追踪林勃烈士的陵墓,通过烈士后人讲述其祭扫途中群众主动让座,以及陵园管理员讲述每年来祭扫的人不断,反映了人们从来没有忘记烈士。作品通过历史和现实的交融,在走进历史的同时发掘激励后人的红色元素,传承红色基因,把尘封的档案化作活生生的爱国主义精神财富,进一步提升了作品的新闻价值。

三、音效丰富,制作精良

广播的长处是声音,听众对现场的认知以及现场气氛的感受主要来自现场音响。合适的现场音响有助于说明实时情况,表现主题,增强新闻的可信度,同时合理的、恰到好处的同期声可以进一步丰富作品的现场感和生动性。作品《一封尘封 80 年的"革命情书"》就展示了大量的声音元素,包括现场音、信件配音,以及博物馆馆长、研究员、烈士后人等人的多段同期声,通过丰富的声音素材弥补史料的空白,为听众提供更优质的听觉体验。

广播服务节目

健康正能量特别关注——新冠病毒疫苗接种进行时

主　　持：娄邵明
记　　者：刘天奇
编　　辑：郭英杰、毛欣、马丹
嘉　　宾：宁波市疾病与控制中心 免疫预防所副所长——马瑞

【节目片头】

主持人：睁开双眼，收获健康。

各位朋友，早上好，我是您的健康主播邵明。

这里是宁波交通广播为您打造的《健康正能量》，邵明和所有在线医生朋友为您的健康保驾护航。

大家近期是不是也听说了，我们宁波可以免费接种新冠病毒疫苗这件事情了？没错，这是真的！

3 月 21 日，宁波市疾控中心传来消息，为了有效预防新冠病毒肺炎，建立人群免疫屏障，保障人民群众身体健康，根据浙江省新冠病毒疫苗接种工作的整体部署及安排，我市全面启动新冠病毒疫苗免费接种工作。消息一出，引发了很多市民的关注。

其实不少人可能会有疑虑，这个新冠病毒疫苗到底应不应该接种？该如何接种？去哪接种？接种前后应该注意哪些问题？关于这些疑问，稍后我为大家请到了宁波疾病预防控制中心免疫所的专家与各位进行一一科普。

接下来的时间,让我们请出本期的名医嘉宾。

【片花——嘉宾介绍】

名医来了,今日专家:马瑞。宁波市疾病预防控制中心免疫预防所副所长,公共卫生管理硕士,主任医师。现任宁波市免疫规划专业委员会副主任委员。从事免疫规划工作近 30 年,在免疫预防领域工作中积累了丰富的经验,尤其在特殊人群接种方面有深入的研究,为基层预防接种工作提供了坚实的技术支撑。

主持人:马所长,您好。

嘉　宾:你好,听众朋友好。

主持人:欢迎马老师来做客我们节目。最近我们得到消息,我们宁波普通群众可以免费接种新冠病毒疫苗了,这是一件值得高兴的好事。首先想问到您,这次全民免费接种疫苗,有没有一些年龄上的限制呢?另外,该如何申请接种,到哪里去接种呢?

嘉　宾:首先,我们这次普通人群接种的年龄调整为 18 岁以上的人都可以进行接种。我们到哪里去接种,实际上我们每个疾控都会有微信公众号,都会发布具体的接种门诊。还有一个就是通过预约的方式到“浙里办”进行预约接种。散的(接种者)要预约到门诊进行接种,但有一些大型的集体单位或者学校符合接种的人群,他们(接种门诊)会建立一个移动接种点,就相当于以这样的方式上门去接种。具体是由当地的疾控中心和社区卫生服务中心来组织进行有序的接种。

主持人:其实我们市民对于接种疫苗这件事也会有所担忧,我们先来听一下平台中听友的提问。

听众1:马老师和邵明老师好。我想问一下,接种这个疫苗(新冠病毒疫苗)是不是真的安全啊?会不会有不良反应啊?

嘉　宾:目前我们接种的新冠病毒疫苗是灭活疫苗。所谓的灭活疫苗,通俗点讲是“死疫苗”。它的病毒就是病原微生物已经全部灭活了,没有致病性了。但是它具有免疫原性,它可以让机体产生免疫反应。我们目前的疫苗,整个来说国内两种主要的灭活疫苗是科兴、北京生物,还有武汉生物的,都属于灭活疫苗。

那么目前从我们接种的情况来说,灭活疫苗的安全性总体是跟我们其他疫苗接种的安全性是一致的。没有发现疫苗发生什么特别严重的副反应。

疫苗接种后主要发生的反应是一般反应。这种一般反应主要可能是局部反应。比方说胳膊的疼痛、红肿、硬结或者肿胀,或者有恶心、全身的这种症状。但是一般都 1～2 天就会自行恢复,不要担心。

主 持 人:就会自动缓解的一般反应的症状是吧? 并且还不是每个人都会发生的是吧?

嘉　宾:对的。

主 持 人:那在接种疫苗前我们需要去做哪些检查吗? 这款新冠疫苗有没有一些禁忌证呢? 换句话说,就是哪些人群暂时不适宜接种新冠疫苗呢?

嘉　宾:如果说接种疫苗之前做检查,这个就没大必要。

但是有一部分人,比方说我们确实有在疫苗说明书中明确出来。如你以前做过体检,你知道自己有这样毛病不能接种的,我们会采取知情同意的方式来问你。

比方说我们疫苗(说明书)明确说了,对疫苗成分过敏的,我们不建议接种新冠病毒疫苗,这是首先要注意的。就是说你对接种疫苗的本身成分过敏,或者以前打过第一剂次,对疫苗发生了一个严重的过敏反应。比方说血管性水肿或者呼吸困难等等,这样的话我们也不建议接种。

再有一个,我们比方说患有一些严重的神经系统疾病,比方说临床上所谓的是"格林巴利综合征"或者一些"脱髓鞘病变"的话,我们也不建议接种。

再一个就是我们有一些比方说药物没有控制好的严重的慢性疾病。比方说我们的高血压、糖尿病药物控制都很好,我们是建议你接种的。再一个我们不建议妊娠期的妇女接种疫苗。那么我们接种疫苗有一些人会说,我们会告知对方说我要备孕,我们建议你打完疫苗之后,最好相隔三个月之后你再怀孕。

主 持 人:就是(接种完疫苗)不要着急去怀孕。

嘉　宾:是这样的,我们都会告知的。所以,各位接种之前一定要去听好医生的询问。你有没有哪些基础性疾病,或者说你最近有没有什么怀孕的打算,是不是现在处于妊娠期这些一定要去注意好了。

主 持 人:其实我们记者在海曙区段塘社区卫生服务中心也是采访到了前来接

种疫苗的市民，他们的感受是怎样的？我们来听听看。

市　　民：刚开始她会问我，你身体有什么不舒服的吗？或者最近有吃什么药吗？打过什么针吗？也会问我 HPV 疫苗有没有打过？间隔长不长等。我说很久以前打过的。他说这样的没有关系的。各方面都咨询得很仔细的。过来排队的时候，医生会问一些个人身体方面的情况。问好以后，排队打针的时候，医生又会跟你核对个人信息这方面的东西。然后又会叮嘱你接下来应该怎么办。毕竟我们国内还可以，国外还是蛮严重的，万一你要出去怎么样，还是打了疫苗稍微放心一点。

主持人：大家看，其实疫苗接种的流程和医务人员的指导是非常规范且专业的。那么想请问马老师，接种之后又有哪些需要值得注意的事项呢？比如是否可以喝咖啡、运动之类呢？

嘉　　宾：我要提醒一下，首先在接种前的时候我们尽量避免这些熬夜疲劳。接种后我们也是建议你就不要喝酒，不要剧烈运动。起码近三四天内不要喝酒，不要剧烈运动，是这样的。喝咖啡这个东西是可以的，没必要是禁止喝咖啡或什么样的。

主持人：是这样的，酒水一定要注意。接种前后三四天别喝酒了，也别剧烈地运动了。比如走路是可以的，但比如说做一些力量性的训练，这样是不太友好的，对吧？

嘉　　宾：是的，不要疲劳。

主持人：我们再来看一下微信平台当中听友的提问。

听众 2：马老师，邵明，有人说打完新冠病毒疫苗，核酸检测抗体就会呈现阳性，这样就需要被隔离了，是这样的吗？

主持人：马老师，对于这样的说法您是怎么看呢？

嘉　　宾：这个不准确的。其实打完新冠病毒疫苗之后，我们首先是产生的 IgM 抗体。接种完之后最后产生的是保护性的 IgG 抗体，这就是我们的保护性抗体。所以这个是根本不需要被隔离的。现在所说的隔离，实际上就是比方说入境人员，一个是核酸的检测，还有一个是 IgM 检测血的检测。这两个双阴性的话，它只是说我们要隔离 14 天，14＋7 的一个隔离政策。所以说打完新冠病毒疫苗，实际上我们得到的是一个 IgG 的保护抗体，这个不需要隔离的。

主持人：所以说我们打完疫苗了之后会出现抗体（IgG 抗体），是不需要被隔离的。所以各位可以放心了。那新冠病毒疫苗的有效保护期大致是多久呢？另外不少人说,咱们国家的新冠疫情控制得不错,所以也没必要接种。这个说法您怎么看呢？

嘉　宾:说真的,实际上我们国家的灭活疫苗获批上市,就是我们的保护效果已经达到了 WHO 规定的要求。就是它的标准我们达到了,所以疫苗获批上市了。从目前一些数据显示,我们的疫苗接种之后保护期有半年以上。但具体进一步的表现,因为毕竟是新上市的疫苗,我们还有待后续进一步看看。是这样。

主持人:很多人说我们国家新冠疫情防控特别好,就觉得好像生活当中没有必要去接种疫苗。这个说法,您怎么看？

嘉　宾:我们主要要形成一个群体的免疫屏障,我们的疫苗接种率要达到一定的程度。就是说达到一定的率(覆盖率)才能形成群体屏障。如果你不接种的话还是有风险的,因为你这种风险就等于你没有形成免疫屏障,万一打开(疫情扩散)的话,你被感染了是得不偿失的。

主持人:对！与外界交流,比如说与其他国家进行一些业务往来,比如做生意也好、进出口也好,还是有一定风险,所以建议说还是去接种疫苗。对吧？

嘉　宾:对的。

主持人:其实还有一些朋友会认为,你看如果身旁的人都接种疫苗了,这病毒也就无所谓了,是不是？我也就没必要去接种疫苗了。都有免疫了,我就无所谓了,对不对？或者觉得说我接种了疫苗之后我就不用戴口罩了。你看天天戴口罩,天气马上热起来了,我就不要戴了。像这样的想法和言论您能为我们来梳理一下吗？

嘉　宾:是这样的,其实从我们现在国家报道,我们疫苗的有效性的数据是 70％多,我记得是。那么就证明还有 20％多的人可能是接种之后甚至可能不产生抗体了,对吧？所以,如果说你说万一你接触的人有一个这样的(新冠抗体阳性)一个病人的话,你就有感染的风险是吧？所以说我觉得还是大家都要接种疫苗,这个效果会更好。所以,建议能接种疫苗,符合接种条件的去接种疫苗比较好。

主持人:有这样很多人说,天气热了,你看我接种疫苗了,反正我有保护性抗体了,我不戴口罩了。戴口罩这么闷,太难受了。这样的想法,是不是也不对？

嘉　宾:所以我刚才说了,因为他有些个体的原因或其他原因,个别的个体可能就不会有抗体或者是不产生。而且我们周围的情况也比较复杂，所以我们还是要做好防护。国家一直在倡导接种新冠病毒疫苗后我们到一些聚集性的场所、封闭的场所，我们依然要做好个人的一些防护。这点是很重要的！口罩别觉得打了疫苗就不用戴了，该戴还是得戴着的。

主持人：另外想问到马老师，除了接种疫苗之外，对于新冠病毒的防控，您还有哪些专业化的建议呢？

嘉　宾：其实说接种疫苗是最经济最有效的办法。所以我们还是说，接种疫苗，符合条件尽量去接种疫苗。但是我们接种完疫苗和没打疫苗的人群，我们还是按照防护的要求，该戴口罩要戴口罩，勤洗手通风。必须做到这些科学的、防护的一些细节。

主持人：想必这些大家平时在我们的一些公众媒体当中也是有听说，该怎么去进行自我的良好的预防，这一点是非常重要的。好的，因为时间关系，今天就和马所长先聊到这儿了，也再次感谢马所长，谢谢您！

主持人：应该的。谢谢各位听众。

【节目片花】

主持人：健康正能量，为您的健康保驾护航。各位听友，接种新冠病毒疫苗不仅能让自己和家人更安心，更是一份对社会的负责！希望我们每个人都能做好安全防护，同时做好疫苗接种工作！

感谢您收听本期节目，我们下期再见。

作者：娄邵明、刘天奇、郭英杰、毛欣、马丹

单位：宁波广播电视集团

播出时间：2021 年 3 月 25 日

服务大局做"细"广播服务节目

——广播服务节目《健康正能量特别关注 ——新冠病毒疫苗接种进行时》评析

刘 燕

广播服务节目要真正地做到对人们的生活具有实用性和指导意义,就要能提供具体有实用价值的服务。《健康正能量特别关注——新冠病毒疫苗接种进行时》是一档在新冠疫情肆虐的紧急情况下,响应国务院联防联控机制和浙江省疫情防控的要求向市民传播健康正能量、积极引导市民进行新冠病毒疫苗接种、服务大局的实用性服务节目。节目主持人和嘉宾,语言亲和细腻、内容温情鲜活细致、话题解答细心富有人文关怀,在新冠病毒疫苗接种问题上,为听众提供了正确认知和及时具体的服务,有效地打消了市民接种中的疑虑。节目在"细"一字上,下了不少功夫。

一、主持人和嘉宾的语言风格亲和细腻。服务类节目注重科学性、可听性和可操作性,主持人和嘉宾是节目的灵魂,他们扮演着为受众答疑解惑、排忧解难提供精准的服务的角色,同时又主导着节目的风格,因此主持人和嘉宾的互动风格格外关键。这一期节目邀请的专家是宁波疾病控制中心的马瑞医生,她是疫苗接种的权威专家,看起来很理性,但是在主持人亲和风格的引导下,双方的互动节目呈现出非常温和的特点,非常让人乐意收听。主持人和嘉宾温和的谈吐、细腻的言语,让节目听起来很温和顺耳,和老百姓的生活丝毫没有距离感,原本让人感到十分复杂的接种难题,在节目中也一一被温柔贴心的服务化解了。

二、服务内容细致实用不拖泥带水。节目定位精准,服务目的明确,就是要配合疾控中心的疫苗接种要求,提高市民新冠病毒疫苗的接种率,保障市民安全。因此,围绕接种方方面面的问题,节目一方面做好公开信息发布,如接种年龄、接种地点、接种预约等信息,另一方面从平台网上听友提问、现场采访等渠道收集了大量有关疫苗接种的疑虑问题,通过专家科学、客观、细致、深入浅出的讲解,将疫苗接种的医学科学知识与生活具体的场景相结合,在有限的节目时间里,高度精练地向听众提供了普遍化信息、个性化信息、服务效果信息、风险型信息四个方面的内容生产,有效地打消了听众对疫苗接种的负面疑虑,提高了听众对疫苗的接种信心。

节目总体大局意识强、价值观导向正确、服务内容真实具体接地气,主持人和嘉宾亲和细腻、讲人话、不高调、通俗真诚,节目的内容细致实用又有分量和重大性,让听众能听得懂、愿意听、听后能行,对于推进宁波新冠病毒疫苗接种、预防疫苗接种可能引起的舆情和谣言的传播,发挥了广播服务节目积极的舆论引导作用。

广播音乐节目

贾国平:把西方的乐器变成我们中国的声音、中国的旋律、中国的语汇。

一部融合中华传统文化的现代交响。

俞峰:恰逢建党百年,国家取得疫情决定性的胜利的一个关头,意义非常不一样。

我们听到了自己的家乡、自己的民族、自己的文化。

贾国平:从根子上,我们老百姓从小到大习惯那样的声音的方式,这样大家才能(有)亲和感,大家才能愿意去听。

如意鸟·音乐专题

我们这片土地

——交响乐作品《宁波组曲》赏析

【《宁波组曲》马灯调片段】

贾国平:一个城市有她自己的音乐,这个城市独特的声音就代表了是她这个城市。马灯调一出来,这个作品就是宁波。

2021 年,《宁波组曲》在全国巡演,首演于北京的国家大剧院。它是由中央音乐学院教授贾国平创作,由中央音乐学院院长俞峰担任指挥,是展现中西方文化融合和我们民族文化自信的交响作品。

贾国平:作为一个中国的交响乐团,怎么来建构中国文化,怎么来参与到中国文化的传播和推进,促进中国文化的建设?

俞峰:我们必须得植根于我们自己的民族,和我们优秀传统历史文化结合在一起,同时用现代的技法来当代表达。

华丽辉煌的交响乐,原来是可以扎根在土壤之中的。

第一乐章　河姆渡之声

雷念祖：好像来自远古时空的声音，你说不清楚它是什么声音，但是你一听——哇，神秘、古老、神奇。

他是雷念祖，宁波交响乐团打击乐手。

雷念祖：整个乐队一百多个人，他怎么去配合，做些编配什么的，其实贾老师经过了很久很久的设计。"我在这个地方我看到了远古"，所以他就一开始给你远古。

原来，想真正触碰脚下这片土地，是要穿梭至远古的。那是人类璀璨文明的伊始。

雷念祖：长号和大号那样的声音，让大家感觉视野一下开阔了，就好像真的来到了一个没有树，也没有草，什么都没有，混沌初开的时候。

7000 年前的河姆渡，先民曾在这里赤足跳舞，那是一种祭祀的舞蹈，叫犴舞。他们在大地上舞出对天地的崇拜、对生命的敬仰。

雷念祖：犴舞，三次慢起渐快的方式，给人一种代入感，让人感觉到就是有好几组人在共同跳舞。听起来你就会感觉很有那种仪式感。

贾国平：我想，一个音乐创作，它需要有内容的，不单是我作曲家个人随心所欲的、自由去想象的，我希望依托于宁波具体的、特有的、地地道道的一些元素，来进行创作。

第二乐章　钱湖音画

（湖水汩汩的声音）

"月波夜静银浮镜，霞屿春深锦作屏。"贾国平的乐谱取自诗歌，音符也变得诗意盎然。

贾国平：很多小的细节是与宁波地区的文化关联的。想要吸引大家对这个地方的热爱、向往，我觉得文化是非常重要的。

这些文化关联也让演奏员们更加准确地去表达曲作者心中的印象江南。

贾国平：每个人根据自己的记忆、过去的经历，去想象你在音乐中感受到什么东西。所以它不一定是一样的，但有可能是相似的。

俞峰：音乐的最终的它的价值，在于它的抽象性，具象了以后反而束缚了人们的想象。钱湖影像，虽然举的是钱湖，但是它也反映了整个宁波的湖光山水、江南特有的这种美感。

你听到的是钱湖,他听到的可能是西湖、太湖,不论是什么,那都是祖国的山水,家乡的情怀。

第三乐章　青山翠满

【脚踏草地、飞鸟的声音】

古代人称青瓷茶碗为"瓯",以此作乐器击打成音乐则称为"瓯乐"。宁波上林湖的"越窑青瓷瓯乐",有文字记载的就可以追溯到 3000 年以前。

贾国平:梵天云钟,是需要很多钟声的高音乐器的飘荡的声音,特别适合瓯乐、瓷碗琴,和我们管弦乐队里边的小钟琴或者颤音琴结合到一起,来营造一种氛围,融入作品里边。

雷念祖:我们中国的乐器其实挺神奇的。西方乐器当中呢,钢片琴的声音和瓯乐的声音有异曲同工之处,都是特别清亮,又富有奇幻色彩,让人一听,神清气爽的这种感觉。所以贾老师也是把这两个乐器写到了一起,营造了一种中西合璧的感觉。

第四乐章　鼓棹扬帆

拂晓时分的宁波港,晨曦微露,悠长的晨笛划破寂静。

雷念祖:一开始是以大军鼓和贝斯声部,还有定音鼓,一起去营造这样一个气氛。这个船,镜头从远拉……

贾国平:像我们民间唢呐或者拉胡琴,把小提琴都像我们二胡那样地去演奏,用我们中国音乐韵味的东西来改变西方乐器。所以他们发出来的声音就变成我们的声音。

从蒙昧走向文明,从荒芜走向繁荣。那是时代的汽笛声,那是新的征程。

俞峰:其实我们已经生活在当代了,在审美上其实已经具有当代性。当代的先进文化能够影响世界,影响我们的未来的文化发展。活在当下,面向未来。

作者:仇芳华、张箭锋、邬宵蕾

编辑:周竞敏、诸晓丽

音乐合成:黄河

单位:宁波广播电视集团

播出时间:2021 年 12 月 12 日

让华丽恢弘的交响乐扎根在中国的土壤

——《我们这片土地》交响乐作品《宁波组曲》赏析

刘　燕

　　音乐是耳朵的节日，解说是耳朵的窗口。优秀的解说能为普通的流行音乐赋彩添色，也能够让高雅难懂的音乐走进寻常百姓家。《宁波组曲》是一个全新创作的反映宁波题材的交响作品，作品一经问世，就受到了各大剧院的热捧，先后在国家大剧院和全国巡演。

　　本期《宁波组曲》赏析节目，将精彩的交响乐、富有文化哲理的深度访谈录音、现场热烈的音响与优美华丽的解说串词交相编织，形成了解说、叙事、音响、文化哲思相得益彰的文化心理编排结构。透过节目，听众能更深入地了解《宁波组曲》的创作背景、演出荣誉，以及《宁波组曲》不同乐章中所蕴藏的宁波风土人情、文化特质及交响乐中对一代代宁波人拼搏奋发精神的讴歌。节目还从不同的角度深化了该交响乐中所蕴含的文化深意、中国深度和宁波深情，为本地听众推开了高雅音乐鉴赏之窗，同时也加深了宁波人对于当地文化的热爱和文化自信。对于讲述宁波故事、传播宁波声音、传承宁波文化、发出中国声音等都发挥了广播的重要文化宣传作用。

　　节目内容精彩制作精致，解说体现出丰富的文化深意和人文情感。从开篇三个嘉宾的采访，到《河姆渡之声》中神秘、古老、神奇、富有仪式感的音乐的嘉宾解说，再到《钱湖画意》诗意盎然的音乐细节的解说，以及最后气势恢弘震荡人心的《鼓棹扬帆》的音乐和解说，整档节目在嘉宾富有文化、历史、哲思内涵的解说，以及主持人优美的文化解说中，与不同风格的音乐篇章之间形成了琴瑟和鸣和跌宕起伏的情感韵律，通篇充满了优雅的辞采声韵之美。

　　节目音乐元素丰富特色鲜明，不断深化和呼应了《宁波组曲》在交响乐上创新的恢弘主题。磬、铁皮、雨棍、贝壳风铃、大军鼓、低音鼓、贝斯声……这些中西乐器的融合碰撞，演奏出了奇异多姿的中国旋律。主持人和嘉宾精彩的文化解说，解开了这些西洋乐器是如何产生中国韵味、发出中国声音的奥秘，令人赞叹《宁波组曲》交响乐匠心独运的创新，和"要把西方的乐器变成中国的声音、中国的旋律、中国的语汇"的伟大中国梦想。节目浓郁的宁波音乐元素与交响乐的融合,也让人耳目一新,如打马调等具有高识别度的本地曲调在节目中一出现,配上富有感染力的解说,节目瞬间就激发出了听众强烈的宁波文化自豪感,加深了《我们这片土地》这档节目主题的情感力量。

总的来说,这不仅是一档为建党一百周年献礼的交响乐赏析节目,更是一次耳朵的盛宴,是一次宁波文化魅力声音传播的优秀作品,它不仅凸显了让华丽恢弘的交响乐扎根在中国的土壤之中的主题,也透过节目展示了宁波广电人让华丽恢弘的文化扎根在宁波广电的文化实力。

广播文艺节目

片头：

众同学：Hello，爷爷，爷爷！我们来到您的稻田里，给您唱一首歌。演唱者袁有清、袁有情，还有我，袁有明（笑）。

（唱）还记得你说家是唯一的城堡，随着稻香河流继续奔跑，微微笑，小时候的梦我知道。不要哭，让萤火虫带着你逃跑，乡间的歌谣永远的依靠，回家吧，回到最初的美好……

少儿综艺

万物带来你的消息

——致袁隆平

——综艺素材清单——

1. 电 影：《袁隆平》
2. 电 视 剧：《功勋》
3. 歌 曲：《妈妈，稻子熟了，我想你了》
4. 文学作品：《袁隆平的故事》
5. 诗 歌：《我有一个梦》
6. 媒体融合：纪录片《一粒水稻的一生》（李子柒）、纪录片《时代 我》
7. 新 闻：中央广电总台中国之声新闻报道《谁知盘中餐之君看一叶舟》、"共和国勋章"获得者袁隆平授奖词

袁隆平：妈妈，稻子再一次熟了，我又来看您了。从 30 岁开始研究水稻起，我已经看过 171 次稻子熟了。60 年来，人们无数次问起我，为什么要研究水稻。因为饥饿一直是世界难题，攻克这个难题是

全人类的梦想,我为此奋斗一生的经历,也许能给后人一些启发。

——电视剧《功勋》片段

袁隆平:土地小精灵,你又来了。

土地小精灵:时间到了,袁先生该走了。

袁隆平:可是饥饿它还在这世上肆虐,还有人没能吃上饭,饥饿还未远离所有人,我怎能离开。

土地小精灵:袁先生,您为这个世界做的已经够多了,您未完成的那些愿望,这片神州大地上您所养育过的孩子们都会帮您完成,您要相信您的孩子们。

袁隆平:我哪养育过什么孩子,我只是个种了一辈子水稻的农民罢了。

土地小精灵:我知道您是农民,您种的水稻养活了千千万万的人,而那些被您种的水稻所养育的人们都是您的孩子们,您要相信您的孩子们!

袁隆平:这片神州大地上的孩子们我当然相信,可马上要中午了,我要是就这么走了,我怕他们又会忘了要节约粮食、要好好吃饭。

土地小精灵:不会的,要相信你的孩子们,他们一直有好好吃饭,未来他们也一定会好好把每一餐饭都吃完。我带您去看看您的孩子们吧,看看他们今天中午这餐饭有没有好好吃完。

(场景迅速闪过)
(家里)
妈妈:红烧肉来喽,开饭啦。

儿子:我最爱的红烧肉!

妈妈:你看你吃那么急干什么,饭都掉出来了,这样是浪费粮食的行为,以后要注意噢。

儿子:知道知道,妈妈我下一次一定注意!

(学校食堂)
同学甲:今天食堂的熏鱼做得好好吃。

同学乙:确实好好吃,味道够,量也适中。

同学甲:就是,这次的熏鱼我一定能吃完,光盘行动从我做起!

(学校运动会)

同学甲:今天的盒饭你吃得这么干净。

同学乙(嘴里有饭):可不,忙了一上午饿得头昏眼花,盒饭就都吃完了。

同学甲:说得也是,吃饱了才有力气干活。

(音乐闪回)

土地小精灵:袁先生,您看,他们都记得好好吃饭,都好好把饭吃完了。

袁隆平:娃娃们真的很乖……

土地小精灵:幼儿园里的老师们也都记挂着提醒孩子们不要浪费粮食……我带你到海曙宝韵幼儿园看看……

一、为什么要感谢袁隆平爷爷?

(音乐转场)

(海曙宝韵幼儿园,教师办公室内)

李老师:张老师,对现在衣食无忧的孩子来说,袁爷爷离他们很远,饥饿也离他们很遥远,怎么才能让他们也知道并记住这位种下改变种子的科学家呢?

张老师:李老师,我觉得是不是可以尝试和孩子进行开放性讨论,让孩子们也能知道有这样一位爷爷,曾经为我们的生活、为我们的国家作出了如此大的贡献,也能借此引发他们的一些思考和行动,并懂得珍惜和感恩。

李老师:讨论确实是一种非常好的学习方式。上个月开始,我给同学们布置了一个任务,从动手种下一粒种子,观察它的萌发和生长开始,体会植物种植的全过程,感受植物生长和人生长的异同。我想这是一个好机会,和孩子们讨论讨论粮食的来之不易。

张老师:那是不是我们可以尝试……(渐弱)

1930 年 9 月 1 日,农历庚午年七月初九,在北平的协和医院里,一个新生儿呱呱坠地了。孩子的父亲袁兴烈为了纪念第二个孩子在北平出生,按照袁氏家庭"隆"字的排辈,为他取名隆平,乳名二毛。

一个让中国从此摆脱饥饿的科学家就这样诞生了……袁隆平的母亲华静,是个扬州姑娘,自幼在英国教会学校读书,能讲一口流利的英语……尽管小袁隆平常常闯祸,但他的母亲却没有过多责怪他,而是用自己的爱和良好的教育方法来启迪孩子的心灵。她将自己渊博的知识化成一个个有趣的故事,来培养孩子们高尚的情操。

——《袁隆平的故事》一书

(音效：孩子们玩闹)

张老师：小朋友们，听了袁隆平爷爷的故事，谁能告诉我，为什么这么多人敬佩和感谢袁隆平爷爷？

小朋友甲：因为他种了很多好吃的。

小朋友乙：我们就不饿了，肚子吃得鼓鼓的。

小朋友丙：他很了不起。

张老师：那小朋友们，你们知道袁爷爷研究这个水稻花了多长时间吗？他是很快就研究出来了吗？他遇到了什么困难呢？

(电影《袁隆平》片段)

张老师：老师印象最深的片段是，电影《袁隆平》当中，在稻田里，他们背朝天，脚在水稻里，拿着放大镜一株一株地研究……晒得很黑很黑，但依然在坚持。小朋友们，你们觉得袁隆平是什么样的人？

小朋友甲：我知道！是个老人！

小朋友乙：他很黑！像我爷爷！

小朋友丙：他瘦瘦的！

张老师：小朋友们说得都对！其实呀，袁爷爷跟张老师一样，也是一位老师，就算他不去研究水稻，平时也有吃的。研究水稻那么辛苦，他为什么还要做这件事呢？

小朋友甲：因为他没有其他事可以做。

小朋友乙：因为他想给我们饭吃！

小朋友丙：他怕我们饿了。

张老师：对！正因为这样啊，袁爷爷才能受到这么多人的敬仰。无论做什么事情，都会遇到困难，如果你们将来遇到困难，也希望你们能像袁隆平爷爷那样不要放弃，坚持下去。

(新闻："共和国勋章"获得者袁隆平授奖词)

张老师(内心独白)：在阅读讨论的时候，我问小朋友"我们缺不缺吃的"，孩子们异口同声地说"不缺"。很多时候，孩子确实不知道米饭从哪里来，我听过最夸张的回答是："食物从'京东超市'中种出来的、是从'叮咚买菜'里来的。"这也难怪，对城市里的孩子来说，真的很难去体会一粒种子从播种到收获的过程。

(音乐闪回)

袁隆平：土地小精灵，幼儿园的小朋友们真的很可爱……

土地小精灵：袁先生，小朋友们年纪虽然小，但是心里都记挂着您呢！我们再到鄞州区蓝青小学看看……

二、水稻是怎样从种子变成大米饭的？

（鄞州区蓝青小学教室，上课铃声，脚步声）

同学甲：全体起立！

众同学：老师好！

刘老师：同学们好，请坐。今天我们继续来讲《一粒水稻的一生》。当一捧捧稻谷，一畦畦蔬菜，化作餐桌上的佳肴、成为舌尖上的美味，我们可曾想过，春寒料峭中的播种、暑热如蒸时的劳作？面对"每年浪费粮食 3500 万吨""每人每餐浪费 93 克"这样触目惊心的数据，我们可还记得"一粥一饭，当思来之不易"的传统？你们猜一猜，一粒水稻种子种下去，到一碗白米饭需要多次时间呢？

同学甲：3 个月。

同学乙：6 个月。

同学丙：1 年。

同学丁：3 年。

同学戊：6 年。

（纪录片《一粒水稻的一生》片段 李子柒）

刘老师：我们来看李子柒的视频《一粒水稻的一生》（垫衬视频音效）……记录从泡种子，到发芽，到抽穗，到成熟，到吃上白米饭……一粒水稻就是这样走完自己的一生的……

（穿插孩子的感叹）

同学甲：哇，月亮都出来了，他们还在工作呀。

同学乙：他们好辛苦呀。

同学丙：白米饭终于出来了。

袁隆平：你们年轻人不知道，饥荒时代的时候，没饭吃真难受啊，饿死人啊。

——纪录片《时代 我》

（音乐闪回）

土地小精灵：袁先生，小学生们也都在身体力行，不浪费一颗粮食。

袁隆平：看到了，看到了……

土地小精灵：江北实验中学的老师们也忙着呢，学校的林老师从宁波人最爱吃的海鲜说起……

三、作为学生，我们能做什么？

林老师（内心独白）：上一次社会实践课，我带同学们到田间地头观察水稻的生长过程。看到我们至少需要一年的时间，才能吃上白花花的米饭，同学们也非常感慨。是的，如果不知道水稻是这么长周期，这么辛苦得来的，谈"节约和珍惜"是多么纸上谈兵呀！而且不仅仅是水稻，我还特别向同学们讲述了宁波人平时餐桌上常见的海鲜，来自"船老大"们的辛勤付出。

东经121°，北纬29°，浙江宁波强蛟镇峡山村码头。

清晨4点45分，天刚蒙蒙亮，渔民王明明和父亲王启福已经来到了码头。王明明今年35岁，是强蛟镇最年轻的职业渔民。如今，像他这样的年轻人，已经很少有人愿意起早贪黑出海打鱼了。

20分钟后，他们来到了昨天已经下网的地方。经过一个长夜的等待，他们究竟会收获什么，不由得让人心生期待。

王明明：有鱼有鱼，哇，青蟹！来了，上货了……鲳鱼、尖鱼，还有鲳鱼，另外捕获了两条黄鱼，今天能捕到黄鱼比较幸运，收获还是比较好的。

——中央广电总台中国之声新闻报道《谁知盘中餐之君看一叶舟》

林老师：同学们，大家看到了，我们每天桌上吃到的海鲜，都是渔民们辛辛苦苦捕来的，他们面对恶劣天气和狂风巨浪风里来雨里去，每位渔民的海上生活都是一部历险记。所以说，不仅仅是白米饭，这些优质海味能够从茫茫大海端上我们的餐桌谈何容易。而直到现在，世界上还有那么多人吃不饱饭。我们虽然不能像袁隆平爷爷那样去研究水稻，也不能跑去种粮食，我们自己能做一些什么呢？

同学甲：世界上的每一个人都要珍惜食物。

同学乙：把饭给那些吃不饱的人。

林老师（补充）：是要关心饥饿的人。

同学丙：尽量不要剩饭菜。

同学丁：我还可以提醒别人不要浪费。

同学戊：吃多少，盛多少，吃完了再去第二次。

同学甲：去餐厅吃饭的时候，不要点太多。

同学乙：如果实在吃不完，要打包。

同学丙：尽量吃完，不要打包，打包也很浪费塑料盒……（渐弱）

（音乐转场）

土地小精灵：袁先生，看到这些，您可以放心离开了。

袁隆平：好啊好啊，娃娃们你们以后也要每天好好吃饭，要好好把饭吃完……（忽然反应过来）哈哈哈，瞧我，老糊涂了，我说的话娃娃们哪听得见啊。

众学生：袁爷爷，我们以后每天都会好好吃饭，都会好好把饭吃完！

土地小精灵：袁先生，您看，您说的话他们都听到了。

袁隆平：好啊，我总算可以放心了，这个国家的未来可以放心交给这群娃娃们了。

土地小精灵：袁先生，我们走吧。

袁隆平：走吧。

在《我有一个梦》里，你深情地写道：妈妈我来看您了，你看这晚霞洒满小山村。妈妈我陪您说说话，这种子是您亲手种下，在我心里发芽。

风吹起稻浪，稻芒划过手掌，稻草在场上堆成垛，谷子迎着阳光哗啵作响，水田泛出一片橙黄……

（衬儿童合唱《妈妈，稻子熟了，我想你了》）

风吹起稻浪，稻芒划过手掌

稻草在场上堆成垛

谷子迎着阳光 哗啵作响

水田泛出一片橙黄

作者：毛欣、郭英杰、马丹、姚兰、胡旭霞、戴洁敏、洪桦、冯筱、黄育莉、张自通、刘涛、何美樨、王骞亿、杨广杰、刘天奇、赵文博、蓝文田、吴盈、黄河

单位：宁波广播电视集团

播出时间：2021 年 11 月 23 日

儿童本位、感恩教育致敬袁隆平爷爷

——少儿广播综艺节目《万物带来你的消息
——致袁隆平》赏析

刘　燕

《万物带来你的消息——致袁隆平》是纪念袁隆平的一档广播少儿综艺节目。节目富于想象力,以儿童为本位,以感恩教育为主线,内容丰富多彩,故事生动感人,熟稔地剪辑应用了多个有关袁隆平的影像资料,精心制作了一台声情并茂、感动人心的纪念袁隆平爷爷的广播剧故事。

一、以儿童为本,重视故事和声音的可听性

少儿综艺节目,要吸引儿童的注意力,就要按照儿童的接受度来制作节目。要让儿童理解袁隆平爷爷的初心和愿望,就要按照儿童的习惯来编排故事。节目一开始用一首儿童歌曲,把孩子们带进欢乐的氛围,接着采用了动漫小精灵出场叙事的方式,让小精灵带着弥留的爷爷来到世界,先后进入儿童的家人世界、幼儿园、小学和中学的场景中。在这些孩子们生活的场景中,让袁隆平爷爷的故事与孩子的生活产生互动,在童言童语中拉近了节目与孩子们的距离,在轻松愉悦的氛围里为感恩教育打下基础。

二、以儿童为本,重视应用儿童能接受的方式讲道理

节目的目的是让孩子们纪念袁隆平爷爷,学会珍惜粮食和感恩。如何让"珍惜粮食"这个老生常谈的问题有新意,又能让儿童更好地理解袁隆平爷爷及其高尚的人格精神?节目面向不同的儿童群体,创新尝试了不同的讲故事和讲道理的方式。从幼儿园到初中,故事的内容逐步从初级的对大米饭等和不浪费饭菜的感性认识,拓展到对宁波的海鲜产品、渔民打鱼艰辛等来之不易的生活的珍惜和感恩等理性认识,使不同年龄群体都能在故事中理解珍惜和感恩的意义。

例如,透过给幼儿园的小朋友讲述袁隆平爷爷的诞生、母亲对他的教育以

及他遇见一个山里儿童遭受饥饿的故事、他坚持研究水稻的故事等，让幼儿园的儿童从感性的角度来讨论对袁隆平爷爷的认识，引导孩子们向袁隆平学习，在遇到困难时，不要放弃，坚持下去。

三、以儿童为本，重视多种影像资料组合凸显人物品格

节目应用了大量的影视和音乐资料，不仅有袁隆平相关故事的书籍，还有《袁隆平》电影、《我有一个梦》的歌曲，以及李子柒的《一粒水稻的一生》和对渔民的采访、广播剧音响等。影像和音响资料大大丰富了节目内容，对袁隆平的一生进行了浓缩呈现，不仅表现了人物的高尚品格，也烘托了节目的主题。在精彩感人的故事、清亮的童声音乐、稚嫩的童言童语中深化了珍惜粮食、感恩袁隆平爷爷的主题，同时也让听众们更加缅怀袁隆平爷爷，放心把祖国的未来"交给这些娃娃了"。